アラーの神にもいわれはない

ある西アフリカ少年兵の物語

ALLAH N'EST PAS OBLIGÉ

Ahmadou Kourouma

アマドゥ・クルマ

真島一郎＝訳

人文書院

アルジェリア
リビア
ラ
砂
漠
ティベスティ山地
ニジェール
ナイジェリア
ナン
アブジャ
ラゴス
湾

サ
ハ
モーリタニア
マリ
ニジェール川
セネガル
ダカール
バマコ
ブルキナファソ
ワガドゥグ
ギニア
ギニアビサウ
ベ
コナクリ
シエラ
レオネ
フリータウン
コートディヴォワール
ガーナ
トーゴ
リベリア
モンロヴィア
ヤムスクロ
ロメ
0
250km
アビジャン
ギ　ニ　ア
（大西洋

アラーの神にもいわれはない

――ある西アフリカ少年兵の物語

Cet ouvrage, publié dans le cadre du programme de participation
à la publication bénéficie du soutien du Ministère des Affaires Etrangères, de
l'Ambassade de France au Japon et de l'Institut franco-japonais de Tokyo.

ジブチのこどもたちへ
——きみたちの求めに応えてこの書物は記された
わたしの妻へ、彼女の忍耐にたいして

I

これにしよっと。『アラーの神さまだってこの世のことすべてに公平でいらっしゃるいわれはない』。ぼくのとんちき話の完全決定版タイトルは、こんなだよ。さあ、それじゃあ一発、ほら話をおっぱじめるとしようかな。

そいで、まずはと……。で、一……。ぼくはビライマ。ちびニグロ。でも、ブラックでガキんちょだからじゃないよ。ちがうって！　フランス語話すのがへただから、ちびニグロってこと。そんなもんよ。だっておとなでもさ、年寄りでもさ、アラブ人でも中国人でも白人でもロシア人でもたとえアメリカ人でもだよ、フランス語話すのがへたなやつは、「ちびニグロを話してる」って言われちゃうんだから、こりゃどうしたってちびニグロなわけよ。それこそ、日常フランス語の掟ってやつが望むところなのさ。

……そいで、二……。ぼく、学校はあんまり上までいかなかった。初級クラスの二年でやめちゃった。教室の長椅子とおさらばしたのは、みんながこう言ったから。もう学校なんてなんにもなりゃしねえ。おいぼればばあの屁にもならねえって。（アフリカ土人の黒人のニグロことばじゃあ、なんの役にもたたないもののことをそんなふうにいうんだぜ。よれよれに弱ったばあちゃんのおならなんて、音もしなけりゃ、たいしてくさくもないだろ。だから「そいつはおいぼればばあの屁にもならねえ」っていうんだ。）まったく、学校なんてばばあの屁にもならねえよ。だって大学のお免状があってもさ、フランス語圏アフリカのくさったバナナ共和国にいてごらんよ。どの国だろうが、看護士にも学校の先生にもなれやしないんだから。（「バナナ共和国」は「民主主義の外見をとりながら、じっさいは個人の利得すなわち汚職のはびこる共和国」。）でもだからって、初級クラスの二年までは学校にかよってました。はい、じゃあそれで独り立ちができてごりっぱですかっていうと、そうともかぎらないんだな。ちょっとはものを知ってるけど、十分じゃないってこと。ちょうどアフリカ土人の黒人のニグロがいう「表も裏も黒こげのガレット」ってやつと似たようなしろものだね。つまりこういうこと。初級クラスの二年まで学校にかよったやつは、たしかにほかのアフリカ土人のニグロの黒人みたいな田舎っぺでも、野蛮人でもなくなってるよ。リベリアのアメリカ黒人みたいに英語をしゃべる連中が相手じゃなけりゃ、開化黒人の言うことだって、トゥバブの言うことだって聞きゃあわかるからね。ところが初級クラスの二年で学校やめたようなやつは、地理も知らなきゃ文法も知らない。動詞の活用も、割り算も、作文もわかっちゃいない。だからおいそれとは銭をかせげない。ギニアとかコートディヴォワールとかその他もろもろ、いかれてくさった共和国の役人みたいにすんなり銭をかせげやしないのさ。

……そいで、三……。ぼくって、ヤギのひげみたいにあつかましくて、行儀もわるくて、しゃべりかたときたらまるでちんぴらなんだ。きちんとネクタイしめたアフリカ土人の黒人のニグロの連中みたいに、フランス語で「くそっ《メルド》！」とか、「ちぇっ《ピュタン》！」とか、「ちくしょう《サロー》！」なんて言ったりしないね。ぼくがつかうのはマリンケのことば。「ファフォロ！」とかね。（「ファフォロ！」は「おれのおやじの、またはおやじの、またはてめえのおやじの、ちんぽ」。）「ニャモゴデン！」とかね。（「ニャモゴデン！」は「ててなし子、またはててなし」。）「ワラエ！」とかね。（「ワラエ！」は「アラーの御名《みな》にかけて」。）マリンケっていうのは、ぼくの種族の名前だよ。コートディヴォワールの北側とかギニアとか、ほかにもあっちのガンビアとかシエラレオネとかセネガルとか、いかれたバナナ共和国にわんさかくらすアフリカ土人の黒人のニグロのたぐいよ。

……そいで、四……。ぼくがこんなふうにみなさんとむかいあって話すこと、ほんとにゆるしてほしいです。だってまだほんの子どもですから。十歳か十二歳のくせにしゃべりすぎ。（年がはっきりしないのは、二年まえにばあちゃんがぼくは八歳だ、母さんは十歳だって言ってたから。）行儀のよい子はひとの話をよくきいて、だらだらしゃべったりしないんだ……。イチジクの木の枝にとまったケンペイドリみたいに、ぺちゃくちゃさえずったりしないんだ。ひとに話をするのは、白いあごひげをたっぷりはやした長老のつとめだからね。ことわざでもいうじゃない。「首のうえにあたまが乗っかってるうちに、ひざが帽子をかぶるなんてとんでもない」ってね。それが村のしきたりってやつなんだ。なのにこのぼくときたら、もう長いこと村のしきたりなんてくそくらえだった。だってぼく、リベリアにいたから。カラシニコフ（またはカラシュ）で、ひとをおおぜいぶっ殺したから。大麻とか、きついドラッグにどっぷりはまってたから。

……そいで、五……。ぼく、いま辞書を四冊もってるんだ。くそったれでろくでもないてめえの人生をまあまあのフランス語で、あたらずとも遠からずの口っぷりで話せるようにね。でっかい単語でしどろもどろにならないようにね。ぼくがもってるのは、第一に『ラルース辞典』と『プチ・ロベール』だろ。第二に『ブラックアフリカにおけるフランス語の語彙特性目録』だろ。第三に『ハラップス辞典』だろ。この四冊だよ。こんな辞書たちのおかげで、ぼくもでっかい単語をさがしたり確かめたり、なにより単語の意味を説明できちゃうってわけ。ぼくのとんちき話を、ありとあらゆるたぐいのみなさんが読んでくれるはずだからね。ことばの意味ぐらい、きっちり説明しとかなくちゃ。このとんちき話は植民者のトゥバブ（「トゥバブ」は「白人」）にだって読まれるだろ。アフリカの野蛮人の土人の黒人にだって読まれるだろ。それからどんな規格（「規格」は「種類」）だっておそろいのフランス語圏のみんなにだって読まれるだろ。そんなとき、まず『ラルース』と『プチ・ロベール』をつかえば、フランスのフランス語のでっかい単語をさがしたり確かめたり、アフリカ土人のニグロの黒人むけに単語の意味を説明したりできるんだ。『ブラックアフリカにおけるフランス語の語彙特性目録』には、アフリカのでっかい単語が、フランスのフランス人のトゥバブむけに説明されてる。『ハラップス辞典』には、ピジン語なんてまるで知らないフランス語圏のみんなのために、ピジンのでっかい単語が説明されてるんだぜ。

そんな辞書を、いったいこのぼくがどうやってうまいこと手に入れたのかって？　そいつは長い話よ。いまは話したくないね。いまはそんなひまなんてないし、とんちき話のとちゅうでまごつきたくないしね。だからはい、これでおしまい。ア・ファフォロ（おれのおやじのちんぽ）！

……そいで、六……。ぼくってほんとイケてないし、かわいくない。母さんにひどいことをしたせいで、呪われてるから。アフリカ土人の黒人のニグロがいうところじゃあ、あんたが母ちゃんを怒らして、母ちゃんが心に怒りをもったまんま死んじまったら、母ちゃんあんたを呪うんだって。あんたにゃ呪いがかかってる。だから、あんたもあんたがすることも、この先なにひとつうまくいかなくなるんだって。

ぼくってイケてないしかわいくない。おおぜいのニャマに追っかけられてるから。（「ニャマ」はアフリカ土人の黒人のニグロがつかうでっかい単語だから、白人のフランス人に説明しとかなくちゃ。『ブラックアフリカにおけるフランス語の語彙特性目録』によると、「ニャマ」は「個人の死後にとどまる影。邪悪な内在力となり、罪なき人を殺した者につきまとう影」。）リベリアとシエラレオネで、ぼくは罪のないひとをおおぜいぶっ殺しちまった。部族戦争をやらかす子ども兵だった。きついドラッグで、ばりばりドラッグ漬けになってたんだ。だからぼく、いまニャマに追っかけられてる。ぼくもぼくがすることも、この先みんなだめになっちまうんだ。ニャモゴデン（てなし）！

さあ、ご本人じきじきの自己紹介もおわったよ。六つに分けての自己紹介、もうなにひとつ残っちゃいないよ。ハネノケに、お行儀わるくてあつかましい話しっぷりでときたもんだ。（おっと、ここは「ハネノケに en plume 」じゃなくて「オマケに en prime 」としなくちゃね。からっきしものを知らないアフリカ土人の黒人のニグロにこのことばを説明しとかなくちゃ。『ラルース』によると「おまけに」は「さらに、追加して」。）

ぼくってこんなだよ。たのしいお品書じゃないけどね。さて、自己紹介もすんだことだし、これからほんとにほんと、くそったれでいまいましいぼくの人生について話してみるね。

それではみなさん、ご着席とご清聴のほどを。そしてこのせりふをのこらずお書きとめください。アラーの神さまだって、すべてのことに公平でいらっしゃるいわれはない。ファフォロ（おれのおやじのちんぽ）！

リベリアにわたるまえのぼくは、おそれもとがめも知らない子だった。どこでだって眠ったし、食うためだったら、なんでもどっからでもくすねてきた。ばあちゃんはくる日もくる日も、ぼくのゆくえをさがしてた。ようするに通りの子ってやつよ。ぼくは通りの子だったのさ。通りの子になるまえ、ぼくは学校にかよってた。そのまえはトゴバラ村のビラコロだった。（『語彙特性目録』によると「ビラコロ」は「未割礼の男児」。）小川をかけずったり、畑に行ったり、ブッシュでネズミや鳥をつかまえたり。アフリカのブッシュにいる正真正銘の黒いニグロの子どもだった。それよりまえは、母さんにくっついて小屋にいるガキんちょだった。ガキんちょでね、母さんの小屋とばあちゃんの小屋のあいだを走りまわってた。それよりまえ、ぼくは母さんの小屋を四つ足で這っていた。四つ足で這うまえは、母さんのおなかにいた。それよりまえっていうと、ぼくは風のなかだったかも。ヘビだったかも。水のなかだったかも。母さんのおなかに入るまえって、ヘビとか、木とか、家畜とか、男とか女とか、ひとはいつだって、べつのなにかなんだよ。生以前の生ってやつだね。ぼくも生以前の生を生きてたってこと。ニャモゴデン（ててなし）！

ぼくのからだのなかにある、いっちばんむかしのこと……。おっと、ただしいフランス語なら「体のなか」なんていわないね。「頭のなか」だね。母さんの小屋を思いうかべるときに、ぼくのからだのなか、または頭のなかにあること。それは火のことだな。熾《おき》の焼けつきとか、薪火の燃えさしとか。生まれて何カ月めのことだったか知らないけど、ぼく、肘から先をてめえで焼いちまったんだぜ。（『語彙特性目録』によると「焼《ブレゼ》く」は「熾火《ブレーズ》にかける」。）それがいつだったかわかんないのは、ぼくが生まれてからの年の数も月の数も、母さんかぞえちゃいなかったから。しじゅう苦しんで、しじゅう泣いてた母さんに、そんなひまなんてありゃしなかったんだ。

そうそう、ぼく、みなさんに肝心なこと言うの忘れてました。とっても、すっごくたいせつなこと。ぼくの母さんは、お尻で這いずってたんだぜ。ワラエ（アラーの御名にかけて）！　からだを両手と左足でささえて、ふたつの尻っぺたで這いずってたんだ。母さんの左足は、ヒツジ飼いの杖みたいにがりがりだった。右足はとちゅうから切れて失くなってて、母さんそいつを「つぶれたヘビのあたま」なんて呼んでいた。潰瘍にやられた不自由な右足だったんだ。ぼくの『ラルース辞典』によると、「潰瘍」は「膿の排出をともなう持続性の創傷」のことだって。ぜったいなおらなくて、しまいには病人をぶっ殺しちまう足の傷をそんなふうに呼ぶってこと。母さんの潰瘍は葉っぱにくるまれて、そのうえから使い古しのパーニュで巻かれてた。（『ラルース』によると「くるまれた」は「つつまれた」。）右足をいっつもうえにむけたまんま、母さんは毛虫みたいにお尻でぎくしゃく這っていた。（「ぎくしゃく」は「急停止につづく突然の再開」。）で、ぼくは四つ足で這いずってた。あのときのこと、ぼくおぼえてるし話せるよ。でも、だれかれかまわずしゃべりたくないな。だって秘密なんだ。話すとぼく、からだに火が焼けついちゃうんだ。苦しくなって、弱虫みたいにぶるぶる震えちゃうんだ。あのとき、四つ足でかけずってぐるぐるまわってるぼくのうしろから、母さん追っかけてきてね。だからぼく、母さんより速く進んだ。なのに母さん、右足をうえにむけて両腕でからだをささえながら、お尻でぎくしゃく追っかけてくる。だからぼく、すっごく速く、すっごく遠くまで行ったんだぜ。つかまりたくなかったんだ。それで熾火のなかにてめえからつっこんじゃった。じりじり燃えた熾にがっつんぶつかると、じりじり燃えた熾がてめえのつとめをはたして、ぼくの腕をこんがり焼きやがった。ぼくみたいにかわいそうな子の腕を、熾がこんがり焼いちまったのさ。なにしろ、アラーの神さまだってこの世にお造りになったすべてのことに公平でいらっしゃるいわれはないからね。そのときの傷跡、いまでもぼくの腕に残ってる。ぼくの頭んなか、腹んなかに残ってる。アフリカ黒人の言いかたじゃなきゃ、ぼくの心のなかにも残ってる。そんときの傷跡は、ぼくの心のなか、ぼくぜんぶのなかにずっと残ってる。母さんのにおいとおんなじだね。母さんのおぞましいにおいも、ぼくのからだに染みついてるからね。(『ラルース』によると「おぞましい」は「とてもひどい」。「染みついた」は「液体に濡れて浸かった」。) ニャモゴデン(てなし子)!

ようするにそういうこと。ぼくがまだかわいい子どもで、子ども時代のどまんなかにいたころに、母さんの右足を喰っちゃあくさらせてる潰瘍がいたわけだ。潰瘍がぼくの母さんを操縦してたのさ。(「操縦する」は「ある場所にみちびく」。) そう、潰瘍のやつが、母さんとぼくたちみんなを操縦してた。で、母さんと母さんの潰瘍のそばには、かまどがいた。ぼくの腕を焼いたかまどのやつが、煙を出したり火をかきたてたりしてたんだ。(「火をかきたてる」は「火をあおるために熾をうごかす」。) そしてかまどのそばにはカナリたちがいた。(『語彙特性目録』によると「カナリ」は「職人が製造するテラコッタの甕《かめ》」。) おつぎもカナリ、そんでまたカナリ。どこまでいってもカナリの行列よ。そしてどのカナリにも、煎じ薬がたっぷり入ってた。(「煎じ薬」は「植物を煮たてる作業から得られる溶液」。) 母さんの潰瘍を洗うための薬だよ。小屋の奥には、べつのカナリたちが壁ぎわにならんでた。で、カナリたちとかまどのあいだには、ゴザにすわった母さんと母さんの潰瘍がいた。それからぼくがいた。それから呪物師で狩人で治療師のバラがいた。バラは母さんの治療師だった。

バラは、イカしたすごいやつだったね。いろんな土地や品物のことを、めちゃくちゃ知ってたんだぜ。アラーの神さまは、ほかにも信じられないような運やら素質やら力やらを、バラに山ほどおさずけになっていた。そもそも、やつは自由人だったね。『ラルース』によると「解放された元奴隷」をそんなふうに呼ぶってこと。それに、やつはドンソ・バだったね。『語彙特性目録』によると「凶悪な猛獣や邪悪な精霊をしとめた経験をもつ狩人頭《かりゅうどがしら》」をそんなふうに呼ぶってこと。それに、やつはカフルだったね。『語彙特性目録』によると「イスラーム教をこばみ数多《あまた》の呪物にかこまれた者」をそんなふうに呼ぶってこと。そう、バラは偶像を燃やすなんてまっぴらだったから、ムスリムじゃない。日に五度のお祈りもしなけりゃ、年にひと月の断食もしないしね。だからやつが死んでも、ムスリムはやつの埋葬にたちあっちゃいけないんだよ。やつをムスリムの墓場に埋めてもいけないんだよ。そして厳密には(「厳密に」は「きびしく、いかなる寛大さもゆるさない」)、そう、厳密にはやつが喉を掻っ切った供犠《くぎ》の獣を、だれも食っちゃいけないんだ。

バラは、村でたったひとりのバンバラだった（「バンバラ」は「こばんだ者」）。たったひとりのカフルだった。やつはみんなに怖がられてた。やつの首やら腕やら髪の毛やらには、グリグリがわんさかついてたしね。ポケットにも、グリグリがわんさかつまってたしね。だから村じゃあ、バラの小屋に行っちゃいけないことになっていた。でもじっさいは夜になると、みんなやつの小屋に行ってたね。昼間っからかよう連中もいたくらいだよ。なぜって、バラは妖術とか、むかしから伝わる医術とか呪術とか、ほかにも並はずれたわざをかぞえきれないくらいやってのけたからさ。（「並はずれた」は「極端に度をこした」。）

これからぼくがしゃべったり、ばかをこいたり（「ばかをこく」は「愚かなことをしたり言ったりする」）、とんちんかんなことをぬかしても、そうした口っぷりはひとつのこらず、ぼく、バラからおそわったんだぜ。ことわざでもいうだろ。「みのりの季節がおとずれるたびにすてきな実をたっぷりひろえたカリテの樹には、これからもずっと感謝していなさい」ってね。だからぼく、バラからうけた恩はぜったい忘れちゃいけないんだ。ファフォロ（やつのおやじのちんぽ）！　ニャモゴデン（てなし子）！

母さんの小屋にはとびらがふたつあった。おおきなとびらは屋敷の中庭に向いていて、ちいさなとびらは屋敷のかこいに向いていた。四つ足で這いずってたころのぼくは、どこにでもころげまわって、なんにでもしがみついていた。ときどきすっころんだひょうしに潰瘍にぶつかると、母さん痛がってうめき声をあげた。潰瘍から血が流れて、オオカミ捕りのでっかい罠の歯に足をはさまれたハイエナみたいに、母さんうめき声をあげるんだ。それで泣くんだ。もう涙がいっぱい。目ん玉のくぼみの奥にいっつも涙をためて、いっつも喉をまるごとつかってしゃくりあげるもんだから、いっつも息がつまりそうになっていた。

母さんがそうなるたんびに、ばあちゃん言ってたね。「涙をとめるのじゃ。しゃくりあげもやめるのじゃ。まっことアラーの神じゃぞ。その者だけの運やら、目ん玉やら、背丈やら、苦しみやらをおさずけになって、わしらひとりひとりをお造りなすっているのは、アラーの神じゃ。おまえを潰瘍の痛みとともにお造りなすったのも、これまたアラーの御業《みわざ》じゃぞ。おまえがこの世にとどまるかぎり、小屋の奥、かまどのそば、ゴザのうえで生くる瀬を、アラーがおさずけになったということじゃ。何遍もとなえるのじゃ。アラー・クバル！　アラー・クバル！（アラーは偉大なり。）アラーの神は、いわれなき労苦をひとにお与えにはならん。この世のおまえを苦しめなすっているのは、そのおまえを浄めるためなのじゃ。あすのおまえが、天国と久遠《くおん》の幸《さち》をいただくためなのじゃぞ。」

するとき母さんは涙をふいて、しゃくりあげを飲みこんだ。母さんとぼくは、それからまたゲームをおっぱじめる。小屋んなかの追いかけっこゲームだよ。でもしばらくすると、母さんまた朝からゲームをやめて、痛くて泣くんだ。しゃくりあげて喉をつまらせるんだ。

「痛みでうめくかわりにおまえ、アラー・クバル！　と祈っておるようでなければいけないねえ。まっことアラー・クバルじゃぞ。善なるアラーの神に、お礼申しあげるようでなくてはいけないねえ。この世この場で神がおまえにひどいしうちをなすったところで、それはかぎられた日々の苦しみじゃて。地獄の苦しみに比すれば、千にひとつもないほどの苦しみじゃて。罪の裁きにあずかる者、不信心な者、性根の曲がった者どもが地獄でさいなまれるのは、いずれ久遠の苦しみじゃからのう。」

ばあちゃんはそう言うと、母さんにお祈りをさせようとする。それで母さんはまた涙をふいて、ばあちゃんといっしょに祈るんだ。

ぼくの腕が焼けちゃったときも、母さんめちゃくちゃ泣いたよ。喉と胸をめちゃくちゃふくらませて、しゃくりあげてさ。母さんがそうしていると、ばあちゃんと父さんがふたりしてやってきた。それでふたりしてぶちきれて、ふたりしてこんなふうに母さんをたしなめたんだ。

「これはアラーの神がくだされたもうひとつの試練じゃぞ。（「試練」は「ある人の価値を判定可能にすることがら」。）なにゆえ試練かといえば、アラーの神は、天国でのおまえの幸を余分にお取り置きくださろうとして、この世この場のおまえに、それだけ余分の災いをお与えくださっているからなのじゃ。」

そうすっと母さん涙をふいて、しゃくりあげも飲みこんでね。ばあちゃんといっしょにお祈りをとなえてから、またぼくと追いかけっこのゲームをおっぱじめるのさ。

バラは言ってたよ。屁がくさいからって、おふくろの小屋を出ていく子どもはいないはずだって。ぼくも母さんのにおいがいやだと思ったことなんて、いちどもなかった。そりゃあ小屋んなかは、いやなにおいならなんでもござれのありさまだったよ。おならのにおいに、うんこのにおいに、おしっこのにおいだろ。潰瘍のにおいときたら、鼻がひんまがりそうだったしね。かまどの煙のにおいも、きなくさかったしね。治療師バラのにおいもたちこめてたしね。でもぼく、それがくさいだなんて思わなかった。吐き気だってしなかった。母さんのにおいも、バラのにおいも、みんないいとこあったんだ。においに慣れてたんだね。そんなにおいのする方が、ぼくはよく食えて、よく眠れたんだ。それぞれの種が生息する自然環境っていうやつさ。母さんのにおいがする母さんの小屋は、ぼくの自然環境だったんだ。

ざんねんだな。自分が生まれるまえの世の中がどんなだったか、知らないってこと。朝になるとぼく、思いうかべてみるんだ。割礼をすませてなかったころの母さんの姿。割礼をすませていない生娘《きむすめ》だったころの母さんは、どんなふうに歌ったり、踊ったり、歩いてたんだろう。ぼく、ばあちゃんとバラから聞いたんだぜ。母さん、きれいだったよって。ガゼルみたいにきれいだった、グロ族の仮面みたいにきれいだったよって。なのにぼくが見てきたのは、いつだって横になってるか尻っぺたで這いずる母さんだった。母さんが両足で立ったとこなんて、いちども見たことないんだ。きっとむかしの母さんは、ぐっとくるほどたまらない美人だったんだぜ。だってさ、うんこやら、うんこのにおいやら、かまどの煙やら、痛みやら、涙やらにかれこれ三十年もまみれてきたのに、母さんの顔のくぼみには、まだすてきななにかが残ってたから。涙でいっぱいになんないときには、顔のくぼみがきらきら輝いてたから。いたんでふちの欠けた真珠みたいななにかが残ってたんだ。(「ふちの欠けた」は「端を損なった」。)右足の潰瘍みたいに、くさった美しさがあったんだ。煙やにおいがたちこめた小屋んなかにいると、いっそうまぶしくなる輝きがあったんだ。ファフォロ! ワラエ!

ぞくっとくるほどきれいな生娘だったころの母さんは、バフィティニって呼ばれてた。からだがすっかりぼろぼろにくさったあとも、バラとばあちゃんはまだ母さんのことをバフィティニって呼んでいた。でもぼくは、母さんのからだが色も形もめちゃくちゃにくずれていく最期のひどいとこしか見てないもんだから、母さんをそっけなく、マとしか呼ばなかった。たったひとこと、マって名前は、アフリカ人式にいえばぼくのおなか、フランスのフランス人式にいえばぼくの心にうかんだ名前だね。

ばあちゃんが言うには、マはシギリで生まれたんだって。つるはしで石っころをくだいちゃあ、金《きん》を掘りあてるような連中がいる街だよ。ギニアとかコートディヴォワールとかシエラレオネには、そんな金さがしのやつらがすみつくような、すさんだ土地がごろごろしててね。ぼくのじいちゃんも、金の密売にかけちゃあ大物だったんだぜ。はぶりのいい売人はみんなそうだけど、じいちゃんも、女とか、ウマとか、雌ウシとか、糊のきいたでっかいブーブーとかを、しこたま買いあさってさ。そうすっと、てめえの買いあさった女やら雌ウシやらがガキをしこたまこさえるだろ。なもんで、その女やら、ガキんちょやら、仔ウシやら、家族やら、家畜やら、金やらをまとめてつっこんどくために、じいちゃんは屋敷をしこたま買ったり建てたりしてたんだ。あぶなっかしい金の売人どもが夜露しのぎに掘っ建て小屋をこさえてるような村だったら、むかしはどこに行ってもじいちゃんの屋敷があったもんさ。

ぼくのばあちゃんはじいちゃんの第一夫人で、じいちゃんがさいしょにもうけた子どもたちの母さんだった。さいしょの子をさずかると、じいちゃんはばあちゃんをトゴバラ村に連れもどして、一族の屋敷を切り盛りさせた。やれどろぼうだ、人殺しだ、ほらふき野郎だ、金の売人だ、そんなやつらがうようよしている金掘りの村なんかに、ばあちゃんを残しちゃおかなかったのさ。

ばあちゃんがトゴバラ村に居ついたわけはあとひとつ。母さんの心臓が急にとまったり、潰瘍がいよいよくさってきたときに、母さんを見殺しにしないためだった。母さんも言ってたよ。自分が苦しんだあげくにくたばるのは、きっと晩のことだろう。ばあちゃんが自分を置きざりにして、じいちゃんが金の取引をする村にでかけた晩のことだろう。女の喉を掻っ切るような金さがしの連中がくらす、掘っ建て小屋の村に行った晩のことだろうってね。

ばあちゃんは、母さんのことが大好きだった。でもばあちゃんときたら、自分の娘が生まれた日の日づけも曜日も知らないんだぜ。母さんを産んだ晩のばあちゃんは、てんてこまいになってたからさ。それにぼく、バラからおそわったんだ。ひとがいつの日の何曜日に生まれたかを知るなんて、どうでもいいことなんだって。生まれた本人とはなんのかかわりもないことなんだって。ぼくらはみんな、いつかどこかで生まれて、いつかどこかで死んでいく。死んだあとは、みんなおんなじ砂の下に埋められて、ご先祖さまんとこに帰って、アラーの神さまからさいごのお裁きをうけることにかわりはないからさ。

母さんを産んだ晩のばあちゃんは、てんてこまいになっていた。なにより、この世のあちこちに悪いきざしがあらわれたからなんだ。その晩は、ハイエナどもが山で遠ぼえをあげたり、ミミズクがあちこちの小屋の屋根で鳴いたり、天にも地にもめちゃくちゃ悪いきざしがあらわれてね。それってみんな、母さんがうんと不幸せな、不幸せに不幸せをかさねたような一生になることを告げてたんだ。くそったれな一生、苦しいだけの一生、いまいましい一生、その他もろもろのきざしだったんだ。

バラから聞いたんだけど、このとき村のみんなはさっそく供犠をすることにしたんだって。でも、母さんの悪い運命を帳消しにするには、ちょっとやそっとの供犠じゃあ足りなかった。なにしろアラーの神さまだって、ご先祖さまの御霊《みたま》だって、ひとがささげる供犠の品をいつもいつも受けとってくださるわけじゃないからね。アラーの神さまはご自分のなさりたいことをなさるだけ。あわれな人間どもの祈りを一から十まで聞きいれてくださるいわれなんてないってこと。(「聞きいれる」は「同意をあたえる」。)ご先祖さまの御霊だって、ご自分の望まれることをなさるだけ。ぼくらがどれだけお祈りに精をだしたって、そいつをみんな聞きいれてくださるいわれはないってことさ。

ばあちゃんは、このぼく、ビライマのことが大好きだった。まるで恋人あつかいだったんだぜ。ほかのどの孫よりも、ぼくのことが好きだったのさ。角砂糖とか、あまくておいしいマンゴーの実とか、パパイヤとか、牛乳とか、ばあちゃんがひとから食いものをもらうと、それはいつだってぼくのもの、ぼくだけのものになった。ばあちゃん、いちどだってそいつを自分で食わなかった。小屋のすみっこに隠しといてね。で、ぼくが小屋に入ってくるだろ。もう汗だっくだくの、体くったくた。喉かっらからの、おなかぺっこぺこ。ほんとに通りの悪ガキみたいなざまで小屋に入ってきたぼくに、隠しておいた食いものをくれたのさ。

まだわかくて宝石みたいにきれいな生娘だったころの母さんは、じいちゃんが金を取引する村でくらしていた。村には金を売りさばく悪党どもがぞろぞろいた。まだ割礼もすませてない女の子をむりやり犯したあげく、喉を掻っ切ってぶっ殺すような連中よ。だから母さんも、ぐずぐずしちゃあいなかったね。ハルマタンの一番風が吹いたとたんに村へ帰って、女の割礼と成人儀礼にくわわったんだ。

割礼は年にいちどのこと。毎年、北風の吹くころにひらかれるんだよ。

女の割礼をサヴァンナのどこでするのか、まえもって知ってるひとはトゴバラ村にひとりもいなかった。一番鶏の鳴き声をきくと、女の子たちはすぐに小屋を出る。縦一列になって（「縦一列」は「ひとりずつ縦にならんで」）、ブッシュに分け入ってく。女の子たちはだまって歩く。割礼場につくのは、ちょうど日の出のころ。べつに割礼場まで行かなくたって、女の子のなにかがそこで切られることぐらい、だれだって知ってるだろ。母さんのなにかもそのとき切られたんだけど、まずいことに母さんの血はとまらなかった。ほかの子はもうとっくに血がとまってるのに、母さんだけ、嵐であふれかえった川の水みたいに血がどくどく出てくるんだ。母さんは割礼場で死にそうになった。そんなもんよ。どの年にひらかれるどんな割礼の儀式でもあることだからね。割礼で支払うべき代価ってやつよ。割礼をうける女の子のなかから、ブッシュの精霊がひとりだけ取りあげちゃうのさ。精霊がその子をぶっ殺して、供犠のいけにえにお取り置きしちまうんだ。だからその子の亡骸《なきがら》は、ブッシュのその場、割礼場に埋められる。ただしブスな子はぜったい精霊にえらばれたりしないんだぜ。いつだって、よりすぐりの美人のうちでもいちばんきれいな子が、精霊に取られちまうんだ。そこいくと、ぼくの母さんは、おんなじ年ごろの女の子のなかでもいちばんきれいな娘だったろ。だからブッシュの精霊も、母さんをえらんだのさ。母さんをその場にひきとめて、ぶっ殺そうとしやがったんだ。

このとき妖術の力で母さんたちに割礼をさずけてたのは、バンバラの女だった。ぼくらのふるさとオロドゥグには、バンバラ族とマリンケ族っていうふたつの種族がいてね。このうちぼくらの側、つまりクルマ、シソコ、ジャラ、コナテなどなどの家は、マリンケの家なんだ。ぼくらはマリンケで、ジュラで、イスラームを信じてる。マリンケはこの土地のよそ者で、むかしむかしニジェール川のあたりからやってきた。みんなアラーのおことばにしたがう善きひとなんだよ。マリンケは日に五度のお祈りをするし、ヤシ酒も飲まなきゃブタも食わない。バラみたいなカフルの呪物師が喉を掻っ切った獣の肉も食ったりしない。ところがぼくらのオロドゥグには、バンバラがくらす村もあってね。やつらは偶像をあがめるカフルで、アラーの神を信じてないんだ。呪物師で、野蛮人で、妖術つかいの連中よ。ロビとか、セヌフォとか、カビエとかその他もろもろ、べつの呼び名がついた連中も、みんなバンバラだね。フランスの植民地になるまえなんかすっぽだかでいたから、「はだかんぼう」なんて呼ばれてる連中よ。バンバラはほんとの土着民で、むかしっからのほんとの土地の主《ぬし》なんだ。そんなわけで、このとき母さんたちに割礼をさずけた女も、ムソコロニっていうバンバラ女だった。血を流して死にかかってる母さんを見て、ムソコロニは気の毒に思ったんだ。なにしろそのころの母さんときたら、めちゃくちゃ美人だったからね。偶像をあがめるやつらはたいていアラーの神さまなんて知らないから、めちゃくちゃ性根がひんまがってる。けど、まあ連中のなかにだって善人がいないわけじゃない。この割礼女も善き心のもちぬしだったから、ちゃんと自分のつとめをはたしてくれた。妖術と、偶像おがみと、祈りの力をつかって、人殺しをやらかすブッシュの悪い精霊からまんまと母さんをとっかえしてくれたんだ。ムソコロニの偶像おがみと祈りの力を精霊がみとめたもんだから、母さんの血はとまった。母さん、救われたんだ。それでじいちゃんもばあちゃんも、村のみんなも大よろこびで、ムソコロニにたんまり銭を払ってお礼しようとした。ところがムソコロニは銭をはねつけた。きっぱりはねつけたんだ。

ムソコロニは、銭も、家畜も、コーラの実も、トウジンビエも、ヤシ酒も、服も、タカラガイも、なんにもほしがらなかった。(「タカラガイ」は「伝統的な生活で、かつても今も重要な役割をはたしているインド洋原産の貝殻。とくに交換財として用いられる」。) ムソコロニは、ぼくの母さんがめちゃくちゃ美人なことに目をつけて、母さんをせがれの嫁にほしがったのさ。

ムソコロニのせがれってやつは、狩人で、カフルで、妖術つかいで、偶像をあがめる呪物師だった。母さんみたいなコーラン読みの信心ぶかいムスリム女を、そんなカフル野郎が嫁にとるなんてぜったいゆるされっこない。ムソコロニの申し出に、こんどは村のみんながうんとは言わなかった。

けっきょく母さんは、ぼくの父さんと結婚させられた。なにしろ父さんは母さんのいとこだし、村のイマームのせがれだったからね。さあそうなると、こんどは妖術つかいの割礼女とそのせがれがぶちきれる番だ。親子ふたりでめちゃくちゃ腹をたてちまってさ。で、ふたりとも呪術師だろ。なもんで、親子してぼくの母さんの右足に悪い呪いをかけやがった。これがまためちゃくちゃ強くて、めちゃくちゃ効きめのある呪いでね。コロテだとか(『語彙特性目録』によると「コロテ」は「ねらった人間めがけて遠隔地から作用する毒薬」)、ジボだとか(「ジボ」は「邪悪な効果をもつ呪物」)、そんな呪いをかけやがったんだ。

すると、結婚してひとりめの赤ちゃんを身ごもったばかりのころ、母さんの右足に黒い点がひとつ、ほんのちっちゃな黒い斑点がぽつんと浮きでてきた。斑点が痛みだしたから、そいつをえぐってもらうと、斑点がひらいてちっちゃな傷口になった。手当をうけても傷口はなおらない。かわりに、右足のふくらはぎのところが腫れはじめたんだ。

村のみんなは、ぐずぐずしないでバランところへ行ってみた。あっちこっちの呪術師やら、見者やら、マラブーやらのところにも相談に行ってみた。するとみんな口をそろえて、この傷は割礼女の親子がかけた悪い呪いのしわざだって言うんだな。それで村のみんなは、こんどは割礼女とせがれの村まで行ってみた。でも、時すでにおそしってやつだったのさ。

割礼女のムソコロニは、あれからもう死んでいた。老いぼれたあげくにばっちり死んで、埋葬もばっちりすんでいた。しかもせがれの狩人ときたら、これがまた悪人でね。ひとの言うことをなにひとつ聞こうとも、わかろうとも、みとめようともしやがらない。根っからの根性まがりで、根っからの偶像おがみで、アラーの神さまにてめえの背中をくるっと向けちまうような野郎だったのさ。

母さんはそれからぼくの姉さんを産んだけど、その姉さんが歩いてお使いに行けるくらいの年になっても、母さんの傷はあいかわらずくさりつづけていた。母さんはセルクルの病院に運びこまれた。ほら、独立まえのことだからね。そのころセルクルの病院には、白人の医者がひとり、金筋三本の肩章をつけたトゥバブが三人、肩章のないアフリカ人の医者がひとり、看護士長がひとり、助産婦がひとり、ほかに白衣の黒人たちがおおぜいいた。白衣の黒人たちは、みんな植民地総督からお手当をもらってる役人だった。なのに入院している患者たちは、連中からよくしてもらうために、役人ひとりにつきニワトリ一羽を付け届けしてたんだぜ。いつだってそんなことするのが、アフリカのしきたりってやつなのさ。母さんも五人の役人にニワトリをあげてたから、みんな親切で、手当もちゃんとしてくれたよ。でも、包帯と過マンガン酸消毒薬でばっちり手当をうけてるのに、母さんの傷はなおるどころかますます出血して、めちゃくちゃにくさっていく。それで軍医長さまはおっしゃった。

「この女の右足を手術して、膝から下を切り落としてしまおう。くさった肉は、ごみ捨て場のイヌっころにでもまとめて放り投げとけばよかろう」だとよ。さいわい母さんがニワトリを一羽あげてた看護士長が、手術のまえの晩にそのことを母さんに知らせにきてくれたんだ。

看護士長によれば、母さんの病いは白人の病いじゃなくて、ニグロで野蛮人のアフリカ黒人の病いだから、医学みたいな白人の学問じゃなおせないとのことだった。で、こんな忠告をしてくれたんだ。「アフリカの治療師にそなわる妖術の力なら、おまえさんの傷をふさげるはずだ。かわりに軍医長さまが足を手術すれば、おまえさん死ぬよ。ぜったい死ぬよ。イヌっころみたいに、まるでみじめな死にざまになっちまうよ。」看護士長はムスリムだったから、うそなんてつけなかったのさ。

報せをうけたじいちゃんは、さっそくロバ引きの男に銭をつかませてね。その晩のうちに、ロバ引きと治療師バラが月あかりのなか、病院にむかった。病院につくと、ふたりは強盗まがいのやりくちで母さんをかっさらった。そして夜があけないうちに、とおくのブッシュまで母さんを連れてった。こんもりしげった森んなかまで分け入って、一本の樹の下に母さんを隠しといたんだ。さあそうなると、軍医長さまはかんかんよ。金筋入りの軍服姿でセルクルの衛兵どもをひき連れて、村までお出ましになられたね。ところが小屋という小屋をさがしても、母さんはみつからない。それもそのはず、軍医長さまがいくら問いただしてみたところで、バラがブッシュのどこに母さんを隠したかなんて、村じゃあだれひとり見当もつかなかったのさ。

軍医長とおつきの衛兵どもが行っちゃうと、治療師バラとロバ引きの男が森から出てきた。母さんも自分の小屋に帰ってきた。けっきょくこのときから、母さんはふたつの尻っぺたでぎくしゃく這いずるようになったわけなのさ。ファフォロ（おれのおやじのちんぽ）！

母さんの潰瘍が黒人のアフリカ土人の病いだってことを、もうだれも信じて疑わなかった。ヨーロッパ人の白人でこの潰瘍をなおせるやつなんていないんだ。母さんの病いをなおせるのは、妖術つかいの呪術師がこさえるような、この土地の薬なんだ。そう信じたみんなは、供犠の材料をかきあつめた。コーラの実を何個かに、白いニワトリと黒いニワトリを一羽ずつ、あわせて二羽。それからウシを一頭。こいつをまとめて割礼女のせがれのとこまで持っていこうとしたんだね。妬みのあまり、てめえのおふくろとつるんで母さんの右足に悪いコロテの呪いをかけたのは、あいつのしわざなんだから。供犠の品物でゆるしてもらって、割礼女のせがれにジボの呪いを解いてもらおうとしたわけよ。村ではもう供犠のしたくもすませて、あとは出かけるばっかりになっていた。

ところがぎっちょん、あくる日の朝はやくだ。村のみんなもおったまげたね。なんと割礼女の村からじじいが三人、いきなりぼくらの村にやってくるじゃないか。イスラームを信じない、本物のおいぼれ呪物師どもでさ。三人ともブーブーを着てるのはいいけれど、これがまたどれもこれもゲロが出そうなしろものでね。ハイエナのケツの穴みたいに見ぐるしくて小汚ねえブーブーなのよ。それにコーラの実をしょっちゅうがりがりやってるもんだから、じじいふたりは歯がすっかりぬけおちて、チンパンジーの尻っぺたみたいにつんつるてんの歯ぐきなんだ。三人めの歯ぐきもつんつるてんだけど、まるで呪物かなんかみたいに、青っちろい下っ歯が二本だけ残っていやがる。三人とも口ひげが赤茶けてるのは、しょっちゅう粉タバコをやってるからだね。まるで母さんの小屋でみかけた太っちょネズミの毛みたいに、なんともばっちい色なのよ。毎日五回、ちゃんとからだを浄めるムスリムの長老みたいな白ひげじゃないんだぜ。おまけに三人とも、ひんまがった腰に杖をつきつき、カタツムリみたいにのろのろ背中をまるめて進んでくるんだ。三人のじじいは、コーラの実を何個かに、白いニワトリと黒いニワトリを一羽ずつ、あわせて二羽、それからウシ一頭を連れて、ぼくの母さんのゆるしを乞いにきたんだと。それっていうのも、あの妖術女のせがれでめちゃくちゃ根性のひんまがった狩人が、死んじまったからなのさ。なんでも、ヤギュウに変身した精霊をやつがブッシュの奥でみっけて、鉄砲でしとめようとしたんだって。ところが逆に、精霊の方がやつのからだを角で突いて、右に左にふりまわしたあげく地べたにぶん投げちまった。そしてやつを踏みつぶして、臓物やら腸《はらわた》やらを泥んなかにぶちまけたもんだから、狩人はすっかり死んじまったんだと。

目もあてられないわ、腰をぬかすわで、やっこさんの村の連中は、あっちこっちの占い師やら見者やらのところに行って、たしかな説明をきいてみた。すると、どの占い師も見者も口をそろえてこう言った。狩人をぶっ殺した邪悪なヤギュウとは、ぼくの母さん、すなわちバフィティニの化身にほかならない。(「化身」は「変化」、「変身」。)邪悪なヤギュウに変身したのもバフィティニならば、割礼女とそのせがれの魂を喰らったのもバフィティニだ。(『語彙特性目録』によると「魂喰《たまく》い」とは「犠牲者の生命原理を食したとされる、殺人の張本人」。)バフィティニはこのあたり一帯でもっとも力のある妖術つかいだから、割礼女とそのせがれ、ふたりまとめたよりも強い妖術のもちぬしだ。バフィティニは、妖術や魂喰いを村でやらかす連中すべての親玉だ。毎晩ほかの妖術つかいといっしょに魂喰いをしている。足の潰瘍にひたして魂を喰らうもんだから、てめえの足の傷もけっして癒えることがない。バフィティニのくさった潰瘍をなおせる者がこの世にひとりといないのは、そういうわけなんだって。てことは、右足をうえにむけたまんま死ぬまで尻で這いずるのを望んでるのは、バフィティニ、つまりぼくの母さん自身だったんだ。夜な夜な魂喰いをやらかしちゃあ、てめえのくさった傷によろこんでしゃぶりついてるのは、ほかでもない母さん自身だったんだ。ワラエ（アラーの御名にかけて）！

もう、みんなわかっちゃった。母さんが妖術をしてることも、くさった足をてめえで喰ってることも、ぼくわかっちゃった。マジでびっくりした。肝がつぶれちまった。おかげでそれから四日のあいだ、ぼくは昼も夜も泣きっぱなしだった。わんわん泣いたね。もう母さんなんかとは二度といっしょに飯を食うもんかってきめて、ぼくは五日めの朝に小屋をおん出ちまった。母さんのことを考えるだけで、ほんとにほんとにゲロが出そうになってたんだ。

ぼくはこのときから、通りの子になった。ヤギにまじって寝てみたり、あっちの屋敷やこっちの畑でものをくすねちゃあ食いつなぐような、本物の通りの子になったのさ。

バラとばあちゃんは、ぼくをとっつかまえにブッシュまでやってきた。ぼくを家まで連れもどして、ふたりしてぼくの涙をふきながら、「熱くなった心をさましなさい」って諭してきた。（「熱くなった心をさます」は、ぼくの「怒りや悲しみの気持をしずめる」。）「おまえの母さんは妖術つかいなんかじゃないよ。だいいち、イスラームを信じる者が妖術つかいになるわけがないじゃないか。とんでもないうそをついてるのは、イスラームを信じないバンバラのじじいたちの方なんだよ。」

でも、いまさらそんなこと言われたって、あんまりすっきりとはしなかったね。時すでにおそしってやつよ。ことわざでもいうだろ。「いったんケツからひり出た屁は、二度とつかまんない」ってね。

だからぼく、それからずっと、母さんのことを横目でうかがっていた。アフリカ式にいえば腹んなか、フランス式にいえば心んなかに疑いやら迷いやらをかかえたまんま、横目でうかがってたんだ。ぼくの魂がいつか母さんに喰われちまうのが怖かったしね。魂を喰われちまったら、もう生きちゃいられないからね。病いとか事故とか、なんにしろ思いがけない災いにあって、いずれ死ぬことになっちまうんだ。ニャモゴデン（てでなし）！

母さんが死んだとき、バラは言ったよ。ぼくの母さんは妖術つかいに喰われて死んだんじゃないって。なんたって占い師で呪物師のバラが言ったことばだぜ。妖術つかいをみつけだしたり、妖術つかいのやりそうなことを知ってる男のことばだぜ。それに、ばあちゃんもこう説明してくれたよ。ぼくの母さんはたしかに潰瘍だったし、涙も流しすぎた。でも、潰瘍と涙の流しすぎを元手に母さんをほんとに殺《あや》めなすったのは、アラーの神さまただおひとりの御業なんだって。天にましますアラーの神は、ご自分のなさりたいことをなさるだけ。アラーの神さまだってこの世のことすべてを公平になさるいわれはないんだって。

この日をさかいに、ぼくわかっちゃった。ぼく、母さんにひどいことをしてたんだ。よりによって、からだの不自由な母さんに、これでもかってぐらいひどいことをしてたんだ。母さんはひとことも口にしなかったけど、きっと心にいやな気持をかかえたまま死んでったんだ。だからぼく、母さんに呪われてる。ばちがあたってる。この世にいるかぎり、ぼくはもう善いことなんてなにひとつできやしない。この世にいるかぎり、どうあがいたって、ろくな人間になれやしないんだ。

母さんが死んだときのことは、たぶんもうちょっとあとで話すね。しゃべりたくないときにしゃべるなんて、そんないわれもつとめも、ぼくにはないからね。ファフォロ（おやじのちんぽ）！

ぼくの父さんのこと、まだみなさんにちっとも話してなかったね。父さんの名前はモリっていうんだ。でもぼく、父さんのこと話したくないな。父さんのことを話すと、心もおなかも痛くなるから。知恵のそなわった長老がはやすような白ひげをはやさないうちに、父さん死んじゃったから。父さんのこと、よく知らないから、話すこともあんまりないんだ。ぼくが四つ足で這いずりまわってるころに死んじゃったからね。父さんとはあまりつきあいがなかったってこと。ぼくが年じゅうつきあって、お気に入りの相手だったのは、治療師バラの方だね。よくしたもんで、呪物師のバラときたら、めちゃくちゃ物知りでさ。妖術のことも知ってるし、めちゃくちゃあっちこっち旅したことのある狩人なんだぜ。コートディヴォワールだろ。セネガルだろ。ガーナやリベリアにだって行ったことがあるんだぜ。リベリアにいる黒人は、アメリカ黒人でね。土人もみんなピジン語を話してるんだ。あっちじゃそいつを英語なんて呼んでるんだ。

ぼくのおじさんに、イサっていうひとがいた。おやじの兄弟のことをそんなふうに呼ぶんだろ。父さんが死んだあとで母さんをひきとるのは、ほんとならイサおじさんになるはずだった。死んだ父さんのつぎに母さんを女房にするのは、イサおじさんにきまってたんだ。それがマリンケのしきたりってやつだからね。

でも、イサおじさんが母さんをひきとることには、村のみんなが反対だった。おじさんが母さんに会いに小屋までやってきたり、ぼくのめんどうをみてくれたりしたことは、それまでいちどもなかったから。それどころか、イサおじさんはいつだってぼくの父さんや、ばあちゃんや、じいちゃんのことを口ぎたなくののしっていた。イサおじさんを好きなひとなんて、村にはひとりもいなかった。だからこんどのことにしても、しきたりどおりに事をはこぼうとするひとなんて、ひとりもいなかった。だいいちイサおじさんにしたって、くさった足をいっつもうえにむけたまんま尻で這いずるような女なんか、ほしくはなかったしね。

ただどっちにしても、ぼくの母さんは信心ぶかいムスリム女だろ。そんな女が、コーラのきずなで結婚をちぎるしきたりから十二カ月、まるまる一年も遠ざかってることは、コーランと宗教のさだめで禁じられてるんだ。(「コーラ」は「コーラの木からとれる種子で、刺激効果をもつことから食用に供される。伝統社会の儀礼的贈答品」。)だから母さんは、このさいはっきり言わなきゃなんなかった。自分がしたいと思うこと、自分がえらびとる道について、はっきりだれかに伝えなきゃなんなかったんだ。

そこで母さんは、ばあちゃんに言ってみた。「わたしの小屋には、夜となく昼となく、いつもバラがいてくれます。わたしの治療師で呪術師のバラと、コーラのきずなをむすぼうと思います。」でもそうはいってもね。さすがに母さんの申し出には、村のだれもが気のふれたイヌっころみたいにぎゃんぎゃんわめいたり吠えたりで、猛反対だったよ。なにしろバラといやあ、バンバラの呪物師だろ。日に五度のお祈りもしなけりゃ断食もしないだろ。そんな男がだよ、母さんみたいに信心ぶかくて毎日きまった時間に五度のお祈りをするムスリム女と結婚するなんて、とんでもなかったのさ。

村のみんなは、そのために何度かパラーブルをひらいてみた。コーランの読みなおしもやってみた。でも、結論をだらだら長びかせるのもやめにしようっていうんで、イマームのところへ相談に行くことになった。イマームっていうのは、毎週金曜とか、お祭の日とか、そのほかにも毎日五回、みんなのお祈りをみちびいてくださる白ひげをはやした長老のことだよ。そんな長老をイマームっていうんだ。イマームはバラにむかって、「アラー・クバル」と「ビシミライ」を何度かとなえてみなさいとおっしゃった。そしたらバラは、たったいちどだけ「アラー・クバル」と「ビシミライ」を口にしてくれてね。それで村のみんなも、母さんがバラとコーラのきずなをむすぶのをようやくみとめたってわけなのさ。

　こうしてバラは、ぼくの義理の父さんになった。母親の二度めのだんなのことを、そんなふうに呼ぶんだろ。バラと母さんは、こうして白い結婚ってやつをしたわけよ。

　結婚した女と男がたとえ黒人でも、たとえ黒い服を着てても、ふたりがそれまでいちどもセックスしてなけりゃ、フランス語では「白い結婚《マリアージュ・アン・ブラン》をしました」っていうんだぜ。母さんとバラの結婚が白いのには、ふたつのわけがあったんだ。まず、バラは首や腕や腰のところにグリグリをめちゃくちゃつけてて、女のまえでもそいつをぜったいはずそうとしなかった。それに、たとえ呪物をぜんぶはずす気になっても、バラの子づくりはけっしてうまくいかなかっただろうね。ぼくの父さんが心得てたテクニックを、やつは知らなかったからさ。なにしろ母さんときたら、潰瘍でくさった右足をうえにむけたまんま尻で這いずるような女だぜ。そんな女に乗っかって、体をぐいっとひんまげる軽わざじみた子づくりのしかたを、父さんはちゃんと心得ていた。でも、そいつをいちいちバラにおしえてやるひまもないまんま、父さんは死んじゃったからね。

ぼくの父さんは、母さんとのあいだにけっきょく三人の子をもうけていた。ぼくの姉さんのマリアムとファトゥマ、そしてこのぼく、ビライマだよ。ぼくの父さんは、畑仕事をがんがんこなす男だった。善きムスリムで、母さんをちゃんと養っていた。だからばあちゃんも言うわけよ。この世でこれほど善きおこないを積んできた父さんが死んじまったのも、アラーの神のおさだめはこの世の人間に計り知れないからなんだって。天にましますの全能の神は、なんのおかまいもなくご自分のなさりたいことをなさるだけ。アラーの神さまだって、この世でなさろうときめたことのすべてをいつもいつも公平になさるいわれはないってことさ。

イマームもおっしゃってたよ。ぼくの母さんは、アラーの神がお望みになったから亡くなったんだって。信心ぶかいムスリムなら、そのことでアラーの神に口ごたえをしたり、つべこべ文句をたれるなんてできないんだって。それからこうもおっしゃったよ。ぼくの母さんは、妖術じゃなくて潰瘍で亡くなったんだって。母さんの足がくさりつづけたのは、割礼女とそのせがれが死んでからこのかた、母さんの潰瘍をなおせる者がだれひとりいなくなったからなんだって。そもそも母さんの病いは、白人の診療所に行ってなおるような病いじゃなかったし、なによりアラーの神からいただいたこの世での時がおしまいになったからなんだって。

イマームはさらにおことばを足されてね。垢まみれの老人どもがこの村にやってきてぬかしたことはほんとじゃないんだって。母さんが夜になると妖術をやらかすだの、てめえのくさった傷をてめえで喰らってるだの、そんなのはでたらめなんだって。そんなイマームのおことばを聴いてるうちに、ぼく、熱い心がみるみるさめていった。そして母さんの死が、また悲しくなってきた。イマームにも言われちゃったし。ぼくは母さんにやさしい男の子じゃなかったって。いいかい、村のイマームのおことばだぜ。ひげをこんもりはやした導師さまで、毎週金曜の昼の一時にはでっかい祈りの集会をみちびかれる、そりゃあ尊いお方なんだぜ。そのイマームがおっしゃったおことばだけに、ぼく、ほんとに悔やみはじめたんだ。

いまだって母さんの死を想うたんびに、ぼくつらくなる。心がじりじり焼けちゃうんだ。母さんはたぶん魂喰いじゃなかった。ときどき自分にそう言いきかせるたんびに、母さんが死んだ夜のことを思いだしちゃうから。

からだがめちゃくちゃくさりだして、もうこれで最期ってときになって、母さんぼくを呼びつけた。で、ぼくの左腕を右手でつかむと、ぎゅうっとにぎりしめてきた。ぼくはその晩も、これから通りに行ってごろつき小僧でもやらかしましょうなんてつもりだったけど、母さんの右手をどうしてもふりほどけないもんだから、ゴザにくるまって寝ることにしたんだ。そうして一番鶏が鳴きはじめたころ、母さん、息をひきとった。ところが朝になっても、母さんの右手の指が、まだぼくの腕をぎゅうっとにぎりしめたままなんだ。あんまりきつくにぎってるから、バラとばあちゃんと女のひとがもうひとり、三人がかりでようやっとほどけたぐらいだったんだ。ワラエ（アラーの御名にかけて）！　いやほんと。

母さんがこの世でめちゃくちゃ苦しんだのを見てたから、村のみんなは大泣きだった。わんわん泣きながら、こう言っていた。「アラーの神さまがいらっしゃるすてきな天国にむかって、これからおまえの母さんはまっすぐ旅だっていくんだよ。ありとあらゆる災いや苦しみをこの世でひきうけたお方だ。アラーの神さまは、もうこんりんざい、どんな災いだって苦しみだって、おまえの母さんにはおさずけにならないからね。」

イマームもおっしゃったよ。母さんの魂はこれから善き魂となるだろう。生きとし生ける者を災いから守りぬき、いかに悪しき呪いからも守りぬく魂となるだろう。その魂をたたえなさい。その魂を想いおこしなさいって。イマームがそこまでおっしゃるからには、母さんもいまは天国にいるにちがいないって村のみんなは思ってた。母さんはもうなんにも苦しむことがないんだと思って、この世のみんながほっとしてたんだ。でも、このぼくだけはちがってた。

だって母さんの死を想うと、ぼくつらくなるんだ。いまでもすっごくつらくなるんだ。カフルのじじい三人がほざいたことは、大うそだった。やつらはとんでもないうそつきだった。なのに、そんな連中がぬかしたことをまともに信じたぼくってやつは、母さんの息子としてどれだけききわけのない、どれだけ悪い子だったんだろう。母さんを傷つけたのは、けっきょくこのぼくなんだ。母さんが死んだのは、心にうけたその傷のせいなんだ。だからぼく、呪われてる。この先どこに行こうが、母さんの呪いをずっとひきずって生きてくんだ。ニャモゴデン（てなし）！

母さんが亡くなってから七日めと四十日めのお弔いにあわせて、ぼくのマーンおばさんがリベリアからやってきた。（『語彙特性目録』によると「七日めと四十日め」は「死者を記念する儀式」。）

マーンおばさんにはママドゥっていう息子がいるから、ママドゥはぼくのいとこにあたるわけだ。

でもおばさんは、このころリベリアでくらしてた。川むこうの森んなかの、街道からずっとひっこんだ土地で、二番めのだんなといっしょに身を隠してた。おばさんのさいしょのだんな、つまりママドゥの父さんっていうのが、狩人頭《かりゅうどがしら》だったからさ。ようするに狼藉者ってやつよ。刃物や鉄砲を手にしちゃあ、わめいたり、ののしったり、おどしたりする狩人頭でね。ママドゥの父さんにあたる狩人頭は、とんでもない狼藉者だったんだ。マーンおばさんはこの狩人頭とのあいだに、ぼくのいとこのフェリマとママドゥをもうけていた。狩人頭はモリフィンっていうんだけど、モリフィンがあんまりマーンおばさんをののしったり、なぐったり、おどしたりするもんだから、ある日おばさんは家を飛びだした。だんなのもとから逃げだしたんだ。

ただまあ、世界じゅうどこに行ってもおんなじだろ。だれかの女房になった女は、たとえてめえのだんなからののしられようが、なぐられようが、おどされようが、だんなの寝床をおん出ちゃいけないんだろ。悪いのは、いつだって女の方なんだろ。それこそ、女の権利ってやつなんだろ。

村を逃げだしたマーンおばさんは、白人の地区司令官の詰所まで出頭するようにいわれた。なにぶん独立まえのことだからね。で、地区司令官が女の権利にかなったお裁きをくだして、おばさんから子どもふたりをとりあげちまってさ。かわりにおやじのモリフィンが子どもをひきとることになったんだ。しかもモリフィンは、マーンおばさんがわが子をさらったり、わが子に会ったりしないように、フェリマとママドゥをコートディヴォワールに送りだしやがった。このうちママドゥは、おじさんにあたるひとにひきとられた。おじさんは看護士として身を立てたひとだったから、あっちのコートディヴォワールにある白人の学校にママドゥを入れてくれたんだ。

そのころは学校なんてかぞえるほどしかなかったから、学校でおそわることにもまだまだ実入りがあったんだね。じっさいママドゥも大物になってのけたね。お医者にまでなったんだぜ。

植民地行政官は、女の権利にもとづいてモリフィンとマーンおばさんの離婚をみとめた。ところが狼藉者の狩人モリフィンときたら、わが子ふたりもてめえのあずかりになったっていうのに、マーンおばさんと二番めのだんなのゆくえをたえず追っかけていた。ときどき夜中に飛びおきちゃあ、ひとり空にむかって鉄砲をぶっぱなしやがるんだぜ。「ふたりともぶっ殺してやる。みっかりでもしたら、二人まとめて雌ジカみてえにぶっ殺してやる」なんてぬかしながらね。そもそもやっこさんがそんなぐあいだから、マーンおばさんと二番めのだんなも逃げだしたのに。ふたりはギニアからも、コートディヴォワールからも、フランスの植民地からいっさいがっさい遠ざかったリベリアの森んなかに身をひそめたんだ。なんたってリベリアといやあ、アメリカ黒人の植民地だろ。女の権利なんてやつも、そこじゃあ通用しないからね。だいたい、あっちで話されてる英語なんか、ピジン語呼ばわりされてるぐらいだからね。ファフォロ！

さて、母さんのお弔いがいとなまれたとき、狼藉者の狩人は村にいなかった。何カ月も村をあけて、どっか遠くの土地まで行ってるのが、やつのならわしだったからね。よその土地でもたえず狼藉をはたらいちゃあ、森で山ほど獣をぶっ殺してその肉を売りさばくのさ。それがやつの商売、やつの稼業だったんだ。マーンおばさんが村にやってきたのも、モリフィンがこうして村をあけていたおかげだった。おばさんは、ぼくたちみんな、ばあちゃんとバラとぼくとが母さんをきちんと弔えるように、お手伝いにきてくれたんだ。

おばさんが村にやってきて三週間たったころ、じいちゃんの小屋に身内のひとがおおぜいあつまって、パラーブルがひらかれた。(「パラーブル」は「未解決の問題を協議し、決定をくだす慣習上の集会」。)あつまったのは、ぼくのじいちゃんとばあちゃん、それにマーンおばさんとほかのおばさんたちやおじさんたちだった。マリンケの家族法にもとづいた話しあいで、母さんが亡くなったからにはマーンおばさんがぼくの第二の母親になることがきまった。またの名を後見人ってやつだね。マーンおばさんはぼくの後見人として、これからぼくに食いものと服をあてがわなきゃならない。これからはマーンおばさんが、ぼくに手をあげたりののしったりできるたったひとりのひと、つまり、ぼくをちゃんとしつける権利があるたったひとりのひとになったのさ。

こんときのパラーブルでは、ぼくが後見人のマーンおばさんといっしょにリベリアへ行くべきだってこともきまった。この村にいるかぎり、ぼくはフランス式の学校にもコーラン学校にも行きゃあしないだろうというのがその理由だった。じっさいそのころのぼくときたら、通りの子としてふらつくか、バラといっしょにブッシュへ狩にでかけるか、それだけだったからね。おまけにバラもバラで、コーランに書かれたアラーのおことばなんかそっちのけで、狩のことや、呪物のことや、妖術のことをぼくに吹きこむしまつだった。ばあちゃんはそいつをいやがって、ぼくをたえずバラから遠ざけよう、ひきはなそうとしてたんだぜ。このまんまじゃあ、ぼくがバンバラになっちまうんじゃないか。日に五度のお祈りをきちんとつとめるほんとのマリンケでいるかわりに、不信心な呪物師になっちまうんじゃないか。なんとかそいつをくいとめなくっちゃって思ったんだ。
ばあちゃんは、ぼくが義理の父親バラのもとから離れるようにしむけてきた。なんとかぼくを説きふせたくて、こんなことを言ってきたんだ。「むこうのリベリアにくらすマーンおばさんのところへ行けば、おまえも肉入りのヤシ油のソースがかかったご飯を毎日食えるじゃろうて。」そんなこと聞かされちゃえば、そりゃあぼくだって、リベリア行きがすっかりうれしくなるってもんよ。ヤシ油のソースがかかったご飯をたらふく食いたいばっかりに、もうぼくなんか、歌まで飛びだしてくるしまつだったね。ワラエ（アラーの御名にかけて）！

ところがだ。それから村で長老会議がひらかれて、話しあいの結果がじいちゃんとばあちゃんに伝えられてね。ぼくはまだビラコロだから、村をおん出ちゃいけないことになったんだ。ビラコロっていうのは、男の割礼も成人儀礼もすませていない子どものことだよ。なにしろあっちのリベリアといやあ、森の国だろ。森のやつらは、みんなブッシュマンだからね。（『語彙特性目録』によると「ブッシュマン」は「森の人間の意。サヴァンナの住民が森林の住民にあたえた蔑称」。）ブッシュマンは森のやつらで、マリンケじゃない。男の割礼も成人儀礼も知らないからね。そこでぼくは、つぎの季節に割礼と成人儀礼をうけるビラコロたちの第一陣にくわわることになったんだ。

ある晩のこと、仲間たちが小屋にやってきて、ぼくをたたきおこした。それからぼくらは、みんなで夜どおし歩きつづけた。森のはずれの原っぱについたのは、ちょうど日の出のころ。そこに割礼場があったんだ。べつに割礼場まで行かなくたって、ぼくらのなにかがそこで切られることぐらい、だれだって知ってるだろ。ビラコロはめいめいちっちゃな穴を掘って、そのまえにすわるんだ。すると、割礼執刀師がぼくらとおんなじ数だけライムの実をかかえて、森からあらわれる。執刀師になるのは、鉄鍛冶のカーストに生まれた、そりゃあえらい長老でね。どえらい呪物師で、どえらい妖術つかいでもあるんだよ。その執刀師がライムの実をすぱっとひとつ切るたんびに、ひとりずつ、ちんぽの先っちょの皮が落ちてくんだぜ。さあ、執刀師がぼくのまえにきた。目をつむってると、ぼくのちんぽの皮が穴んなかに落っこちた。そりゃあ、痛いなんてもんじゃなかったさ。でも、そうするのがマリンケの掟ってやつなんだ。

それからぼくらは、村の入口にあるこんもりしげった森のキャンプで寝泊まりするようにいわれた。ぼくらは二カ月のあいだ、キャンプでいっしょにくらすことになったんだ。

ぼくらは二カ月のあいだにいろんなことをおそわった。ぜったいひとに話しちゃいけないことを、どっさりおそわったんだ。それが成人儀礼ってやつだからね。成人儀礼でおそわったこと、ぼくは儀礼をうけてないひとにぜったい話しちゃいけないんだぜ。聖なる森から出てくる日、ぼくらは飯を食いまくったね。踊りまくったね。ぼくらはもうビラコロなんかじゃないんだぞ。成人儀礼をすませた本物の男なんだぞ。もうだれからもひんしゅくを買ったり、陰口をたたかれたりせずに、ぼくは村を出ていけるんだ。

ぼくの第二の母親で後見人のマーンおばさんと、おそれもとがめも知らない子どものぼくビライマは、もうリベリアに帰るばっかりになっていた。ところがそんなある晩のこと。村のみんながその日で四度めのお祈りをしているころにいきなりだぜ。でっかいさけび声につづいて鉄砲をぶっぱなす音がきこえてくるじゃないか。騒ぎはマーンおばさんの元のだんな、あの狼藉者の狩人がくらす屋敷の方からきこえてくる。村じゅうがたちまちわめき声につつまれた。「あの狩人が帰ってきた」と口々に言っている。おかげでマーンおばさんはすっかりびくついちまって、ぼくを置きざりにしたまんまブッシュの暗やみに姿をくらましちゃってね。おばさんが、あっちのリベリアにいるだんなのもとにたどりついたのは、それから二週間後のことだった。ばあちゃんと村の長老たちは、リベリアのマーンおばさんのところまでぼくを送りとどけられそうな旅人をさがしはじめた。

ぼくらの地元じゃあ、村の生まれで大物になった連中の名前なら、みんなひとつのこらずならべて言えるんだぜ。大物っていうのは、アビジャンとかダカールとか、バマコとかコナクリとか、パリとかニューヨークとかローマとか、それから海のむこうのアメリカとかフランスとか、うんと遠くの寒い国でたんまり銭をかかえてくらしてる連中のことだよ。大物は、ハジともいうね。ヒッジのお祭とかエル＝ケビールとか、そんな呼び名がついたイスラームのでっかい祭があるたんびに毎年メッカへでかけちゃあ、あっちの砂漠でヒツジの喉を搔っ切ってくるような連中だからさ。

そんなわけで、ヤクバのうわさ話についても、村のみんなはずいぶんまえから耳にしていた。この村で生まれた大物で、いまはアビジャンにくらしてるだの、あっちじゃあ糊のよくきいたでっかいブーブーを着こんで大物のハジにおさまってるだの、そんなたぐいのうわさ話さ。

さてある朝のこと、まだ起きぬけのころだ。そのヤクバがゆんべから村に帰ってきていることを、村のみんなが聞き知ってね。なのにどいつもこいつも、まるでそのことについては口をつぐんでなきゃいけないみたいにしてるんだ。ヤクバがいま村にいることを、だれもしゃべっちゃいけないみたいなんだ。村に帰ってきた男の名前がずばりヤクバと知ってるはずなのに、まるでみんなそいつを忘れたことにして、やつをチェクラと呼ばなきゃいけないみたいにしてるんだ。やつがモスクに行くとこを日に五回はばっちり見てるのに、「あいつが通りすぎるのをこの目で見た」なんて言っちゃいけないみたいにしてるんだ。ようするに「ヤクバまたの名をチェクラ」みたいな感じなのよ。（本人の名があるにもかかわらず、ひとがその者をべつの名で呼ばねばならない場合、フランス語では「またの名を」という。）ヤクバまたの名をチェクラは、もう二晩も村にいるのに、だれもやつのことを本名のヤクバでは呼ぼうとしなかった。やつみたいな大物がなぜ村にもどってきたのか、だれもそのわけをたずねようとはしなかったんだ。

リベリアのマーンおばさんのところまでぼくを送ってくれそうな人は、そのあいだも村でみつからなかった。するとある日のこと、朝のお祈りがすんだころだ。ハジの大物で、チェクラまたの名をヤクバのやつが、ぼくをリベリアまで送りとどけようと言ってきたんだぜ。ほんとはチェクラのやつ、ぼくのお供がしたかったのさ。なにしろやつのもうひとつの顔は、札びら殖やしだからね。札びら殖やしっていうのは、他人からひとつかみの銭を何日かあずかったあとで、うなるほどの札びらに変えてその銭を返せるようなマラブーのことでね。ＣＦＡだろうが米ドルだろうが、札びらだったらなんでもござれってなぐあいで殖やしちまうんだ。チェクラはそんな札びら殖やしのひとりだった。おまけに占いもするし、お守りもこさえるようなマラブーだったのさ。

チェクラはリベリア行きを急いでた。あっちこっちでみんながこんなうわさ話をしてるのをたっぷり聞いてたからなんだ。なんでも、札びら殖やしやら、病いなおしの占いやら、お守り作りやらを手がけるマラブーどもが、あっちのリベリアでがっぽり銭をかせいでる。戦争のおかげで米ドルをたんまりかせいでるって話でね。やつらがめちゃくちゃ銭をかせげるのも、いまのリベリアにはもう戦争の首領以外、てめえがいつ死ぬかわからなくてびくびくしている連中しか残ってないからなんだって。戦争の首領っていうのは、ひとをおおぜいぶっ殺して自分の領地をせしめた大物のことでね。ひとがわんさかくらしてるあの村この村、みんなひっくるめた領地を手に入れるだろ。で、村人どもを手玉にとって、好き勝手に人殺しをやらかせる連中のことなんだってさ。そんなうわさ話を耳にしたチェクラは、つまり確信したわけよ。リベリアで戦争の首領とその領地にくらす連中を相手にすりゃあ、アビジャンにいたときみたいに警察からつべこべいわれずに商売ができそうだってね。なにしろそれまでのチェクラときたら、どの街でどんな仕事や稼業に精をだしても、かならず警察からうるさくつきまとわれてたんだから。アビジャンでもそうだったろ。ヨプゴンでもそうだったろ。ポール＝ブエでもそうだったろ。ダロアとかバッサムとかブアケとか、コートディヴォワールのほかの街に行ってもそうだったろ。あっちの北の方にあるセヌフォの土地でもさ、せっかくブンディアリくんだりまで行ったのに、やっぱり警察のちゃちゃが入るざまだったんだ。

ヤクバまたの名をチェクラは、マジで大物だね。本物のハジってやつだね。チェクラはむかし、割礼をすませたとたんに村をおん出てさ。森の街をあっちこっちわたり歩いて、コーラの実を売りさばくようになったんだ。アボヴィルだろ。ダロアだろ。ガニョアだろ。アニャマだろ。コートディヴォワールでもブッシュマンのやつらがいるような森んなかの街ばっかりよ。そうしてやつは、ついにアニャマでひと山あてた。あごひげ濡らしのやりくちで、コーラの荷籠をダカール行きの船に乗っけちゃあ、山ほど積みだしたのさ。（「あごひげ濡らし」は「賄賂」。）税関の役人相手にあごひげ濡らし、つまり賄賂をきかせたおかげで、アビジャン港を出てからダカール港についてそっからまたダカール港を出てくるまでのあいだ、やつが積みだしたコーラの荷籠には、これっぽっちの税も手数料もかからなかった。セネガルやコートディヴォワールでコーラの積みだしをやらかすとなりゃあ、税関役人のあごひげをばっちり濡らさないでいた日には、税だの手数料だのを政府にごっそりおさめるはめになっちまうからね。そうなりゃ、もうけなんてからっきしゼロよ。そこいくとヤクバのやつは、これっぽっちの税もかかってない荷籠をセネガルの市場に持ちこみやがってさ。おまけにコーラの実をべらぼうな値段で売りさばいたんだ。つまりは丸もうけよ。ヤクバまたの名をチェクラは、それでまんまと金持ちになったのさ。

さあこれで金持ちになった。おつぎはハジになるために、チェクラは飛行機でメッカに飛んだ。さあこれでハジになった。おつぎはアビジャンに帰って、チェクラは女を何人もてめえの女房にした。さあこれで女房もたっぷりできた。おつぎは女房どもをまとめて押しこめとくために、チェクラはアニャマで屋敷（用の敷地）を買いあさった。アビジャンの人殺しどもがうようよしているアボボみたいなどんづまりの界隈にだって、屋敷を買ったんだぜ。さあこれで屋敷も買った。おつぎはどの屋敷にも空き部屋がごろごろしてるもんだから、てめえの身内やら、友だちやら、身内の友だちやら、友だちの友だちやら、女房の身内やらが、いたるところから押しかけちゃあ、どんどん空き部屋がふさがっていく。連中は、居ついた屋敷でチェクラにしっかり養ってもらうんだけど、居候どうしでしょっちゅうもめごとがもちあがる。そこでヤクバまたの名をチェクラときたら、お祈りの時間をぬかせばそれこそ一日じゅう、アパタムの下でもめごとのお裁きをするようになったんだ。(「アパタム」は「パポーすなわちアブラヤシの葉で編んだ屋根を杭でささえた簡単な建造物。日よけに用いる」。)糊のきいたでっかいブーブーなんか着こんじゃってさ。いかにも大物のハジでございってな感じで、ターバンなんか頭に巻いちゃってさ。ことわざだの、コーランの章句だのをひけらかしながら、しゃべくったりしてたのさ。

ところがあるときのこと。もめごとのお裁きにすっかり気をとられて、もめごと好きの連中にすっかりじゃまされたおかげで、やつはその月にかぎって税関役人のあごひげをきっちり濡らしとくのを忘れちまった。コーラの荷籠を山積みにしてアビジャン港をちゃんと出てからダカール港にちゃんとついていた船一隻分のあごひげ濡らしを忘れちまったんだ。

そのころダカール港では、ちょうど沖仲士のストライキがもちあがっていた。ヤクバまたの名をチェクラが、あいもかわらずアパタムの下でもめごとにかかずらってるあいだに、ダカール港では沖仲士も税関役人も、コーラの実を船倉《ふなぐら》でくさるがままにさせちまった。こうして、船まるまる一隻分のコーラの荷籠が、どれもこれもすっかりくさったりいたんだりで、海んなかに放りこむにはちょうどいいあんばいになってたわけよ。ヤクバはこれで銭をまるごと失った。フランス語式にいえば、ヤクバはすっかり、かんぺきに破産しちまったのさ。

いったん破産すると、それまで気まえよく銭を貸してくれていた銀行家が借金の取りたてにやってくる。その場で銭を返せないと、こんどは裁判所からお呼びがかかる。アビジャンの裁判所からお呼びがかかったっていうのに、判事やら検察官やら書記官やら弁護士やらのあごひげをうまく濡らさないでおくと、こんどはありったけの刑を言いわたされる。お裁きがおりたっていうのに、執行官や警官のあごひげをうまく濡らさないでおくと、こんどは敷地も家もさし押さえをくらっちまうのさ。

ヤクバまたの名をチェクラも、こうして屋敷をぜんぶさし押さえられた。そんなざまなんか、見てられっかよ。おれさまの女房の宝石にひとさまの手がかかるなぞ、とんでもねえ話じゃねえか。やつはそう思って、ガーナに高飛びをきめた。

ガーナっていうのは、コートディヴォワールのすぐちかくにある国だよ。ガーナ人はサッカーがうまくてね。英語なんていいながらやっぱりピジン語をしゃべってるような連中よ。

ガーナじゃあ、いろんな品物がアビジャンよりずっと安値でごろごろ売りに出てるんだぜ。そこでヤクバまたの名をチェクラは、こんどは国境の税関役人のあごひげをたっぷり濡らすことにした。手数料のかからないガーナの商品をコートディヴォワールに持ちこむことにしたのさ。それがまたべらぼうな値段で売りさばけてね。つまりは丸もうけよ。丸もうけのおかげで金持ちになると、やつはヨプゴン・ポール＝ブエにでっかい屋敷を買った。それから女房を買って、ターバンを買って、糊のきいたブーブーを買った。いそぎの客をはこぶ乗合いバスも買ってみた。そう、乗合いバスをごっそり買ったんだ。

ところがしばらくすると、バス一台分の売りあげが、運転手のひとりにまるごとネコババされてることにヤクバは気づいた。そこでヤクバまたの名をチェクラは、問題のバスにてめえで乗りこんで、客の運賃をてめえで取りたてるようになった。運転手はそいつがおもしろくねえもんだから、不満まかせにひとをぶっ殺すような事故をやらかしちまった。バスに乗りこんでたヤクバも、けがをして病院行きよ。けっきょくアラーのお力で、ヤクバのけがはなおったけどね。なにしろやつは日に五度のお祈りを欠かさなかったし、しょっちゅう供犠をやらかしちゃあ、家畜の喉をつぎからつぎへと掻っ切ってただろ。その供犠がちゃんと受け入れられていた証拠だね。(黒人のアフリカ土人の考えによれば、ある人間が幸運にめぐまれているのは、かつてその人間が供犠にささげた獣を、神が受け入れていたからだという。)

事故にあって入院したおかげで、ヤクバはふたつの点で変わったね。ひとつには、足が不自由になって、ひとから「足をひきずる悪党」って呼ばれるようになったんだ。あとひとつには、災いをうまいことときりぬけたもんだから、「善なるアラーの神は、手ずからお造りになった生ける者の口をけっして空《から》のまま見すごしにはなさらない」ってな教訓をひきだしたのさ。ファフォロ(おれのおやじのちんぽ)!

ヤクバまたの名をチェクラが入院していると、友だちがひとりおみまいにやってきた。名前はセクー。セクー・ドゥンブヤっていうんだよ。ふたりはおんなじ年齢組で、成人儀礼もいっしょにうけたっていうんだから、根っからの幼なじみになるわけだ。(アフリカのニグロの黒人の村にいる子どもたちは、年齢組に分かれている。なにをするにも年齢組の区分にしたがう。遊び仲間になるのも、成人儀礼をともにうけるのも、自分とおなじ年齢組の子たちである。）セクーはこのとき、メルセデス・ベンツを乗りつけておみまいにやってきた。コートディヴォワールでメルセデス・ベンツを乗りまわすやつといやあ、そりゃあ金持ちさ。セクーは、てめえがいま手がけてる稼業について、ヤクバにひとくさり話してきかせてね。しくじる恐れもなければ、なんにもしないで銭ががっぽりころがりこんでくるとセクーがほざいた稼業、そいつがマラブー稼業だったのさ。なもんで、ヤクバまたの名をチェクラは、ヨプゴンの大学病院から出てくると、さっそく手もちの乗合いバスを一台のこらず売りとばした。事故車のスクラップまで売りとばしやがってさ。それからは札びら殖やしをしたり、お守りをこさえたり、開運の祈りのせりふを思いついたり、どんなにたちの悪い呪いも解けるような供犠のやりかたをめっけたり、そんなマラブー稼業をおっぱじめたんだ。

やっこさんの仕事は、ばっちりあたった。やれ大臣だ、国会議員だ、高級官僚だ、成金だ、そんな大物連中が、やつんとこにぞろぞろかよいはじめた。悪党やら殺し屋やら、コートディヴォワールで人殺しをやらかすような連中も、そのようすを目にすると、てめえがふんだくった銭をスーツケースにぎっしりつめてヤクバんとこに持ちこみはじめた。強盗でせしめた札びらを、ヤクバに殖やしてもらおうって寸法よ。

アビジャンの街なんてのは、警官が武器をもった悪党に出くわしても問答無用でね。まるで狩の獲物かウサギみたいに、あっさり悪党を撃ち殺しちまうんだぜ。さて、そんなアビジャンの街で、ある日警官が三人組の悪党に銃をぶっぱなした。ふたりは即死で、三人めはこう言いのこしてからくたばった。「おれたちが盗んだ銭は、札びら殖やしをやってるヤクバまたの名をチェクラの家に行けばあるぜ。」そこで警官どもは、名前のあがった札びら殖やしの家にさっそく踏みこんだ。ところがまあ、「受け入れられた供犠」ってやつのおかげだね。（『語彙特性目録』によると「受け入れられた供犠により」は「運よく」のこと。アフリカ土人のニグロは、災いを祓うために血なまぐさい供犠をしばしばおこなう。そうした供犠が神に受け入れられたときに、幸運が転がりこむとされている。）まったく「受け入れられた供犠」または「幸運」ってやつのおかげだね。強盗どもが札びらをぎっしりつめたスーツケースが、警察の家宅捜索でごろごろ出てきたとき、ヤクバまたの名をチェクラはちょうど家をあけてたのさ。

ヤクバは二度とわが家にもどらなかった。夜のうちにアビジャンからとんずらこいて、チェクラを名のりながら村に逃げかえってきたんだ。なるほどね。だからやっこさんを見かけた村人も、ヤクバなんか見てないよって口裏をあわせてたわけなんだ。一方、村に帰ってきたヤクバの頭には、まだあの教訓がちらついていた。あのせりふをひとりでとなえてたんだ。「至善なるアラーの神は、手ずからお造りになった生ける者の口をけっして空のまま見すごしにはなさらない。」

ようするにそういうこと。リベリアのマーンおばさんとこまでぼくを送りとどけると言ってきたのは、ほかでもないこんな男だったのさ。ワラエ（アラーの御名にかけて）！　いやほんと。

ある朝、ヤクバがぼくに会いにきた。そしてぼくを脇に呼んで、こっそりこんなないしょ話をしてきやがった。「リベリアってのは、そりゃあすばらしい国でな。このおれさまがしている札びら殖やしの稼業も、あっちじゃあすこぶるつきの仕事になるんだ。おれさまみたいなひとのことを、あっちではグリグリマンと呼んでな。あっちでグリグリマンといやあ、そりゃあ大物ってことなんだぞ。」ぼくをその気にさせたくて、やつはリベリアについて、ほかにもいいことばっかり山ほどおしえてくれたんだ。ファフォロ（おれのおやじのちんぽ）！

だって、すごい話ばかりなんだぜ。リベリアでは部族戦争をやっていて、ぼくみたいな通りの子が子ども兵になってるんだって。ぼくの『ハラップス辞典』によると、「子ども兵」はアメリカのピジン語で「スモール・ソルジャー」っていうんだぜ。リベリアのスモール・ソルジャーは、なにからなにまで持っててね。まずカラシニコフを持ってるだろ。カラシニコフってのは、ロシア人が発明した銃で、弾をたてつづけにぶっぱなせてね。子ども兵はそのカラシニコフで、それこそなんでも手に入れちまうんだって。銭だって、米ドルだって手に入れるだろ。靴だって、肩章だって、ラジオだって、軍帽だって、自動車とか四駆とかいうやつだって手に入れちまうんだって。だからぼく、おもわずさけんじゃった。ワラエ！　ワラエ！　ああ、リベリアに行きてえなあ。早く早く行きてえなあ。子ども兵とかスモール・ソルジャーとか、そんなのになってみてえなあ。子ども兵だろうが兵隊っ子だろうが、似たようなもんだろ。もうぼくの口からは「スモール・ソルジャー」しか出てこなくなった。寝床にいようが、くそたれてようが、しょんべんたれてようが、もうそればっかさけんでた。スモール・ソルジャー！　子ども兵！　兵隊っ子！

ある朝、一番鶏が鳴くころに、ヤクバが小屋へやってきた。あたりはまだ暗いのに、ばあちゃんがぼくをおこして、ピーナッツソースのご飯を出してくれた。だからぼく、飯をわしわし平らげた。それからばあちゃん、ぼくらふたりを見おくってくれた。村の出口は、みんながつかうごみ捨て場のあるところ。そこまでくると、ばあちゃんはぼくの手のひらにコインを一枚乗っけてくれた。たぶんそいつは、ばあちゃんのなけなしの貯えだった。いまでもぼく、あのとき手のひらに置かれたコインのぬくもりをおぼえてるよ。ばあちゃん、コインをぼくにわたすと、泣いちまった。泣きながら小屋にもどってった。ぼくがばあちゃんを見たのは、けっきょくそのときがさいごになった。ほかならぬアラーの神さまがお望みになったことなんだろ。アラーの神さまだって、この世でなさることすべてに公平でいらっしゃるいわれはないんだろ。

ヤクバはぼくに、まえを歩けと言ってきた。やつは足をひきずっていて、「足をひきずる悪党」なんて呼ばれてるぐらいだからね。村を出るまえからヤクバは言ってたよ。ぼくらふたりは、道すがらいつだって、なんかしら食いものにありつけるはずなんだって。「至善なるアラーの神は、手ずからお造りになった生ける者の口をけっして空のまま見すごしにはなさらない」からだとさ。ぼくらは荷物を頭のうえに乗っけて、夜あけまえに出発した。まずは、市場のある街まで歩いて出るだろ。そこまで行けば、乗合いバスがあるからね。そいつに乗っかれば、ギニアだろうが、リベリアだろうが、コートディヴォワールだろうが、マリだろうが、どんな国の都会にだって行けるのさ。

ぼくらはまだそれほど、一キロも道の足をかせいでいなかった。と、いきなり左の草むらから一羽のフクロウがバサバサバサッと羽音をあげて飛びだすと、闇のなかに消えていった。だからぼく、びくっと飛びあがって、「母ちゃん！」ってさけびながらチェクラの両足にしがみついちゃった。でもね、さすがにチェクラはおそれもとがめも知らない男よ。そらでおぼえていたコーランの章句のうちでもめちゃくちゃ効きめのあるやつを、ひとつとなえてみせたね。となえおわると、やつは言った。旅人の左から飛びだすフクロウというのは、悪い旅の前兆なんだとさ。(「前兆」は「人がそれによって未来を予測するきざし」。)チェクラはその場にすわりこんで、効きめのあるコーランの章句をほかにも三つ、それからこの土地の妖術つかいに伝わるぞっとするような祈りの文句を三つとなえた。するとそれにあわせて、エボシドリが一羽、道の右手で鳴き声をあげた。(『語彙特性目録』によると「エボシドリ」は「果食性の大型鳥」。)鳴き声を聞いたヤクバは、たちあがると言った。エボシドリの鳴き声は、よい反応なんだって。ぼくらふたりが母さんの魂に守られてることの良き証《あかし》なんだって。母さんはこの世でめちゃくちゃ涙を流したから、その魂にはめちゃくちゃ力があるんだって。母さんの魂が、ぼくらの旅路からフクロウの不吉な羽音をかき消してくれたんだ。(「不吉な」は「災いや死をもたらす」。)ぼく、たしかに母さんに呪われてるよ。けど、母さんの魂はそれでもぼくを守ってくれてるんだ。

それからぼくらは、ずんずん道の足をとりつづけた。(『語彙特性目録』によると「道の足」は「歩くこと」。)すっかり元気になってほっとしちゃったから、なんにも言わずに歩きつづけたんだ。

でもそのあと、ぼくらがまだそれほど、五キロも道の足をかせいでないうちに、こんども左の草むらから、いきなり二羽めのフクロウがバサバサバサッと羽音をあげて飛びだすと、闇のなかに消えていった。もうぼく、ほんとにこわくてこわくて、「母ちゃん!」を二度もさけんじゃった。ところがヤクバまたの名をチェクラは、マラブーや妖術のわざではおそれもとがめも知らない手合いよ。そらでおぼえてるコーランの章句のうちでもめちゃくちゃ効きめのあるやつを、ふたつとなえてみせたね。

となえおわると、やつは言った。旅人の左から二度つづけて飛びだすフクロウというのは、すごくすごく悪い旅の徴候なんだとさ。(「徴候」は「未来を告げるかのようなきざし」。)チェクラはその場にすわりこんで、効きめのあるコーランの章句を六つ、それからこの土地の妖術つかいに伝わるどえらい祈りの文句を六つとなえた。するとそれにあわせて、ヤマウズラが一羽、道の右手で鳴き声をあげた。ヤクバはたちあがると、にんまりしながらこう言った。ヤマウズラの鳴き声とは、ぼくらが母さんの魂に守られてる証なんだって。母さんはこの世でめちゃくちゃ涙を流して、尻でめちゃくちゃ這いずったから、その魂はめちゃくちゃ力のある善き魂なんだとさ。母さんの魂が、ぼくらの旅路からフクロウの二度めの不吉な羽音もかき消してくれたんだ。ぼく、たしかに母さんをさんざん苦しめたよ。けど、母さんはとっても善きひとだから、それでもぼくを守ってくれてるんだ。

それからぼくらは、ずんずん道の足をとりつづけた。もうほんとに気をよくして、自信もついちゃったもんだから、なんにも心配しないで歩きつづけたんだ。

でもそのあと、ぼくらがまだそれほど、十キロも道の足をかせいでないうちに、いきなり左の草むらから三羽めのフクロウがとてつもなくでっかい羽音でバサバサバサッと飛びだすと、闇のなかに消えてったんだ。もうぼく、ほんとにこわくてこわくてこわくて、「母ちゃん!」を三度もさけんじゃった。ところがチェクラは、マラブーや妖術のわざではおそれもとがめも知らない手合いよ。そらでおぼえてるコーランの章句のうちでもめちゃくちゃ効きめのあるやつを、三つとなえてみせたね。となえおわると、やつは言った。旅人の左から三度つづけて飛びだすフクロウというのは、すごくが三つつくほど悪い旅の前兆なんだとさ。チェクラはその場にすわりこんで、効きめのあるコーランの章句をほかにも九つ、それからこの土地の妖術つかいに伝わるたいへんな祈りの文句を九つとなえた。するとそれにあわせて、ホロホロチョウが一羽、道の右手で鳴き声をあげた。ヤクバはたちあがると、にんまりしながらこう言ったね。ホロホロチョウの鳴き声とは、ぼくらが母さんから祝福されてる証なんだって。母さんはこの世でめちゃくちゃ涙を流して、尻でめちゃくちゃ這いずったから、その魂はめちゃくちゃ力のある善き魂なんだとさ。母さんの魂が、ぼくらの旅路からフクロウの三度めの不吉な羽音を、またまたかき消してくれたんだ。ぼくらは、ずんずん道の足をとりつづけた。もうほんとにしあわせな気分でほっとしちゃったもんだから、なんにも考えずに歩きつづけたんだ。

朝になりはじめても、ぼくらはまだ歩いていた。と、こんどはいきなり、地べたにいる鳥たち、木にとまってる鳥たち、空を飛んでる鳥たち、そこいらじゅうの鳥たちがいっせいに鳴き声をあげたんだぜ。なぜって、そりゃあみんなうれしいからさ。みんな大よろこびだからさ。鳥たちの鳴き声にせきたてられて、お日さまがお出ましなさったのさ。お日さまはぼくらの真ん前、こっちにまっすぐ顔をむけながら木立のうえまで跳ねあがっていく。ぼくらふたりもめちゃくちゃうれしくなって、もうすっかり遠くなったトゴバラ村にそそりたつフロマジェの樹のてっぺんをながめてた。と、そのとき、ぼくらの左手からワシが一羽、こっちにやってくるのが見えた。両足の爪でなにかをつかんで重そうに飛んできてね。で、ぼくらの背丈ぐらいの高さまで舞いおりると、道のどまんなかにてめえの荷物をほうり捨てやがった。ありゃあノウサギの死骸だぜ。チェクラはそいつを目にすると、ばかでっかい声で何度も「ビシミライ！」をさけんじゃあ、コーランの章句やら、カフルの呪物師が祈りにつかう文句やらをずらずらならべて、いつまでたってもお祈りをやめようとしない。やつはめちゃくちゃ心配してたのさ。道のどまんなかにノウサギの死骸があるっていうのは、まったくもって、めちゃくちゃ悪い旅の徴候だったんだ。

ようやく街にたどりついても、ぼくらはその足でまっすぐ乗合いバスの停車場には行かなかった。あんまり悪い前兆があらわれるもんだから、この旅をあきらめてトゴバラ村へひきかえす気になってたんだ。

そんな気分になってたとき、ぼくらは街なかでひとりのお年寄りを見かけた。長い杖をついて、よれよれに老いぼれたばあさんだった。ヤクバがコーラの実をひとつあげると、ばあさんよろこんで、ぼくらにこんなことをすすめてくれた。「それならばおまえさん方、ちかごろこの村にやってきた男がひとりおるから、そこで相談してみなさるがいい。いまではこの村、いや近郷のマラブーやら霊媒師やら呪術師やらのうちでも、一等ひいでた者になっておるからのう。」(「霊媒師」は「霊との意思疎通ができるとされる者」。) ぼくらは言われたとおりに、屋敷を三つと小屋を二軒やりすごしたあとで、マラブーの屋敷にどんぴしゃ行きあたった。屋敷には先客たちがいたから、ぼくらは控えの小屋で順番をまった。そうしてようやくマラブーのいる小屋に通されると、こいつあたまげた! マラブーってのは、ほかでもないあのセクーじゃないか。ヤクバの幼なじみで、アビジャンのヨプゴン大学病院までメルセデスに乗ってヤクバのおみまいにきてくれた、あのセクーなんだぜ。ヤクバとセクーはおもわず抱きあったね。なんでもセクーは、札びら殖やしの稼業でヤクバみたいなひどいめにあって、メルセデスからなにから財産をすってんてんにして、アビジャンをおん出るはめになったんだとさ。(『プチ・ロベール』によると「ひどいめ」は「なげかわしく悲しいできごと」。)ぼくらはとりあえず、その場に腰をおろしてみた。と、セクーのやつが手品の名人芸みたいに、いきなりブーブーの袖から白いニワトリを一羽とりだしてみせるじゃないか。ヤクバがおもわず「おおっ!」とさけぶ。ぼくもおもわずぎょっとしちまった。(『プチ・ロベール』によると「ぎょっとすること」は「恐怖と入りまじった不安が心におそいかかること」。)セクーはぼくらの相談ごとを聞くと、「難儀かもしれないが、ここはひとつ、供犠をたっぷりしといた方がいい」とすすめてくれた。そこでぼくらは墓場に行って、ヒツジ二頭とニワトリ二羽を供犠にささげることにした。さっきセクーが袖からとりだしたニワトリにもう一羽を足して、そいつを供犠にささげたんだ。

はたして供犠は受け入れられた。アラーの神さまだって、ご先祖さまの御霊だって、いつもいつも供犠を受け入れてくださるいわれはないけれど、こんどのことではそいつをお望みになったから受け入れてくださったのさ。ぼくらもほっとしたね。セクーはあとひとつ、金曜のまえにここを出発しちゃいけないとも忠告してくれた。道にノウサギの死骸を見たほどの旅人にも推薦できる日があるとすれば、それは金曜をおいてほかにない。(「推薦する」は「つよくすすめる」。)金曜はムスリムの聖日だし、死者や呪物師の聖日でもあるからなんだって。

ぼくらはもう、すっかり楽観的で元気になってきた。(『ラルース』によると「楽観的な」は「未来を信じた」。)なるほどね。「至善なるアラーの神は、手ずからお造りになった生ける者の口を糧も無きまま けっして見すごしにはなさらない」とはこのことよ。(「糧」は「食物、生計」。)ぼくらがこの街でこんなふうにセクーと会ったのは、一九九三年六月のことだった。

おっと、言い忘れちゃいけない。こんときのおしゃべりで、ヤクバは霊媒師のセクーに「おまえさんもリベリアやシエラレオネに行くべきだな」って、うまいこと焚きつけていたんだぜ。「リベリアやシエラレオネじゃあ、ひとがハエっころみたいにばたばた死んでるんだ。おまえさんみたいにブーブーの袖からニワトリをひっぱりだせるほどのマラブーなら、銭だってドルだって、あっちでめちゃくちゃがっぽりかせげるはずだぞ。」それを聞いてるセクーの方も、まんざらじゃあなさそうだったね。じっさいぼくらは、リベリアやシエラレオネの人影まばらな森の奥で、これから何度もセクーに出くわすことになるんだよ。(「人影まばらな」は「荒々しく未開な」。)

さあ、きょう話そうと思ってたことは、ここまでだ。もううんざりだぜ。きょうはもうおしまい。ワラエ！　ファフォロ（おれのおやじのちんぽ）！　ニャモゴデン（てなし子）！

II

ある国で「部族戦争がおきている」っていわれるのは、何人かの追いはぎどもがその国を山分けしてるってことなんだ。富の山分けってやつだね。領土も山分け、住民も山分け、なんでもかんでも追いはぎどもが山分けしてるっていうのに、そんなやりたいほうだいを世界じゅうがほったらかしにしてるのさ。連中が罪のないひとや子どもや女を好き勝手にぶっ殺すのを、ほったらかしにしてるってこと。それだけじゃないぜ！　なによりおもろいことに、めいめいの追いはぎがてめえのもうけを死にものぐるいで守ってるかたわらで、めいめいがてめえの持ち分を少しでもでっかくしようとたくらんでやがるんだ。（『ラルース』によると「死にものぐるい」は「絶望のさなかの体力、生気」。）

リベリアには、そんな追いはぎ野郎が四人いた。ドーと、テイラーと、ジョンソンと、エルハジ・コロマの四人だよ。ほかにも、大物になりたがってるちんけな小悪党どもがいてね。四人の追いはぎ野郎とそんな小悪党どもが、お国をなにからなにまで山分けよ。そんなざまだから「リベリアでは部族戦争がおきている」っていわれるんだ。これからぼくが行こうとしてるのは、そんな国だった。

マーンおばさんがくらしてるのも、そんな国だったのさ。ワラエ（アラーの御名にかけて）！　いやほんと。

どんな部族戦争でもリベリアでもそうだけど、子ども兵とかスモール・ソルジャーとかチャイルド・ソルジャーとかっていう連中は、ひとさまからお手当なんてもらわない。てめえで住民をぶっ殺して、おあつらえむきの品物ならなんでもてめえでふんだくってくるだけの話よ。どんな部族戦争でもリベリアでもそうだけど、おとな兵も、ひとさまからお手当なんてもらわない。てめえで住民をなぶり殺しにして、おあつらえむきの品物ならなんでもてめえでせしめてくるだけの話よ。子ども兵だろうがおとな兵だろうが、おまんま食ってくそをひり出すために、盗った品物をひとつのこらずご奉仕価格で売りさばくのさ。

そんなぐあいだから、リベリアではどんな品物もご奉仕価格で出まわっていた。金もダイアモンドもご奉仕価格。テレビも四駆もご奉仕価格。ピストルも、カラシニコフまたはカラシュもご奉仕よ。なにからなにまでご奉仕価格ってわけなのさ。

どんな品物でもご奉仕価格がまかりとおってる国には、商人どもがなだれこむ。（ぼくの『ラルース』によると「なだれこむ」は「おおぜいでやってくる」。）てっとりばやく金持ちになろうとたくらむ男も女も、こぞってリベリアにやってくる。そいで、品物の買いつけやら交換やらにはげむんだ。連中の持ちこみ品なんていったら、ほんのいく握りの米粒とか、ちっぽけな石鹸ひとつとか、灯油一瓶とか、ドルやＣＦＡの札びら何枚かだけなんだぜ。ところがリベリアじゃあ、そんなちゃちな品物がどうしようもなく足りないときていやがる。リベリア入りした商人どもは、そいつを元手に買いつけや交換をして、ご奉仕価格の商品を手に入れる。それをこっちのギニアやコートディヴォワールに持ちかえって、べらぼうな値段で売りさばくのさ。つまりは丸もうけよ。

ンゼレコレの街では、そんな丸もうけをたくらむ商人どもが、男も女もリベリア行きのバカのまわりにひしめいていた。(「バカ」は『ブラックアフリカにおけるフランス語の語彙特性目録』にあるアフリカ土人の黒人のニグロの単語で「長距離バス、自動車」。)

でね、部族戦争の国に入りこむには、隊列ってやつが組まれるんだぜ。商人どもを乗っけたバカは、隊列を組んでリベリアに入るのよ。(バカを何台もつらねていくから「隊列」になる。)隊列のまえとうしろにはバイクがついて、バイクに乗っかるやつらが完全武装で隊列を護衛するんだ。なんせリベリアには大物の悪党四人のほかにも、小悪党どもがごろごろいるだろ。そんな連中が道路をふさいじゃあ、通行人にたかっているからさ。(ぼくの『ラルース』によると「たかる」は「他人が支払いわれのない金品を強要する」。)

リベリアは、隊列を組んで入る国。ぼくらもたかりにあわないように、バイク一台を隊列の先頭につけることにした。そしてぼくらは出発したのさ。ファフォロ(おやじのちんぽ)!

おや、子どもだ。ありゃ本物のキッドだ。(ぼくの『ハラップス』によると「キッド」は「子ども、ガキ」。)ちょうどぴったり曲がり角んとこにひとりチビ助がいて、停止の合図をおくってるよ。でも、ぼくらの護衛で先頭を走るバイクは、急停止なんかできなかった。おまけにバイクに乗ってるやつらは、あのチビ助が道路ふさぎでたかりをやらかす一味のひとりだと、てっきり思いこんじまってさ。

銃をぶっぱなしやがったんだ。それでほら、あのガキんちょの子ども兵が、もうそこで銃弾にふっ飛ばされて、ぶったおれて死んでるよ。すっかり死んじまってるよ。ワラエ！　ファフォロ！

ほんの一瞬だけ、その場がしーんとなった。でもそいつは嵐を告げるしじまだった。まわりの森からぼくらめがけていっせいに、短機関銃の掃射がトゥラララ……トゥラララ……トゥラララ……って火を噴きはじめた。短機関銃のトゥラララ……が活動をおっぱじめたんだ。その場のきなくささに感づいた森の鳥たちが、つばさをひろげてもっとしずかな空にむかって飛びたっていく。バイクには運転手のほかにもうひとり、うしろの席にまたがって今しがたカラシニコフでファロをやらかした野郎が乗っていた。（「ファロ」は『プチ・ロベール』にない単語だよ。『ブラックアフリカにおけるフランス語の語彙特性目録』によれば「空威張り」をする。）そのふたりが、バイクもろとも短機関銃のトゥラララを雨あられとあびちまってる。バイクを運転してたやつも、うしろの席でファロをやらかしたやつも、もうどっちも死んでいる。すっかり、かんぺきに死んじまってるよ。なのに、短機関銃の一斉射撃はまだやまない。トゥラララ……ディンッ！　トゥラララ……ディンッ！　見ると、もう道路のうえは、地べた一面がめちゃくちゃなことになってるよ。バイクが炎を噴きあげてるだろ。機銃掃射で何度も何度もぶちぬかれた死体がいくつもころがってるだろ。あたり一面が血に染まってるんだ。血まみれなんだ。あっちでもこっちでも、ぶったおれた死体から血がどっくんどっくん流れて、とまらないんだ。ア・ファフォロ！　機関銃のメリーゴーランドはまだつづいてる。ぶきみなトゥラララの音楽が鳴りやまないんだ。（「ぶきみな」は「暗い、ぞっとするような、怖ろしい」。）

事のなりゆきをもういちど、はじめっから話してみるね。

ふつうなら、こんなことにはなりゃしないんだ。ぼくらのバスとバイクは、あのちびガキが合図したとおりの場所にぴったり、一センチも行きすぎずに停車するだろ。そうすりゃ事はうまく運んだのに。ばっちりうまく運んだのにさ。ア・ファフォロ！　そうしていりゃあ、将校のステッキぐらいの背丈しかないあのちびガキの子ども兵が、隊列の先頭にいる護送バイクのふたりと、まずことばをかわすだろ。で、おたがい、しだいにうちとけてくるだろ。毎晩ビールを飲みあう仲間どうしみたいに、冗談のひとつも飛びだしてくるわけよ。それからあのチビ助が、合図の口笛を吹く。もいちど吹く。そうすっと四駆が一台、ブッシュから出てくる。葉っぱで偽装した四駆は、ガキんちょでぎゅうぎゅうづめだ。みんな子ども兵、スモール・ソルジャーよ。背丈がこんくらいの……将校のステッキぐらいの背丈しかないガキんちょどもさ。そのうち何人かが、カラシュでファロをやらかしはじめる。カラシニコフには肩帯がついてて、子ども兵はみんな空挺部隊《パラシューティスト》の服を着てるんだ。やつらにはでかすぎて長すぎるサイズだけどね。膝までたれて、だぶだぶなんだ。なによりおもろいのは、そのなかに女の子がまじってることだね。そう、本物の女の子たちがカラシュを持って、カラシュでファロをやらかすんだぜ。人数は多くないけど、男の子よりも残忍なやつらでね。ひとの目ん玉をおっぴろげて、そんなかに生きたハチをつっこめるような子たちなんだぜ。（アフリカ黒人のニグロことばじゃあ、性根がえらくひんまがったやつのことを「おっぴろげた目ん玉に生きたハチでもつっこめるようなやつ」という。）身なりと武器がおんなじでも、子ども兵のなかにはてめえの足でブッシュから歩いて出てくるやつもいる。そんなのがこんどはバスにへばりついて、成人儀礼をいっしょにうけた幼なじみみたいな口っぷりで、乗客に話しかけてきたりする。（村の世界では、成人儀礼をともにうけた者は真の仲間とみなされる。）それから四駆が隊列の先頭について、バスを誘導するはずだったのさ。

ふつうなら、それから一行は善人パパ大佐の塹壕《ざんごう》キャンプにたどりつく。キャンプにつくと、隊列をひっぱってきた子ども兵が、四駆をおりて善人パパ大佐のところにもどっていく。それからバスの積みこみ品がぜんぶ荷ほどきされて、荷の計量やら値ぶみやらがはじまるんだ。品物の値うちに応じて関税が計算されるのさ。だから乗客とのあいだで、たいへんなパラーブルがおっぱじまる。がんがんやりあったあとでけっきょく乗客側も納得して、関税を現物でおさめることになるんだ。やれ米だ、マニオクだ、フォニオだ、米ドルだ。そんなので関税を払ったり、払いなおしたりするんだよ。そう、米ドルだってありなんだぜ。で、一段落すると、善人パパ大佐が世界教会運動のミサをおっぱじめる。（ぼくの『ラルース』によると「世界教会運動」は「イエス＝キリストとマホメットとブッダの講話が同時になされるミサ」。）そう、大佐が世界教会運動のミサをやらかすんだ。大佐のミサでたっぷり祝福をさずかったあとで、一同解散ってなぐあいなのさ。

ふつうなら、こんななりゆきになるはずなんだ。なんたって善人パパ大佐といやあ、ＮＰＦＬの代理人、ＮＰＦＬの伝道師をつとめるほどのお方だぜ。（「ＮＰＦＬ」は英語の“National Patriotic Front of Liberia”の略号。ちゃんとしたフランス語でいえば、「リベリア国民愛国戦線《フロン・ナシオナル・パトリオティク・デュ・リベリア》」。）ＮＰＦＬっていうのは、この地方に恐怖をまきちらしてる、悪党テイラーの組織の呼び名だよ。

それなのに今回のぼくらときたら、まるでこんななりゆきにはならなかった。バイクで護衛していた野郎ふたりは、あの子ども兵がてっきり道をふさいでると思いこんだ。で、子ども兵に銃をぶっぱなしたもんだから、反撃の火ぶたが切って落とされちまったわけなのよ。

短機関銃のトゥララ……がひとたびおっぱじまると、もうトゥラララの轟音しか耳に入ってこなくなった。撃ちまくることしか能のないやつらが武器を持たされてるもんだから、それこそつぎからつぎへとぶっぱなしてきやがる。あたりはもうめちゃくちゃになっていく。いいかげんめちゃくちゃになったあとで、ようやっと銃撃がおさまるざまだった。

そのあいだバスんなかで、ぼくら乗客はどいつもこいつもきちがいみたいになっていた。ご先祖さまの御霊から天の守護霊から地の守護霊から、ありがたいお名前をかたっぱしからわめきちらして、雷が落っこちたみたいな騒ぎになっていた。それもこれもみんな、ぼくらのまえを走ってたあの野郎、カラシニコフでファロをやらかして、子ども兵に銃をぶっぱなしたあいつのせいなんだ。

ヤクバはバスに乗ったとたんから、あの野郎にしっかり目をつけていた。バイクのうしろにまたがった男のふるまいが、どうも良からぬことを見抜いてたんだ。するとあんのじょう、そいつがまっさきに銃をぶっぱなしやがった。あの子ども兵のことを、しがない道路ふさぎの小悪党と思いこんで銃をぶっぱなしたあげくがこのざまよ。みろよ、このざまじゃねえか。

銃撃がやむと、子ども兵がひとり森から出てくるのが見えた。将校のステッキぐらいの背丈しかないスモール・ソルジャーだ。いくらなんでもサイズがでかすぎる空挺部隊服を着た子でね。しかもありゃあ女の子だぜ。おずおずした足どりで森から出てきてさ。(「怖じ気づいて不確かな足どり」をそんなふうにいう。) 一斉射撃がやってのけた仕事っぷりを見とどけたり、その場にぶったおれてるひとたちがだれか起きあがりでもしないかって感じで、実地検分をしているよ。でもね、ぶったおれてるひとたちはみんなほんとに死んでるし、死体からはもう血も流れちゃいないんだぜ。女の子はたちどまると、合図の口笛を何度かつよく吹いた。と、おんなじような服を着た子ども兵がカラシュでファロをやらかしながら、あっちからもこっちからも出てくるじゃないか。

やつらはぼくらをとりかこんで、「手をあげて車をおりろ」とさけんだ。ぼくらは言われたとおりに両手をあげて、バスからおりはじめた。

子ども兵たちは怒っていた。怒りで真っ赤になっていた。(おっと、ニグロ相手に「怒りで真っ赤になる」なんて言っちゃだめだね。ニグロの顔はぜったい赤くなんないから、ここは「しかめっつらになる」って言わなくちゃ。)そう、スモール・ソルジャーはしかめっつらになっていた。怒りのあまり泣いていた。仲間が死んだのを悲しんでたんだ。

ぼくらはひとりずつ、順にバスからおりはじめた。子ども兵のひとりが宝飾品の係になって、乗客からイヤリングやネックレスをもぎとっちゃあ、袋のなかに入れていく。その袋を持つのは、べつの子ども兵だ。やつらはおんなじ手ぎわで、乗客ひとりひとりから、帽子も、服も、靴もむしりとっていく。しゃれたパンツなら、パンツまでむしりとっちまうんだぜ。乗客が身につけていた品物は、こうして山積みで脇に積まれていく。靴の山に帽子の山。ズボンの山にパンツの山。すっぱだかにされた乗客が男なら、てめえのおっ立つバンガラを片手でぎごちなくおさえようとする。女なら、片手でおさえるのはてめえのニュスニュスだ。(『ブラックアフリカにおける語彙特性目録』によると「バンガラ」も「ニュスニュス」も恥部をさす名詞。)でも、それでおしまいじゃないんだぜ。もじもじしている乗客に銃をむけて、森んなかへ消えうせるように子ども兵が命じてね。ひとり、またひとり、乗客は言われたとおりにすたこらかけずって、森んなかへ逃げこんでいった。

自分の番がまわってきても、ヤクバは子ども兵の言いなりになんなかったね。でっかい声で「おれ、呪物師。おれ、グリグリマン、グリグリマン……」ってわめきちらすんだ。子ども兵はそんなヤクバのからだを突きとばして、むりやり服をぬがせていく。それでもやつはわめくのをやめない。「おれ、呪物師、グリグリマン。おれ、グリグリマン……。」服をむしりとられても、バンガラを隠そうとしながらまだわめく。「グリグリマン、呪物師。」森に連れていかれても、ひっかえしてきちゃあひっきりなしにわめくんだ。「グリグリマン、呪物師。」子ども兵は、とうとうヤクバのちんぽにカラシュを突きつけて「マクン」を命じた。（「マクン」は『ブラックアフリカにおけるフランス語の語彙特性目録』にある単語で「沈黙」。）ヤクバは口をふさいだ。こっぱずかしい場所を片手でおさえながら、道ばたに立ちつくしている。

こんどはぼくがぬがされる番だ。ぼくだって、その場からつまみ出されるまんまにはならなかったよ。あまえん坊のガキんちょみたいに、ぐずりながらこう言ったんだ。「子ども兵。スモール・ソルジャー。兵隊っ子。ぼく、子ども兵になりたいんだ。ニアンボのおばさんとこに行きたいんだ。」やつらが服に手をかけても、ぼくはまだぐずってた。ぐずりながら言ったんだ。「スモール・ソルジャー。ぼく、子ども兵。ぼく、兵隊っ子。」森へ行くよう言われても、聞かずにバンガラをおっ立てていた。こうなりゃお行儀なんてくそくらえよ。なんせぼくは通りの子だぜ。（『プチ・ロベール』によると「行儀」は「良きしきたりの尊重」。）良きしきたりなんかくそくらえで、ぼくはぐずりつづけたんだ。

子ども兵のひとりが、ぼくのちんぽにカラシュを突きつけて「だまれ、だまれ！」と言ってきた。ぼくはマクンになった。ぼく、もう震えがとまらないよ。雄ヤギをまちかまえる雌ヤギの根っこみたいに、唇がぷるぷる震えちまうんだ。(「根っこ」は「肛門、尻っぺた」。) ぼく、おしっこがしたくなった。うんこがしたくなった。なんでもいいからしたくなったんだ。ワラエ！

それからひとりの女の番になった。赤ちゃんを抱いたおっかさんが、バスからおりてきたんだ。気の毒に、赤ちゃんはもう流れ弾にぶちぬかれて死んでいた。このおっかさんも、子ども兵の言いなりにはなんなかったね。まず、服をぬぐのをいやがった。でもやつらにパーニュをはぎとられちまった。森に行くのもいやだと言って、おっかさんはぼくとヤクバのとなりに立っていた。死んだ赤ちゃんを抱きながら道ばたに残って、おっかさんもぐずりはじめた。「あたしの赤ちゃん。あたしの赤ちゃん。ワラエ！　ワラエ！」おっかさんのぐずりにつられて、ぼくもあまえん坊のガキんちょみたいな歌をまたおっぱじめる。「ぼく、ニアンボに行きたいんだ。子ども兵になりたいんだ。ファフォロ！　ワラエ！　ニャモゴデン！」

ぼくらの合唱は、めちゃくちゃ響きわたってね。あんまりうるさいもんだから、子ども兵もぼくらにかまわずにはいられなくなった。「口をとじろ」って言われたから、ぼくらはマクンになった。「もう動くんじゃねえ」って言われたから、ぼくらは死体みたいにじっとしていた。こうしてぼくら三人だけ、まぬけの二乗みたいなざまで道ばたに残っていたんだ。

するとほら、四駆が一台、森から出てきたよ。子ども兵をぎっしりつめた四駆だよ。子ども兵は車をおりると、合図もまたずにバスの荷物を根こそぎふんだくりはじめた。おあつらえむきの品物ならなんでもかんでもぶんどっちゃあ、車に積みこんでくんだぜ。満杯になった車は、ここととキャンプ村のあいだを何度も行き来する。バスの荷おろしがすむと、おつぎに連中の目は、靴や服や帽子の山にむかった。こいつを積みこんだ四駆が、こことキャンプ村のあいだをまた何度も行き来する。そうしてさいごに四駆がやってきたとき、車には善人パパ大佐が乗っていた。

ワラエ！　善人パパ大佐ときたら、目ん玉が飛びでるぐらい、ちぐはぐなかっこうをしてるんだぜ。（ぼくの『ラルース』によると「ちぐはぐなかっこうをする」は「妙なぐあいに服を着る」。）まず、大佐の位をしめす肩章が服についてるだろ。そいつは部族戦争ってやつの望むところだからまあいいとしても、肩章つきの服っていうのが、なんと白いスータンなんだぜ。おまけに大佐は、スータンの腰まわりに黒い革ひもをしめてて、もう一本の革ひもが、大佐の背中と胸でそれぞれ交叉しながらベルトの革ひもを吊ってるんだ。それから頭には、カトリックの枢機卿がかぶるようなミトラが乗ってるだろ。十字架が先っぽについたカトリック教皇の杖をついてるだろ。左手には聖書をかかえてるだろ。さいごに衣装全体のしめくくりとして、肩帯つきのカラシニコフを白いスータンのうえから掛けてんだぜ。大佐はいつだってカラシニコフといっしょなのさ。昼も夜も、どこに行くんだってカラシュを肌身はなさずつけてるんだ。それこそ部族戦争ってやつの望むところだからね。

こんなかっこうをした善人パパ大佐が、泣きながら四駆をおりてきた。いやマジな話、本物のガキんちょみたいに泣きながら車をおりてきたんだぜ！　そして子ども兵の死体がころがってる場所にむかってね。ぼくらの隊列をさっきとめようとしたあのチビ助の死体に身をかがめて、大佐は何度も何度もお祈りをした。それからぼくらの方にやってきた。例のちぐはぐなお飾りをいっさいがっさい身につけたまんまのかっこうでやってきたんだ。

ぼくは大佐のまえで、またぐずりはじめた。「ぼく、なりたいんだ、兵隊っ子。スモール・ソルジャー。チャイルド・ソルジャー。ぼく、おばちゃんがいいんだ。ニアンボにいるぼくのおばちゃん！」武装した子ども兵がぼくのしゃくりあげを飲みこませようとすると、善人パパ大佐はそいつをさえぎって、ぼくんとこまでやってきた。そしてほんとの父さんみたいに、ぼくの頭をなでてくれたんだぜ。うれしかったなあ。だからぼく、セネガル相撲の横綱みたいにふんぞりかえって、泣くのもやめにしたんだ。善人パパ大佐は、おごそかな身ぶりで合図をおくった。ぼくを連れてくようにっていう合図だよ。パーニュを一枚もらって、ぼくは尻っぺたのまわりにパーニュをしめたんだ。

大佐がヤクバにちかづくと、やつはまた例の歌をおっぱじめた。「おれさまはグリグリマン、おれさまは呪物師だ。」こっぱずかしい場所を隠してるヤクバにも、大佐の合図でパーニュが一枚わたされた。そのころには、やつのバンガラもすっかりしょぼくれちまってたね。

それから善人パパ大佐は、おっかさんの方にちかづいた。赤ちゃんを抱いたあのおっかさんだよ。大佐はおっかさんのからだを何度も何度も睨《ね》めまわした。おっかさんの身なりときたら、これがまたひでえざまでね。もうパーニュもむしりとられて、パンツのすきまっからはニュスニュスがはみ出ちゃってるんだぜ。（「ニュスニュス」は「女性器」。）でもそれだけに、おっかさんにはなまめかしい色気があった。ふるいつきたくなるようなセックスアピールがあったわけよ。（「セックスアピール」

は「セックスをしたい気にさせる」。）善人パパ大佐はいったん行きかけてから、またもどってきた。大佐がもどってきたのは、おっかさんにふるいつきたくなるようなセックスアピールがあったからさ。大佐はもどってきて、赤ちゃんをなでてみた。そして赤ちゃんの亡骸をとりにくるよう、子ども兵に命じたんだ。

子ども兵が急場しのぎの担架をかついできて、赤ちゃんの亡骸をとりあげた。（『プチ・ロベール』によると「急場しのぎの担架」は「手を抜いてすばやく作った担架」。）赤ちゃんと子ども兵の亡骸は、急場しのぎの担架で四駆に積みこまれた。

善人パパ大佐が車に乗りこむ。武装した四人の子ども兵も車に乗って、大佐のとなりにすわる。車が発進する。となると、のこりはみんな、道の足で四駆についてくことになるね。そう、道の足でついてくんだ。（みなさんにはもう言ったよね。「道の足をとる」は「歩く」。）

ぼくらも歩いて、車についてった。ぼくらというのは、ヤクバと、赤ちゃんのおっかさんと、みなさんのお相手をつとめるこのぼく、通りの子ご本人のことだよ。大佐を乗っけた四駆は、キャンプ村へとむかっていく。村へつづく坂道をゆっくりしずかにのぼってく。ゆっくりしずかにというのは、車が死んだひとを乗せてるからさ。ふだんのくらしでもそうだよ。死んだひとを乗っけた車は、かならずゆっくりしずかに運転するものなんだ。ぼくらはもうすっかり楽観的な気分になっていた。「至善なるアラーの神は、手ずからお造りになった生ける者の口をけっして空のまま見すごしにはならない」とは、まさしくこのことだぜ。ファフォロ！

善人パパ大佐が、とちゅうでいきなり車をとめさせた。大佐が車をおりる。と、それにつづいてみんなも車をおりる。善人パパ大佐が、でっかい声で歌いはじめた。とっても力強くて、とっても美しい調べの歌声が耳にとどいてくる。歌声はこだまになって返ってくる。あれは森のこだまだね。大佐が歌ってるのは、死者をいたむギオ族の歌だった。ギオっていうのは、あっちの田舎の方にいるアフリカ土人の黒人のニグロたちのことばでさ。マリンケは、ギオのやつらを「ブッシュマン」なんて呼んでいる。あと「野蛮人」とか「人喰い」とか……。やつらは、ぼくたちみたいにマリンケ語をしゃべらないし、ぼくたちみたいなムスリムじゃないからさ。ぼくたちマリンケ族ときたら、でっかいブーブーなんか着こんじゃって、さも親切で愛想よくみえるけど、ほんとは自分と毛並みのちがった連中をこうやって差別する《ラシスト》、げす野郎のあつまりなのさ。

大佐の歌のせりふを、子ども兵がひきついで歌ってる。ほんとにほんとに美しい調べだなあ。歌を聴いてたら、ぼく涙があふれてきちゃった。でっかい災難に出くわすのはまるでこれがはじめてみたいに、まるでアラーの神さまを信じないやつみたいに、涙がぼろぼろこぼれてきちまうんだ。あのときのありさまをぜひお見せしたかったね。ファフォロ（おれのおやじのちんぽ）！

大佐の歌を聴きつけた村人どもが、やじうま根性でぼくらをひと目見ようと、どいつもこいつも小屋から出てきた。子ども兵といっしょになって、四駆のあとをついてきやがる。まあ、それが連中の習い性だからね。そろいもそろって、お追従者のまぬけばかりときてるんだ。おかげでほんとの行列になっちまったよ。

死んだ子ども兵は、キッドと呼ばれていた。キッド大尉さ。善人パパ大佐は美しい調べにのせて、ときどき「キッド大尉」の名前をはっきり響かせながら歌ってる。そのたんびに、お供のやつらがいっせいに「キッド、キッド」とわめきちらすんだぜ。そいつをぜひお聞かせしたかったね。そうすりゃきっと、みなさんもやつらのことを「うすのろどもの一団」なんて呼んでたはずだよ。

それからぼくらは、塹壕キャンプについた。部族戦争にはまったリベリアのキャンプはどこでもそうだけど、このキャンプも敷地がぐるっと杭でかこまれて、どの杭にもひとのしゃれこうべが乗っかってるんだぜ。善人パパ大佐が、カラシニコフを空に突きたててぶっぱなした。子どもも兵もみんな歩みをとめて、大佐とおんなじようにカラシニコフを空にむけてぶっぱなした。ほんとに夢かと思うようなながめだったな。そのありさまをぜひお見せしたかったね。ニャモゴデン！

キッドの亡骸は、日がくれるまでアパタムの下に置かれていた。（「アパタム」は『語彙特性目録』にある単語。みなさんにはもう説明したね。）

ひっきりなしにひとがやってきちゃあ、キッドの亡骸のまえで身をかがめて、お祈りをしている。でもまってくれよ。ここリベリアじゃあ、くる日もくる日も罪のないひとやら子どもやらが、ばたばたぶっ殺されてるんだぜ。なのにこいつらときたら、まるでそんなことなんかなかったみたいに、たったひとりの子ども兵が死んだ悲しみをよそおっていやがるんだ。

夜になって、イスラームとカトリックのお祈りがすんだ九時から、お通夜がいとなまれた。キッドの父ちゃん母ちゃんのことなんてだれも知らないから、やつの正式な宗旨も見当がつかない。カトリックかな？　イスラームかな？　まあ、どっちだって似たようなもんだろ。お通夜にはキャンプ村の住人すべてがくわわった。キッドと赤ちゃんの亡骸のまわりにベンチがならべられて、みんなそのベンチに腰かけている。ハリケーンランプがいくつか置かれて、あたりを照らしてる。まるで幻を見てるようなながめだったね。(「幻を見ているような」は『ラルース』にあるでっかい単語で「驚異を想わせる」。)

女がふたり、歌いはじめた。その歌を一同がコーラスでひきついでいる。とちゅうでうとうとしたり、蚊に喰われたりしないように、ときどきたちあがっちゃあ、ゾウのしっぽを振っている。女たちは、ゾウのしっぽでこさえた払子《ほっす》を手にしているからね。そしてみだらな身ぶりで踊るんだぜ。おっと、ちがうちがう! ここは「みだらな」じゃなくて「憑《つ》かれたような」としなくちゃね。(『プチ・ロベール』によると「みだらな」は「つつしみがない、きわどい」。)

と、いきなりさけび声がきこえてきた。とてつもなく深いところから湧きあがってくるような声だよ。だれかがさけんでるんだ。善人パパ大佐がダンスにくわわることを告げている。お通夜の儀典長さまがご入場ってわけなのさ。一同は起立して、帽子やかぶり物をとる。なにしろ善人パパ大佐こそ、この土地の首領さまでボスだからね。見ると、大佐の身なりはすっかり様変わりしているよ。こりゃまたすっかり様変わりだぜ! ワラエ! いやほんと。

まず頭には、カラフルなひもを一本巻いてるだろ。腰からうえはなんにも着てないけど、これがまた雄ウシみたいにすんげえ筋肉のついたからだでさ。飢えがはびこるこのリベリアで、これほど栄養がゆきとどいて強そうな男のからだを見ることができて、ぼくもおもわずうれしくなったね。それから首や腕や肩には、いろんな呪物をつけたひもがぶらさがってるだろ。ひもとひものあいだにはカラシニコフも掛かってるだろ。カラシニコフを身につけてるのも、部族戦争のリベリアならばこそってもんよ。おいぼれればあの屁にもならねえみたいにひとがぶっ殺されていく、部族戦争ならばこそってもんよ。(なんの値うちもないもののことを、村では「おいぼれればあの屁にもならねえ」という。まえにもいちど説明したせりふだけど、また説明しとくね。)そんなかっこうでお出ましになった善人パパ大佐が、亡骸のまわりを三周してから、こっちにきて腰をおろした。それにあわせて一同も腰をおろす。それからまぬけの二乗みたいなあほづらさげて、大佐の話に耳をすませるんだ。

大佐はまず、キッド大尉がぶっ殺されたいきさつをこんなふうに説明した。「バイクに乗っていたあの若人《わこうど》は、悪霊にとりつかれておった。だから誰何《すいか》もなくキッドを銃撃したのだ。あの若人にとりついておったのは、悪魔にほかならない。いずれにしろ、キッド大尉の魂はもはや飛びさってしまった。われらはその死をふかくいたもうではないか。隊列を組んできたバスの全乗客、大尉の死の責を負うすべての者の心から悪魔を祓ってやることが、われらにはできなかった。それはついに不可能だった。なるほど今回のわれらは、数名の乗客を殺《あや》めてしまった。ただし神の仰せにしたがうなら、ひとを殺めすぎてはならん。殺める者の数はなるべくおさえねばならん。ゆえにわれらは、のこりの乗客については現世にやってきたままの姿でその場に捨て置いてきた。はだかのまま、その場に残してきたと言っておるのだ。それこそ神の御言葉《みことば》にしたがうおこないとなるからな。神はおっしゃられた。あまりに苦痛をもたらす者どもがいても、必要以上に殺めることなく、この世にやってきたままのありようで放っておくがよいとな。さて、バスに積みこまれていた財貨、および乗客が身につけていた品物は、すべてここまで運んできておる。これらの財貨と物品は、本来ならばキッド大尉の両親に渡されるべきところであろう。が、大尉の両親について知る者はこの地におらん。ゆえに財貨と品物はすべて、キッド大尉の朋友たる子ども兵全員のあいだで、公正に分配し分かちあうこととしたい。子ども兵の諸君は、自分の分けまえを売ってそれをドルに変えるもよし。ドルで存分にハシシュを買い求めるもよし。いずれにせよ、キッド大尉殺害の蛮行をはたらいた者どもには、いずれ神が天罰をくだされるであろう。」

ひととおり説明をおえると、善人パパ大佐は、これからすることをみんなに告げた。ワラエ！　なんと大佐は、魂喰いをやらかした妖術つかいをこれからさがしだすつもりなんだとさ。子ども兵のキッド大尉をむさぼった魂喰い野郎を、ジョコジョコみつけるんだとさ。（『語彙特性目録』によると「ジョコジョコ」は「なんとしてでも」。）魂喰いはどんな姿にだって変身して、てめえの正体をくらましてさ。獲物になる人間を狩りだすんだぜ。魂喰いはひと晩じゅう、必要なら一日じゅうでもふらしている。だれかに正体を見やぶられてすっかり追いつめられないかぎり、人間狩りをやめないんだ。（『ラルース』によると「追いつめられる」は妖術つかいが「自らの重い罪を白状する」。）

善人パパ大佐は、からだを自由にして本腰を入れるためにカラシニコフをとりはずした。そしてカラシュを手近な場所に置いた。手もとにカラシニコフを置いとくのも、部族戦争ならばこそってもんよ。ハエっころみたいにひとがばたばた死んでいく、部族戦争のリベリアならばこそってもんよ。

タムタムがまたはじまった。さっきよりも激しくて、なにかにとりつかれたような打ちっぷりだ。目もくらむような速打ちだぜ。太鼓の音《ね》にまじってきこえてくる歌声も、サヨナキドリだって負けちゃうくらいすてきな調べだ。そのあいまに、ときどきヤシ酒がふるまわれる。善人パパ大佐も、ときどきヤシ酒を飲んじゃあ、飲んだヤシ酒におぼれていく。でも、大佐はヤシ酒飲みにあんまりむいてない。ていうか、ぜんぜんだめなんだ。夜っぴいて酒をしたたかに飲んだあげくべろんべろんに酔っぱらって、かんぺきにいかれちまうからね。(「いかれた」は「意識を失った」。)

あけがたの四時ごろになると、善人パパ大佐はやっぱりべろんべろんに酔っちまった。そしておぼつかない足どりで、女たちがいるところにむかったんだ。つくと、大佐はひとりのばあさんを荒っぽくひっつかまえた。当のばあさんも、ちょうどうつらうつらしていた時分だぜ。なんと、あの勇敢な子ども兵キッドの魂を喰ってたのが、ほかのだれでもないこのばばあだったのさ。こいつだったんだ。ワラエ! ほかのだれでもないこのばばあこそ、バッコス祭の親玉だったんだ。(ぼくの『ラルース』によると「バッコス祭」は「狂乱の宴」。)

あわれなばばあは、罠にひっかかった鳥みたいに、ぎゃあぎゃあわめいた。

——わしじゃない! わしじゃない!

——いや、おまえだ。いや、おまえだ。キッドの魂が、おまえの名をあかしに、夜半わが輩のもとへやってきたのだ。善人パパ大佐はそう答えた。

——ワラエ! わしじゃないぞ! わしゃあキッドを好いとったぞ。わしんところでよく飯を食ろうたもんじゃ。

——だからおまえは、キッドをむさぼったのだな。おまえがミミズクの姿に変ずるところを、わが輩は夜半この目で見たのだぞ。カイマンのように半分目をあけて眠っていて、おまえを見たのだ。ミミズクに変じたおまえは、ひとの魂を爪にかけると、フロマジェの大木の葉叢《はむら》にむかって飛んでいったではないか。おなじくミミズクに身を変えたほかの妖術つかいと落ちあって、おまえはそこでバッコス祭をひらいたではないか。ひとのしゃれこうべをむさぼったではないか。脳みそをむさぼってから、のこりを仲間どもにくれてやったではないか。おまえだぞ。おまえだ！　おまえだ！　善人パパ大佐はわめきたてた。

――いんや、わしじゃない！

――死者の魂が、ゆうべわが輩のもとにやってきて、おまえを犯人と告げたのだ。白状しないというのなら、灼熱の鉄の試罪にかけるまでのこと。（「灼熱の」は「高温で光を帯びるまでになった物体の状態」。）灼熱の鉄をおまえの舌にあてるまでだ。しかり。しかり。善人パパ大佐はこう言いかえしたね。

ばばあはいくつも証拠をつまれて、口をあんぐりあけたまんまマクンになった。そしてとうとう、てめえの罪をみとめやがった。やりこめられて白状したんだ。（「白状する」はぼくの『ラルース』にあることばで「告発された自らの行為が真実であると自らの口で言う」。）白状したのはジャンヌっていうばあさんだった。ジャンヌは、魂喰いの助手をしていたほかの三人といっしょに、きびしい見張りつきで牢屋へ連れていかれた。これからジャンヌとその一味は、善人パパ大佐の妖術祓いを牢屋でうけることになるんだぜ。（「妖術祓いをする」は「妖術の力を解く」。）ワラエ（アラーの御名にかけて）！　ファフォロ！

キッド大尉の亡骸は、あくる日の午後四時に埋葬された。雨もようの空の下、どいつもこいつも涙にくれている。身をよじっちゃあ、涙声で「キッド！　キッド！　キッド！」なんてわめきやがる。まるで災難に出くわすのはこれがはじめてみたいなふりしやがって。子ども兵が一列にならんで、カラシニコフをぶっぱなす。なんせ連中ときたら、銃をぶっぱなすことしか能がないからね。いいからぶっぱなせ。ぶっぱなせ。ファフォロ（おれのおやじのバンガラ）！

善人パパ大佐は、国民愛国戦線のゾーゾー地区代表をつとめていた。国民愛国戦線っていうのは、英語の“National Patriotic Front (NPFL)”のことだよ。ゾーゾーは、リベリアの北の最前線にあたるNPFLの駐軍地だから、国境をこえてギニアからごっそり流れてくる闇取引の品物を、大佐は味方のもうけになるようにここでとりしきる必要があった。闇取引の品物に関税をかけたり、国境をこえて行き来するやつらに目を光らせてたのさ。

ワラエ！　だから善人パパ大佐は、国民愛国戦線の大物ってことになるね。テイラー一派の重要人物ってわけだね。

じゃあ、そもそも追いはぎ野郎のテイラーってのは、いったい何者なのかって？

リベリアのひとたちがテイラーの名をはじめて耳にしたのは、やつがごろつきまがいのとんでもない悪だくみをまんまとやってのけたときのことだった。リベリアの国庫をてめえのいいようにもてあそんで、金庫をすっからかんにしちまったのさ。そのあげく、やつは政府名義の大量のドルがアメリカ国内でちゃんと保管されてることを証明するいんちき文書をこさえて、当のリベリア政府をうまいこと丸めこみやがった。リベリア政府がバラの水差しを見やぶって（「バラの水差し」は「あることにまつわる秘密」）、話がでたらめのこんこんちきだったことに気づくと、やつはたちまち追われる身となった。テイラーは偽名をつかってアメリカに高飛びした。でもけっきょくは、当局の念入りな捜査でさがしだされて、ついに首根っこをつかまれた。（「首根っこをつかむ」は「逮捕する」。）で、牢屋にぶちこまれたのさ。

ところがだぜ。テイラーは牢屋にいながらにして、リベリア政府からくすねた銭で看守をまんまと買収しやがってね。おつぎはリビアに高飛びよ。やつはリビアでカダフィにすり寄って、「わが輩はサミュエル・ドーの血なまぐさい独裁体制にとことん立ちむかうグループの盟主です」なんて売りこんだ。カダフィはリビアの独裁者で、前々からドーの政権をぐらつかせようと狙ってたもんだから、そんなテイラーを見ると、おもわず抱きついてキスをした。そしてテイラーとその同志たちを、リビアのテロリスト養成キャンプに送りこんだのさ。なにしろカダフィが天下をとってからというもの、この国にはいつだってその手のキャンプがあるんだから。テイラーとその同志は、リビアのキャンプでゲリラ技術を身につけたんだ。

それだけじゃないよ。そのあとカダフィは、ブルキナファソの独裁者コンパオレのところに、テイラーの身柄をおしつけた。さも尊敬すべき人物みたいにやつのことをほめちぎってね。そしたらブルキナファソの独裁者コンパオレが、こんどはコートディヴォワールの独裁者ウフエ＝ボワニに、テイラーを推薦した。まるでミサの侍者か聖人さまかって口っぷりでテイラーを売りこんだのさ。話をもちかけられたウフエ＝ボワニは、自分の娘婿が以前ドーにぶっ殺されてるいきさつもあって、もともとドーを怨んでいた。そこにテイラーみたいなやつが出てきたのがうれしいもんだから、おもわずテイラーに抱きついてキスをした。ウフエ＝ボワニとコンパオレは、悪党テイラーのうしろだてになってやることでさっそく話をつけた。コンパオレは、ブルキナファソの国家名義でテイラー軍の幹部養成をひきうける。ウフエ＝ボワニは、コートディヴォワールの国家名義でテイラー軍の武器調達と輸送をひきうける。ふたりでそんな話をつけたのさ。

どうだい。その悪党こそ、いまや大物になられたあのテイラーさまなんだぜ。いまじゃあリベリアをあらかた伐採予定に組みこんでいる、どえらい戦争の首領さまなのさ。（「伐採予定に組みこむ」は「住民を組織的に搾取する、住民にたいへんな犠牲をしいる」。）テイラーはいま、バーンガでくらしている。そっからマンション・ハウスを乗っとろうとして、ときどき子ども兵をつかっちゃあ、人殺しの軍事作戦をやらかしてるんだ。マンション・ハウスっていうのは、テイラーみたいな悪党どもがお国を山分けするまえに、リベリア大統領が住んでた建物のことだよ。

でもね、それにしてもだよ。ブルキナファソの独裁者コンパオレにしたって、コートディヴォワールの独裁者ウフエ＝ボワニにしたって、リビアの独裁者カダフィにしたって、テイラーにくらべりゃ、みんなりっぱな連中よ。みかけはりっぱな連中よ。だったらなぜなんだろう？　なんでまた、そんなごりっぱな連中がテイラーみたいなとんでもないうそつき野郎のとんでもないこそ泥野郎の追いはぎ野郎なんかにどえらい力を貸して、やつを国家元首にさせようとしたんだろう？　なぜかな？　どうしてかな？　答えは、ふたつにひとつだね。コンパオレとかウフエ＝ボワニとかカダフィみたいなやつらも、テイラーに負けずおとらずのいかさま野郎だから、それでやっこさんに協力したのかもしれないね。さもなきゃ、もともとアフリカっていうのはお国の指導者がどいつもこいつも自由侵害の野蛮な独裁政治をやらかしてるのが土地柄だから、ここはひとつテイラーみたいなやつのうしろだてになっとくのが、いわゆる「アフリカの大いなる政治」ってやつだったのかもしれないね。（ぼくの

『ラルース』によると「自由侵害」は「自由を殺す」。）

とにかくいまじゃあ、テイラーの影がありとあらゆる人間のうしろにつきまとっていた。やつの影が、国じゅういたるところで幅をきかせていた。リベリアのいっさいがっさいがこの悪党の人質にとられてるようなざまだった。テイラーの同志どもがほざく“No Taylor No peace”つまり「テイラーなくして平和なし」のスローガンが、この一九九三年という年に現実味をおびはじめていたのさ。ニャモゴデン！　ワラエ！

ゾーゾーでテイラーの代理人をしている善人パパ大佐も、これまたへんてこりんな人生をおくってきた人なんだぜ。

そもそも大佐には、父さんがいなかった。ほんとの父さんがだれだかわからなかったんだ。大佐の母さんってひとは、でっかいモンロヴィアの街をこーんなふうにほっつき歩いてるような女でさ。そいで、こーんなふうに腹から子どもをひり出してさ。その子にロバーツって名前をつけたのよ。ロバーツが五歳のころ、どっかの船乗りがロバーツの母さんを女房にしようとした。でも、連れ子までひきとるつもりは船乗りになかったから、ロバーツはおばさんにひきとられた。しかもこのおばさんってのがまた、酒場から酒場をほっつき歩いちゃあ、男どもにからだを売ってるような女でさ。ロバーツは家にひとりぽっちでほっとかれたんだ。イギリスの幌をおもちゃに、ひとり遊びをしてるようなざまだったのさ。（「イギリスの幌」は「コンドーム」。）

そんなロバーツ坊やのくらしっぷりが、ある児童救援機関の目にとまった。やつは保護されて、修道女の経営する孤児院に入れられた。

ロバーツは、孤児院のなかでずばぬけて勉強のできる子だった。カトリック司祭になりたいっていう本人の希望もあって、そのあとロバーツはアメリカに留学させてもらった。留学をおえると、やつは司祭の叙任をうけるためにリベリアへ帰ってきた。でも、時すでにおそしってやつだった。リベリアじゃあ、もう部族戦争がおっぱじまってたからさ。もうお国には、司教団も教会組織も文書館も、なにひとつ残っちゃいなかった。そこでロバーツは、ひとまずアメリカにひっかえすことにした。いまよりましな時代がお国にやってくる日を、アメリカでのんびりまちながらくらしていようと思ったんだ。

ところが部族戦争のリベリアじゃあ、通りのあっちこっちに子どもたちがひしめいていた。そのありさまをしっかりその目で見ちまったロバーツに、てめえの子ども時代の姿がよみがえってきてね。やつはさんざん悩んだあげく考えを変えた。ここでなにかをしてみたくなったんだ。ロバーツはとりあえずスータンを着て、通りの子たちをあつめてみた。そしてその子たちに食いものをやりはじめた。子どもたちはやつのことを、善人パパって呼ぶようになった。そう、こうしてロバーツは、通りの子に食いものをめぐむ善人パパになったのさ。

善人パパのおこないは、外国でも評判になってね。世界じゅうからおおぜいのひとびとが、やつに支援をもちかけてきたんだぜ。リベリアっていやあ、善人パパのことしか話題にのぼらなくなったんだ。ただし、そんななりゆきをだれもがおもしろく思ってるわけじゃなかった。とくに、そのころまだモンロヴィアを牛耳っていた独裁者ドーにとっちゃあ、そいつはおもしろい話じゃなかった。ドーは殺し屋を送りこんで、善人パパをつけ狙わせた。でも、善人パパは間一髪のところで殺し屋の手をのがれて、ぎりぎりのタイミングでテイラー軍にくわわったんだ。テイラーっていやあ、サミュエル・ドーの宿敵だろ。なもんで、テイラーは善人パパを大佐に任命して、重要な任務につかせたんだ。つまりそれが、ゾーゾー地方全域の指揮と、テイラー首領のためにそこで関税をとりたてる任務だったのさ。

ゾーゾーのキャンプ村には、三つの地区があった。第一に、善人パパ大佐の行政施設があつまった山の手地区だろ。第二に、ネイティヴの連中がくらす藁掛け小屋の地区だろ。(『ハラップス』による と「ネイティヴ」は「地方の原住民」。)それから難民たちがくらす第三の地区があってね。ゾーゾーでいちばんのんびりくらしてたのは、難民たちだった。だってHCRにしてもNGOにしても、みんな難民にはこぞって食いものをやってたからね。それにひきかえ、難民じゃないぼくらには、女とか、五歳以下の子どもとか、じじいやばばあにしか、食いものをくれないんだぜ。ようするに、ばかげた話だって言いたいのさ。だってこのぼくがだよ、あっちの難民側には行けないっていうんだからね。ニャモゴデン(ててなし子)!

山の手地区は、それ自体が塹壕キャンプみたいになっていた。敷地がぐるっと杭でかこまれて、どの杭にもひとのしゃれこうべが乗っかった塹壕キャンプさ。おまけに、砂嚢をつんだ戦闘拠点が五つもあって、それぞれの拠点を四人の子ども兵が守ってた。子ども兵は、おいしい食いものならなんでもたっぷりありつけたよ。だってそうしとかないと、子ども兵がとんずらをきめるだろ。善人パパ大佐にとってもそいつはまずいことになりかねなかったからさ。山の手地区には、事務所がいくつかあった。武器庫と聖堂もひとつずつあった。あとは住宅や牢屋が建ちならんでた。

山の手地区でまっさきにあげなくちゃなんない建物っていえば、それは武器庫だね。武器庫は塹壕キャンプのどまんなかに、トーチカみたいな造りで建っていた。善人パパ大佐は、スータンをめくった腰んとこにトーチカの鍵をぶらさげてて、死んでもそいつを放そうとしなかった。大佐がぜったい手放そうとしない品物がいくつかあってね。まずこの武器庫の鍵だろ。それから大佐のトレードマークになってるカラシュだろ。それに銃弾よけのグリグリなんだぜ。ファフォロ！　カラシュと、武器庫の鍵と、銃弾よけのグリグリを身につけたまんまで、大佐は眠ったり、食ったり、お祈りしたり、女と寝たりしてたのさ。

山の手地区で第二の建物といやあ、それは牢屋だね。ただしほんとの牢屋じゃないぜ。リハビリセンターってやつなんだ。（『プチ・ロベール』によると「リハビリ」は「リハビリする行為」のことだとさ。ワラエ！　『プチ・ロベール』だって、ときどきこうやってひとを小ばかにしやがるんだ。）大佐はここで、魂喰いのやつらから妖術を祓い落としていた。まあ、妖術祓いセンターってやつだね。センターの敷地には、建物がふたつ建っていた。ひとつは男子用の建物で、鉄格子がはまって看守もいたから、ほんとの牢屋みたいだった。善人パパ大佐のキャンプでたいせつなものを見張る役目はいつもそうだけど、この牢屋を見張るのも子ども兵、つまり童貞のつとめだった。（「童貞」は「純潔を守る少年」。ぼくみたいに、まだいちども女と寝たことがない男の子のこと。）

牢屋んなかはいろんなたぐいの連中でごたまぜになっていた。戦争の捕虜もいれば、政治犯も普通犯もいた。どんな区分けにも入らない囚人たちもまじってた。それは善人パパ大佐が愛人にしようときめた女の亭主たちだった。

女子用の妖術祓いの建物は、寄宿舎みたいだった。それもぜいたくな寄宿舎だね。ひとつだけほんとの寄宿舎とちがってたのは、女たちが自由に建物をぬけだせないことだった。

女たちはこの建物で、妖術祓いの訓練をうけていた。妖術祓いの問診が、善人パパ大佐とふたりっきりで何時間もつづくんだぜ。なんでも大佐は問診のあいだ、女といっしょにずっとはだかでいるんだとさ。ワラエ！

山の手地区で第三の建物といやあ、それは聖堂だね。そこはどんな宗教にもひらかれた場所になっていた。毎週日曜には、キャンプ村の住人すべてが、ここで教皇ミサに出席しなくちゃならなかった。大佐は教皇の杖を手にして、聖堂のミサをとりしきった。だから「わが輩の教皇ミサ」なんて呼んでいた。ミサがおわると、出席者がみんなで大佐のお説教に耳をすますことになってたんだ。

大佐はお説教のなかで、妖術とか、妖術の悪さとかの話をしていた。それからテイラー以外の戦争の首領ども、ジョンソンや、コロマや、ロバート・シーキエや、サミュエル・ドーみたいな首領どもの裏切りやあやまちについても話をしていた。ＵＬＩＭＯ（United Liberian Movement of Liberiaリベリア統一解放運動）や、ＬＰＣ（Liberian Peace Council）や、ＵＬＩＭＯ＝コロマ派の領地でリベリア国民がひどいめにあっている話もしていたね。

ゾーゾーにたちよったひとたちも、この聖堂で世界教会運動のミサをうけていた。このときも、さいごに大佐のお説教があるんだけど、話の中味はだいたい教皇ミサのときとおんなじだった。

さいごに山の手地区の第四の建物として、藁や波型トタンの屋根をかぶせた家が、十軒ぐらい建っていた。そのうち五軒は、善人パパ大佐の専用だった。大佐がその晩どの家にいるかは、だからぜったいわからなかった。なんせ部族戦争のさなかの大物だぜ。部族戦争のさなかの大物ってのは、そいつが夜どこで寝てるのか、ぜったいにわからないもんなんだ。それが部族戦争ってやつの望むところなのさ。

のこり五軒は、子ども兵の兵舎にあてられていた。

ただし子ども兵の兵舎といってもだよ。ファフォロ！　ゴザをしいただけで、地べたにじかに眠るわ、食いものならなんだってあたりかまわず食いちらかすわ、そんなどうしようもない場所だったたね。塹壕キャンプから一キロ行ったあたりには、ゾーゾーのネイティヴで土人どもの村がひろがっていた。泥壁の家や小屋に、ヤクーやギオのやつらがくらしてたんだ。ヤクーもギオも、リベリアのこの地方にいるアフリカ土人の黒人のニグロたちの呼び名でね。ゲレやクラーンのやつらとは、先祖代々、敵どうしの間柄なんだ。ゲレやクラーンも、このいかれたリベリアでべつの地方にくらす、べつのアフリカ土人の黒人のニグロの呼び名だよ。クラーンやゲレの人間がゾーゾーにやってきたら、そいつは拷問されてからぶっ殺されたね。なぜって、それこそ部族戦争ってやつの望むところだからさ。部族戦争をやってるかぎり、てめえとはちがう部族のやつらといっしょの場所にくらすなんてまっぴらごめんってわけなのよ。

ゾーゾーでは、どの人間を生かすも殺すも、善人パパ大佐のさじかげんひとつにかかってた。大佐はこの街、この地方の首領さまだった。そしてなにより、街でいちばん盛りのついた雄鶏《おんどり》だったのさ。

ア・ファフォロ！　ワラエ（アラーの御名にかけて）！

子ども兵キッド大尉の埋葬がすむと、ぼくら三人はたちまち善人パパ大佐の組織に組みこまれた。まずこのぼくは、子ども兵の兵舎に入れられた。着古しの空挺部隊服を一着もらったけど、おとなサイズでぼくにはでかすぎた。だぶだぶなんだ。あと、おごそかな儀式もひらかれて、善人パパ大佐からじきじきにカラシュ一挺を手わたされてね。ぼく、中尉に任命されたんだぜ。

ぼくたち子ども兵も、箔をつけるために軍階をさずかることになってるんだ。子ども兵のなかには大尉だって、少佐だって、大佐だっているんだぜ。このうちいちばん低い位が、中尉でね。中尉になったぼくの武器は、使い古しのカラシニコフ一挺だった。使いかたは善人パパ大佐からじきじきにおそわったんだぜ。カラシュの使いかたなんて、ちょろいもんよ。ひきがねさえ引きゃあ、あとはトゥララ……ってなもんよ。そうすりゃ、もう殺すわ殺すわ。生きてるやつらが、まるでハエっころみたいにばたばたぶったおれていくんだぜ。

死んだ赤ちゃんのおっかさんは、妖術祓いの問診をうける女たちのところに連れていかれた。（妖術祓いをうける女はひとりのこらずはだかで閉じこめられる。そしてすっぽだかのまんま、善人パパ大佐とふたりっきりにされる。それが部族戦争ってやつの望むところだからね。）

それからヤクバだけど、善人パパ大佐は、やつにめぐりあえて大よろこびだった。ただのグリグリマンじゃなかったからさ。善きムスリムのグリグリマンが手もちの駒になったからさ。

善人パパ大佐はヤクバにこうたずねたんだ。

――おまえは、いかなるたぐいのグリグリを作れるのか？

――いかなる用途のグリグリでもおまかせください、とヤクバは答えた。

――ならば、銃弾よけのグリグリも作れるというのか？

――銃弾よけは、私の得意とするところでございます。だからこそ、私はこうしてリベリアに参ったのです。部族戦争のリベリアでは、いたるところ銃弾が飛びかい、たちどころに人を殺めてしまうありさまですからね。

――そりゃすごい！　そりゃすごい！

大佐はそうさけぶと、ヤクバに抱きついてキスをした。そして大物を泊めるためにとっておいた家に、ヤクバを住まわせたんだ。ヤクバのやつ、うまいことやったもんだぜ。やつはもう、なんでももらえるし、なにより飯をばくばく食えるんだ。

ヤクバはさっそく仕事にとりかかった。善人パパ大佐のために、呪物をたてつづけに三つこさえてやったんだ。どれも特上物の呪物ばかりでね。ひとつは朝用、ひとつは午後用、もうひとつは夜用ときてやがる。善人パパ大佐は、スータンをめくった腰んとこに呪物をつけてから、ヤクバに銭をわたした。するとヤクバは、大佐の耳もとで――大佐だけにきこえるように――それぞれのグリグリにまつわる禁忌《きんき》をささやいてたね。

ヤクバは占いの仕事もおっぱじめた。託宣をたれる仕事だよ。（「託宣をたれる」は「預言する」。）砂のうえに記号を描いて、善人パパ大佐の未来を見とおしたんだ。そしたら、大佐は二頭のウシを供犠にささげなきゃいけないことがわかった。そう、でっかい雄ウシ二頭だったんだけどね……

――でもゾーゾーにはウシがおらんぞ、と善人パパ大佐は答えた。

――それでも供犠はしなければなりません。必要欠くべからざる供犠、あなたさまの未来に書きこまれた供犠なのですから。ただまあ、それほど急ぐこともないですかね、とヤクバは答えた。

ヤクバは、子ども兵にもおとな兵にも、ひとつひとつ呪物をこさえてやった。できあがった呪物には、べらぼうな買い値がついた。ぼくが持ってるのは、そんなかでもいちばん力のあるグリグリでね。それにぼくだけは、ヤクバからただでもらったんだぜ。呪物はたえずあたらしいものにとっかえる必要があるから、やつはちっとも仕事に不自由しなかった。いや、不自由しないなんてもんじゃなかったね！　おかげでやつは、モロ＝ナバみたいな金持ちになりやがったんだぜ。モロ＝ナバっていうのは、ブルキナファソのモシ族んとこにいる豪勢な首長のことだよ。モロ＝ナバみたいになったヤクバは、トゴバラ村の身内やらグリオやら、アルマミィにまで銭を送ってた。（『語彙特性目録』によると「アルマミィ」は「宗教首長」。）やつはそれほど余分な銭を持ってたんだ。

お日さまは、毎日十二時間しかこの世を照らしちゃくれない。大佐はそのことにうんざりしていた。ほとほと困っていた。十二時間じゃ少なすぎたんだ。大佐はいつだって、その日のうちにできなかった仕事の残りをつぎの日にまわしてたからね。アラーの神さまも、大佐に一日五十時間をおあたえになれば親切だったのになあ。ほんと、大佐の一日が、きっちり五十時間あればよかったのに。ワラエ！

大佐は毎朝、ニワトリの鳴き声で目をさます。うまいヤシ酒を寝しなに飲みすぎた翌朝だけはべつだけどね。ただし大佐は、ぜったいぜったいハシシュをやらないんだよ。そのことだけはここで言っとかなくちゃ。で、大佐は目をさますと、グリグリを朝用のやつにとっかえてから、白いスータンとカラシュをさっと身につける。教皇の杖も手にとる。ロザリオでかざられた十字架をてっぺんにつけた杖なんだぜ。身じたくをすませると、大佐はまず衛兵所の見まわりにいく。塹壕キャンプの敷地のなかには子ども兵の衛兵所があって、敷地のそとにはおとな兵の衛兵所があるんだ。

見まわりがすむと、大佐は聖堂に入って祭式をつかさどる。(「祭式をつかさどる」はでっかい単語で、ぼくの『ラルース』によると「宗教上の典礼を執行する」。)ミサの侍者をつとめる子ども兵が、ちゃんとお供につくんだぜ。そのあとは朝ごはんだ。大佐はこのとき酒をやらない。朝はやくからの酒飲みにはあんまりむいてないからね。ここで酒を飲んだがさいご、その日一日をまるまる棒にふっちまうことになるからさ。

朝ごはんがすむと、大佐はスータン姿のまんま、兵士の女房たちにその日の穀物を配給する。竿秤《さおばかり》をつかって配給するんだ。配給の多い少ないで、女どもとはいっつも言いあいになる。うんときれいな女が相手だと、大佐はときどき笑って吹きだしたすきに、その女の尻っぺたをひっぱたくんだ。大佐がふだん日課にしている仕事の流れは、まあこんなとこだね。たとえマラリアで寝こもうが、うまいヤシ酒をかっくらった翌日だろうが、ここまではなにがなんでも毎日こなすんだ。日によってスケジュールが変わるのは、兵士の女房やら子ども兵の給食担当者やらに穀物をくばったあとからだ。

裁判や訴訟がある日の大佐は、お昼まで聖堂にのこってる。裁判の被告が神や呪物にかけて誓いをたてるから、聖堂は裁判所の役目もはたしてたのさ。裁判では試罪の結果が証拠になるぐらいなんだから。（「試罪」はでっかい単語で「中世風の野蛮な神明裁判」のこと。）裁判は週にいちど、たいていは土曜にひらかれた。

裁判がない日の大佐は、穀物の配給をすませると、すぐにキャンプの医務室へむかう。そこの医者は、あらかじめ治療をすませて入院患者を大部屋にあつめておく。病いにやられてたり、足が不自由だったり、とにかくいろんなぐあいにからだがいかれた連中をまえにして、大佐がお説教をたれるからだよ。大佐はお説教をがんがんやるんだぜ。だから病人が杖をほっぽり投げて、「治ったぞ！」なんてわめきながら、ふつうに歩きだしちゃうこともめずらしくなかったね。ワラエ！　善人パパ大佐は、力も才能もある預言者だったのさ。

医務室のおつぎは軍事教練だ。大佐は子ども兵を指導する。おとな兵も指導する。でもその中味ときたら、宗教や公民のおしえとほとんどおんなじだった。お説教と似たようなしろものでね。大佐によれば、善なる神とイエス＝キリストを心から愛してるかぎり、銃弾にぶちぬかれることも、仲間がぶっ殺されることもないんだとさ。善なる神は、悪人や、大ばか野郎や、罪びとや、ばちあたりの連中だけを、ただおひとりの力で殺めてしまうからなんだって。

どうだい、これだけの仕事をたったひとりの男がぜんぶこなしてるんだぜ。これだけの仕事をひとりっきりでやりとおせるのは、善人パパ大佐をおいてほかにはいないね。ワラエ（アラーの御名にかけて）！　まったく、仕事のしすぎだぜ。

それだけじゃないよ。道でまちぶせをしていた兵士がときどきバスをひっぱってくると、積み荷の計量や乗客とのすったもんだの交渉を、善人パパ大佐がじきじきにこなすこともあったからね。そんなときには、乗客からじかにとりたてた関税を、スータンのてめえのポケットにつっこんでたけどね。

それだけじゃないよ。妖術祓いの問診だってあるだろ。それだけじゃないよ。秘密会議もしなくちゃなんないだろ……それだけじゃなくて……それだけじゃないよ。善人パパ大佐はリベリア共和国の東部一帯をとりしきるＮＰＦＬの最高責任者だから、サインをしなきゃならない書類も山ほどあったんだ。

それだけじゃないよ。ありとあらゆるたぐいの密告にも耳を貸してなくちゃならなかったしね。ようするに善人パパ大佐の一日は、朝から晩まで五十時間あってもいいくらいの一日だったのさ！ファフォロ！　朝から晩まで、みっちり五十時間が必要だったんだ。

いやほんと。こんなみじめなくらしをゾーゾーでつづけていりゃあ、たくさんのくさりきった夜のうち、せめていく晩かだけでも大佐が酒を飲んだくれていたって悪くはないってもんだろ。ただし、大佐はハシシュだけには手をつけなかった。そいつは子ども兵のためにとっておいたんだ。なにしろハシシュをきめりゃあ、子ども兵だって本物のおとな兵とおんなじくらい強くなるからね。ワラエ！

ぼく、善人パパ大佐のキャンプについてから、自分がだれかをおそわったんだ。ぼくはマンディンゴでムスリムだから、ヤクー族やギオ族の味方なんだって。アメリカ黒人のピジン語では「マリンケ」も「マンディンゴ」もおなじこと、似たようなもんなんだって。だからぼくは、ゲレ族でもクラーン族でもないんだ。ああよかった。なんせ善人パパ大佐ときたら、ゲレやクラーンのやつらがあんまりお好きじゃないときてるからね。ゲレやクラーンのやつらを見ると、大佐はすぐにぶっ殺してたんだ。

ゾーゾーのキャンプにいるあいだ、ぼくはヤクバの七光りでうんとあまやかされて、うんとだいじにされたんだぜ。だって、大尉に任命されたんだから。あの気の毒なキッドのかわりに、善人パパ大佐がぼくを大尉にえらんでくれたのさ。呪物作りが連れ子にしてるガキんちょだから、ほかの子よりも銃弾よけの力があるって思われたんだ。

ぼくは大尉に任命されて、ある任務をまかされた。それは曲がり角の手前んとこ、道のどまんなかに立って、あっちからやってくる乗合いバスに停止を命じる任務だった。まちぶせ役のガキんちょになったわけよ。おかげで、食いものにはたっぷりありつけるようになったね。ハシシュをただでいただくこともあったしね。生まれてはじめてハシシュをきめたとき、ぼく、病気もちのイヌっころみたいに、ゲロ吐いちゃった。でもそれからちょっとずつハシシュが効いてきて、ぐいーん、おとなみたいな力がわいてきやがったぜ。ファフォロ（おやじのバンガラ）！

ぼく、子ども兵のひとりと友だちになったんだ。ジャン・タイ少佐っていうんだよ。「めらめら頭」とも呼ばれてるスモール・ソルジャーさ。ここにくるまえ、やつは武器をくすねてＵＬＩＭＯ（統一解放運動）のキャンプをずらかってきたんだって。武器をもってきたから、やつはここで少佐に任命された。あっちのＵＬＩＭＯにいたときはクラーン族のふりをしてたけど、ほんとはやっこさん、生《きっ》粋《すい》のヤクー族でね。だからこっちのＮＰＦＬじゃあ、善人パパ大佐にばっちり歓迎されたんだ。ＵＬＩＭＯでくすねたカラシュを一挺もってくるわ、クラーン族の子じゃないわときてるだろ。おかげでばっちり歓迎されたのさ。

めらめら頭の少佐はいいやつだった。マジでいいやつだったな。ワラエ！　息すってるより、ほら吹いてるほうが多いようなやつだった。虚言癖があったんだ。（「虚言癖のある」はでっかい単語で、ぼくの『ラルース』によると「完全にでっちあげた話を語る」。）そう、めらめら頭の少佐には虚言癖があってね。自分はなんでもかんでもしたことがあって、なんでもかんでも見たことがあるなんてぬかしやがる。やつは、マーンおばさんにも会ったことがあるんだって。マーンおばさんと話をしたこともあるんだって。やつからマーンおばさんのことが聞けて、ぼく、ほっとしちゃった。ＵＬＩＭＯの陣地におばさんがいるんだったら、なるたけ早いとこあっちに行かなくちゃ。

虚言癖のあるこのチビ助は、ＵＬＩＭＯの話もたっぷりしてくれた。ＵＬＩＭＯにはいいことが山ほどあるっていうんだぜ。そんなの聞かされたら、だれだってあっちのＵＬＩＭＯに行きたくなっちゃうような話でね。やつによれば、ＵＬＩＭＯはほんとにすてきなところで、のほほんとしてるんだって。どいつもこいつも食いものをばかすか食うのに、いっつも残飯が出るんだって。みんな一日じゅう眠ってんのに、月末にはお手当がでるんだって。そうなんだ。やつだってちゃんとことばの意味がわかって言ってるんだ。そいつはまちがいなく「お手当」ってやつだぜ！　毎月のおわり、ときには月末になんないうちから、お手当が満額もらえるんだとさ。ＵＬＩＭＯは米ドルをうなるほど持っている。鉱床をいくつも開発してるから、ドルがしこたまころがりこんでくるってしかけなんだ。（ぼくの『ラルース』によると「開発する」は「あるものから利益をひきだす」。）金鉱とかダイアモンド鉱とか、ほかにもいろんな貴金属の鉱床を開発してるんだって。鉱床では、おとな兵が鉱夫たちの作業を監督している。だから兵士だって、ほかの住民とおんなじように、米ドルを派手につかっちゃあ、またかせいだりできるんだとさ。子ども兵なんか、もっとすげえんだぜ。ＵＬＩＭＯの子ども兵は、なんとベッドで寝てるんだって。支給される空挺部隊服もカラシュも、みんな新品なんだって。ワラエ！

めらめら頭の少佐は、ＵＬＩＭＯとおさらばしてきたことを悔やんでいた。そもそも、やつがぼくたちＮＰＦＬの陣地までやってきたのには、わけがあってね。あっちのＵＬＩＭＯじゃクラーン族で通ってたけど、ほんとはめらめら頭のやつ、百パーセント生粋のヤクー族だろ。それにやつは、自分の父さんと母さんがゾーゾーに避難してきたことを知ってたんだ。けっきょくみっからなかったとこをみると、そいつもうそっぱちなんだけどね。めらめら頭は、ＵＬＩＭＯに舞いもどるチャンスを、今か今かとうかがってた。そうか、やっぱりＵＬＩＭＯはすてきなところなんだ……きっと、のほほんとしてるんだ。

めらめら頭がしゃべっていた話は、風のたよりで善人パパ大佐の耳にまで伝わった。（『プチ・ロベール』によると「風のたよりで知る」は「関知する」。）そうなんだ、めらめら頭のほざいた大うそが、風のたよりで大佐の耳に入ってね。そいつを聞いた大佐はもうかんかんよ。めらめら頭を呼びつけると、やつをぼろくそののしった。そしておどしたんだ。ＵＬＩＭＯのことをこの世の天国みたいにほめそやすのをやめないと、おまえを牢屋にぶちこんでやるってね。

でもね、そんなおどしなんか、なんにもならなかったよ。めらめら頭のやつときたら、そのあとも洗脳活動をこっそりつづけてたからね。（「洗脳する」はでっかい単語で、ぼくの『ラルース』によると「あらゆる批判感覚を失わせるようにはたらきかける」。）

善人パパ大佐のキャンプには、女の子たちの寄宿舎が一棟あった。慈愛にあふれた大佐がおつくりになった建物でね。戦争のさなかに父さん母さんをなくした子たちがくらしてたんだ。みんな七歳以下の子たちだった。ろくに食いものにありつけなかった子たちだった。お嫁さんになったり、おんな子ども兵になるには、まだおっぱいがふくらんでない子たちだった。寄宿舎は、そんな七歳以下の女の子にそそがれた、大いなる愛徳のたまものってやつだったのさ。寄宿舎は修道女が管理して、女の子たちに書き方や読み方や宗教をおしえてた。

ただし、寄宿舎の修道女なんてのは、ひとの目をだまくらかすために白頭巾をかぶってるようなやつらでね。修道女のくせに、そこいらの女どもとおんなじように男と寝てやがるんだ。善人パパ大佐とも寝てるんだぜ。大佐も大佐で、このゾーゾーじゃあどの男よりも盛りのついた雄鶏ときてるだろ。まあ、この街ではふだんからそんなぐあいに毎日がすぎてくんだけどね。

さて、そんなある朝のこと。小川にむかう踏みわけ道のかたわらで、寄宿舎の女の子がひとり、犯されたあげくにぶっ殺されてるのがみつかった。ちっちゃな七歳の女の子が、犯されてぶっ殺されてるんだぜ。あんまりむごたらしいながめを目にしたもんだから、善人パパ大佐も涙をぼろぼろこぼしてた。(ぼくの『ラルース』によると「むごたらしい」は「おおきな苦痛をもたらす」。)でもね、涙をぼろぼろこぼしてるのは、よりによってあのウヤウヤ野郎の大佐だぜ。そんなやつが涙をこぼすざまを、ぜひお見せしたかったたね。見にいっても損のないながめだったたね。(『語彙特性目録』によると「ウヤウヤ」は「放蕩、浮浪者」。)

殺された子のお通夜は、大佐がじきじきに準備して、じきじきにとりしきった。肩章つきのスータンの下にグリグリをつけて、カラシュをぶらさげて、教皇の杖をつきながらの司会だぜ。大佐はしきりにダンスをしたけど、酒はほどほどにしていたね。酒飲みにはあんまりむいてないからね。さて、大佐はダンスをおえると、その場を三周しながら空を四回見あげた。それからまっすぐ進んで、ひとりの兵士のまえまでやってきた。で、そいつの手をとりあげた。そいつを立たせて、そのまんま広場のどまんなかまでひっぱりだしてきた。あれはゼモコってやつだ。ということは、ゼモコはこんどのこととなにか関わりがあるんだ。女の子をぶっ殺した犯人か、さもなきゃ犯人を知ってるやつなんだ。善人パパ大佐は、もいちどおんなじしぐさをくりかえした。そしてまっすぐやってきて、ふたりめの兵士を指さした。あれはウルダってやつだ。ということは、ウルダは女の子をぶっ殺した犯人か、さもなきゃ犯人を知ってるやつなんだ。大佐はまたまたおんなじしぐさをくりかえした。こんどもまっすぐ歩いてくると、広場のどまんなかに、あのめらめら頭の少佐をひっぱりだしてきた。ということは、めらめら頭もあの子をぶっ殺した犯人か、さもなきゃ犯人を知ってるやつなんだ。ようするに、こんどのことにはめらめら頭とおとな兵ふたりがからんでたのさ。連中はたちまちとっつかまった。三人とも、わが身の潔白を主張してはいたけどね。(ぼくの『ラルース』によると「身の潔白を主張する」は「自らの無実を確約する」。)

あくる日、女の子殺しの裁判がひらかれた。

善人パパ大佐は、肩章つきのスータン姿で裁判にのぞんだ。手もとには聖書とコーランを一冊ずつ置いて、ほかにもありったけの品物を身につけている。キャンプのみんなは、ミサのときみたいに信徒席に腰かけている。裁判は、まるっきり世界教会運動のミサみたいな感じだった。ほんとはミサじゃなくて裁判なのに、やっぱりお祈りからはじまるんだぜ。善人パパ大佐が三人の被告にむかって、聖典のうえに手をそえて誓いをたてるようにうながした。三人は、言われたとおりに誓いをたてた。

と、善人パパ大佐がたずねる。

——ゼモコよ、ファティを殺めたのはおまえか？

——聖書に誓って私じゃありません。私じゃありません。

——ウルダよ、ファティを殺めたのはおまえか？

ウルダも、自分じゃないと答えた。

めらめら頭もおんなじように聞かれて、やっぱり自分じゃないと答えた。

そこで三人は、試罪にかけられることになった。灼熱の炭をしいたコンロのうえにナイフが置かれる。ナイフの刃が、熱で真っ赤になってくる。そうすっと被告の三人が口をおっぴろげる。三人の口から、べろがひっぱりだされる。善人パパ大佐が、真っ赤になったナイフの刃を、ゼモコのべろにこすりつけた。ゼモコは口をとじると、平気な顔をして自分の信徒席にもどっていく。見物人は拍手かっさいよ。おつぎはウルダの番だ。ウルダも痛そうな顔ひとつ見せないで、拍手かっさいをあびながら口をとじた。ところがだ。おつぎに善人パパ大佐がナイフを持ってめらめら頭の方にちかづくと、めらめら頭のやつ、あとずさりして、いちもくさんに教会から逃げやがった。「ホー！」見物人のあいだから驚きのどよめき声がわきおこる。（ぼくの『ラルース』によると「わきおこる」は「噴き出る、響きわたる」。）めらめら頭の少佐はすぐにとっつかまって、とりおさえられたね。

犯人はやつなんだ。あのかわいそうなファティをぶっ殺したのは、あいつなんだ。めらめら頭は、てめえのやらかしたことを白状した。なんでも、自分は悪魔にとりつかれて、悪魔のみちびきで罪を犯しちまったんだとさ。

めらめら頭は、大佐に妖術祓いの問診処分を言いわたされた。問診処分でふたつの雨季を牢屋ですごすことになったんだ。めらめら頭にとりついた悪魔の力がもし強すぎて、やつのからだからぬけないと、やつはこの先処刑されることになるね。公開処刑よ。カラシュで処刑よ。さもなきゃ善人パパ大佐のおゆるしが出て、やつは処刑をまぬがれるかもしれない。なにしろ教皇の杖を手にした善人パパ大佐は、善そのものでいらっしゃるんだから。でもねえ……。でもどっちみち、子ども兵の資格はとりあげられちゃうだろうね。女をむりやり犯したやつは、もう善人パパ大佐の子ども兵じゃないだろ。童貞をなくしたやつは、もう童貞じゃないだろ。童貞をなくしたあげくぶっ殺したような子ども兵は、もう童貞じゃないさ。そんなもんよ。いうまでもないことよ。童貞をなくしたやつは兵士になるんだ。ほんとの兵士、おとな兵になっちまうのさ。

おとな兵になっちまえば、もう食いものも寝ぐらももらえない。お手当をいただくつもりでなにか品物に手をつけることも、ぜんぜんできなくなっちまう。ようするに子ども兵でいるってことは、ワラエ！　めぐまれてるのよ。優遇されてんだ。なのにめらめら頭は、たとえ処刑をまぬがれたとしても、もう童貞じゃないから子ども兵じゃいられないのさ。ニャモゴデン（てなし）！

ファフォロ（おやじのバンガラ）！　あれからいろんなことがあって、いまのぼくらはゾーゾーの街から遠くはなれたところまできているんだぜ。善人パパ大佐の要塞は、もうかなたの場所になっちまった。いましがたバッタみたいにぴょーんと飛びでたお日さまが、もう天にドニドニ、昇りはじめている。(『ブラックアフリカにおけるフランス語の語彙特性目録』によると「ドニドニ」は「すこしずつ」。)さーて、用心しなくちゃ。なるべくめだたないように歩かなくちゃ。ぼくらはいま、森を何メートルか入ったあたりを歩いてる。NPFLの兵士を巻かなきゃならないんだ。(「巻く」は「たくみに避ける」。)ぼくらはゆうべ、月あかりをたよりにゾーゾーのキャンプをぬけだした。なるたけ速く、なるたけ遠くまでずらかるために。

ぼくらがゾーゾーをおさらばして道の足をとったのは、ゆんべの真夜中ごろのことだった。ゆんべの十一時ごろ、なんと善人パパ大佐が殺されちまったんだぜ。銃にぶちぬかれて死んじまったのさ。呪物をちゃんと身につけてたのに、息をひきとっちまってね。ほんと言うと、善人パパ大佐がくたばってるのを見て、ぼく、ちょっとつらくなった。大佐は不死身だって信じてたから。大佐はぼくにやさしかったから。ぼくだけじゃないよ。みんなにだってやさしかったから。ようするに善人パパ大佐は、自然が生みだしたひとつの驚異ってやつだったんだ。(「驚異」は「驚くべき事物や存在」。)

大佐の死は、牢屋の囚人どもにとって解放の合図になった。妖術祓いやら大佐の色好みやらのせいで牢屋にぶちこまれていたみんなに、たちまち解放のゴングが打ち鳴らされたわけよ。大佐の死は、キャンプを出たがっていた連中すべてにとって、ありとあらゆる旅だちの合図になったんだ。おとな兵もそうだし、子ども兵なんかひとりのこらずキャンプから消えちまった。NPFLの領地までせっかくたどりついたのに父さんも母さんもみつからなかった子ども兵は、それこそおおぜいいたからね。

そんな子たちは、ＵＬＩＭＯ（統一解放運動）の領地に行けばきっと父さん母さんに会えると思ったのさ。それにあっちのＵＬＩＭＯじゃあ、みんな食いものをたらふく食ってるそうだしね。ヤシ油のソースで炊きこみご飯を食ってるそうだしね。ＵＬＩＭＯに行きゃあ、お手当だってもらえるそうだしね。四月のマンゴーの実みたいに、お手当が月末ぴったりに、ぽっとん落ちてくるっていうんだから。ア・ファフォロ（おれのおやじのちんぽ）！

ただし、キャンプをおさらばするのも、そうすんなりとはいかなかった。ＮＰＦＬへの忠誠心をなくしていないウヤウヤどもと一戦まじえるはめになったからさ。善人パパ大佐のキャンプにとどまる方がましだと思ってる、まぬけの二乗みたいなやつら全員を向こうにまわしたんだぜ。でもけっきょく、ぼくらの方がたたかいに勝ってね。それで、キャンプの品物を手あたりしだいにかっさらって、手あたりしだいにぶっこわしては火をつけた。そうしてキャンプの品物をせしめると、さっそく道の足をとったわけなのさ。ただちにね。さっさとね。

ぼくらはみんな、ぶんどり品をかかえてた。カラシュを二挺も三挺もかかえてるやつだっていた。カラシュのおみやげつきでＵＬＩＭＯのキャンプに乗りこめば、ぼくらがＮＰＦＬと縁を切ってきたことの担保になるからね。（「担保」とは、ぼくらがＮＰＦＬの連中と大立ちまわりをしてきたことの「証拠」。）いまのぼくらは、ＵＬＩＭＯのやつらにずっとくっついていようって気になってるだろ。カラシニコフは、そんなぼくらの気持の証拠になるわけよ。だからキャンプに火をつけるまえに、ぼくらは武器をまるごとぶんどっておいたんだ。

善人パパ大佐がゆうべ撃ち殺されると、暗やみのなかからすぐに兵士のさけび声がひびいてきた。

「善人パパ大佐が死んだ……善人パパが死んだぞ。大佐はやられた……ぶっ殺されたぞ！」雷みたいなさけび声をかわきりに、てんやわんやがいっせいにおっぱじまった。（「てんやわんや」は「ある行為に先だつ激しい動揺、大混乱」。）兵士たちがぶんどり合戦をおっぱじめたんだ。銭をふんだくるわ、スータンをふんだくるわ、穀物をふんだくるわ、なによりハシシュのたくわえをふんだくるわ……NPFLへの忠誠心をなくしていないやつらが銃をぶっぱなしてくるころにゃあ、もういっさいのぶんどり合戦がすんじまってたのさ。

ワラエ！　事のなりゆきをもういちど、はじめっから話してみるね。

それはある日のことだった。善人パパ大佐が乗合いバスの荷物検査をしていると、ひとりの乗客の荷物からウィスキーのボトルがどっさり出てきてね。ジョニー・ウォーカーのボトルが赤いカートンのなかにずらっとならんでいやがった。そいつから関税をがっぽりとりたてるかわりに、大佐はカートンから自分用のボトルを三本ひっこぬいた。ところが大佐は、酒飲みにむいてないときてるだろ。そのことはてめえでも心得てるから、大佐はふだん、めったに酒におぼれたりしなかった。へっとへとにくたびれて、頭んなかがぐっちゃぐちゃになった晩だけ、寝床で酒をやるぐらいだった。たったそれだけでも、翌朝の大佐はちょっぴり寝ざめが悪くて、ちょっぴり寝坊をしてたからね。でも、それぐらい、たいしたことじゃないさ。大佐はぜったいハシシュを喫わなかったから。ハシシュは子ども兵のためにとっておいたんだ。子ども兵にハシシュは効果てきめんで、ハシシュをきめた子ども兵は、本物のおとな兵とおんなじくらい強くなるからね。さて、その晩（ウィスキーのボトルをせしめた晩）のことだ。善人パパ大佐はへとへとにくたびれちゃってたもんだから、寝床に入るまえからウィスキーをやっちまった。しかもがぶ飲みよ。大佐は酒にやられて、すっかりいかれちまったんだ。

さあそうなると、大佐はもう酒の言いなりだ。酒の言いなりになって、大佐は牢屋にむかったね。(「言いなり」は「虜《とりこ》」。)しかもひとりっきり、たったひとりで牢屋に行っちまった。大佐はふだん昼間しか牢屋に行かないし、そんときだって、完全武装した子ども兵がふたり、かならずお供をしてたぐらいなんだぜ。

ひとりっきりで夜の牢屋に入ると、大佐は囚人どもといっしょになってばか笑いをかましたり、つべこべ文句をたれたりしていた。めらめら頭のやつも、大佐にたっぷりおちょくられてたんだ。と、あるときをさかいに大佐の吹っかけてくるおちょくりといちゃもんの雲行きがあやしくなってきた。(「雲行きがあやしくなる」は「思わしくない展開になる」。)飲みすぎるといっつもやらかす、けだものじみた遠吠えをおっぱじめてね。いかれた野郎みたいによたつきながら、「おまえらみな殺しだ。みな殺しにしてやる……」って何度もさけんでさ。夜のハイエナみたいにうすきみ悪いせせら笑いをうかべやがった。「こうやってよ……こうやってよ……みな殺しにしてやってよ。」大佐はスータンの下からカラシュをとりだすと、そいつをうえにむけて二連射した。囚人たちはとっさに逃げて、牢屋のすみっこにちぢこまった。大佐は棒だちのまんま、千鳥足のまんま、カラシュをまたまた二連射した。それからちょっとおとなしくしてたかと思うと、おっ立ったまんま居眠りをはじめやがった。そこで薄暗がりのなか、囚人のひとりがそうっと善人パパ大佐の脇をぬけて、うしろっから大佐の両足めがけて飛びついたんだ。大佐がひっくりかえる。そのはずみに、カラシュが大佐の手をすりぬけて遠くに落ちる。大佐のずっとまえの方に落っこちたんだ。そのカラシュを、めらめら頭がひっつかんだ。なにしろいかれたチビ助ときてるだろ。やつはカラシュを手にとると、地べたにばったんころがった善人パパ大佐めがけて、カラシュをぶっぱなしやがった。弾倉がすっからかんになるまで思いっきし銃弾をあびせやがったんだ。

ファフォロ！　ヤクバがこさえた呪物を身につけてたはずなのに、銃弾は善人パパ大佐のからだをまともにぶちぬいた。ヤクバはそのわけを、あとでこんなふうに説明してくれたよ。大佐は、呪物にまつわる禁忌をいくつも破ってたんだって。第一に、グリグリをつけたまんまで女と寝ちゃいけないんだ。第二に、女と寝たあとは、ちゃんとからだを洗ってからグリグリをつけなおさなくちゃいけないんだ。なのに善人パパ大佐ときたら、いちいちからだを洗ってるひまなんてもったいないみたいに、それこそいたるところでみさかいなく女と寝てただろ。しかもヤクバによれば、呪物が効かなかったのには、もうひとつのわけもあるんだって。てめえの運命に書きこまれていたウシ二頭の供犠を、大佐はついにやらなかった。ウシ二頭を供犠にささげていりゃあ、危険をかえりみず牢屋に行くことなんか、大佐はぜったいしなかったはずなんだって。ちゃんと供犠をしていりゃあ、こんな事態にはならなかったのさ。ファフォロ！（「事態」は「あるできごとに固有の諸事象」。）

大佐は死んじまった。それも思いがけない災いで死んじまった。大佐が死ぬと、囚人のひとりがすぐに大佐の死体をすっころがして、武器庫の鍵をつかんだ。大佐が肌身はなさず身につけていた、あの武器庫の鍵だぜ。ＵＬＩＭＯの陣地に行きたがっていた囚人やら兵士やらには、そいつが解放の合図になったのさ。ところがキャンプを出たがらないやつらは、ＮＰＦＬと善人パパ大佐への忠誠心をまだなくしちゃいなかった。で、ふたつの分派のあいだでどんぱちがはじまった。けっきょくキャンプを出ようとしていた方がたたかいに勝って、まんまとキャンプをずらかったってわけなんだ。

ヤクバもぼくも、ＵＬＩＭＯの陣地に行く方をえらんだよ。そこにはニアンボの街があるからね。そしてニアンボには、マーンおばさんがくらしてるんだ。おばさんはヤクバにうまいこと渡りをつけて、自分がいまニアンボにいることを伝えていたしね。めらめら頭の少佐だって、ニアンボでちゃんとおばさんに会ってるんだぜ。そりゃあたしかに、虚言癖のあるチビ助がぬかしたことだよ。やつの言うことなんか、ほんとは信じちゃいけないんだけどさ。

ぼくらは、めらめら頭のあとについていった。ここからいちばんちかいＵＬＩＭＯの駐軍地を知ってるのは、ほかでもないめらめら頭のやつだった。ぼくらは子ども兵が十六人に、おとな兵が二十人、それにヤクバをあわせた三十七人だった。武器と弾薬はみんなが持ってたけど、食糧はほとんどなかった。めらめら頭によれば、ＵＬＩＭＯの駐軍地はこのすぐちかく、さいしょの曲がり角をまがったところにあるはずだった。ぼくらはやつのことばを信じてた。でもそれはほんとじゃなかった。なにしろ虚言癖のあるチビ助がぬかしたことだぜ。いちばんちかいＵＬＩＭＯの駐軍地にたどりつくまで、ほんとはあと二、三日も歩かなきゃいけなかったんだ。しかもぼくらは、ＮＰＦＬの残党どもに追跡されていた。（「だれかを追跡する」とは「追いかける」。）さいわいＵＬＩＭＯの駐軍地へ行く道すじは何通りもあったから、ぼくらがさいしょにどの道をとったかをやつらは知らなかったんだけどね。ぼくら三十七人はめいめいべつの民族だけど、ＵＬＩＭＯではクラーン族かゲレ族じゃなければだめなことぐらいわかってた。ＵＬＩＭＯではクラーン族とゲレしか受け入れちゃくれないんだ。そこでぼくらは、めいめい自分の名前をクラーン族の名前に変えてみることにした。ぼくにはそんな必要もなかったけどね。だってぼくはマリンケだろ。リベリアのアメリカ黒人に言わせりゃ「マンディンゴ」ってやつなんだろ。マリンケやマンディンゴは、どこに行ってもちゃんと受け入れられるようにできてるのさ。ぼくたちマリンケときたら、どいつもこいつもめっぽうあざとい連中だからね。どんな陣営にだって平気で寝がえるし、どんなソースがかかった飯だろうと平気で平らげちまうのさ。

ＵＬＩＭＯへの道は、まだまだつづいてた。ぼくらは弾薬をごっそりかかえて、武器をめちゃくちゃ持っていた。ぜんぶはとても運びきれないから、とちゅうでカラシュと弾薬をいくらか捨てたほどだった。

おまけにいくらハシシュを喫っても、ぼくらの腹ぺこはおさまらなかった。すきっ腹をハシシュでおさえるなんてできないんだね。ぼくらはしかたなく、さいしょに木の実を食ってみた。おつぎに草の根っこも食ってみた。さいごは葉っぱまで食ってみた。そんなざまだっていうのに、ヤクバはこうぬかすんだぜ。「至善なるアラーの神は、手ずからお造りになった生ける者の口をけっして空のまま見すごしにはなさらないからな。」

ぼくたち子ども兵のなかには、このときおんな子ども兵がひとりいた。サラっていう子。ほかの女の子の四倍くらい変わってて、四倍くらい美人だった。ほかの子の十倍くらいハシシュを喫って、十倍くらい大麻の葉っぱをかじってた。サラはだいぶまえから、ゾーゾーでめらめら頭とこっそりつきあっていた。それでぼくらの旅にもついてきてたんだ。ゾーゾーをおさらばしてからというもの、ふたり（サラとめらめら頭）はしょっちゅうたちどまっちゃあ、抱きあってた。サラはそのたんびにハシシュを喫ったり、大麻をかじったりしていた。ハシシュと大麻だけは、たんまりあったからね。（「たんまり」は「大量に」。）なんせ善人パパのたくわえをからっぽにしてきたぐらいなんだから。それでサラのやつ、ひっきりなしにハシシュと大麻をやってたんだ。（ぼくの『ラルース』によると「ひっきりなしに」は「止まることなく」。）おかげでサラは、かんぺきにいかれちまってた。みんなのまえでてめえのニュスニュスを平気でいじくりまわしてみたり、みんなのまえで大っぴらにセックスしようってめらめら頭にせがんだりしてさ。めらめら頭も、さすがにそいつだけはおことわりだった。それにぼくらは、ほんとに急いでたし、おなかもぺこぺこだったんだ。あのときだってそうさ。あのとき、サラはひと休みしたくなった。木の幹に寄っかかって、つい休みたくなったんだ。でもって、めらめら頭はサラのことが大好きときてるだろ。サラをそのまんま見捨てるなんてできなかったのさ。でもぼくらには追っ手があった。待ってなんかいられなかったんだ。あのとき、めらめら頭はサラのからだを起こして、むりやりぼくらについてこさせようとしたんだぜ。そしたらサラのやつ、めらめら頭に銃をむけて、弾倉がすっからかんになるまでぶっぱなしやがった。さいわいサラはいかれちゃって、目のまえがもうなんにも見えなくなってたから、銃弾はみんなあさっての方に飛んでった。めらめら頭はたちまちキレて、反撃に出たね。サラの両足にカラシュを一連射おみまいして、サラから銃をとりあげたんだ。それでほら、サラがもう仔ウシみたいなうめき声をあげてるよ。喉を掻っ切られたブタみたいに、ひでえうめき声をあげてるよ。めらめら頭は、もはやあわれな身のうえよ。なんともあわれな身のうえよ。

ぼくらは、サラをひとりぼっち置きざりにするしかなかった。かなしい身のうえになったサラを、ひとりぽっちにしたまま見捨てなきゃならなかった。でも、めらめら頭にしてみりゃ、それでおさまりがつくわけもない。サラはサラで、てめえの母ちゃんやら神さまやら、あらんかぎりの名前をわめきちらしてる。めらめら頭は近づいていってサラを抱きしめると、泣きだしやがった。抱きあったり、身をよじらせて泣いたりしているふたりをぼくらはそのままほっといて、道の足をつづけることにしたんだ。と、まだそれほど歩かないうちに、めらめら頭が泣きっつらのまんま、ひとりこっちにやってくるのが見えるじゃないか。あいつ、サラをひとりぽっちにして木の幹んとこに置いてきやがったんだ。血まみれで傷まみれのサラを、ひとりぽつんと置いてきたんだ。あのあばずれ女は、もう歩けやしなかったんだ。(「あばずれ」は「見苦しく、たちの悪い娘」。)サスライアリやハゲワシどもが、これからあの子のからだをごちそうに宴会でもやらかすことになっちまうんだ。(「宴会」は「ぜいたくな食事」。)

ぼくの『ラルース』によると、「追悼の辞」っていうのは「名のある故人をたたえる演説」のことなんだって。そこいくと、子ども兵はこの二十世紀の終わりじゃあ、だれにも負けないくらい名の知れた役まわりになるはずだね。だったら子ども兵のだれかが死んだときだって、だれかが追悼の辞を述べなきゃいけないことになるだろ。つまりこういうこと。このいかれたでっかい世の中で、そいつがどんないきさつで子ども兵になりおおせたかを話しとかなきゃいけないんだ。でも、むりやり話すいわれなんてぼくにはないいね。やりたいときだけ追悼の辞をやらせてもらうよ。サラへの追悼の辞はやらせてもらおうかな。だってぼく、やってみたいんだ。時間ならまだあるし、へんてこりんな話だしね。

サラの父さんは、ブアケっていう船乗りだった。旅から旅への毎日で、じっさい旅しかしてないような男だった。そんな船乗りが、いったいどうやったら母さんの腹んなかにサラをしこめるだけのひまをめっけられたのか、ふしぎなぐらいだった。おまけにサラの母さんってひとも、くさったような魚をモンロヴィアの大市場で売ってる女だった。商売のあいまに娘のめんどうをみてるような母さんだった。その母さんも、サラが五つのときに死んじまった。酔っぱらい運転の車にはね飛ばされてぶっ殺されてね。で、父さんは娘のサラをどうしたもんか途方にくれて、自分のいとこにあたる村のおばさんにあずけることにした。で、こんどはそのおばさんが、サラをコクイ夫人のところにあずけたんだ。コクイ夫人も商いをしている女で、五人の子どもをかかえてた。そこで夫人は、サラを住みこみのお手伝い兼バナナの売子に仕立てやがった。それからってもの、サラは毎朝、皿洗いとせんたくをすませると、モンロヴィアの通りにバナナを売りにいくようになった。夜は夜で六時きっかりに帰ってくると、こんどは鍋を火にかけて赤ん坊のからだを洗う仕事が待っていた。おまけにコクイ夫人ときたら、バナナの銭勘定とサラの帰宅時間にはやたらとこまかくて、やかましかったんだ。(「こまかい」と「やかましい」はどちらも「要求が多い」。)

そんなある朝のこと。通りの子をしているちんぴら小僧が、サラの売物のバナナをひとつかみくすねると、いちもくさんにずらかった。もちろんサラは小僧のあとを追っかけたさ。でも、ちんぴら小僧はつかまんなかった。サラは家に帰って、バナナが盗まれたことを話してみた。ところがコクイ夫人は、それぐらいの説明じゃあ満足しない。さあどうするよ。すっかり不機嫌になっちまったんだ。夫人はわめきちらした。「おまえ、ほんとはバナナもちゃんと売れたんだろ。バナナの売りあげで、どうせ砂糖菓子でも買ったんだろ」って、サラのことをどやしつける。ちんぴら小僧のことをサラがどれだけ話したって、コクイ夫人の怒りはおさまらない。そんな話にはちっとも耳を貸そうとしないんだ。夫人は鞭でサラをびしびし打った。サラの晩ごはんもとりあげて、夫人はこんなふうにすごみやがった。「こんどこんなまねをしてごらん。もっとばしばしひっぱたいて、おまんまも一日じゅうおあずけで閉じこめてやるんだからね。」

ところがだ。そのこんどってやつが、もうつぎの日には起きちまうんだな。サラは翌朝も、ふだんどおりにバナナの荷をかついで家を出た。すると、きのうのちんぴら小僧が悪たれ仲間の一団をひき連れてやってきたのよ。小僧はまずひとりでバナナをひとつかみふんだくって、ずらかった。サラはすっ飛んでそのあとを追っかけたね。ところがだ、ずらかった小僧に負けずおとらずのちんぴら仲間にとっちゃあ、それこそ待ってましたのなりゆきよ。サラの姿が遠のいてくと、連中はその場に置いてあるバナナを根こそぎふんだくりやがったのさ。(ぼくの『ラルース』によると「ふんだくる」は「略奪する、奪いとる」。)

さあそうなると、サラはあわれな身のうえよ。もう日がくれるまで泣きっぱなしだ。でもお日さまがしずむのが見えると、もうじき赤ん坊のからだを洗ってやらなきゃならない時分になる。そこでサラは、物乞いをする覚悟をきめた。物乞いで銭をこさえて、コクイ夫人にバナナの売りあげ分をわたすことにきめたんだ。そこいらへんを走ってる自動車の運転席にちかづいて、サラは物乞いをやってみた。でもあいにく、気まえのいい運転手にはなかなかめぐりあえなかった。コクイ夫人にわたせるだけの売りあげ分はあつまらない。とうとうその晩、サラはファラ商店の軒下で、売荷のあいだに寝ぐらをさがすはめになっちまったのさ。

あくる日もサラは物乞いをつづけた。コクイ夫人にわたせるだけのバナナの売りあげ分がようやくあつまったのは、そのまたあくる日のことだった。でも、時すでにおそしってやつだね。二晩もつづけて家をあけたとなっちゃあ、もうコクイ夫人の家になんか帰れやしない。のこのこ帰りでもした日には、それこそコクイ夫人にぶっ殺されちまう。きっと殺されちゃうってサラは思った。それで物乞いをつづけてみることにしたんだ。そうこうするうちに、サラは物乞い稼業にも慣れはじめた。コクイ夫人のところにいるより、いまの方がましだと思いはじめた。身じまいができる場所だって、ためこんだ銭を隠しておける場所だってみつかったしね。おまけにファラ商店のひさしの下に行きさえすりゃあ、寝ぐらはいつだって売荷のどまんなかにみつかったんだ。

そんなある日のこと。サラの寝ぐらがひとりの紳士の目にとまった。紳士は通りがかりに、たまたまサラを見かけてね。いかにも親切な、情けぶかそうな物腰でサラにちかづいてきた。(「情けぶかい」っていうのは、いいかえりゃあサラの不幸にかかずらうふりをすること。) キャンディーとか、いろんな砂糖菓子をくれるもんだから、おひとよしのサラは紳士のあとをのこのこついてった。住宅街からはなれた卸市場の方まで行っちゃったんだぜ。そこまでくると、紳士はサラにこうぬかしやがった。「さあ、おじさんとセックスしよう。やさしくね。痛くないようにしてやるから。」怖くなったサラは、わめき声をあげて駆けだした。でもね、そりゃあ紳士の方が足も速けりゃ力もあるだろ。

サラはとっつかまったんだ。とっつかまって、すっころばされて、地べたにおさえつけられて、犯されちまった。紳士はむちゃくちゃ力まかせにサラを犯したあげく、こいつはもう死んだと思った。で、サラをその場にほったらかしにしたまんま、行っちまいやがった。

そのあとサラは病院にかつぎこまれた。そして病院で意識をとりもどした。両親のことを聞かれても、サラは父さんのことだけしゃべって、コクイ夫人のことはしゃべらなかった。父さんの身元捜索がはじまった。でもみっかるわきゃねえだろ。父さん、旅に出てるんだから。いつだって旅なんだから。けっきょくサラは、モンロヴィアの西のはずれで修道女が経営している孤児院に送られた。リベリアで部族戦争がおっぱじまったのは、ちょうどサラがこの孤児院にいたときのことだった。戦争がおっぱじまると、孤児院では修道女五人がなぶり殺しの目にあった。のこりの修道女はうまいこと、ただちにさっさと孤児院からとんずらこきやがった。だからって、この先腹ぺこでくたばるなんてサラはまっぴらだった。それで孤児院仲間の四人の女の子といっしょに、男どもにからだを売ってその日その日をしのぐようになったんだ。腹ぺこでくたばるなんてまっぴらだから、サラはそれから子ども兵の仲間になったわけなのさ。

どうだい、そんな女の子こそ、さっきぼくらがサスライアリやハゲワシのやってくる場所に置きざりにしてきた、あのサラって子なんだぜ。(『語彙特性目録』によると「サスライアリ」は「貪婪このうえない黒アリ」。) サスライアリやハゲワシどもが、これからサラのからだをごちそうに宴会をやらかすことになっちまうのさ。ニャモゴデン(てなし)!

ぼくらが通りすぎる村は、どれもこれも村人に捨てられていた。村という村がすっかり捨てられて、ひとっこひとりいなくなっていた。部族戦争のさなかなんて、そんなもんよ。人間さまがてめえのくらす村をほっぽって、獣どものくらす森んなかに逃げこむんだ。獣どものくらしの方が、人間さまのくらしよりなんぼかましだってことなのさ。ア・ファフォロ！

ある廃村の入口で、ぼくらはふたりの男に出くわした。するとふたりは、まるでスリ野郎みたいにたちまちスルッと駆けだすと、姿を消しちまった。ぼくらはすぐにそのあとを追っかけたね。なぜって、それこそ部族戦争ってやつの望むところだからさ。ふと見かけたやつが逃げだしたってことは、そいつがこっちに悪さをたくらんでる証拠なんだ。だからそいつをとっつかまえなくちゃいけないんだ。ぼくらは銃をぶっぱなしながら、ふたりを追って突っ走った。けど、もうそのときにはふたりとも森んなかにすっかり姿をくらましていた。ぼくらはしばらくのあいだ、銃をがんがんぶっぱなしたね。雷が落っこちたみたいな、そりゃあすさまじいとどろきになったよ。あの騒ぎを耳にしたひとなら、きっとサモリのいくさがまたやってきたと思いこんだにちがいないね。（サモリは「フランス侵攻期のマリンケ族の首長で、フランスの征服活動に抵抗した人物」。サモリのソファ――兵士――たちは、当時やたらと銃をぶっぱなしていた。）ワラエ（アラーの御名にかけて）！

ぼくたち子ども兵のなかには、このときひとり変わったガキんちょがいた。みんなそいつのことを、くせ者キック大尉って呼んでいた。さっき森に消えたふたりのゆくえをぼくらが道ばたでうかがっていると、そのくせ者キック大尉が、さっと森んなかに踏みこんでゆくじゃないか。森んなかを左に折れて、やつらの逃げ道を断ちきろうとしたのさ。さすがにくせ者よ。と、いきなり爆発音がきこえてきた。それからキックのさけび声がきこえてきた。みんなで声のする方にかけつけてみると、なんとキックは地雷を踏んでふっ飛ばされてるじゃないか。なんともむごたらしいながめになっちまってるんだ。キックが仔ウシみたいなうめき声をあげてるよ。喉を掻っ切られたブタみたいに、ひでえうめき声をあげながら、てめえの母ちゃんから父ちゃんから、あらんかぎりの名前を呼んでるよ。やつの右足はよれよれにほぐれちまって、かろうじてつながってるかどうかってありさまだ。見る影もないざまなんだ。キックは汗をぼたぼた垂らして、涙声でこう言うんだぜ。「ぼく、のたれ死ぬんだ！ぼく、ハエっころみたいにのたれ死ぬんだ！」こんなガキんちょがこんなふうに息をひきとっていくありさまは、とてもじゃないけど見てられなかった。そこでぼくらは、急場しのぎの担架をこしらえたんだ。

キックは、急場しのぎの担架で村にかつぎこまれた。このときおとな兵のなかに、元看護士の男がひとりいてね。元看護士は、キックの右足をすぐに切らなきゃいけないと判断した。そこでぼくらは、村につくとキックを小屋んなかに寝かせたんだ。やつのからだを押さえつけとくには、いかつい男が三人かかっても足りなかった。キックがうめき声をあげてもがいてるよ。母ちゃんの名前をわめいてるよ。なのに、やつの右足はすっぱり膝から切り落とされちまった。すっぱり膝からだぜ。元看護士は、切った足を通りがかりのイヌっころに放り投げた。そしてキックを小屋の壁に寄っかからせておいたんだ。

それからぼくらは、村の小屋を見てまわった。一軒一軒、小屋の奥までくまなく調べてみた。さっきぼくらがカラシニコフの一斉連射をやらかしたせいで、銃声を耳にした村人たちはすっかり逃げだしていた。ぼくらもぼくらで、腹ぺこだった。とりあえずなにかを口に入れなくちゃ。ニワトリが何羽かみつかったから、ぼくらは追っかけて、とっつかまえて、首をひねって、焼いて食った。ヤギも何頭かうろついてたから、そいつも撃ち殺して、焼いて食った。その場しのぎにうってつけの食いものなら、なんでもかんでも口んなかにぶちこんだ。なるほどね。アラーの神は、手ずからお造りになった生ける者の口をけっして空のまま見すごしにはなさらないってか。

ぼくらは村を、すみからすみまで調べてまわった。村にはだれひとり、ひとっこひとりいないと思いこんでたから、薪枝を立てかけてある下にふたりのかわいい子どもがみつかったのには驚いたね。この子たちの母さんは、きっと死にものぐるいでずらかるさなかに、わが子ふたりを置きざりにするしかなかったのさ。(ぼくの『ラルース』によると「死にものぐるいの」は「はげしく極限的な」。)母さんにまで見捨てられちまったもんだから、この子たちは屋敷のかこいに立てかけてある薪枝の下に隠れてたんだ。

ぼくたち子ども兵のなかには、このときひとり変わった女の子がいた。ファティっていう子。おんな子ども兵はみんなそうだけど、ファティも情け容赦のないやつだった。めちゃくちゃ情け容赦がないんだぜ。おんな子ども兵はみんなそうだけど、ファティもハシシュのやりすぎで、年がら年じゅうラリってた。こんときだってそうさ。ファティのやつ、薪枝の下に隠れていたふたりの子に、銃をぶっぱなしやがったんだぜ。さいしょファティは、村人がどこに食糧を隠しているかをふたりの子に聞いてみた。でも、あの子たちには、聞かれたことがまるでわからなかった。なにを聞かれてるのか、ちっともわかんなかったんだ。まだちっちゃすぎたんだ。ふたりともまだ六歳の子どもだぜ。六歳の双児なんだぜ。すっかりびくついちまってさ。聞かれたことなんか、なにひとつわかっちゃいなかったのさ。なのにファティはあの子たちにすごんでみせた。銃を空にむけてぶっぱなそうとしたんだ。ところがファティのやつはいつだってラリってるだろ。てめえのカラシニコフで、子どもふたりをまともにぶちぬいちまったのよ。ひとりの子は死んじゃった。もうひとりの子も血を流してる。ぼくらはファティから銃をもぎとった。ファティのやつは突っ伏して泣いている。なんたって双児だぜ。それもちっちゃな双児をひどいめにあわせちゃいけないんだ。双児のニャマ、それもちっちゃな双児のニャマは恐いからね。ひどいめにあわせたやつのことをけっしてゆるしちゃくれないからね。（「ニャマ」は「死者の復讐する魂、影」。）もはやファティは、あわれな身のうえよ。なんともあわれな身のうえよ。見ててみな。部族戦争でいかれちまったこのリベリアで、ファティはこの先ずっとニャマにつきまとわれるんだ。ちっちゃな双児のニャマにだぜ。ファティはもうお先真っ暗だね。どのみち思いがけない災いにあって、死ぬことになるんだから。

ヤクバもファティにこう言った。「幼い双児のニャマに追われているようでは、もうグリグリからも見放されたということだぞ。」

ファティは泣いている。涙をぼろぼろこぼして、あまえん坊のガキんちょみたいに泣いている。なにか効きめのあるグリグリがないかってせがんでる。でも泣いてみたって、はじまらねえな。あんた、もうお先真っ暗なんだから。もうグリグリだって効かねえんだから。そうだろ。

罪のない子をふたりもぶっ殺すようなばかをしでかしたからにゃあ、もう村でぼやぼやしてる場合じゃない。さっさと村をおん出なくちゃ。村をニョナニョナおん出なくちゃ。（『語彙特性目録』によると「ニョナニョナ」は「ただちに」と同義。）キックを小屋の壁に寄っかからせたまんま、ぼくらはさっさと道の足をとることにした。

　ぼくらはキックを、村の人間どものところに置きざりにしてきた。それよりまえ、ぼくらはサラを、獣や虫けらどもがいるところに見捨ててきた。ふたりのうち、いったいどっちがましな身のうえだろう？　たぶんそれはキックの方じゃないね。キックみたいな身のうえこそ、部族戦争ってやつの望むところだからね。ようするに、人間さまより獣どもの方が、けが人をましに扱ってくれるってことなのさ。


よし！　どうせあのときキックは死にそうになってたんだし、じっさいもう死んでるんだから、ぼく、追悼の辞を述べなくちゃ。キックは感じのいいやつだったし、やつの生いたちにふれたって、そんなに長い話じゃないからね。（ぼくの『ラルース』によると「生いたち」は「児童がこの世の短い生を通じてたどった道のり」。）

　キックがくらしていた村に、部族戦争は朝の十時ごろやってきた。そんとき子どもたちは学校にいて、親たちは家にいた。キックも学校にいて、キックの親も家にいた。さいしょの銃連射がはじまると、子どもたちはすぐさま森に逃げこんだ。キックも森に逃げこんだ。村の方から騒ぎがきこえてくるあいだ、子どもたちはずっと森んなかにいた。キックも森んなかにいた。村の騒ぎはひと晩じゅうつづいて、ようやく翌朝おさまった。で、子どもたちは勇気をだして、めいめい家族の屋敷にもどってみたんだ。キックも家族の屋敷にもどってみたんだよ。見ると、キックの父さんは喉を掻っ切られていた。キックの兄さんも喉を掻っ切られていた。キックの母さんと姉さんは、ふたりとも犯されたあげく、頭をぶち割られていた。自分に近い身内も遠い身内も、ひとりのこらずぶっ殺されてるんだぜ。さあどうするよ。もうこの世には、父さんも母さんも兄さんも姉さんも、だれもいないっていうのに、自分がまだチビ助だったらいったいどうするよ？　ひとが寄ってたかってたがいに喉を掻っ切ってるようないかれた野蛮な国に、かわいいチビ助がひとりぼっち残されたら、いったいそいつはどうすりゃいいのよ？

もちろんそいつは子ども兵になるのよ。食いものにありつくために、スモール・ソルジャーやらチャイルド・ソルジャーやらになるのよ。そしてこんどはそいつにもお鉢がまわって、てめえがだれかの喉を掻っ切ることになるわけよ。いきつく先は、もうそれっきゃ残っちゃいねえんだ。

糸の先っぽが針に変わってくように（『プチ・ロベール』によると「糸の先が針に変わるように」は「ある考えやことばや行為がしだいにべつのものへと移りかわる」）、キックは子ども兵になった。ただしこの子ども兵はくせ者だった。くせ者スモール・ソルジャーが、さっき近道をとおっていたとき、地雷のうえでふっ飛んだ。それでぼくらは、やつを急場しのぎの担架に乗っけて村に運んだ。死にかけてる子ども兵を小屋の壁に寄っかからせて、ぼくらはその場に見捨ててきたんだ。つまりこういうこと。ある日の午後、あるいかれた村で、ぼくらは死にかけてるキックを村人の制裁にまかせて見捨ててきたのさ。（「制裁にかける」は「民衆の眼前でだれかを罪人として告発する」。）そう、キックはこれから民衆の制裁ってやつにかけられるんだ。あわれな子ども兵がこうしてこの世で生をとじたのも、アラーの神さまがお望みになったからなんだろ。なにしろアラーの神さまときたら、手ずからこの世にお造りになった命のないものあるものすべてについても、この世での御業いっさいについても、公平でいらっしゃる義理も必要もおありじゃないんだろ。

だったらこのぼくだっておなじだね。このぼくだって、てめえのみじめな人生についてしゃべったり語ったりするいわれもなけりゃあ、辞書から辞書へとわたり歩いてわざわざことばの意味を調べるいわれもありゃしねえよ。もううんざりだぜ。だからきょうはこれでおしまい。いいからほっといてくれよ！

ワラエ（アラーの御名にかけて）！　ア・ファフォロ（おれのおやじのちんぽ）！　ニャモゴデン（ててなしのててなし子）！

III

ULIMO（United Liberian Movement）とかリベリア統一運動とかっていうのは、追いはぎ野郎のサミュエル・ドーに忠誠をちかって、そのあとドーの後継者になった一味のことだよ。リベリアの大統領で独裁者だったサミュエル・ドーは、けっきょくぶっ殺されて、からだをばらばらにされちゃったからね。ドーのからだがばらばらにされたのは、あのぞっとするモンロヴィアの街に靄《もや》がたちこめたある午後のことだった。モンロヴィアっていうのは、一八六〇年の独立以来、リベリア共和国の首都におさまってきた街のことだよ。ワラエ（アラーの御名にかけて）！

独裁者のドーは、もともとリベリア国軍の軍曹だった。ドー軍曹と何人かの仲間たちは、「コンゴ」のやつらが前々から「リベリアのネイティヴ」にたいして高慢ちきで見くだした態度をとってることにうんざりしていた。おんなじ黒人のニグロでも、リベリアではアフロ＝アメリカンの連中を「コンゴ」、アフリカ土人を「ネイティヴ」って呼んで、区分けすることになっている。アフロ＝アメリカンのなかには解放奴隷の子孫もいて、そいつらも「コンゴ」って呼ばれてる。リベリアの社会で植民者としてふるまってきたのは、こうした「コンゴ」のやつらなんだとさ。ぼくの『ハラップス辞典』にある「ネイティヴ」と「アフロ゠アメリカン」の定義はこんなとこだね。とにかくサミュエル・ドーと何人かの仲間たちは、独立国リベリアで国じゅうのネイティヴを苦しめる不正にうんざりしていた。そこでネイティヴの仲間どうしでつるんで、反乱をやらかしたのよ。植民地主義者で高慢ちきなアフロ゠アメリカンにたいするネイティヴの反逆計画をたてたのは、このうちふたりのネイティヴだった。

反逆計画をくわだてたアフリカ土人の黒人のニグロのふたり、ネイティヴのふたりっていうのは、クラーン族のサミュエル・ドーと、ギオ族のトマス・クィウォンパでね。クラーン族とギオ族は、リベリアにいるアフリカ黒人のニグロのうちでも、まっさきに名前があがるような部族なんだ。だからふつうはこういわれてる。植民地主義者で高慢ちきな植民者のアフロ゠アメリカンどもにあのとき刃向ったのは、独立国リベリアの全体だったんだとね。

やつら（反乱者たち）は幸運にめぐまれていた。いいかえりゃあ、やつらの供犠は受け入れられて、反逆計画はばっちり成功した。（『語彙特性目録』にある「受け入れられた供犠」の説明はつぎのとおり。「アフリカ黒人のニグロは、幸運を得る目的で血なまぐさい供犠を頻繁に執行する。ゆえに幸運とは、かかる供犠が受け入れられたときに得られることになる」。）反逆計画がばっちりきまると、ふたりの反乱者は同志とともに明けがたから動きだした。まず、アフロ゠アメリカンの名士やら上院議員やらをひとりのこらず寝床からたたきおこして、浜辺まで連れだした。浜辺につくと、そいつらをパンツ一丁にして処刑用の柱にしばりつけた。で、いろんな国の報道記者が見まもるなか、夜あけをまって連中をウサギみたいにあっさり撃ち殺しやがったんだ。反逆計画者たちはその足で街なかにもどると、さっき浜辺で撃ち殺したやつらの女房と子どもをなぶり殺しにした。それからでっかい祭をひらいた。めいっぱいのどんちゃん騒ぎに、めいっぱいの鳴物入り。めいっぱいの酒盛りに、その他もろもろときたもんだ。

祭のあと、反逆計画のふたりの親玉は、さも礼儀ただしい人物みたいに抱きあってキスをした。そして、おたがいをたたえあったんだ。サミュエル・ドー軍曹がトマス・クィウォンパ軍曹を将軍さまに任命すると、トマス・クィウォンパ軍曹もサミュエル・ドー軍曹を将軍さまに任命するってなぐあいよ。ただし親玉っていうのは、あくまでひとりがなるもんだろ。お国の親玉もたったひとりのはずだから、ふたりのうちサミュエル・ドーがみずから大統領を宣言した。一八六〇年以来の独立国、統一民主共和国のリベリアで、だれの目にもあきらかでだれもがみとめる親玉におさまったのさ。

ドーが親玉になったタイミングは、ばっちりだった。まるでスープのなかに塩がぽっとん落っこちてくれたみたいに、ばっちりはまったね。なぜって、ちょうどそのころ西アフリカ諸国共同体、CDEAOの首脳会議がひらかれることになってたからさ。リベリアはCDEAOにとって欠かせない加盟国だし、てめえはてめえで将軍さまの位とリベリア国家元首の肩書をせしめたところだろ。それで空挺部隊服を着たまんま、腰にはピストルぶらさげたまんまのかっこうで、ドーは飛行機に飛び乗った。加盟各国の元首みたいに、自分も国家元首としてCDEAOの首脳会議に出てみましょうってな心もちで、飛行機に乗っかったんだ。その年の会議はロメでひらかれた。ところがそのロメで、ひともんちゃくがもちあがった。サミュエル・ドーが完全武装のかっこうでやってきたもんだから、CD

ＥＡＯ加盟国の元首たちはおもわず震えあがってさ。で、こいつはきちがいじゃないかと思って、ドーの出席をみとめなかったんだ。それどころか、会議の期間中は外出厳禁に飲酒厳禁のおまけつきで、ドーをホテルにくぎづけにしてね。会議がすんだらすんだで、こんどは首都モンロヴィア行きの飛行機にドーを乗っけて追っぱらったのさ。まるでウヤウヤ野郎を相手にしたようなもてなしっぷりよ。(『ブラックアフリカにおけるフランス語の語彙特性目録』によると「ウヤウヤ」は「浮浪者、白癬症患者」。)

サミュエル・ドーは、それから五度めの雨季がすぎるまで、てめえの首都モンロヴィアでのんびり国をおさめていた。どこへ行くにも空挺部隊服、腰にはピストルぶらさげてね。いまや正真正銘の革命家気どりよ。ところがある日、やつはふとトマス・クィウォンパのことを思いだしてね……クィウォンパのことが思いうかぶと、たちまちしかめっつらになっちまった。空挺部隊服を着こんだてめえの姿が、どうにもおちつかなくなってきた。ここで忘れちゃいけないのは、サミュエル・ドーが反逆計画をやりとげたときの同志がトマス・クィウォンパで、その同志がいまもしっかり生きてるってことなんだぜ。だってそうだろ。ニワトリ小屋にしのびこむようなちんけなこそ泥だって心得てることだろ。ちんけなこそ泥だって、つねづねてめえに言いきかせてることをいってるのさ。つまりこういうこと。相棒と力をあわせてごりっぱな悪だくみをやりとげたって、当の相棒をかたづけないかぎりは、てめえがせしめた品物のうまみをたっぷりとは味わえない。そいつはドーにしてみてもおんなじだったのさ。国をおさめてから五年もたつというのに、サミュエル・ドー将軍の心にも、ことばにも、ふるまいにも、トマス・クィウォンパのやっかいな影がつきまとってたんだ。

サミュエル・ドーは、そんなやっかいごとをまちがいなくとっぱらえそうな計略を思いついた。（ぼくの『プチ・ロベール』によると「計略」は「悪だくみ」。）なんのことはないんだ。ちょろっと考えりゃ思いつくことだね。民主主義の名をかりた計略にすりゃあいいのさ。だって民主主義っての は、民衆の声ってやつなんだろ。民衆の声ってのは、主権を有する国民の意志ってやつなんだろ。そんなぐあいに考えりゃあ、あとはすらすらすらっとね……

ある土曜の朝、サミュエル・ドーはこれから祭典をひらくことを発表した。そしてリベリア国軍の佐官やら各省庁の局長やら、共和国各地のカントン長やら宗教指導者やらを、ひとりのこらずその祭典に狩りあつめてね。そうしてひらいたアレオパゴス会議（「アレオパゴス会議」は「賢者の会合」）の席上で、サミュエル・ドーは出席者一同にむかってこんな話をしてみせたんだ。

「かつてわが輩が、武力による政権奪取を余儀なくされたのは、この国で過分に不正が横行していたゆえである。しかしいまや万人のあいだで平等が実現し正義が回復した以上、軍による国家支配は終わりを告げるであろう。軍は国家運営を文民に、すなわち主権を有する国民に委譲するのだ。その端緒として、まずこのわが輩が、軍人としてのわが身分をここで正式に放棄する。わが輩は軍人としての身分と拳銃とをここで放棄する。ただいまこの場で、わが輩はひとりの文民となるのだ。」

やつはそうほざくと、てめえが身につけていたピストルも、空挺部隊服も、赤いベレー帽も、肩章つきのシャツも、ズボンも靴も靴下も、みんなまとめてぬいじまった。パンツまでぬぎやがった。で、指をぱっちん鳴らすと、むこうから将軍おつきの兵士がやってきた。おつきの兵士が捧げもってきたのは、三つぞろいの背広一式に、シャツ、ネクタイ、靴下、短靴、それにソフトハットだ。出席者一同の拍手をあびながら、やつは平服を身につけた。こうしてやつは文民になった。まるで街かどをうろついてる最低のウヤウヤ野郎みたいなやりくちでね。

このときをさかいに、やけにすばやく事が運んでいった。ドーは、てめえの思惑にかなった憲法を三週間で書かせてね。で、そいつが申し分ないことを説くために、国じゅうの州を二カ月でまわりきった。そして、ある日曜の朝に国民投票がおこなわれた。新憲法は、有権者の九九・九九パーセントの得票をもってみとめられた。なぜ九九・九九パーセントかっていうと、百パーセントにしたら真実味がなくなる、つまりはウヤウヤになっちまうからさ。

あたらしい憲法にもとづいて、この国には文民出身の大統領がひとり必要になった。そこでドーは、国じゅうの州を六週間でまわりきって、てめえが本音もたてまえもなくりっぱな文民になったことをうったえた。大統領選挙の投票も、ある日曜の朝におこなわれた。国際選挙監視団が見まもるなか、やつは有権者の九九・九九パーセントの得票をもって大統領にえらばれた。なぜ九九・九九パーセントかっていうと、百パーセントにしたらウヤウヤになる、つまりはうわさの種にされちまうからさ。(『ラルース』によると「うわさの種にする」は「中傷を口にする愉しみからたえまなくしゃべる」。)

こうしてほら、善良さにかけちゃあ筋金入りの大統領さまが一丁あがりよ。ごりっぱなうえにもごりっぱとされた大統領さまの一丁あがりよ。で、ドーはさっそく、さいしょの具体的な行動に打って出た。新大統領の肩書にものをいわせて、てめえがいかがわしい人物ときめつけたトマス・クィウォンパ将軍の指揮権を剝奪しやがったのさ。(「指揮権を剝奪する」は「将校の職務をとりあげる」。指揮権を剝奪すべき「いかがわしい人物」とは「反逆計画を企図する人物」。)でもここでまた、ひともんちゃくがもちあがった。トマス・クィウォンパも、やられっぱなしにされちゃいなかったんだ。ていうか、一歩もゆずらなかったのさ！

トマス・クィウォンパは、自分とおんなじギオ族出身の将校や幹部連とつるんで、ほんとにほんとの反逆計画をやらかしてね。あともうちょっと、計画が成功する一歩手前までこぎつけた。あとほんのちょっと、サミュエル・ドーをぶっ殺すまであとほんの一歩だったんだ。なのに、どたんばになって、サミュエル・ドーがこっぴどい巻きかえしをかけてきたもんだから、計画はおじゃんになった。さあドーにしてみりゃあ、クィウォンパがいかがわしい人物だっていう証拠はこれでそろったことになるね。てめえが長いことうかがってきたチャンスが、ようやくめぐってきたわけよ。ドーは、トマス・クィウォンパをむごたらしい拷問にかけたあげく銃殺した。大統領の親衛隊も街なかにちらばって、ギオ出身のリベリア共和国幹部連をほとんどみな殺しにした。そいつらの女房や子どもも、ひとりのこらず道づれよ。

さあここまでくりゃあ、サミュエル・ドーはご満悦の鼻高々よ。てめえはお国でたったひとりの親玉だ。とりまきの幹部連も、みんなてめえとおんなじクラーン族だ。リベリア共和国はクラーン族一色のクラーン国家になったのさ。あんまり長つづきはしなかったけどね。なぜってギオの幹部連がみんな殺しにされたとき、三十人くらいの幹部がうまいこと逃げのびていたからさ。連中はコートディヴォワールに逃げこんで、独裁者のウフエ＝ボワニに泣きついた。ウフエ＝ボワニは連中をなぐさめて、リビアの独裁者、カダフィ閣下のところに送りこんだ。なにしろカダフィ閣下といやあ、テロリストの養成キャンプをいつだって抱えてるような男だろ。なもんで、ギオの幹部三十人もみっちり二年をかけて、武器の使いかたやらテロのやりかたやらをリビアでたたきこまれてね。そのあとコートディヴォワールに送りかえされたんだ。テロ訓練をばっちりうけた幹部連は、リベリア国境ぞいのコートディヴォワールの村々に身をひそめていた。あの運命の一日がやってくるまで、そこでひっそりくらしていた。（「運命の」は「運命にしるしづけられた」。）運命の一日とは、一九八九年十二月二十四日。その年のクリスマスイヴのことだよ。一九八九年のイヴの晩、やつらは襲撃の頃あいを今か今かとうかがっていた。ブトロ（国境の街）の監視所にいる国境警備兵が、ひとりのこらず酔いつぶれてへべれけになるのを見とどけてから、やつらは襲撃をおっぱじめた。ブトロの監視所をあっというまに乗っとると、国境警備兵をみな殺しにして武器をふんだくった。警備兵をひとりのこらずぶっ殺してから、やつらは国境警備兵になりすまして電話の受話器をとってね。モンロヴィアの国軍参謀本部を呼びだして、こう伝えたんだ。「わが国境警備隊は襲撃をうけ、これを阻止したが、ひきつづき援軍を派遣されたし。」参謀本部はあわてて援軍をよこしてきた。それも、やつらのまちぶせにあって全滅よ。ひとりのこらずぶっ殺されて、ちんぽもちょん切られて、武器もふんだくられちまったのさ。反乱側のギオの幹部連には、こうして武器がころがりこんだ。しかもごっそりとだぜ。だからふつうは、とくに歴史家たちにはこういわれてる。リベリアに部族戦争がやってきたのは一九八九年、クリスマスイヴの夜だったとね。戦争はこの日、一九八九年十二月二十四日におっぱじまった。おとなりのコートディヴォワールで軍事クーデタがもちあがる、そのちょうど十年前のぴったりおんなじ日のことだった。この日からてめえがくたばるその日まで、サミュエル・ドーの悩みはどんどん昂じていくことになったんだ。（「昂じて」は「漸進的に」。）そう、てめえのからだをばらばらに切りきざまれてぶっ殺されるそのときまで、ドーの悩みは昂じていったのさ。そのことはもうちょっとあとで話そうかな。いまはそんなひまなんてないからね。ニャモゴデン（てなしのててなし子）！

ぼくらみたいなよそ者は、ＵＬＩＭＯで歓迎されなかった。なにしろそれが部族戦争ってやつの望むところだからね。そこでＵＬＩＭＯの陣地につくと、ぼくらはまえもって用意しといた小話をさっそく連中に聞かせてみた。サミュエル・ドーについて、「あのお方には愛国心と高潔さがそなわっておられます」だとか、「リベリア全土に大いなる善をもたらしてくださいました」だとか、「お国のためにたいへんな犠牲を払われました」だとか、その他もろもろよ。ＵＬＩＭＯのやつらは、そんなぼくらの演説を、まじめくさった顔つきでしばらくとっくり聴いていた。演説がすむと、やつらは武器をわたすように言ってきた。ぼくらはすっかりほっとして、手もちの武器をやつらにわたした。そしたらこんどは、コーランと聖書と呪物をいくつか持ってきて、その聖典や呪物にかけて誓いをたてるように言ってきた。そこでぼくらは、自分たちがどろぼうじゃないこと、仲間うちにはひとりもどろぼうがまじってないことをおごそかに誓ってみせた。なぜそんなことになるかっていうと、ＵＬＩＭＯの陣地にはどろぼうどもがうようよしてたからさ。連中はどろぼうなんか、もうたくさんだった。どろぼうなんてこりごりだったんだ。誓いがすむと、ぼくらは牢屋にぶちこまれた。ギー、ガッチャン。

ＵＬＩＭＯの牢屋では、胸がむかむかするような食いものしか出なかった。（「胸がむかつくような」は「ゲロの出そうな」。）しかも量ときたら、これがまたほんとにほんとにちょびっとだった。そんなひどいありさまにだれより早く文句をたれたのは、ヤクバだった。「おれさまはグリグリマンだぞ。びゅーっと飛んでくる銃弾から身をまもるグリグリ作りなら、お手のもんのグリグリマンなんだぞ。」でっかい声でそうわめきちらしても、連中は耳を貸さない。なもんで、やっこさんもいちだんと声を張りあげてわめきちらす。「おれさまをここから出せ。さもないと呪物の力をおみまいするぞ。おまえら全員に呪物の力をおみまいしてやるからな。」そう言われちまえば、さすがに連中もヤクバを牢屋から出すしかなくなったね。するとヤクバは、ぼくといっしょじゃなければ牢屋を出ないぞって言ってくれた。ぼくもいっしょに牢屋から出すように言ってくれたんだ。

ぼくとヤクバは牢屋から出されると、バークレイ将軍の参謀部にとおされた。将軍は、オニカ・バークレイ・ドーって名前でね。女なんだぜ。（だからここは女性形で「将軍 générale」と書くべきなんだけど、ぼくの『ラルース』によると「将軍」の女性形は「将軍夫人」のことで、「女の将軍」という意味ではけっしてつかわれないんだとさ。）ぼくとヤクバは、オニカ・バークレイ・ドーのまえにひっぱりだされた。バークレイ将軍は、ヤクバが手もちの駒になったことをよろこんだね。将軍のところには、呪物をあつかうグリグリマンがひとりいたけど、そいつはムスリムのグリグリマンじゃなかった。しかもなにかわけがあって、将軍はそいつの知識と経験のほどをちょうど疑いだしてたところだった。ヤクバがいりゃあ、将軍のグリグリマンはこれでふたりになる。将軍にとっても、ふたりいるにこしたことはなかったのさ。

一方のぼくは、子ども兵のところに連れていかれた。ぼくがつかうことになるカラシュも見せられた。ぼくたち子ども兵には、五人ごとに銃一挺がわたされていた。ぼくが見せてもらったのは、NP

ＦＬでつかっていたのよりも新しめのカラシニコフだった。

ＵＬＩＭＯでは、子ども兵もちゃんとあつかわれていた。食いものにもたっぷりありつけたし、砂金採りの護衛をすりゃあ、銭だってドルだってかせげたしね。だからぼく、貯金をしようと思った。ほかの子ども兵みたいに、てめえのかせぎをまるごとドラッグにつぎこむようなまねはしたくなかったんだ。ぼく、ためこんだ銭で金《きん》を買ったよ。それで肌身はなさずつけている呪物のなかに金をしまっといたんだ。マーンおばさんにめぐりあえたときに、なにか贈りものをあげたかったのさ。ファフォロ（おれのおやじのちんぽ）！

バークレイ将軍は、へんてこりんな軍人だった。それに女としては、もっとへんてこりんだった。自分ではごくまっとうなつもりでいたけどね。だって、どろぼうをみっけると、いつもおんなじやりかたで、だれかれかまわず撃ち殺しちまうんだぜ。男だろうが女だろうが、ぬすんだのが針一本だろうがウシ一頭だろうが、そんなことはおかまいなし。みんなまとめて銃殺しちまうんだ。しょせんどろぼうはどろぼうだからっていうんで、ひとりのこらず銃殺よ。なんとも公平なお裁きじゃないですか。

将軍の根城になってるサニクリーの街は、どろぼうどもの巣窟だった。リベリア共和国のどろぼうなら、だれでもいちどはそこで落ちあう約束をしたことがあるような街だった。ぼくたち子ども兵も、どろぼうにはひどいめにあったんだぜ。子ども兵はしょっちゅうドラッグでいきおいつけて眠りこむだろ。それで目がさめると、着ていた服がしょっちゅうなくなってるんだ。すっぽんぽんでおめざめよ。どろぼうが身ぐるみはがして、パンツまでむしりとっちまうんだぜ。そいで朝になってみりゃあ、カラシュのとなりですっぽんぽんよ。

その週も、現行犯でとっつかまったどろぼうどもがいた。(「現行犯」は「犯罪調書作成者の眼前で犯された犯罪」。)連中はとっつかまると、鎖につながれたまんま牢屋にぶちこまれた。人間の自然法則ってやつにしたがうなら、そりゃあ連中だって牢屋で腹をすかしていたかもしれないよ。でも、やつらに食いものをやるなんてとんでもなかった。バークレイ将軍の牢屋では、罪を問われた連中が食いものをもらう権利なんてなかったんだ。

土曜の朝九時ごろ、被告人が鎖につながれて、市のたつ広場に連れてこられた。広場には街のみんながあつまっている。街のみんなをまえにして、その場で裁判がひらかれるんだ。被告人にむかって、ほんとに盗みをはたらいたかどうかを問いただすのが、裁判の中味だった。もし盗んだって答えりゃあ、そいつは死刑になる。盗んでないって答えても、証人にやりこめられてやっぱりそいつは死刑になる。(「やりこめる」は「あやまちを犯したことの証明を示しながら罪人を沈黙に追いやる」。)だからどっちにしろ似たようなもんだった。おんなじことなのよ。被告人はけっきょく死刑になるんだから。死刑を言いわたされたやつは、即刻、刑場送りになっちまうのさ。(「即刻」は「ただちに」。)

死刑囚が刑場につくと、ほっかほかのご飯が運ばれてくる。でっかい肉のかたまりがいくつもころがった、アブラヤシのソースのご飯だぜ。やつらときたら、それこそけだものみたいになっておまんまに飛びかかるね。ほんとにほんとに腹ぺこだったのさ。しかもほんとにほんとにすてきなご飯だから、見物人のなかには、やつらのかわりになれたらいいのに、なんて思ってる連中がかなりいるね。死刑囚は飯をしこたま食う。がつがつ食う。めいっぱい食う。これでもかって食う。食事がすむと、仲間どうしで「あばよっ」なんて声をかけあう。やつらがカトリック信者だろうが、神父が終油の秘蹟をさずけにやってくる。それからやつらは杭に縛りつけられる。目隠しをされる。このとき、あまえん坊のガキんちょみたいに泣きじゃくるやつもいるけど、そんなのはちょびちょびだね。おおかたの死刑囚、大部分の死刑囚は舌なめずりしながら、げらげらばか笑いをかますんだ。腹いっぱいおまんまにありつけたことがほんとにほんとにうれしいのさ。見物人もにぎやかでしあわせそうな感じでね。死刑囚は、そんな連中の拍手のなかで銃殺されていくんだぜ。

それなのに、ああそれなのにときたもんだ。銃殺を見物していたひとが、あとでびっくりしながらこんな話をすることがあるんだよ。どろぼうの処刑を見物しながらぱちぱち手をたたいてるすきに、べつのどろぼうに財布をぬかれたことがあるんだとさ。（ぼくの『ラルース』によると財布を「ぬく」は「盗む」。）そんなときでも財布をぬかれちまうのは、それほどおおぜいのどろぼうがサニクリー地方にいる証拠だね。ひとさまが処刑されても、そいつをてめえへの戒めになんかしない連中ときてやがるんだ。ファフォロ（おれのおやじのちんぽ）！

生まれとか血筋のことでいえば、オニカはサミュエル・ドーの双児の妹にあたるんだ。ネイティヴの同志たちがアフロ＝アメリカンへの反逆計画をすすめていたちょうどそのころ、オニカは防戦にまわってた。（女の子が「防戦にまわる《ス・デファンドル》」とは、「ある地点からべつの地点へうつる」、つまり「売春する」こと。）そのころのオニカは、オニカ・ドクイって名前だった。でも、双児のドー兄さんが反乱をやってのけたおかげで、オニカはリベリア国軍の軍曹に任命された。そのときついでに、てめえの名前もバークレイに変えてみた。バークレイの名前にすりゃあ、アフロ＝アメリカンの黒人のニグロになれるからさ。なんてったってリベリアじゃあ、アフロ＝アメリカンっていうだけでなんかしら箔がつくんだから。ネイティヴの生まれだとか、アフリカ土人の黒人のニグロだとかいうよりも、そっちの方がぐあいがいいわけよ。

そのあとドーは、ロメのCDEAO首脳会議から帰ってくると、バークレイ軍曹を中尉に格上げして、てめえの身辺警護にあたらせた。ギオ族の反逆計画をぶっつぶしたあとは、バークレイを大統領親衛隊の司令官に任命した。そのドー兄さんがからだをばらばらにされてぶっ殺されると、バークレイはてめえでてめえを将軍に任命して、サニクリーの地方長官におさまった。ようするにバークレイ将軍ってのは、ぬけめのない女なのさ。カナリの底に残ったソースを、ウヤウヤ野郎の男どもにだまって舐めさせとくような玉じゃないってこと。ワラエ！

オニカ将軍は小柄だけど、人間さまにわが子を盗られたときのヤギみたいに底力のある女でね。将軍の肩章とカラシュを身につけて、なんでも自分でとりしきるんだ。完全武装した衛兵でぎゅうぎゅうづめの四駆に乗っかって、どこにだって出かけるんだぜ。ただしオニカは、家族ぐるみで街を動かしていた。まずふだんの切り盛りは、息子にまかせてるだろ。息子はジョニー・バークレイ・ドーっていう大佐で、いちばん場数をふんだ兵士たちの連隊をたばねていた。で、ジョニーには女房が三人いて、三人とも少佐の位についていた。行政上いちばんたいせつな部門、つまり財政と牢屋と子ども兵の三部門を、それぞれの女房が切りまわしてたのさ。

このうち財政部門は、シタって女房の担当だった。シタはマリンケ女、アフロ＝アメリカンのピジン語でいえばマンディンゴの女でね。砂金採りのやつらが三カ月ごとに納めなきゃなんない地代をとりたてる仕事をしていた。ムスリムのくせに、人道主義のかけらもないやつでね。無許可ではたらく砂金採りをどいつもこいつも土地どろぼうときめつけて、毎週土曜に処刑しちまうんだぜ。ひとが撃ち殺されるのをながめながら、ばか笑いをかましていやがった。

モニタは牢屋担当の少佐だった。プロテスタントで、人道主義とやさしい心のもちぬしだった。おまんまなんか食う資格のない被告人にも、食いものをめぐんでた。あと何時間しか命のない連中によろこびをあたえてたんだ。そんなふるまいをアラーの神さまはしっかりご覧になっている。大にお召しになったあとで、きっとモニタにはごほうびをくださるね。

子ども兵をたばねていたのは、リタ・バークレイって女房だよ。ほんとは規則で禁じられてるのに、リタはぼくのことをえこひいきしてくれてね。ぼくを「グリグリマンのヤクバの坊や」なんて呼ぶんだぜ。おかげでグリグリマンの坊やときたら、なんでももらえたし、なにをしてもおとがめなしだった。ときどきはこんなこともあったな。たいていはバークレイ大佐の留守中なんだけど、リタがぼくを家まで連れてきて、うまそうな料理をぐつぐつ煮てくれるんだ。(「ぐつぐつ煮る」は「とろ火で愛情をこめて煮る」。)おかげでたっぷり食えたんだけど、食事のあいだ、リタはひっきりなしにこう話しかけてくる。「かわいいビライマや。おまえはきれいだねえ。かわいいねえ。自分がどれだけきれいか、おまえ知ってるかい? どれだけかわいいか、おまえ知ってるかい?」そして食事がすむと、着ている服をぬぎなさいって、かならずぼくに言ってくるんだ。ぼくが言われたとおりに服をぬぐと、リタはぼくのバンガラをやさしくやさしく撫でまわすんだぜ。だからぼく、ロバみたいにバンガラをびんびんおっ立ってながら、ひっきりなしにささやいていた。

——ぼくらのこんなとこを見たら、バークレイ大佐は怒っちゃうよ。

するとリタがこうささやく。

——ちっとも心配しなくていいのよ。あのひとはいま、いないんだから。

リタはぼくのバンガラにべちゃべちゃキスをして、しまいにはヘビがネズミを飲みこむみたいにバンガラをぱっくり飲みこんじまうんだぜ。きっとあれは、ぼくのバンガラをちっこいつまようじのかわりにしてたんだな。

そうしてリタの家を出るころには、ぼくもすっかり得意で浮かれた気分になって、口笛なんか吹いてたもんさ。ニャモゴデン（ててなし子）！


サニクリーは国境ぞいのでっかい街で、金とダイアモンドが掘られていた。部族戦争のさなかだってのに、ご奉仕価格の金におびきよせられた商人どもが、国境のむこうから危険をおかしてここまでやってくるんだぜ。（「危険をおかす」は、「思いきって何かをする、危険に身をさらす」。「おびきよせられた」は「ひきつけられた」。）サニクリーの住民は、ひとりのこらずバークレイ将軍の言いなりになっていた。どの人間を生かすも殺すも、バークレイ将軍のさじかげんひとつにかかっていた。じっさい将軍は、そいつにものをいわせてた。めったやたらにものをいわせてたんだ。

サニクリーには四つの地区があった。まずネイティヴの地区とよそ者の地区があるだろ。で、そのあいだに市場があってね。毎週土曜にどろぼうどもが処刑されるのが、その市場だった。反対側の街はずれには丘があって、丘のふもとには難民たちの地区があった。丘のてっぺんには、ぼくらのくらす軍事キャンプがあった。軍事キャンプは敷地がぐるっと杭でかこまれて、どの杭にもひとのしゃれこうべが乗っかってた。それこそ部族戦争ってやつの望むところだからさ。丘のずっとむこうは原っぱで、原っぱには川と鉱床があった。そこを見張るのは子ども兵の役目でね。鉱床とか、鉱石を洗う川のあたりときたら、くそったれの二乗みたいなざまだった。そんなひでえ場所について書くのはごめんだね。なにしろぼくは通りの子だぜ。やりたいことをやるまでよ。どいつもこいつも知ったこっちゃないね。でも、元親《パトロン・アソシエ》のことだけは話しとこうかな。鉱床にかぎらず採掘現場をなにもかも牛耳っていたほんとの親方こそ、この元親連中だったからね。

　採掘現場ではだれがほんとの元締めで親方かっていうと、それは元親だね。元親は採掘現場でくらしてた。連中の住まいや寝ぐらときたら、まさに要塞そのものだった。完全武装の子ども兵が目を光らせてる本物の要塞よ。そこの子ども兵はいつだってドラッグ漬け。かんぺきにドラッグ漬けだった。子ども兵がいる場所にも、やっぱりしゃれこうべつきの杭がならんでた。なにしろ元親は金持ちだからね。ここではたらく砂金採りは、かならず元親のだれかひとりのお世話になってたんだぜ。

　砂金採りをしようなんてやつは、たいていさいしょはパンツ一丁で、ほかにはなんの持ちあわせもありゃしない。元親はそんな連中を丸がかえしてやるんだ。採掘用の鍬も、運搬用の籠も、食いものも、みんなあてがってやってさ。月に〇・五米ドルの土地利用税も肩がわりしてやるんだぜ。

　こうして砂金採りに手を染めたやつが、たまさかごりっぱなめっけもんにぶちあたった。つまりは運よく金塊を掘りあてたとするね。そうすっと砂金採りは、元親への借金をまとめて支払うことになっている。でも、そんなうまい話なんてめったにあるもんじゃない。ごりっぱなめっけもんなんてのは、元親への借金にいいかげん首まで浸かったあげく、なんとかぶちあたれるかどうかってしろものよ。だから砂金採りはいつだって、いつまでたっても元親の言いなりからぬけだせやしない。元親になるようなやつは、たいていレバノン人でさ。しまいにはたいていぶっ殺されちまうのも、無理はないね。ああそうさ、けっこうな話じゃないの。元親はぞっとするようなやりかたでぶっ殺されちまうのさ。なにしろ吸血鬼みたいなやつらなんだから。(『プチ・ロベール』によると「吸血鬼」は「他人の労働を吸いとり裕福になる者」。)

砂金採りが金塊にぶちあたったところときたら、こいつは見物《みもの》だぜ。見にいっても損のないながめだね。やっこさん、もうてんやわんやの大騒ぎでさ。どでかい声でわめきたてて、子ども兵にてめえの護衛をたのむんだ。そうすっと、年がら年じゅうドラッグ漬けの子ども兵がその場にどっとかけつける。砂金採りのまわりをぐるっとかこんで、やつを元親のところに送りとどけるんだ。元親は砂金採りのかせぎから、まず自分が受けとる手数料をぬきとる。それから土地利用税もぬきとって、護衛の子ども兵にもいくらか銭をくれてやる。それでもまだ銭が残っていりゃあ、そいつを砂金採りにわたすんだ。どのみち砂金採りはあわれな身のうえになっちまうね。やつらにはどうしたって身辺警護が必要だろ。だからしまいには有り金をすってんてんにしちまうんだ。身辺警護は、かんぺきにドラッグ漬けの子ども兵がやることになってるからね。ワラエ！　子ども兵はのべつまくなしドラッグをほしがるだろ。でもハシシュはただじゃ手に入らないだろ。そんなこんなで、こいつはお高くつくわけよ。

さて、そんなある晩のこと。完全武装した追いはぎどもの一団が、サニクリーの街にやってきた。連中は暗やみにまぎれて、スリ野郎みたいに小屋の軒間にスルッと身をすべらせてね。元親どもがくらす界隈までしのびこむと、二軒の家を包囲した。(「家を包囲する」は「外界とのあらゆる連絡手段を断ちきって家屋をとりかこむ」。)スモール・ソルジャーもおとな兵もちょうどラリってる時分だから、追いはぎどもにしてみりゃあ、ちょろいもんだった。ぐっすり眠りこけた元親どもに不意打ちをくらわして、カラシュですごみながら金庫の鍵をよこせと言ったんだ。元親が言われたとおりに鍵をわたすと、追いはぎどもはてめえで金庫をあけて銭をひっつかんだ。銭をがっぽりちょうだいしたんだ。ところが、元親どもを連れていざずらかろうってときになって、そのうちのひとりが連れていかれるのをいやがった。で、銃がパーンと鳴る。その音に子ども兵のひとりが目をさまして、銃をぶっぱなす。敵さんにしたって、銃をぶっぱなすしか能のないやつらだから、撃って撃って撃ちまくる。それで騒ぎが街じゅうにひろがって、一斉射撃がおっぱじまる。あげくは死人よ。死体がごろごろころがってるんだ。ワラエ！　子ども兵が五人に、おとな兵が三人もぶっ殺されてるじゃないか。おまけに金庫はからっぽよ。すっからかんのかあよ。追いはぎどもは金庫から銭をもぎとると、元親ふたりを連れてたちまちずらかりやがったのさ。そのざまをぜひお見せしたかったね！　なんともむごたらしいながめでさ。死体があっちこっちにころがってるんだ。おとな兵も死んでいる。子ども兵も死んでいる。金庫にゃ、ぱっくり穴があいている。おまけにふたりの元親が消えちまってるんだぜ。このとき死んだ子ども兵に、ぼくの仲間はいなかった。よく知らない子たちだから、追悼の辞はやらないよ。追悼の辞をわざわざ述べるいわれなんか、ぼくにはないからね。ニャモゴデン！

銃撃戦のあった現場に、オニカ・バークレイがやってきた。オニカは涙をこらえきれなかった。そのざまをぜひお見せしたかったね。見にいっても損のないながめだったね。オニカみたいな罪びとふぜいが、死人のために泣いてやがるんだぜ。ありゃあクロコダイルのうそ泣きだぜ！　オニカのやつ、ほんとは亡骸にむかって泣いてたんじゃないんだ。てめえの損になりかねない不始末がおきちまったことに泣いてたのさ。

この街でのオニカの政治は、なにより元親たちの安全をうけおうことでなりたっていた。元親がいなけりゃ、砂金採りもいなくなるだろ。そうすりゃ鉱床の開発もおじゃんになって、あげくはドルの実入りもなくなるだろ。だからこそ、オニカは元親の安全をうけおってきた。安全をうけおえていることに誇りだって感じてたんだ。なのに、さあどうするよ。いまや元親がふたりも連れていかれて、サニクリーのどまんなかから真夜中に姿を消しちまった。ほかの元親たちもサニクリーに見きりをつけようと、こぞって店を閉めだすしまつだ。オニカのつくりあげたシステムが、こうしてがらがらっとくずれはじめたんだ。

オニカはもうきちがいみたいになっていた。そのざまをぜひお見せしたかったね。あのチビ女が、身につけた品物をいっさいがっさい震わせながら、わめきちらしてるんだぜ。「お残り！　お残り！あのふたりはわたしがきっとさがしだして、ここに連れもどします。ふたりはいまニアンボにいます。そんなことはお見通しなの。ふたりはいまニアンボなの。ニアンボにいるのよ。」

ニアンボの名前をぼくが耳にしたのは、このときがはじめてだった。ぼくのマーンおばさんがくらしてるニアンボの街。あの追いはぎどもは、ニアンボからやってきたやつらだったんだ。

誘拐から二日たって、身代金の要求が舞いこんできた。かっさらった元親ひとりにつき、やつらは米ドルで一万ドルを要求してきた。おまけに、これっぽっちの不足もみとめないんだとさ。

オニカ将軍はわめきちらしたね。「一万ドルなんてあんまりよ。あんまりじゃないこと。そんな大金をいったいどこでみつけろっていうの？　どこで手に入れろっていうのよ？」

身代金の交渉がさっそくはじまった。バークレイは、元親ひとりにつき二千ドルなら用意ができると言った。追いはぎたちも物わかりのいいとこをみせて、要求額を八千ドルまで下げてきた。ただしそっからは一ドルの不足だってみとめない、さもないと元親ふたりの喉を掻っ切るぞと言ってきた。

交渉はなかなかすすまず、長びいていった。なにしろニアンボの街は、サニクリーの街から歩いて二日もかかるところにあったからね。

ニアンボはよそ者にもひらかれた自由な街で、どのゲリラ分派の領地にもなっていなかった。中立であるべき街、人質をとるまねなんてゆるすはずもない街だった。でも、とうとうこんどのことでそいつをゆるしちまった。そうなりゃもちろん、あやまちはニアンボの住民につぐなってもらうことになるわな。「つぐないの値段はお高くなるわよ。」オニカ将軍は、口ぐせみたいにそうつぶやいていた。

追いはぎとの話しあいをつづけるかたわら、オニカ将軍はニアンボを力ずくでもぎとる計画をこっそりたてていた。誘拐から四日後、ぼくたち子ども兵がニアンボへの進軍をはじめたんだ。夜のうちに行進して、昼間はずっと森に隠れながらの進軍よ。とちゅうであんまりへまをしでかしちゃいけないっていうんで、ぼくらはハシシュをとりあげられていた。おかげでぼくらは、ミミズみたいにげんなりしていた。ハシシュがほしくてほしくて、弱りきっていた。もうどうすりゃいいのかわからなくなっていた。ちょっとでいいからハシシュがほしい。そのことが頭から離れなくて、しっちゃかめっちゃかになりそうだったね。二日二晩をかけた行軍のあいだ、ぼくらはそれでもハシシュ禁止の命令をなんとか守りぬいたんだぜ。

日曜の朝、ぼくらはついにニアンボのすぐそばまでたどりついていた。やったね。もう腰をおろしてもいいっていわれたよ。ハシシュもたっぷりちょうだいしたよ。ぼくら子ども兵は第一陣、最前線の斥候隊だ。もうたたかいがやりたくて、うずうずしてきちゃうぜ。ハシシュをばっちりきめたからにゃあ、ぼくらはみんな雄ウシみたいに強いんだぞ。たのもしい呪物だって身につけてるんだぞ。ぼくらのうしろには、おとな兵の連隊がひかえてるだろ。そのもうすこしうしろには、参謀部がひかえてるだろ。オニカ将軍そのひとだっているんだぜ。将軍がじきじきに作戦の指揮をとってるんだ。ニアンボのやつらをこらしめたいもんだから、自分もいっしょに行くと言ってきかなかったのさ。将軍のそばには、ふたりの呪物師がついている。ひとりはヤクバ、もうひとりはソグっていう古株の呪物師だ。ソグはクラーン族の呪物師で、鳥の羽でこさえた帯を年がら年じゅう頭と腰につけている。おまけにからだじゅうをカオランでごたごた塗りたくってるんだぜ。

攻撃は夜あけとともにはじまった。ぼくらはまず、さいしょに見えてきた小屋のあたりまでしのびこんだ。カラシニコフは、子ども兵五人一組に一挺ずつわたされている。そのさいしょの五人組が、攻撃にうつったよ。ところがおったまげたね。さいしょの五人組がカラシニコフを連射しはじめたとたん、敵さんもカラシニコフの連射で反撃してくるじゃないか。ニアンボの住民と兵士は、ぼくらのぶっ飛ばされてぶったおれた。それから三人めの子が交代したけど、その子も銃弾にふっ飛ばされてぶったおれた。それから三人めの子になってからだった。ぼくらは、死んだ子たちをその場に置きざりにして撤退した。退却したのは四人めの子になってからだった。それもこれも、オニカ将軍のたてた作戦がいけないんだ。戦闘の最前線には、ぼくらのかわりにおとな兵が飛びこんでね。死んだ子たちの亡骸をひろってきてくれたんだ。

襲撃をまちかまえていやがったんだ。不意打ちもくそもあったもんじゃないぜ。ひとりめの撃ち手が

ぼくたち子ども兵は、参謀部までひっかえさなきゃなんなかった。そうしないと、ぼくらがちゃんと呪物に守られてるかどうかを確かめられないからね。きっとぼくらがなにかへまをしでかしたから、呪物の効きめがなくなっちまったんだ。だって連射をおっぱじめたそばから、子ども兵が三人もふっ飛ばされたんだぜ。呪物師に調べてもらうと、あんのじょう、子ども兵が禁忌を侵犯していたことがわかった。(「侵犯する」は「犯す、違反する」。)ぼくらはヤギの肉を食って、それで呪物の禁忌を侵犯してたんだと。戦争の呪物を身につけてたたかっているときには、ヤギの肉を食っちゃいけないんだと。

ぼくは怒りで真っ赤になった。いや真っ赤じゃなくて……ぼくみたいな黒人は、怒ってもぜったい顔が赤くなんないからね。こいつは白人専用の言いまわしだね。黒人の顔は怒るとひきつっちゃう。そう、ぼくは怒りでひきつったんだ。頭にきちゃったのさ。呪物師なんてのは、ひとさまをけむに巻くような連中なんだ。(ぼくの『ラルース』によると「けむに巻く者」は「信頼にとぼしくいいかげんな者」。)冗談じゃねえよ! 呪物師どもによれば、死人が三人出たのも、ぼくらがヤギの肉を食っ

たからなんだとよ。大ばかこきやがって。信じられっかよ！

　死んだ子たちの母さんにかわって、ぼく泣いてあげたよ。あの子たちがけっきょく経験できなかった人生のすべてを想って、ぼく泣いてあげたんだ。見ると、死んだ子ども兵のなかに、荒くれセクーの亡骸がころがっていた。

　荒くれ者のあいつ、セクー・ウエドラオゴを手玉にとって、けっきょくカイマンの口んなか、子ども兵のなかに投げこんだのは、そもそも学費のことだった。（「学費」は「学校の授業料」。）でっかいアビジャンの街でもドゥー・プラトーの界隈には、豪邸が建ちならんでる。セクーの父さんは、そんな豪邸のひとつで守衛にやとわれていた。ところがあるとき、銃をもった追いはぎどもがお屋敷に押し入って、裕福なブルジョワのご主人さまを銃でおどす事件がおきた。（「裕福な」は「富んだ」。）するとご主人さまは、守衛をしていたセクーの父さんが追いはぎどもとぐるだったなんてぬかしやがった。銭のないやつには、この世に正義もへったくれもありゃしないだろ。セクーの父さんも、拷問されたあげく牢屋にぶちこまれてね。おかげでセクーの学費は滞った。一カ月がすぎ、二カ月がすぎて……三カ月がたったころ、学校の校長先生がセクーを呼びだしてこう言った。「セクー君、もうきみを学校に置いてはおけないね。学費ができたところで、また学校にもどっていらっしゃい。」で、セクーの母さんはビタって名前でね。ビタ母さんは息子にこう言いきかせたんだ。「まっとくれよ。母さんが学費をなんとか工面して、おまえを学校に行かせてやるから。」ご飯物をこさえて売っていたビタ母さんは、そのころ工事現場の作業員から飯の代金一万五千ＣＦＡをつけにまわされていた。セクーの学費は一カ月五千CFAだから、一万五千CFAもありゃあ当座の学費にはじゅうぶんなはずだった。そこでセクーは一週間まってみた。もう一週間まってみた。なのに学費のめどはまるでたちゃしない。そのときセクーは、ブルキナファソにいるおじさんのことを思いついたんだな。なんでも父さんの兄弟のひとりに、ブカリってひとがいてね。セクーのおじさんにあたるひとだろ。セクーの父さんは、なにかっていうとそのブカリおじさんのことを話してたのさ。そうだ、ブカリおじさんは運転手をやってて、でっかいワガドゥグの街にバイクと屋敷を持ってるんだっけ。セクーはおじさんとこに行って学費のあてをさがしてみることにしたんだ。なにしろ、ワガドゥグにバイクと屋敷を持ってるほどのおじさんだぜ。セクーはさっそく列車にもぐりこんだね。(「もぐりこむ」は「運賃を払わずに交通機関を利用する」。)ところがワガドゥグについたところでとっつかまって、セクーはワガドゥグ中央警察署に連れていかれた。

——おまえの両親はどこにいる?

——ぼくのおじさんはブカリといいます。おじさんはバイクと屋敷を持ってます。

でもそうはいってもだよ。どでかいワガドゥグの街でバイクと屋敷を持ってるブカリさんをみっけるなんて、トウジンビエが入った袋んなかから黒いシミがついた一粒ぽっちをさぐりあてるようなもんだろ。おじさんがみっかるのをまちながら、けっきょくセクーは中央警察署で一週間を棒にふっちまった。つぎの週になっても、おじさんの捜索はまだつづいてた。そこで見張りのやつらがぼんやりしてるすきに、セクーは出奔した。ワガドゥグのどでかい街なかに姿を消したのさ。(「出奔する」は「こっそり逃げだす」。)こうしてセクーは、でっかいワガドゥグの街をほっつき歩くようになった。

(「ほっつき歩く」は「あてもなくさまよう」。)あっちこっち歩きまわってると、一台のトラックがセクーの目にとまった。見るとアビジャンからやってきた車で、なかには運転手しか乗ってない。トラックの見習をしていた小僧に運転手がお手当を払わなかったもんだから、ちょうど逃げられちまってたところだったのさ。セクーは、あわてて自分を売りこんだね。「ぼくはお手当なんかもらわなくたってはたらくチビ助です」って言うと、運転手とのあいだで話がついた。セクーはトラック運転手の見習になった。ママドゥっていう運転手につかわれる小僧になったんだ。話がつくと、ママドゥはセクーの手をひっぱって、車の陰に連れてった。そしてひそひそ声で、このトラックの任務について説明したんだ。それは秘密の任務、ひとにはぜったい漏らしちゃいけない極秘任務ってやつだった。なんとこのトラックは、リベリアにいるテイラーの同志にこっそり武器を運んでたのさ。まっすぐアビジャンに行くようなトラックじゃなかったんだ。

夜になると、私服の軍人たちがほんとにやってきた。連中はママドゥとセクーの身柄をホテルにうつすと、その足でトラックの荷積みにでかけた。翌朝の四時、軍人たちはトラックに荷を積んでもどってきた。積み荷は、ばっちり梱包されている。連中はセクーとママドゥをたたきおこしてね。トラックの運転席には、ママドゥのとなりに私服の将校がひとり乗っかった。もうひとりも私服の将校で、そいつはセクーといっしょに、ばっちり梱包された積み荷のうえに飛び乗った。トラックはそのまんま、リベリアとコートディヴォワールの国境にむかった。国境にたどりついて車をとめると、森からゲリラ兵たちがぬっと出てきた。(「ゲリラ兵」は「ゲリラ戦闘員」。)ゲリラ兵のひとりがママドゥからハンドルをひったくる。べつのゲリラ兵二人が積み荷にのぼる。で、将校といっしょにトラックで行っちまった。セクーとママドゥは、一軒のマキでまってるように言われたんだ。

そのマキのおやじは、おどけた酔っぱらいでね。ばか笑いをかましちゃあ、客の肩をぽんぽんたたいて、あいまあいまに屁をこきやがるんだ。おやじがそんなばかをこいてると、覆面をしたいかつい男たちが四人、森からぬっと出てきた。(「覆面をした」は「両眼の部分に穴のあいた頭巾をかぶった」。)四人はセクーとママドゥを銃でおどして連れていく。そいつを見てぶるぶる震えてるマキのおやじに、四人はこう言いのこして立ち去った。

——このふたりを人質として連れていく。身代金は五百万CFA。ブルキナ政府ならばそのくらい払えるはずだ。身代金の支払い期限は五日だ。一日でもおくれるな。さもないと、人質の頭を股鍬《またぐわ》の先にぶっ刺してとどけてやるからな。いいか、わかったな?

いつまでもからだをぶるぶる震わせながら、マキのおやじが返事した。

——へえ、承知しやしたとも。

セクーとママドゥは目隠しをされて、森んなかに連れていかれた。ちっぽけな藁掛けの小屋までついたところで、ふたりは杭にしばりつけられた。はじめの三日間は、用心ぶかそうな見張りが三人ついていた。四日めになると見張りはひとりしかいなくなった。おまけにそいつが居眠りをおっぱじめたもんだから、セクーとママドゥは縄をほどいて、まんまと森に姿を消したね。森をぬけると、セクーは一本の道につきあたった。道はまっすぐのびていた。セクーは右も左も見ないで、道をまっすぐ歩きつづけた。やがて道のむこうに村が出てきた。村には子ども兵がいた。そこでやつは、子ども兵の隊長にこう売りこんでみたのさ。「ぼく、セクー・ウエドラオゴです。ぼく、子ども兵になりたいです。」

セクーがどんなふうに「荒くれ」の看板にふさわしいかは、またべつの話、長い話よ。その話はしたくないね。わざわざ話すいわれなんか、ぼくにはないからね。それにいまはつらいんだ。つらすぎるよ。セクーのやつがこんなふうにぶったおれて死んじゃってるのを見ると、涙がぼろぼろこぼれてきちまうんだ。ひとをけむに巻く呪物師どもの言いぐさじゃあ、それもこれもみんなヤギの肉を食ったせいなんだとよ。ファフォロ（おれのおやじのちんぽ）！

セクーのとなりには、ヒョウのソソの亡骸がころがっていた。

ヒョウのソソは、もともとリベリアのサラの街にいたチビ助でね。やつには父さんも母さんもいた。父さんは守衛と人夫の仕事をしてたけど、レバノン人の店に入りびたっちゃあ、したいほうだいのことをやらかすような父さんだった。なによりヤシ酒とウィスキーをがぶ飲みしちゃあ、毎晩ぐでんぐでんになって家に帰ってくるんだ。てめえの女房と息子の見分けもつかないほどの酔いっぷりよ。家に帰れば帰ったで、ジャッカルみたいにぎゃんぎゃんわめいちゃあ、手あたりしだいにものをぶっこわす。なによりてめえの女房とひとり息子をぶんなぐるんだ。なもんで、毎晩日がくれだすころになると、ソソとソソの母さんは怖くなって震えていた。もうじき一家の家長さまが酔っぱらって、ぐでんぐでんになってお帰り召されるってわけよ。雄ウシと雌ヤギの見分けもつかねえ酔いっぷりでね。

「女房と息子の野郎、いまに見てろよ」ってな勢いでお帰り召されるのさ。

そんなある晩のこと。ソソの父さんが歌を歌ったり、ばか笑いをかましたり、汚ねえののしりことばを吐いたりしている声が、遠くの方からきこえてきた。(「汚いののしりことばを吐く」は「侮辱的なせりふを言う」。)ソソとソソの母さんは、もうじきわが身におきることを察して、台所の奥に逃げこんだ。やがて父さんが家につく。てめえの女房も息子も家にいないとわかると、いっそうぶちきれて、手あたりしだいにものをぶっこわしはじめる。ソソの母さんがぶるぶる泣きながら、台所を飛びだした。亭主の狼藉をとめに入ろうとすると、母さんに鍋がぶっ飛んできた。鍋にやられた母さんが血を流す。それでソソのやつは、泣きながら台所の包丁をひっつかんだね。つかんだ包丁で、てめえのおやじを刺しちまったんだ。父さんはハイエナみたいなうめき声をあげた。で、死んじまった。

ソソはこれで尊属殺人者ってやつになったわけだ。(「尊属殺人者」は「自分の父親を殺した者」。)そんなまねをしでかしたやつには、もう子ども兵の仲間になるほかに道なんてありゃしないのさ。

父さんも母さんも兄さんも姉さんもおばさんもおじさんも、だれひとり身よりのない子にとって、いちばんましな身の振りかたは、子ども兵になることなんだ。この世だろうがアラーの神さまの天上だろうが、どこに行ってもなにひとつやりようがなくなっちまった子のためにあるもの、それこそ子ども兵ってやつなのさ。

ソソがどんなふうに「ヒョウ」の看板にふさわしいかは、またべつの話、長い話よ。その話はしたくないね。わざわざ話すいわれなんか、ぼくにはないからね。それにいまはつらいんだ。つらすぎるよ。ソソのやつがこんなふうにぶったおれて死んじゃってるのを見ると、涙がぼろぼろこぼれてきちまうんだ。間の悪いときにヤギの肉を食うからこうなるんだなんて平気でぬかす呪物師どものばかっぷりを思うと、頭にどんどん血がのぼってきちまうぜ。ファフォロ!

ぼくらは、子ども兵の亡骸を共同墓穴にまとめて埋めた。穴に土をかけおわると、ぼくらはカラシュをたてつづけにぶっぱなした。前線にいるときは、死人の弔いをしないことになってるからね。

三人の子ども兵が銃弾にふっ飛ばされたのは、間の悪いときにヤギの肉を食ったせいだなんて。そんなばかげた呪物師どもの言いぐさを、オニカは百パーセント信じていやがった。かくなるうえは、ぼくたち子ども兵が身につけてる呪物の力をとりもどさなけりゃならないんだと。そのための儀礼は、ふつう小川のほとりでするものだけど、今回はどの川でそれをするかが、すんなりとはきまらなかった。なにしろグリグリマンがふたりいるだろ。片っぽがえらんだ小川に、もう片っぽがきまって文句をつけやがってさ。それでオニカも、しかたなく口をはさんでね。オニカが二人にすごんでみせたあげく、呪物師のグリグリマンとムスリムのグリグリマンのあいだでようやく話がつくしまつだった。

オニカが腰をおろすと、そのとなりに息子や嫁たちが陣どった。参謀部のほかのメンバーも、そのまわりをかこむようにあつまった。それから子ども兵が呼びだされた。ぜんぶで三十人くらいだ。呪物師どものばかげた言いぐさなんか、ぼくは信じちゃいなかった。仲間の何人かも信じちゃいなかった。呪物の力をとりもどす儀礼のあいだ、ぼくらはマントの下でせせら笑ってやったんだ。(『ラルース』によると「マントの下で」は「こっそり」。)連中はぼくらを一列にならばせて、ひとりずつ順番に、みじかいお祈りのことばをとなえるように言ってきた。こんなせりふだよ。

祖先の御霊よ、一切の祖先の御霊よ。

水の精霊よ、森の精霊よ、山の精霊よ、森羅万象の精霊よ、
我、己れの過ちをここに謹んで認むるなり。
我、昼夜を分かたず赦しを乞わん、戦のさなかヤギの肉を食せしことを。

ぼくらはみんな、身につけてる呪物をとりはずして山積みにした。呪物の山に火がつけられた。呪物は炎につつまれてから灰になった。灰は川に捨てられた。

それから子ども兵がひとりのこらずはだかになった。すっぽんぽんよ。あんまし慎みのあるやりかたじゃなかったね。だってその場には女たちだっているんだぜ。シタ・バークレイもいるだろ。モニタ・バークレイもいるだろ。リタ・バークレイだっているんだから。リタがぼくらのはだかをながめてる。ぼくのはだかをながめてる。はだかをながめながら、リタはぼくといっしょにすごしたあの甘いときを思いうかべてるにちがいないんだ。ニャモゴデン（てなし子）！

呪物師たちが、子ども兵ひとりひとりのまえを通っていく。めいめいの頭のうえにつばをぺっと吐いて、そいつで頭をこねくりまわすんだ。子ども兵は川に飛びこむよう命じられた。ぼくらはうれしくなって大騒ぎになった。川に飛びこんで、ひとしきりばちゃばちゃ騒いでると、川から出るように命じられた。子ども兵がみんな、川の右岸にあがる。すっぽだかのまんまでからだを乾かしながら、川下にむかって歩かされる。ちっちゃな橋のところまでくると、その橋をわたって、服と武器を置いてきた左岸にもどってくる。子ども兵は服を着て、あらためて整列する。それからあたらしい呪物をさずかるのさ。ぼくたち何人かの仲間は、ひとさまをけむに巻くような呪物の効きめなんて信じちゃい

なかった。だからマントの下でせせら笑ってやったんだ。ニャモゴデン（てなし）！

そんなこんなで、あれから二十四時間がすぎていた。ぼくらはそのあいだニアンボのやつらに、敵さんが死人といっしょにずらかって森に姿を消したと思いこませてたんだぜ。で、あくる日の朝、夜があけたかどうかってころに、ぼくらはまたまた戦争をしかけてみた。くるったように一斉射撃をぶちかましてやったのよ。なのに、ぼくらの襲撃はこんども不意打ちにならなかった。パンパンッ。敵がけたたましい一斉連射で応戦してくる。ぼくらはまだ地べたに突っ伏している。味方の兵士ふたりが銃弾をあびる。ムスリムと呪物師のグリグリマンがこさえたあのばかげた呪物を身につけてるのに、ひとりは即死、もうひとりも重傷で死にそうだ。でも子ども兵じゃないよ。子ども兵は今回の前線からはずされてるからね。ちなみに今回の前線は村の南側、小川のあたりだ。きのうみたいな村の北側じゃなくて、南側をねらってみたんだぜ。それでも不意打ちにならなかったってことは、敵は村のぐるりすべてにカラシュを持った兵士を配置していたことになるね。もいちど言うけど、ぼくらはまだ地べたに突っ伏してるんだぜ。

かくなるうえは、なにかあたらしい作戦をたてる必要があった。ばかげた呪物まかせの作戦じゃだめなんだ。なのにオニカときたら、てめえの頭をつかおうともしないで、ばかの二乗みたいな呪物師どもをまた呼びつけやがった。おとなな兵の一部と、めらめら頭をふくむ数人の子ども兵も、オニカに呼びだされた。どんな作戦にすればいいかをみんなで話しあったのさ。話しあいは夜までつづいた。

と、いきなりおっぱじまったぜ。めらめら頭のやつがグリグリの首輪を何本も巻きつけて、カラシュをぎゅっとにぎりしめると、ここからいちばんちかいところにある小屋にむかって突っこんでいくじゃないか。いかれた野郎みたいに機銃掃射をぶちかましながら突っこんでいくんだぜ。つぎからつぎにぶちかまして、もうバカスカぶちかまして突っこんでいくんだ。(「つぎからつぎに」は「中断せずに」。) マジでつぎからつぎにぶちかましていやがる。てめえの真正面からは、敵さんがおんなじように機銃掃射を雨あられとあびせてくるのにだぜ。そのありさまをぜひお見せしたかったね。ワエ! 見りゃあほんとだってわかるのに! だってやっこさんときたら、機銃掃射のまっただなかを平気の平左で突っこんでいくんだぜ。まるで股のあいだにきんたま何個もぶらさげたみたいに勇ましく突っこんでくもんだから、真正面から機関銃ぶっぱなしていた敵さんもついに戦線離脱、退却よ。えらいパニックになったとみえて、武器もその場に置きざりにしたまんま、すたこらさっさ逃げちまったのさ。

さあ、待ってましたのなりゆきになった。味方の兵士がいっせいに鬨《とき》の声をあげて、いちばんちかくの小屋にむかって突っこんでいく。ところがありゃりゃ? なんとニアンボの村人どもが、びくつきながら両手をあげて、白旗かざしながら小屋から出てくるじゃないの。もうあっちからもこっちからも、両手をあげて白旗かかげた村人がひとりのこらず出てくるんだ。(「かざす」は「広げて見せる、引き上げる」。)

めらめら頭のやつがついさっき、勇気と呪物の力でニアンボの村を乗っとった。やつが機銃掃射のまっただなかを突っこんでくるのが見えたとき、真正面から銃をぶっぱなしていた敵の兵士は、きっと口々にこう言いあったんだ。「あいつを守ってるグリグリは、おれたちのより強いんだ。」それでやつらはパニックになって、その場に銃を捨ててきたんだ。

めらめら頭がああして敵陣に突っこんでいったときから、ぼく、このいかれた世界のなにもかもがわからなくなってきた。ろくでもないこの世界が、ちんぷんかんぷんに思えてきた。がらくたみたいなこの人間社会のことが、ちっともつかめなくなってきたんだ。めらめら頭のやつがついさっき、呪物の力でニアンボを征服した！　あんながらくたみたいなグリグリで？　それってほんと？　それともうそ？　いったいだれが答えをおしえてくれるの？　答えをさがすにはどこ行きゃいいの？　でもね、ほんとは答えなんてどこにもありゃしないんだ。グリグリの力なんてのは、だからほんとかもしれないし……うそっぱちのでたらめかもしれない。このアフリカを端から端まですっぽり包みこんでるペテンかもしれないんだ。ア・ファフォロ（おれのおやじのちんぽ）！

四人の追いはぎどもが人質にとったのは、じつはニアンボの村ぜんぶだった。村ぜんぶを人質にとって、ついでにサニクリーの元親もかっさらっていただけだった。その証拠に、追いはぎどもはニアンボの村長も街の名士連も、まとめて牢屋にぶちこんでいた。やつらはちょうど四人だったから、ニアンボの東西南北にめいめいちらばって街を乗っとっていたんだ。三人の子ども兵をぶっ殺したのもニアンボの住民じゃなかった。やつらだったんだ。だからやつらが森に逃げこんだとたんに、村人すべてが小屋から出てきたわけなのさ。

村ではお祭がひらかれた。ぼくらはいつのまにか、解放者ってやつになっていた。村の広場で、わいわいがやがやの踊りがおっぱじまった。

オニカみたいなあばずれ女が、いっぱしの解放者きどりでお祭に顔を出したとこを、ぜひお見せしたかったたね。まわり道をしてでも、見にいって損のないながめだったたね！　オニカがまんなかにすわって、その両脇を息子と嫁たちがかためるだろ。どこぞの大富豪か社長さまみたいなおさまりっぷりよ。タムタムの打ち手が、オニカの方にすすんでいく。オニカの足もとにひれ伏して、やっこさんをたたえるタムタムを打ち鳴らす。そしたらオニカは、野蛮人みたいなさけび声をあげてダンスの輪に飛びこみやがった。やれ肩章だ、カラシュだ、グリグリだ、ありったけの品物もろとも飛びこんでいくんだぜ。息子や嫁たちも、オニカにならってダンスの輪に飛びこんでいく。オニカの両腕を女たちがもちあげる。左腕も右腕も、女がふたりがかりでささえていやがる。見物人どもがどいつもこいつも、いかれぽんちみたいに拍手かっさいをおっぱじめたり、うっかり者みたいに歌いだしたりげらげらしたりで、もうたいへんな騒ぎだ。おまけに息子と嫁たちがダンスの輪のまんなかにオニカを残してひきあげると、オニカのやつがおサルのダンスをおっぱじめやがった。まぬけの二乗みたいなオニカのざまをぜひお見せしたかったたね。おサルみたいにウキャーッと飛び跳ねるわ、とんぼがえりをやらかすわ。あれじゃあ、まるで通りのガキんちょが将軍の肩章をつけてるだけみたいなもんだぜ。オニカはそれほど酔ってたんだ。ほんとにほんとに酔ってたんだ。勝ったことがほんとにうれしくて、得意になってたんだ。ヤシ酒をかっくらって、心の底から酔っぱらってたんだ。

ダンスの輪をひとめぐりすると、オニカはもどってきて腰をおろした。とりまきの嫁たちと息子がオニカに抱きついてキスをする。と、見物人のどよめきがぴたっとやんだ。これからオニカがなにか話すんだぜ。

オニカは、ダンスの輪のまんなかにふたりのグリグリマン、ヤクバとソグを連れてきた。そしてみんなのまえでふたりのことをたたえてやった。死人をそれほど出さずにニアンボを落とせたのも、ふたりの技量がぬきんでていたおかげなんだとさ。グリグリマンどもは、もう鼻高々のご満悦よ。呪物をつかってあほくさい見せものをやらかしながら、ふたりはダンスの輪をひとめぐりしてみせたね。つぎにオニカは、誘拐されていた元親ふたりをダンスの輪のまんなかに連れてきた。そして、追いはぎどもがこのふたりをなぜ殺せなかったかを説明した。それもこれも呪物と供犠のおかげなんだとさ！　オニカは演説をつづけた。「ニアンボの街を占領した四人の悪党を、わが軍はこれから追跡し逮捕します。四人のからだを切りきざんで、悪事を犯したすべての場所で死肉のかけらをさらしものにするの。悪党がもたらした呪物の怒りをこうして鎮めるのよ。わが軍はすでに数名の兵士を悪党の捜索に投入しています。悪党もいずれは逮捕されますからね。神がお望みならきっと、神がお望みなら……アーメン！」


そのときだった。よごれたブーブーを着たふたりのマンディンゴがいきなりヤクバにすり寄ってきて、みんなの注意をひくようにわざとでっかい声でわめきだしたんだ。

――おまえ、おれ知ってるぞ。おまえ、アビジャンにいた。運送屋。札びら殖やし。治療師。なんでもしてたやつ。ワラエ！　おれ、おまえ、知ってる。おまえ、名前、ヤクバ……

ヤクバがすかさず言いかえした。

——ばか！　ばか！（相手の追い打ちをさえぎって）そんな大声でわめくと、みんなにきこえるだろ。（相手を自分の脇に引きよせて、こう言う）おれさまを知ってるんだったら、あとでだな……。みんなにふれまわることないだろ。オニカにきこえるじゃないか。つごうが悪いんだよ。

ヤクバは、オニカに知られたくなかったのさ。これまでのがらくたみたいな人生で、てめえがやらかしてきたことのいっさいをね。

相手のせりふをもみ消すうちに、ヤクバはあることに気づいた。ふたりのマンディンゴのうち、ひとりはなんと友だちのセクーじゃないか。アビジャンのヨプゴン大学病院までメルセデスでおみまいにきてくれた、あのセクーなんだぜ。セクーはまえよりずっとやせてたから、さいしょはヤクバにも見分けがつかなかったのさ。ふたりは抱きあうと、ジュラのやつらがばったり出くわしたときに何キロメートルだってだらだらかわす、例のあいさつことばをならべはじめた。「きみの兄貴の義理の姉さんのいとことときたら、元気でやってるかい？」とか、その他もろもろさ。

あいさつが一瞬とぎれると、こんどはセクーとその相棒が、このいかれたリベリアにくらす村人たちのうわさ話をおっぱじめた。そのとき相棒の方が、この村でマーンがだんなといっしょにくらしてることをぽろっと口にしたんだぜ。

だからぼく、おもわずさけんじゃった。

——えーっ。マーンだって。それってぼくのおばさんじゃない！

なんてこったい。ぼくとヤクバは、ヤギをくすねるとちゅうで罠にかかったハイエナみたいに、おもわずぴょーんと飛びあがったね。

ヤクバも、ぼくのことを指さしながらさけんだよ。

――マーンだと！　マーンだと！　そいつはこのチビ助のおばさんで、おれさまがいまこうしてさがしてる当のご本人じゃないか。どの小屋にいる？　マーンの小屋はどこなんだ？

ぼくらはきちがいみたいになって、あわてて駆けだした。ぼくらのあわてっぷりときたら、まるで下痢ピー野郎みたいな騒々しさよ。（「下痢ピー野郎」は「下痢に急かされた者」。）足をひきずるヤクバみたいな悪党が、あわてて駆けだすんだぜ。そのざまをぜひお見せしたかったね。ぼくらは村の屋敷という屋敷、小屋という小屋をくまなく調べてまわった。軒先に死体がころがってる小屋もあった。ありとあらゆるたぐいの死体がころがってた。喉をへたくそに掻っ切られたブタみてえに、かっと目をひんむいたまんまころがってる死体もあった。ぼくらは北側の屋敷を見てまわった。南側の屋敷も見てまわった。あっちこっち、あっちこっち……いいかげんへろへろになっちゃってさ……。ぼくらはもう、がっくりしかけていた。（「がっくりさせる」は「もはや仕事に打ちこめない、もはやなにもする気がおこらない」。）ただもう黙りこくって、ハエっころが左に右にぶんぶん飛びかうのを、ぼうっと見つめてたんだ。するとセクーの相棒が、とつぜんぴたっとたちどまった。身をのりだして、とある屋敷に建ってる一軒の小屋のまえをうろついてから、ウシみたいにどでかい声でわめいたんだ。

「ワラエ！　ワラエ！　これがマーンの小屋だ。こんなかにマーンがいるっぺよ。」

その小屋のとびらは、半開きになっていた。ヤクバがとびらを押してみる。なかはもぬけのからだ。ぼくらは屋敷のかこいにぶつかるあたりまで、小屋の奥へと進んでいった。そしたらなんとそこには、ニャモゴデン（おれのおふくろ淫売女）！　ハチよりもでっかいハエがうじゃうじゃたかっている下に、死体がひとつころがってるじゃないか。(「うじゃうじゃ」は「あちこちに、ひしめいて」。)ぼくらがちかづくと、ハエの大群がいっせいに飛びさっていく。まるで地面すれすれを飛んでく飛行機みたいに、そりゃあすさまじい轟音をあげて飛んでいく。ハエどもが群がっていたところから出てきたのは、血まみれの死体ひとつ。これでもかってぐらい、ずたずたにされちまった死体なんだぜ。頭がぶち割られてるだろ。べろがひっこぬかれてるだろ。ちんぽもすっぱり削がれてるだろ。なんとそいつは、ファフォロ(おれのおやじのちんぽ)! マーンおばさんのだんなの亡骸だったのさ。ぼくらはその場に立ちつくして、いまだにおねしょぐせがぬけないあまえん坊のガキんちょみたいに、ぎゃあぎゃあ泣きだした。まぬけの二乗みたいにその場で泣いてると、男がひとり、ぬっと現れた。ぬっと現れたかとおもうと、用心ぶかくこっちにちかづいてくる。あれはネイティヴの男、アフリカ土人の黒人のニグロの男だ。すっかりびくついちまって、まるで嵐のまっただなかをもみくちゃにされた葉っぱみたいに、てめえのからだをまだぶるぶる震わせていやがる。男は震えながらこう言った。

——そいつはクラーンのしわざだ。クラーンはマンディンゴを好かねえでよ。リベリアでマンディンゴのつらなんぞ見たくねえもんでよ。そのクラーンが村においでなすって、これの頭をかち割ってよ。これのべろからちんぽから、みんなひっこぬいてよ。べろとちんぽで、もっとどえらい呪物をこさえる心もちだ。そいでこいつの女房、あの気だてのええマーンは、むごいながめを見ちまってよ。そいですたこらかけずって、わしのとこに隠れてよ。そいでクラーンが出ていってよ。ぱったり出てったもんで、わしは森っぺたまでマーンを連れてった。マーンはすたこら森へ分け入ってよ。南へ行っちまって……。ほんに気だてのええ、まっこと気だてのええおなごでよ、マーンはよ。

そう言うと、こいつもこいつで涙声になりはじめるんだ。

するとヤクバのやつが、いまにもすっ飛んでマーンおばさんのあとを追っかけるような勢いで、こうさけんだ。

——だからどこなんだ？　それでマーンはどこに行った？

——マーンが村をおん出てから二日になるでよ。あんた方にゃあ、つかまりゃせんわ。もうマーンはつかまりゃせんわ。

ぼくらはしばらく、口をあんぐりあけたまんまだった。（「口をあんぐりあける」は「ショックで唖然となる」。）がっくりきちゃったんだ。だったらおばさんは、まずいことになってるかもしれない。すくなくともおばさんはいま、どえらいピンチにあるんだ。（ぼくの『ラルース』によると「ピンチ」は「ある者の命が危険にさらされている状況ないしは状態」。）

それからぼくらは村の広場にもどってみた。オニカがさっきまでおサルのとんぼがえりをやらかしていた、あの広場だよ。するとありゃりゃ！　祭がおひらきになってるじゃない。みんなさっきまで、とちくるったように大騒ぎをやらかしてたはずじゃないか。みんなでわめいたり、ののしったり、あっちこっち走りまわっていたあのお祭が、いったいどうしたっていうんだろう。

それはついさっきオニカに報せが入ったからなんだ。オニカと参謀部のやつらが留守なのをいいことに、ＮＰＦＬがサニクリーを襲撃したんだと。サニクリーの要塞もオニカの財産も、労せずしてまるごとふんだくっちまったんだと。（「労せずして」は「難なく」。）やつらはそれこそ難なく、まともな反撃ひとつうけずにサニクリーを包囲した。サニクリーは、やつらに乗っとられちまったのさ。おかげでオニカのやつ、もうきちがいみたいに取り乱していやがる。やれ肩章だ、カラシュだ、呪物だ、ありったけの品物を身につけたまんま、あのチビ女が行ったり来たり、わめいたり、ののしったり、指図したりで、そりゃあもうたいへんなんだ。

NPFLは前々から、金《きん》が採れるサニクリーの街を牛耳ろうとたくらんでいた。これまでにもサニクリーを何度か攻めちゃあ、そのたんびに丸損で押しかえされてたんだ。

オニカがわめいてる。「私の留守をいいことに、えげつない悪だくみをやらかすなんて。そんなのって卑怯じゃない。NPFLは卑怯者よ。男のすることじゃないわよ。なんて卑怯なの！」だからって、いまのオニカにいったいなにができるっていうんだい？　てめえの本丸は乗っとられるわ、組織はがたがただわ、おまけに兵力だってなくしてるだろ。ニアンボ攻略のために連れてきたちっぽけな分遣隊が残ってるだけなんだぜ。それにくらべりゃNPFLは、いまやサニクリーの武器庫をまるごといただいて、守りもばっちりかためてるはずだろ。ようするにオニカの全財産、全黄金がごっそり敵さんの手にわたっちまったのさ。

オニカはもどってきて腰をおろした。息子と嫁たちがそのまわりをとりかこむ。おとな兵も子ども兵もその場にくわわった。みんなしてあつまって輪になると、あとは涙の大合唱よ。どいつもこいつも泣きだしやがった。追いはぎ野郎の極悪人どもが、ひとっ所にあつまってこんなぐあいに泣くとこをぜひお見せしたかったね。まわり道をしてでも、見にいって損のないながめだったね。

だらだら半日もかけて泣きとおしたあげく、連中は腹ぺこになった。のどもからからになった。それで気をとりなおしてたちあがった。ちっぽけな部隊がオニカを先頭にして一列になると、北にむかって道の足をとっていった。ULIMOの分派がいるところまでひっかえそうって寸法だね。北に行きゃあ、それこそULIMOの連中がわちゃわちゃいるからね。

一方のぼくら（足をひきずるヤクバと、通りの子のぼく）は、進路を南にとった。南はマーンおばさんがむかった方角なんだろ。いまのぼくらにはなんにもないけど、生活の糧になるカラシュだけはまだあった。なるほどね。アラーの神は、手ずからお造りになった生ける者の口を空のまま見すごしにはなさらないんだ。

きょうは九月二十五日。年はたしか、センキュウヒャククキュウジュウ……。あー、もううんざりだぜ。てめえの人生をしゃべるのもうんざりなら、辞書の引き写しもうんざりよ。もうなにもかもうんざりだぜ。いいからほっといてくれよ。だんまりをきめてやる。きょうのところはもうなんにもしゃべんないからね……。ア・ニャモゴデン（おれのおふくろ淫売女）！　ア・ファフォロ（おれのおやじのちんぽ）！

Ⅳ

ぼくらはいま、ふたりだ（ふたりというのは、足をひきずる悪党で札びら殖やしてムスリムの呪物師ヤクバと、おそれもとがめも知らない通りの子でスモール・ソルジャーのぼく、ビライマ）。そのぼくらふたりが南にむかって歩いてると、友だちのセクーにばったり道で出くわしたよ。やつは包みをひとつ頭に乗っけて、南から北にむかってるところだった。そういやあ、セクーとはさよならも言わずにニアンボで別れてたんだっけ。リベリアの森んなかでばったり出くわしたジュラのやつらがするように、ぼくらはまた、何キロメートルもだらだらつづくあいさつことばをかわしはじめた。あいさつのやりとりがさいごのさいごまでいきつくと、セクーはぼくらにすごいことをおしえてくれたんだぜ。いまリベリアでは、アフリカ土人の黒人のニグロどもが血に酔ったけだものみたいに、たがいの喉を掻っ切ってるだろ。そいつをだまって見ていることに、もう世界じゅうのひとがうんざりしちゃったんだって。それにリベリアじゃあ、追いはぎどもがお国を山分けして残虐行為をやりあってるだろ。そいつをだまって見ていることに、もう全世界がうんざりしちゃったんだとさ。（「残虐行為」は「ぞっとするような犯罪」。）リベリアの悪党どもをこれ以上のさばらせとくなんてまっぴらだっていうんで、まずいくつかの国がリベリア問題の解決を国連にうったえた。そして国連は、ＣＤＥＡＯ（西アフリカ諸国共同体）にリベリアへの介入をはたらきかけた。そしてこんどはＣＤＥＡＯが、リベリアへの人道的介入の適用をナイジェリアにはたらきかけたんだとさ。（「人道的介入」とは、よその国に兵隊を送りこんで、そこにくらす罪のない貧乏人をぶっ殺せるように諸国がさずかる権利のこと。そうすっと、罪のない貧乏人がてめえの国んなか、てめえの村んなか、てめえの小屋んなか、てめえのゴザのうえで、いながらにしてぶっ殺されることになる。）ナイジェリアは、アフリカでもいちばんひとの多い国だから、軍人だってどっさりいる。そんなにいてもしょうがないっていうんで、余分な軍人をリベリアに送りこんだのさ。罪のない民間人だろうがなんだろうが、ひとりのこらずまとめてなぶり殺しにできる権利を手みやげに持たせてね。なんでも、ナイジェリアが送りこんだ軍隊は「ＥＣＯＭＯＧ調停軍」っていうんだって。ＥＣＯＭＯＧ軍は、いまリベリアのあっちこっちで、それからシエラレオネでも作戦を展開している。人道的介入ってやつを口実に、したいほうだいのなぶり殺しをやらかしてるんだって。ライバルのゲリラ分派どうしの争いも、それで調停したことになるんだとさ。

　こんなことをおしえてくれたセクーにもういちどあいさつとお礼を言ってから、ぼくらはやつと別れた。それからまだあんまり歩かないうちに、ぼくらはプリンス・ジョンソンの同志がくらすキャンプについていた。セクーと別れてからまだ丸一日とたっちゃいなかった。部族戦争の兵舎なんてどこでもそうだけど、このキャンプも敷地がぐるっと杭でかこまれて、どの杭にもひとのしゃれこうべが乗っかってたんだぜ。

プリンス・ジョンソンはリベリアでも三番めの追いはぎ野郎で、国土のかなりの部分を手に入れていた。でもジョンソンは王子《プランス》さまってやつでね。いいかえりゃあ、信条《プランシップ》がある分だけ、まだしも共感がもてる悪党だった。いやまったく、ごりっぱな大義をおもちでね。もともとやつはキリスト教の聖職者だしね。悪党ジョンソンは、気高いお方ならではの、とほうもない信条をてめえの頭にたたきこんでいた。誠実で無欲な、自由の戦士ならではの信条ってやつよ。ジョンソンが掟にさだめていたのは、たとえ戦争の首領が武力でリベリアを解放したとしても、そのあとの選挙でいきなりリベリア国民の票あつめをする資格はそいつにないってことだった。だいいち、そんなふるまいは倫理に反してる。(『プチ・ロベール』によると「倫理」は「道徳をめぐる学」。)良識に反してるっていうんだな。(『プチ・ロベール』によると「良識」は「良き風習・品位・礼節の尊重」。)ジョンソンは、気高いお方ならではの信条を、てめえの頭にもうひとつ入れていた。戦士たるもの、ひとさまの持ちものをかすめたり盗んだりしちゃいけないんだと。戦士たるもの、住民に食いものを乞うようでなくちゃいけないんだと。なによりおもろいことに(みなさんはきっと信じちゃくれないぞ!)、ジョンソンはその信条をほんとに守っていたんだぜ。ワラエ(アラーの御名にかけて)!

ジョンソンの陣地にたどりついたゲリラ兵がかならず牢屋にぶちこまれるのも、その信条のせいだった。黙っていりゃあ牢屋から出してくれないから、みんなしかたなくこんな誓いをするはめになっちまうんだ。「私が死ぬまでたたかう相手とは、普通選挙で立候補をねらう戦争の首領です。大統領になりたがる戦争の首領です。最愛の祖国が解放されても、まだリベリアを手玉にとろうとする戦争の首領です。」

ヤクバとぼくも、ぞっとするほどひどい牢屋に一週間もぶちこまれてね。そのあとで、いかれた誓いをするはめになっちまった。そんな誓いなんて、だれが守るかよ。部族戦争でがらくたの二乗みたいになっちまったリベリアだぜ。ゲリラ兵が誓約違反をしでかしたところで、そいつをちんたら裁いてる時間もひまもこの国にはありゃしないんだ。（ぼくの『ラルース』によると「誓約違反」は「偽りの誓い」。）偽りの誓いがすむと、こんどはグリグリマンが新入りをテストする番だ。ものすごい数のテストが待ってるんだぜ。まず新入りはすっぱだかにされて、煎じ薬をぶっかけられる。これがまた、しょんべんくさい薬でね。それから新入りの頭のまわりで呪物と十字架がまわされて、ふたりのグリグリマンが呪物をぐいっとひっこめるんだ。ふたりの首には、イエス＝キリストの最期をかたどったでっかい十字架がぶらさがってる。それからグリグリマンはからだをぐらつかせて、がっくんがっくん揺れたりするんだぜ。そんなばかげたテストがいいかげんつづくんだけど、これってみんな、なんのテストだと思う？　新入りが魂喰いじゃないことを確かめるためのテストなんだとさ。プリンス・ジョンソンは魂喰いを受け入れない。やつの領地には魂喰いどもがうようよしていて、魂喰いの避難所になってるほどだったからさ。（アフリカ土人の黒人のニグロによれば、自分たちアフリカ黒人のなかには夜になるとミミズクに変身して、近親の霊魂を奪取し、フロマジェの樹や村にそびえる大木の葉叢でその霊魂を食する者がいるという。『語彙特性目録』の「魂喰い」の定義より。）

ヤクバとぼくもこんなテストをうけたけど、さいわい魂喰いの嫌疑はかからなかった。（「嫌疑」は「直感や思いつきから投じられた不利な疑い」。）魂喰いだとわかると、ぶったたかれて追いだされるか、口から血の球を吐くまで牢屋にぶちこまれて拷問されるんだぜ。魂喰いのやつらはだれでも体のなかに血の球をもっていて、そいつをゲロッと吐きださせるのは容易なこっちゃない。ていうか、すげえたいへんなんだ。魂喰いとわかったやつらは、どろぼうイヌみたいに鞭でばしばしひっぱたかれる。おまけに二馬力分のうんこがひり出るような吐剤に管理されるのさ。（フランス語をろくに知らないアフリカ土人の黒人のあいだでは、「管理する《アドミニストレ》」が「薬を飲ませる」の意味になる。）

ヤクバが自分をグリグリマンの大物として売りこむと、ジョンソンは敬虔なキリスト教の祈りのせりふをみじかくとなえて、こうむすんだ。「汝の呪物が永久《とわ》に効力を保つよう、イエス＝キリストと精霊の御加護があらんことを。」さすがに骨の髄までクリスチャンなんだねえ、ジョンソンさんはよ。ヤクバもヤクバでこんなせりふを返したよ。「シ・アラー・ラ・オ。呪物の効験あらたかならんことを。」（『語彙特性目録』によると「シ・アラー・ラ・オ」は「アラーのお望みのままに」。）さすがに骨の髄までムスリムなんだねえ、ヤクバさんもよ。

ジョンソンには、おかかえ呪物師がひとりいた。クリスチャンの呪物師でね。こいつのレシピにはいつだって聖書の章句やら十字架やらがまじっていた。どっかにかならず十字架がぶらさがってるんだ。（「レシピ」は「なにかをじょうずに作るための手法」。）ジョンソンは、ヤクバみたいなムスリムの呪物師がみっかって、よろこんでいた。ムスリムとかかわりあいになるのは、やつにとってはじめてのことだったんだ。これからはわが軍の戦士も、キリスト教の呪物とともに、コーランのおことばをアラビア語でなぐり書きしたお守りを身につけられるってよろこんだのさ。（「なぐり書きした」は「なげやりでぞんざいに書かれた」。）

一方、ぼくは子ども兵の分隊にすんなり組みこまれた。完全装備のスモール・ソルジャーまたはチャイルド・ソルジャーの分隊さ。カラシュも、だぼだぼの空挺部隊服もわたされたよ。でも食いものはひどかった。なんたってひどかったね。ゆでたマニオクしか出てこないし、おまけに量も足りないんだ。なもんで、ぼくはさっそく、うまいしのぎかたを思いついた。まずは仲間をおぜいつくるだろ。そして仲間とつるんで、どうにかこうにかきりぬけるってやりかただよ。食糧をごっそり運びだして、くすねたのさ。だって食いものをくすねるのは、べつにどろぼうじゃないんだろ。なみはずれて善なるアラーの神は、手ずからお造りになった生ける者の口を二日たりとも空のまま見すごしになさろうとしたことは、これまでいちどだってないんだろ。ワラエ（アラーの御名にかけて）！

ほんと言うと、プリンス・ジョンソンは狂信者ってやつだった。（ぼくの『ラルース』によると「狂信者」は「妄想家」。）妄想家なんかとは、まともに話しあったりするもんじゃないね。そんなやつの言うことを、たしかな銭と取りちがえちゃいけないんだ。（「たしかな銭と取りちがえる」は「相手の発言や約束を無邪気に信ずる」。）独裁者のサミュエル・ドーは、そこんところに気づくのがおそすぎた。お気の毒だけど、おそすぎだぜ！　ドーはてめえの目で見なくちゃわかんなかったんだ。てめえの手足がばらばらのずたずたにちょん切られるところを、てめえの目ん玉こじあけて生きながらにして見ないうちは、妄想家なんかとまともにやりあうべきじゃないことがわかんなかったのさ。てめえの手足がだぜ、まるでおんぼろ自動車をなんとか走らせようとしていったんばらばらにした部品みたいなざまになってみて、やっとそのことに気づくんだからね。

ワラエ！　それはある日のお昼、十二時十分きっかりのことだった。ＥＣＯＭＯＧ軍の将校がひとり、ジョンソンのキャンプにやってきた。ジョンソンは、モンロヴィア港のてめえの聖域で、ちょうどお昼の日課、お祈りと悔いあらためをしている最中だった。やつはいっつも昼になると、石っころのうえにひざまずいて、膝にあざができるまでお祈りをする。そんなふうにてめえを痛めつけながらお祈りするんだよ。

ＥＣＯＭＯＧの将校は、サミュエル・ドーがじきじきに参謀本部まで出向いていることをジョンソンに告げた。モンロヴィアのどまんなかにあるＥＣＯＭＯＧ参謀本部は、中立地帯になっている。だからどんな戦争の首領だって、そこに入るまえにはかならず武器をはずすことになっている。てことは、ドーもこのときＥＣＯＭＯＧ参謀本部に丸腰でいたことになるね。おつきの衛兵九十人もひとりのこらず丸腰だ。みんな手ぶらで腕をだらーんとさせて参謀本部にいたわけだ。ドーが参謀本部まで出向いたのは、ＥＣＯＭＯＧの総司令官にプリンス・ジョンソンとの橋わたしをしてもらうためだった。やつがジョンソンに望んでいたことはただひとつ。自分と折りあいをつけてほしいっていう、そのことだけだった。母なるリベリアは、わが子のあいだでくりひろげられる戦争にもう疲れてしまった。その点ジョンソンはテイラーと縁を切ってるから、ドーはやつとならば折りあいがつくかもしれないって踏んだのさ。ドーはジョンソンと交渉することで、この戦争にけりをつけたかったんだ。親愛にして最愛なるわが祖国は、もう存分に戦禍で苦しんでしまった。だからもう戦争はやめにしませんかって申し出よ。

ＥＣＯＭＯＧ将校からそんなドーの提案を聞くと、ジョンソンは「主イエス＝キリストよ！　主イエス＝キリストよ！」なんてわめきながら、おもわず舌なめずりをしやがった。ドーがＥＣＯＭＯＧのキャンプまでじきじきに出向いているなんて、やつにはとても信じられなかった。どうにも想像できないほどの奇蹟に思えたんだ。なもんで、イエス＝キリストからなにから、ありったけの聖人にひとしきり感謝の祈りをささげると、やつはさっと気持をしずめてね。サミュエル・ドーとおんなじ口っぷりで、将校にこう告げたんだ。「わが輩プリンス・ジョンソンも、今般の戦争には辟易しておる。サミュエル・ドーは愛国の士だ。かかる愛国の士の対応を評価すること、わが輩も吝かではない。彼とは朋友のごとき抱擁と接吻をかわそうではないか。ひとりの朋友、また愛国の同志としてドーとじかに向きあい、最愛にして神のご加護にあふれたこの祖国、リベリアの諸問題について折りあいをつけようではないか。」その他うんぬんかんぬんのせりふをならべやがったのさ。

ふたりの会談までには、まだ間があった。そこで将校は、先にひとりでＥＣＯＭＯＧのキャンプにひっかえして、ジョンソンの色よい返事をさっそくサミュエル・ドーに伝えることにした。さあ、将校の役まわりはそこまでだよ。一方のドーは、ジョンソンの甘ったるいことばを将校から聞かされると、そいつをすっかり真にうけちまった。ＥＣＯＭＯＧ参謀本部の椅子にどっかり腰をおろしてタバコをふかすと、あとはしずかにジョンソンを待ってたのよ。

ところがジョンソンのやつは、将校がいったんてめえに背中をむけて帰ると、もうどうにもばか笑いをおさえきれなくなっていた。とちくるったように笑いながら、ぶつぶつこんなひとりごとを言ってたんだ。

「そらご覧あれ、リベリア人民をかくも苦しめた悪魔の化身が、いまではモンロヴィアのどまんなかに丸腰でいらっしゃるとは。わが輩ジョンソンは、神命にしたがい部族戦争にくわわった教会人だぞ。神がこのわが輩に命じられたのだ。部族戦争に参入して悪魔の化身どもを殺すようにとな。リベリア人民に深い苦しみをもたらす悪魔の化身どもめ。サミュエル・ドーといえば、その最たる化身ではないか。永遠にも無限に善なる神が、いまこうしてわが輩のもとにご来臨くださったのだ。あの悪魔、サミュエル・ドーを始末するまたとない機会を、このわが輩におあたえくださったのだ。主の御《み》声《こえ》こそ正道なり。われ、主の御声に駆りたてられん。」

ジョンソンは、じゅうぶんに場数をふんだ兵士をさっそく二十人ばかりあつめて、精鋭コマンド部隊を編成した。部隊の指揮はてめえでとることにして、武器はジープの座席の下に隠させておいた。武器はばっちり隠れてたから、来訪者が手もちの武器をあずけることになっているECOMOGキャンプの第一バリケードを、コマンド部隊のジープはまんまと通過した。そうしてECOMOGの敷地に入ると、コマンド部隊はやにわに武器をとりだした。サミュエル・ドーの衛兵九十人をまずその場で血祭にあげて、部隊は参謀本部の二階にむかう。ちょうど二階では、ECOMOG総司令官のガーナの将軍が、サミュエル・ドーと話をしてるとこだった。コマンド部隊はフロアの全員を床に寝かせて、サミュエル・ドーをとっつかまえた。うしろ手にしばったドーのからだを二階から運びおろすと、ジープのなかで待機していた完全武装のコマンド兵のどまんなかに放り投げた。なにからなにまですばやく手ぎわよく運んだもんだから、ECOMOGの兵士が態勢をととのえて応戦するひまさえなかったね。ようするに、コマンド部隊は銃もぶっぱなさずにまんまとECOMOGの敷地に押し入って、モンロヴィア港のジョンソンの聖域まで、サミュエル・ドーをしょっぴいてきたわけなのよ。

（「聖域」は「閉ざされた、秘密の、神聖な場所」。）ドーはそこで紐を解かれて、地べたに投げだされた。

ドーがひとたび地べたにすっころがると、ジョンソンはくるったように笑いはじけて、靴をはいたまんま何発も足蹴りをおみまいした。鉄拳もいちどならずおみまいした。（「くるったような」は「極度の興奮と熱狂にとらわれた」。）サミュエル・ドーをいたぶりながら、やつはわめいたね。「大統領の椅子にしがみつきたいばっかりに戦争をやらかしているのは、そもそもリベリア大統領のおまえではないか。この悪魔の化身め！　悪魔などにそそのかされおって。武力にものをいわせてまで大統領の椅子にしがみつきたいというのか。そもそもその椅子は、共和国大統領の椅子ではないか。全リベリア国民の指導者の椅子ではないか。ああ主イエスよ！」ジョンソンはドーの耳をひっぱってその場に居なおらせると、ドーの両耳を削ぎおとしやがった。はじめは右耳、おつぎは左耳よ。「私と話しあいがしたいだと。だからほれ、こうしておまえと話しあいをしてやってるではないか。」ドーの体から血がどっくんどっくん流れだす。それにつれて、ジョンソンのばか笑いもますますどでかくなっていく。やつの錯乱もますますひどくなっていく。ジョンソンは、つぎにドーの指を一本ずつぶった切るよう、手下に命じた。拷問にたえかねたドーが、仔ウシみたいにみじめったらしいうめき声をあげる。そいつがやかましいっていうんで、べろまで切りおとす。あたり一帯はもう血の海だ。ジョンソンは、おつぎにドーの腕にねらいをさだめた。一本、また一本。腕を二本ともぶった切りやがった。さあこんどは、左足も切ってしまえってときになって、とうとうドーはこときれた。息をひきとったんだ。(「息をひきとる」は「くたばる」。)

そのころになって、ようやっとECOMOGの将校どもがジョンソンのキャンプに乗りこんできた。サミュエル・ドーの解放交渉をするために駆けつけたんだとよ。なんたって、やってくるのがおそすぎだぜ。おまけにやつらときたら、ドーが体刑をうけたことを確かめて、そのなりゆきを見とどけることしかしないんだぜ。(「体刑」は「司法の適用による体罰」。)

ジョンソンの錯乱はまだおさらまない。どでかい声で笑いはじけて、ドーの死体から心臓をとりだすよう手下に命じやがった。そしたらジョンソン軍のひとりの将校が、ドーの死体の肉を食っちまった。この将校は、てめえのことをいまよりもっと残忍で、凶暴で、野蛮で、血も涙もないやつみたいに見せたかったのさ。マジだぜ、ほんとの人肉を食ったんだ。ドーの心臓もこの将校がひとりじめすることになった。手のこんだうまそうな串焼きの一丁あがりよ。そのあとジョンソン軍の兵士たちは、丈が高くてぐらぐらする架台を一台、街はずれの墓場へつづく道ばたにすばやく置きにいった。独裁者ドーの死肉をそこまで運んで、架台のうえに投げすててきたんだ。ドーの死肉はそれから二日二晩というもの、架台のうえで野ざらしにされた。くさった肉を好物にする獣どもがいいかげん群がったあとで、さいごはオオサマハゲワシがじきじきにお出ましよ。おごそかにお越し召されて、しあげをなさったんだ。死骸の目のくぼみから目ん玉をふたつともむしりとったのさ。オオサマハゲワシが死骸の目ん玉をむしりとれば、ドーに内在していた力も、ドーがごっそり身につけていた呪物に内在する力も、どっちも根こそぎなくなっちまうからね。(「内在する」は「存在にふくまれた」、「存在の本性そのものに起因する」。)

目ん玉がむしりとられるころには、ドーの死肉も一キロ先までとどくほどの、そりゃあすさまじいにおいになっていた。その肉が架台からずりおろされて、イヌっころの群れんなかに投げすてられた。イヌどもは、架台の下で待ちきれずにもう二日二晩もキャンキャンウーウーやりあってたもんだから、まっしぐらに死肉に飛びかかると、はぐはぐ食らいついて山分けよ。こうしてすてきなお食事、とってもおいしいお昼になりましたとさ。

ファフォロ（おやじのちんぽ）！　ニャモゴデン（ててなし）！

世界じゅうの女がだれでもするように、女子修道院長の聖女マリー＝ベアトリスも男と寝ていた。あの聖女が男のからだに乗っかられて愛を受け入れてるとこなんて、ちょっと想像できないけどね。だって、ほんとにほんとに男まさりな女なんだぜ。（「男まさり」は「男性的な風采と物腰をそなえた女性」。）聖女のからだはマジでがっちりしてて、背もめちゃくちゃ高いんだ。鼻なんか横にびろーんとひろがって、くちびるもめちゃくちゃぶあつくて、眉毛のあたりなんかゴリラみたいにもっこり盛りあがってるんだぜ。それに髪の毛だってみじかく刈りあげてるだろ。それに頭のうしろの肉も男みたいにでろーんとたるんでるだろ。それにスータンを着てるだろ。それにスータンのうえにはカラシュがぶらさがってるだろ。それが部族戦争ってやつの望むところだからね。だからほんと、あのお方がプリンス・ジョンソンとキスしたり、やつのからだに乗っかられて愛を受け入れてるとこなんて、ちょっと想像しにくいわけよ。ワラエ（アラーの御名にかけて）！

事のなりゆきをもういちど、はじめっから話してみるね。

部族戦争が首都モンロヴィアにやってきたとき、マリー＝ベアトリスはモンロヴィアでいちばんでっかい女子修道院の院長さまだった。部族戦争がおっぱじまると、モンロヴィアの司教区は修道院に守備隊をよこしてきた。おとな兵十人と子ども兵十八人を、ひとりの大尉がたばねる守備隊だよ。指揮官の大尉は、修道院につくとさっそく兵士たちを散らばせた。ところがちょうどそのとき盗賊どもがだしぬけにやってきて修道院をおそったもんだから、守りの兵士がパニックになってあっというまに総崩れよ。盗賊どもは、修道院の神聖な品物にかたっぱしから手をかけはじめた。(『プチ・ロベール』によると「手をかける」は「略奪する」、「奪う」。) さあそうなると、マリー＝ベアトリスもぶちきれたね。白頭巾を頭からすっぽがして兵士の手からカラシュをもぎとると、地べたに伏せてつぎからつぎに機銃掃射をおみまいしてね。おかげで敵さん、五人が銃弾にふっ飛ばされて、のこりの連中も逃げるわ逃げるわ、すたこらさっさよ。聖女マリー＝ベアトリスはこのときから、自分の修道院を自分で守るようになったんだ。鉄壁の守りってやつだね。守備隊の指揮官にむかって、聖女はきっぱり言いきったのさ。「あなたもあなたの部下も、これからはみんなこの私、私ひとりに従いなさい。」

盗賊どもは、修道院をおそうまえに司教区を乗っとっていた。大司教と五人の司祭をぞっとするような拷問にかけたあげく、ぶっ殺していた。のこりの司祭たちは、どいつもこいつもスリ野郎みたいにスルッと姿をくらましていた。なもんで、モンロヴィアのどまんなかでまともに生きのこってるのは、もうマリー＝ベアトリスの修道院だけになっていた。ほかのカトリックの建物や近所の修道院は、どれもこれも荒らされて、建物の管理者も逃げだしていたからね。それだけにマリー＝ベアトリスは、すごいところをみせたことになるんだ。それだけにマリー＝ベアトリスは、偉業をなしとげたことになるんだ。（『ラルース』によると「偉業」は「英雄的行為」。）それだけにマリー＝ベアトリスは、聖女の肩書に正真正銘ふさわしかったことになるんだ。

聖女マリー＝ベアトリスの一日は、くる日もくる日も二十四時間じゃ足りない感じだった。ほんと、いつだって。いつだってその日のさいごには、つぎの日にもちこす仕事のやりのこしがあったのさ。

マリー＝ベアトリスは毎朝、四時に目をさます。目をさますと、ひと晩じゅう手もとに置いといたカラシュをまず手にとる。なにしろそれが部族戦争ってやつの望むところだからね。それから白頭巾とスータンをまとって靴のひもをむすぶと、しのび足で衛兵所にむかう。衛兵所の歩哨どもに不意打ちをくらわすんだ。（「しのび足」は「足音を消した歩み」。）まだそのころは、まぬけな歩哨どもがいびきをかいてるまっ最中だから、いつでも不意打ちになっちまうのさ。聖女は全員の尻っぺたに蹴りをおみまいして、連中をたたき起こす。それから修道院にもどって、ちっちゃな鐘を鳴らす。そうすっと修道女からなにから建物じゅうが起きでてきて、朝のお祈りがおっぱじまる。まえの日に募金がたくさんあつまってれば、お祈りのあとは朝ごはんになるんだ。（「募金」は「集められた金」。）

それから聖女は、四駆をこっちにまわして、運転手の右どなりにすわる。もちろんこのときだって、カラシュと白頭巾はつけたまんまだよ。聖女の車がもどってくるのは、午前十時か十一時ごろ。毎日このときになると、修道院ではおんなじ奇蹟がくりかえされるんだぜ。四駆が食糧であふれかえって、ぱんぱんになって帰ってくるんだ。（「食糧」は「食べもの」、「食物の備蓄」。）それから聖女は、病人の手当にとりかかる。重症だったり、足が不自由だったり、目が見えなかったり、そんな病人たちがまわりにあつまってくると、聖女は修道女と手分けして患者の手当をばんばんこなしていく。とちゅうで建物の中庭にうつると、そこにも死にかけた病人が地べたにごろごろころがってる。修道女たちはそのまんま手当をつづける。聖女マリー＝ベアトリスは終油の秘蹟をさずけてまわる。そのあと聖女は、ちょっとだけ厨房にたちよる。こずるいチビ助どもが、料理人の影にまぎれていつだって厨房をうろついてるからね。チビ助どもが野菜をくすねちゃあ、生《なま》のまんまかじりついてるところに、不意打ちをくらわすのさ。どろぼうイヌにつかうのとおんなじ棒っきれで一撃おみまいすると、連中はうめき声をあげて退散よ。

そのあとはお昼ごはんだ。でも食事のまえに、日々のパンをあたえてくださる神さまにまず感謝の祈りをささげる。食事がすむと、こんどは宗教講話の時間だ。聖女のお話はみんなで聴くことになっている。重症だったり、足が不自由だったり、目が見えなかったり、死にかけてる連中も、みんないっしょにお話をうかがう。そのあとは、また病人の手当だ。けが人のなかには日に二度の手当を必要とする者がかならずいるからね。まえの日に募金がうんとたくさんあつまってれば、それから晩ごはんになる。晩ごはんのあとは、また夜のお祈りがはてしなくつづく。聖女は寝るまえに、もういちどだけ衛兵所に行く。ろくでなしの歩哨どもが、いつだって半分うつらうつらしてるからね。聖女はそれからようやっと白頭巾をぬいで、カラシュを手もとに置く。で、ようやっと床につく。これだけ仕事をしたんだからたっぷり寝てもよさそうなのに、聖女が床につくころは、もうあけがたの四時になってるんだぜ。くそいまいましいお日さまのやつが、この呪われた部族戦争の国、リベリアのうえにちょうど昇ろうとしているころなのさ。

そんなこんなで、マリー＝ベアトリスの修道院はかれこれ四ヵ月も盗賊どもの襲撃をはねつけてきた。それって、とてつもないことなんだぜ。ほとんど奇蹟よ。荒らされて見捨てられたモンロヴィアの街なかで、五十人かそこいらの人間を四ヵ月も養ってきたなんて。それって、とてつもないことなんだぜ。ほとんど奇蹟よ。修道院を守ってきた四ヵ月のあいだにマリー＝ベアトリスがやってのけたことは、なにもかもとてつもなかった。ほとんど奇蹟よ。だからほんとの聖女、ほんとに聖女のマリー＝ベアトリスだったんだ。

アラーの神さまは、手ずからお造りになった生ける者の口をけっして空のまま見すごしにはなさらない。そんなせりふはだれだって知ってて、口に出したりするけれど、マリー＝ベアトリスがじっさいにやってのけたことには、さすがにみんなが驚いた。あれほどおおぜいの人間を四ヵ月も養ってきたからには、マリー＝ベアトリスは正真正銘の聖女だって口をそろえて言うようになったんだ。だからね、ぼくもみなさんも、つべこべいわずにみんなとおなじく「聖女マリー＝ベアトリス」って言ってみようよ。正真正銘の聖女！　白頭巾とカラシュを身につけた聖女！　ニャモゴデン（てでなし）！

内戦と部族戦争にはまったリベリアにも、はじめはふたつの軍団しかいなかった。テイラー一派とサミュエル・ドーの一派が、おたがいを殺したいほど憎みあって、あっちこっちの戦線でたたかいをくりひろげていたんだ。プリンス・ジョンソンの分派は、このころまだなかったんだよ。（「分派」は「より大きな集団に内在する反乱グループ」。）ジョンソンも、はじめはテイラー一派に属してたからね。ジョンソンは、テイラー軍のなかでだれよりも場数をふんだ、有能で名の知れた将軍だった。ところがあるとき、やつは啓示をうけた。自分には使命があるっていう啓示だった。それはリベリアを救うっていう使命だった。リベリアの解放をめざして武力でたたかう戦争の首領のうち、国家権力をひとりじめしようとするやつが出てきたら、そいつに立ちむかうっていう使命だったんだ。

ジョンソンは、この日をさかいにテイラーと縁を切った。テイラーは大統領になりたがってたからさ。テイラー軍でもいちばんすぐれた将校たちをひき連れて軍を飛びだすと、ジョンソンはテイラーを宿敵とみなす宣言をぶちかました。(『ラルース』によると「宿敵」は「執拗な競争相手」。)やつがテイラーに破門宣告を突きつけたという報せは、独裁者サミュエル・ドーの耳にもとどいてね。(「破門宣告」は「脅迫」。)そいつをすっかり真にうけたドーは、だったらジョンソンとならば同盟を組めることまちがいなしと踏んだのさ。ぜひ交渉してみるべき味方と踏んだのよ。そう考えたばっかりに、けっきょくてめえの身になにがふりかかって、それがどれだけお高くついたかは、もうみなさんもごぞんじのとおりだね。だってそうだろ。てめえの心臓は手のこんだ串焼きになって、どこぞの将校に食われちまうわ。てめえの両眼はオオサマハゲワシのお上品な昼のおかずにされちまうわ。けっして靄《もや》の晴れないここモンロヴィアの空の下で、けっきょくさんざんな幕引きになっちまったんだから。

さて、テイラーとひとたび縁を切ったからには、ジョンソンも自分についてきた兵士全員の食いぶちをどっかでさがしてくるはめになった。自分をあてにしている兵士の数は、まるまる一箇大隊におよんでいた。おまけに兵士ひとりひとりには、養うべき一族も郎党もひかえていた。「アラーの神は、手ずからお造りになった生ける者の口をけっして空のまま見すごしにはなさらない」なんていうけれど、じっさいはそんなになまやさしいもんじゃないからね。いやほんと、なまやさしいわけないだろうが！　ファフォロ（おやじのバンガラ）！

ジョンソンは手はじめに、NPFL（国民愛国戦線）の国境監視所を攻めてみることにした。テイラーのやつにひとりじめさせとかないで、てめえも独立国リベリアの関税をとりたてましょうって寸法よ。やつは強硬手段で攻めこんだね。突撃隊の波状攻撃をしかけてみたり、攻撃用の擲弾《てきだん》やら迫撃砲やら大砲やらをぶちかましたんだ。攻撃は何日も何日もつづいた。注意喚起をうけたECOMOG調停軍がようやっと現場に乗りこんでも、攻撃はまだつづいてる。（「注意喚起をうけた」は「準備をととのえるよう警告された」。）ECOMOG軍は、ジョンソン軍よりはるかに強硬な手段をひっさげて現場に乗りこんできた。けどね、連中、調停なんてしやしないんだ。なんせ、むだなリスクはいっさいおことわりときてやがる。（土人のアフリカ黒人むけに説明しとくね。「リスク」は「起こりうる危険や支障」。）それにこまかいことなんかいちいち気にしないんだぜ。国境監視所を攻める側だろうが守る側だろうが、そんなのはかまうこたあねえってな調子で、やたらめったら砲撃しまくってさ。みそもくそもいっしょくたで、山ほど爆撃をあびせてきやがった。おかげで、たった一日で罪のない犠牲者がごろごろ出るざまだった。ライバルの分派どうしで一週間どんぱちやったとしても、これほどおおぜいの犠牲者は出なかったはずだね。砲撃と爆撃のすさまじい騒ぎがおさまると、調停軍は負傷者を助けおこしてECOMOGの野戦病院に運びこんだ。現地報告書もこしらえた。それがやつらのはたすべき役目、任務ってやつなのさ。ECOMOGの報告書は、こんどの戦闘で陣地を得たのがジョンソン側であることを確認した。つまり、ジョンソン軍がテイラー軍より強かったってわけだ。

これから国境監視所を食いものにするのは、ジョンソン軍になるべきことを確認したのさ。それも「ECOMOG軍の監督下で」ときたもんだ。

戦闘がすむと、ジョンソンにもようやっと死人をかまうだけのゆとりができた。味方の死者を埋める共同墓穴を掘ることになったんだ。べらぼうな数の死人だった。子ども兵だって三人も死んでいた。聖女のいう「神の子ども」ってやつが三人も死んじまったんだぜ。そんなかにぼくの友だちはいなかった。三人の呼び名はつぎのとおり。きちがいママドゥ。高飛車ジョン。呪われっ子ブカリ。アラーの神さまがお望みになったから、この三人は死んじまった。アラーの神さまだってこの世のことすべてに公平でいらっしゃるいわれはないんだろ。だったらこのぼくだって、三人の追悼の辞をわざわざ述べるいわれなんてありゃしないね。

ジョンソンじきじきのおみちびきで、埋葬の祈りがおこなわれた。そのあと、ぼくらは共同墓穴をかこんで、銃を空にむけてぶっぱなした。お別れの礼砲をぶっぱなしたんだ。(『プチ・ロベール』によると「礼砲」は「小火器による一斉射撃」。)

国境監視所をめぐる攻防戦のようすは、まわりのあちこちにこだまとなってひびきわたっていた。(「こだま」は「音、報せ」。)死人がどっさり出て、血がどっくんどっくん流れて、たいへんな騒ぎになったもんだから、国境のむこうがわにいる商人どもが国境監視所に寄りつかなくなっちまった。

しばらくすればまたもとどおりになるだろうと、ぼくら(つまりジョンソン一派のメンバーであるぼくら)は高をくくってた。なのに何週間待っても、国境監視所にはひとっこひとり姿をみせない。そうなりゃ、まきあげる品物がないから、ぼくらにも銭がまわってこなくなる。そうなりゃ、まともな食いものにありつけないもんだから、ぶつくさぬかすやつらもでてくる。兵士たちもとんずらをおっぱじめる。(「とんずらする」は「自分の持ち場を去る」。)ジョンソンもそうなってみて、はじめて事のしだいをおわかりになられたね。ジョンソン王子さまは、国境監視所をお見捨てになったのさ。それだけじゃないぜ。監視所を攻めこんで戦死した兵士のお墓まで見捨てやがったんだ。ファフォロ(おれのおやじのちんぽ)!

たしかで長つづきする銭の出どころをどうやってめっけたもんか、その問題がぼくらにたえずつきまとっていた。なんとかしなくちゃ。ヤクバみたいなグリグリマンでさえ、ぶつくさ言いだすしまつだったからね。「おれさまにろくな食いものが出てこないぞ。おれさまがグリグリをこさえても、銭の払いがないじゃないか。」そこでジョンソンは、こんどは金とダイアモンドの採れる街を攻めてみることにした。サミュエル・ドーの同志、つまりULIMO(United Liberian Movement)のやつらがにぎってる街を、いつもながらのてめえの流儀で攻めこもうとしたんだ。(「イヌっころは、てめえのみっともないすわりかたをけっしてやめない」とはよくいったもんよ。)あいもかわらぬ強硬手段で、擲弾やら迫撃砲やらをぶちかましちゃあ、つぎからつぎへと波状攻撃をしかけてみた。味方の兵士は、そりゃあ勇敢に攻めぬいたよ。でもけっきょくは血がどっくんどっくん流れて、ひとがごろごろ死んでいくざまだった。攻撃は何日も何日もつづいた。注意喚起をうけたECOMOGがようやっと現場についても、攻撃はまだつづいてる。けどね、連中、調停なんてしやしないんだ。なんせ、むだなリスクはいっさいおことわりときてやがる。それにこまかいことなんかいちいち気にしないんだぜ。街を攻める側だろうが守る側だろうが、そんなのはかまうこたあねえ。アフリカ土人の黒人のニグロがくらすネイティヴの地区だろうが、労働者がくらす地区だろうが、そんなのもかまうこたあねえってな調子で、とにかくやたらめったら砲撃しまくってさ。街もろともぶっこわされて、攻める側も守る側もぴくとも動かなくなると、ＥＣＯＭＯＧの攻撃も、はいそこまでよ。あとは負傷者を助けおこして野戦病院に運びこんだり、戦闘で両軍の陣地がどう変わったかを見積もるだけ。それが連中のはたすべき役目やら任務やら職務やらってやつなのさ。ＥＣＯＭＯＧは、こんどの戦闘で陣地を得たのがジョンソン側であることを確認した。これから街を牛耳って鉱床の開発をとりしきるのは、ジョンソン軍になるべきことを確認したのさ。

ぼくらは、その場にころがってる味方の死体をあつめてみた。べらぼうな数の死人だった。イスラームとキリスト教の呪物をちゃんとつけてたのに、四人の子ども兵がからだごとばらばらにされて、あっちこっちに砲弾をぶちこまれていた。四人のからだは「死んでる」なんてもんじゃなかった。「死んでる」の二倍くらいにはなってたね。四人の子ども兵は、ほかの亡骸といっしょに共同墓穴に埋められた。墓穴を埋めおわったとき、ジョンソンはおもわず泣きやがった。やつみたいな追いはぎ野郎の罪びとふぜいが、あんなにぼろぼろ涙をこぼすざまは、見ていておもろかったよ。やつはそれほど、ＥＣＯＭＯＧのやりかたにぶちきれてたんだ。泣いたついでに修道服を着ると、ジョンソンはお祈りをして説教をたれた。そして聖女マリー＝ベアトリスがいうように「子ども兵は神の子どもなり」なんてぬかしやがった。神はこの四人の子に命をおさずけになって、その命をふたたび召しあげられたんだとさ。神さまだっていつも公平でいらっしゃるいわれはないってか。そいつはありがてえや神さまさんよ。追悼の辞を述べるだけのことはあったけど、ぼくだってそいつは遠慮させてもらうね。だってやりたくないからね。ああそうとも、そいつはありがてえこった神さまさんよ。

さて、ダイアモンドと金の街を手に入れたはいいけれど、死人がわんさか出て、血がどっくんどっくん流れたもんだから、地元の住民はのこらず逃げだしていた。どいつもこいつも、もどってなんかきやしない。鉱床の元親だって、いまさらもどってなんかきやしない。元親がいなけりゃ採掘はできない。てことは、とりたてる税金もなくなるだろ。てことは、米ドルの実入りもなくなるわけだ。けっきょくジョンソンをとりまく状況は、ダイアモンドの街を襲撃する前と後とでちっとも変わっちゃいなかった。もうぼやぼやしている場合じゃなかった。兵士も、兵士の家族も、子ども兵も、大隊所属の連中がこぞって文句をたれはじめていた。こうなるまでにむだ骨を折りすぎたもんだから、もうがまんできないところまできてたんだ。なんとかしてなにかをニョナニョナみつけなきゃならなかった。

ジョンソンは、こんどはモンロヴィアにひっかえすことにした。ところがそのモンロヴィアも、とことんまで荒されたりぶっこわされたりで、もう聖女マリー＝ベアトリスの修道院しか残っていないざまだった。聖女の修道院だけは、それでもしっかり生きのこってたんだぜ。なもんで、聖女は堂々としていたね。挑発的になってたね。（いいかえれば「彼女は挑発していた」。「はげしい反応が返ってくるように人をそそのかしたり、人に挑む」こと。）

そのころモンロヴィアでは、ほら、あの話がさ……聖女の修道院はいったいどれだけの品物をためこんでるのかってうわさ話が、うじゃうじゃ飛びかっていた。やれ食いものがたっぷりあるだの、金《きん》がどっさりあるだの、米ドルの札たばがうなるほどあるだの、そいつをまるごと地下のでっかい穴蔵にしまいこんでるだの、穴蔵は縦にも横にもさいげんなくひろがってるだの、そりゃあもう、たいへんな話になってたんだ。

プリンス・ジョンソンは、うわさ話の正確なところをつかみたかった。(「正確なところをつかむ」は「あることがらをめぐるすべての発言のうち、どの発言に真実がふくまれるかを知る」。) なぜって、修道院を乗っとることにきめたからさ。ジョンソンは手はじめに、女子修道院長、聖女マリー＝ベアトリス宛に最後通牒ってやつを突きつけてみた。(「最後通牒」は「いかなる異議もみとめない明確な提案」。) リベリア唯一の合法勢力であるジョンソン軍の同志たることを、聖女が正式に宣言するよう要求してみたんだ。ところが、聖女の返事とはこうだった。「本修道院が収容しているのは、婦女子と修道女、それに若干のあわれな落伍者にすぎません。(「落伍者」は「あわれな者、極貧の者」。) 真のリベリア国民にふさわしい方々にわずかばかりの施しとお慈悲をおねがいしているにすぎないのです。したがって貴殿の同志となる筋あいにはございません。」

そんな言いぐさって、答えというより拒絶だね。聖女はジョンソンを小ばかにしてたのさ。侮辱ってやつよ。(「侮辱」は「公然の罵り」、「無礼」。) これにはプリンス・ジョンソンもぶちきれたね。やつはその仕返しに、しめて三百米ドルの戦時協力税をジョンソン政府におさめるよう、修道院側に通告してきた。それもただちに納入しろってね。

そんな言いぐさって、理屈になってないよ。それじゃあまるで、まえに学校でならったラ・フォンテーヌの「オオカミと仔ヒツジ」のお話に出てくる、いちばん強いやつの言いぐさとおんなじだね。

なもんで、こんどは聖女の方がぶちきれる番だ。聖女はわめき声をあげて白頭巾を地べたに投げつけると、ジョンソンの使い走りどもを追っぱらったね。(「追いはらう」は「帰ってもらう」。)

「さあ、おまえたちは帰って、ジョンソンにこう言うのよ。三百ドルなんてあるわけないんだ。あたしのことはそっとしときな。子どもと女とお年寄りの食いぶちをさがさなきゃいけないんだから、もうほっといておくれ。言うことはそれだけだよ。」

ところがそんな聖女の返事こそ、プリンスにしてみりゃあ、待ってましたのなりゆきだった。やつはさっそく修道院の攻撃をきめたのさ。

ぼくビライマ、通りの子だった子ども兵は、マリー=ベアトリス修道院の攻撃にあたる第一小隊にくわわった。子ども兵が十人くらいの小隊だよ。ぼくらはまずドラッグ漬けにされたけど、たいした量はいただかなかった。ECOMOG調停軍の注意をひかないように、そうっと進まなきゃいけないからさ。あんましドラッグ漬けにされたら、きっとさんざん物音をたてて、たっぷりばかをしでかしてたからね。たのもしい呪物をちゃんと身につけてるから、ぼくらは強いんだぞ。月あかりの午前三時、ぼくらは修道院に攻めこんだ。なのに、ああなんてこったい! 不意打ちになってないじゃんか。攻撃の計画は聖女につつぬけだったんだ。ものすげえ反撃に出くわしちまったよ。味方の三人が銃弾にふっ飛ばされて、のこりの子ども兵も地べたに伏せる。あとはもう退却するっきゃない。ほんとにほんとにすさまじい機銃掃射が、修道院からぶっ飛んでくるんだ。銃をぶっぱなしてるのは、ほかでもない修道院長さまだった。なにからなにまで身につけた聖女そのひとだったのさ。

ジョンソンは、子ども兵の死体をドニドニひろわせて退却した。(「ドニドニ」は「そうっとそうっと」。）やつはまちがってたんだ。修道院に攻めこむぐらい、手もちの子ども兵にとっちゃあ、ほんのお散歩程度のことだと高をくくってたのさ。ちがうって。なわけねえだろ。ちゃんと準備をしたうえで、もっと武力をつかって攻めるべきだったんだ。なにより、もっと段どりと知恵を生かして攻めるべきだったのさ。

イスラームとキリスト教の呪物をちゃんとつけてたのに、ついさっき三人の子ども兵が死んじまった。ワラエ！　ぼくらは、三人の亡骸をあけがたにこっそり埋めた。ジョンソンは泣きながら、スータン姿でお祈りをした。聖女は子ども兵のことを「神の子ども」なんて呼ぶけれど、その神の子どもってやつが、いましがた三人死んじまったんだぜ。ぼく、三人の追悼の辞を述べなきゃいけないのかもしれない。それが世の中のきまりってやつなんだろ。でもぼく、三人とはそれほど長いあいだいっしょじゃなかったから、やつらのこと、よく知らないんだ。ちょっぴり知ってるかぎりで言わせてもらうと、やつらは神の子どもなんてしろものじゃなかったね。むしろ悪魔の子たちだね。どいつもこいつもスリ野郎を二乗したような、どうしようもないやつらだった。ドラッグ中毒で、罪びとで、うそつきだった。ようするに呪われっ子なんだ。呪われっ子の追悼の辞をやるなんてまっぴらごめんだね。そこまでするいわれなんてぼくにはないね。そんないわれなんて、ぼくにはないんだ。追悼の辞なんてやるもんか。ニャモゴデン（てでなし）！

それから二日間というもの、ジョンソンはてめえのおかれた状況について、お昼どきに考えをめぐらせた。お昼になると石っころのうえにひざまずいて、膝にあざをつくりながら聖女マリー＝ベアトリスの修道院について考えてみた。すると、ぽーんと答えがうかんできた。

三日めの晩、ジョンソンはふたたび修道院を攻めてみた。ECOMOG調停軍の注意と疑いを呼びおこさないように、またもやこっそり攻めたんだ。正面から攻めるかわりに、二十人くらいの兵士が修道院の裏手にまわってさ……。不意打ちをねらったんだぜ。なのに、ああなんてこったい！　不意打ちになってないじゃんか。だれあろう、修道院長の聖女さまが、またもや機関銃をかまえてたんだ。聖女がこっぴどい機銃掃射を、それこそとめどなく、たてつづけにおみまいしてくるもんだから、ぼくたち攻め手はどえらい損害をこうむった。(「こうむらせる」は「迷惑なことがらを課す」。) こうして二度めの攻撃も、初回とおなじく失敗におわった。ぼくらはそのあと、こっそり三度めの夜襲をかけてみた。でもまえの二回とおなじく、これも大ぽかをかましちまった。(『ラルース』によると「大ぽか」は「完全な失敗」。)

プリンスもとうとうぶちきれて、帯をきっちりしめなおしたね。(「帯をきっちりしめなおす」はアフリカのニグロの黒人がつかう表現で、『語彙特性目録』によると「物事を真剣にとらえる」、「困難に決然と立ちむかう」。) 真昼の十二時きっかりに、やつは砲兵隊をつかって修道院に何発も大砲をぶちかましたのさ。教会の鐘がふっ飛んだね。修道院のどまんなかにある四階建てのでっかい建物もこっぱみじんだ。さあそうなると、さすがに聖女も降参するしかなくなった。煙のたちこめる修道院の建物から、聖女が白旗かざして出てきたよ。そのうしろからは、白頭巾からロザリオから、いっさいがっさいを身につけた修道女たちが二列にならんでついてきた。さらにそのうしろからは、貧乏人どもがついてきた。

そのころECOMOG軍は、荒っぽい攻撃が唐突にはじまったことにぶったまげていた。(「唐突」は「突然生じなされることの様相」。)いくつかの分派のあいだで、なにか大がかりな攻撃でも起きたのかと思いこんでね。(「大がかりな攻撃」は「広がりと威力をもった攻撃」。)キャンプでは、さっそく半鐘が打ち鳴らされる。兵士全員に待機命令が出る。ECOMOG参謀本部でも、がんくびそろえた話しあいがはじまった。ところが、午後をまるまるつぶして全体協議をおえたころには、恐怖の街モンロヴィアもすっかりしずまっていたもんだから、連中はまたまたびっくり。そこで重装備の車両巡察隊をあわてて現場に送りこんで、いったいなにごとがおきたのかを見に行かせたんだ。巡察隊が現場についた。見ると、ジョンソンと聖女が手をとりあってるじゃないの。まるでおんなじ年に成人儀礼をうけた仲間どうしみたいに、おしゃべりなんかしちゃってるのよ。

白旗をかかげた修道女の行列がこっちにやってくるのを、プリンス・ジョンソンは、さっきそのまんまながめていた。行列があと十メートルぐらいのところまでちかづいたときに、やつは気づいたね。ありゃまあ!　こいつはおったまげた!　マリー＝ベアトリス院長の姿かたちときたら、まるでてめえの分身を見てるみたいに瓜ふたつじゃねえか。ジョンソンは行列をとめさせて、マリー＝ベアトリスを足の先から頭の白頭巾まで、とっくりとながめまわした。問答無用の詮索無用だ。院長はてめえとまるっきし瓜ふたつだった。ジョンソンは、院長に白頭巾をはずしてもらった。白頭巾がなくなると、ふたりの姿かたちは、なおのこと見分けがつかなくなった。からだの肉づきにしたって、鼻にしたって、おでこにしたって、頭のうしろにしたって、ふたりはぴったんこおんなじなんだぜ。プリンスはしばらく口をあんぐりあけたまんま、マクンをきめこんでいた。（「口をあんぐりあけたままでいる」を説明するのはこれで二度めだよ。『語彙特性目録』によると「感嘆、驚き、茫然自失におそわれる」。）

ジョンソンはしばらく考えこんでから、はっと我にかえると、聖女の首に飛びついてキスをした。お熱く抱きあったあとで、ジョンソンと聖女は手をとりあっておしゃべりをおっぱじめたんだ。まるでむかしっからずっと知りあいだったみたいな感じなんだぜ。

完全武装したECOMOG巡察隊が現場にやってきたのは、ちょうどそのときだったのさ。ジョンソンと聖女は、これまで片時もはなれず生きてきた仲間どうしみたいにおしゃべりなんかしちゃってる。あわれな落伍者やら白頭巾の修道女やら武装したゲリラ兵やら、それこそみんなが見ているまえでだぜ。みんな、ほんとにほんとに、あっけにとられてたね。（ぼくの『ラルース』によると「あっけにとられた」は「たいへん驚き仰天した」。）

プリンス・ジョンソン将軍は聖女にむかって、自軍の女子小隊長にふさわしい人物をずいぶんまえからさがしていたことを説明した。そして、あなたがその隊長になってはくれませんかと持ちかけて、聖女を大佐に任命したんだ。ただいまこの場で、やつは聖女に大佐の肩章をつけさせたかったのさ。（「ただいまこの場で」は「即刻」。）ところが聖女はその申し出をはねつけた。答えは「いいえ」だった。マリー＝ベアトリスは、なにもそんなことのためにこれまで生きてきたわけじゃないだろ。だいいちマリー＝ベアトリスは聖女だし、聖女のまんまでいる方がよかったんだ。貧乏人とかじいさんとかばあさんとか、たくわえのない子持ち女とか修道女とか、部族戦争のせいで通りにほっぽりだされた不幸なひとたちみんなのめんどうをみている方がよかったんだ。そんな聖女の気持をほごにするなんて、ジョンソンにはこんりんざいできなかった。やつにはもうわかってたんだ。女子修道院長、聖女マリー＝ベアトリスというひとの考えかたってやつがね。

ふたりは手をつないだまんま、修道院にむかった。修道院についてみると、さっきの砲撃でどれだけどえらい被害がでたのか、その証拠が目にとびこんできた。ジョンソンは、申しわけないことをしたと聖女にわびた。砲撃を心から悔やんでる気持を伝えたんだ。やつはほんとに心をうごかされていた。お祈りをとなえちゃあ、もうすこしで泣きだしそうになってたんだぜ。それからジョンソンは、修道院の建物を三度も見てまわった。でも、修道院の地下の穴蔵ってやつがどうしてもみっからない。穴蔵につうじる入口がいつまでたってもみっからない。影も形もありゃしないんだ。で、ジョンソンは、おもいきって聖女にたずねてみた。「あなたはもうわが輩の力をみとめられたわけですし、わが輩の友となられたわけですから、ここはひとつグッド・ガヴァナンス（「ガヴァナンス」は「運営」）の求めるところにしたがって、修道院の全財産をジョンソン政府に委譲する必要がありましょう。すべての財を政府が運営するというのがグッド・ガヴァナンスですからね。」

——あら、あなたはいったいどんな財産についてお話しされているのかしら？

——黄金とか、米ドルの札たばとか、食糧とか、あなたが修道院の穴蔵にためこまれている財産のことですよ。どこなんです、その穴蔵の入口というやつは？

——穴蔵なんてここにはありませんのよ。

——なにい？　穴蔵がないだと！

女子修道院長はくりかえした。「当修道院には穴蔵なんてございませんの。当修道院にまつわる根も葉もないうわさ話として出まわっているものには、真実のかけらもございません。べつになんの隠しだてもございませんのよ。なにひとつとして。」聖女はそう答えると、自分の目でほんとかどうか確かめてみるようジョンソンにすすめてみた。ジョンソンは手下に命じて、修道院のなかをくまなく調べさせた。（「くまなく」は「すっかり」。）けど、一ドルだってみっかりゃしなかった。たったの一ドルだぜ。それすらないんだ。

ところがジョンソンのやつは、いつだって懐疑的ときてるだろ。で、聖女にこうたずねてみた。

（「懐疑的な」は「明白に立証されていないことがらを疑う」。）

——では、日々の買い物に必要なドルを、あなたはどこからひきだしてらっしゃるのかな？

——善良な方々や信者のみなさんからいただく施しにおすがりしているのですよ。神は、手ずからお造りになられた生ける者の口をけっして空のまま見すごしにはなさらないと申しますしねえ。

——なんたること、なんたること。（ジョンソンはここで何度かぐるぐる歩きまわる。）そんなことあるものか。冗談ではないぞ。

ジョンソンはまだ懐疑にとらわれていた。死ぬまで懐疑からぬけだせねえやつなのさ。ファフォロ（おやじのちんぽ）！　ニャモゴデン（ててなし）！

修道院を手に入れたはいいけれど、けっきょくジョンソン一派は、たしかで長つづきする銭の出どころをめっけられないまんまだった。それどころか、財産をふやすこともないまんま、あらたに何百人分の食糧をまかなうはめになっちまった。マリー＝ベアトリスが独立採算で修道院を切りまわしていたころは、ＮＧＯとか、ほかにもありとあらゆる善意のひとびとが修道院に力添えをしてくれていた。けど、修道院がジョンソン一派とつながったいまとなっちゃあ、そうしたひとたちも援助をしぶるようになったんだ。さあそうなると、あわれな落伍者やら、子持ち女とその子どもやらが、のべつまくなしにひもじさをうったえるようになる。修道院にも聖女にも、収容者全員にたいしても、ジョンソンはなんだか借りをこさえちまったような気分になってきた。てめえが借りを負うはめになるんだったら、はじめっから聖女に独立と自由をみとめておきゃあよかったのに。でも、時すでにおそしってやつだね。聖女が勇ましくたたかったあげく、ジョンソンに服従するまでの一部始終を、国じゅうのひとが目のあたりにしてたんだから。（『ラルース』によると「服従」は「だれか別の人間に対するある人間の依存」。）聖女を服従させたおかげで、こんどはてめえが聖女をたすけるはめになっちまったんだ。

ジョンソン一派としちゃあ、なんとかニョナニョナ（ただちに）やらかして、なにかを手に入れなきゃならないとこまできてたのさ。

アメリカゴム商会といえば、アフリカでもいちばんでっかいプランテーションで、百キロ四方ぐらいの土地をひとつづきに持ってる会社でね。じっさいリベリアの南東部がまるごと敷地になってるぐらいだから、商会はべらぼうな額のロイヤルティを支払ってるんだ。（「ロイヤルティ」は「特許権所有者や資源開発用地の所有者に対して納めるべき使用料」。）商会のロイヤルティを山分けしてたのは、部族戦争の古株にあたるふたつの分派、テイラー一派とサミュエル・ドー一派だった。ところが、ジョンソンがとちゅうでテイラーとすっぱり縁を切っただろ。それでやつは、すぐさまロイヤルティの三分割をせっついてきた。わが分派も当然ロイヤルティの分けまえにあずかる権利があるなんて、ごり押ししやがったのさ。（「ごり押しする」は「自分を優先させる」。）商会の幹部連は、そんなジョンソンの言いぐさに耳を貸そうとしなかった。のこりふたつの分派からの報復がこわくて、要求を呑むのをためらってたんだ。（『プチ・ロベール』によると「報復」は「相手がもたらした損害を償わせるために、当の相手に対し講ずる抑圧的措置」。）商会の幹部連は、くどくど言いのがれをぬかしつづけた。（「言いのがれる」は「決定をおくらせるためにまわりくどく話したり、言いよどんだりする」。）そこでジョンソンは、男として一発うごくことにきめた。バンガラをびんびんおっ立てた男としてね。（『語彙特性目録』によると「男として行動する」は「勇敢に行動する」。）

ジョンソンは手はじめに、プランテーションの白人幹部をふたり誘拐してみた。ふたりを安全な場所にかくまっておいてから、プランテーションの幹部連に最後通牒を突きつけたんだ。やつは最後通牒でいったいどんな脅迫をしたのかって？　ロイヤルティの分けまえを四十八時間以内にとどけなければ、白人の頭ふたつを股鍬の先っぽに突き刺して、そっちにとどけてやる。きっちりとな！　きっちりとどけてやっからな！　ジョンソンはそう言ってやったのさ。なにぶん狂信者のジョンソンが口にしたせりふだろ。やつならそれぐらいのことはやりそうだって、みんな心得ていたからね。やつならほんとにやっちまうぞってね。

ワラエ！　だからもうその日の晩には、プランテーションの白人幹部三人がジョンソン・キャンプの正門に姿をみせていた。三人は気さくにふるまっていたけど、手ぶらじゃなかったね。ひとりが二個ずつ、あわせて六個のアタッシュケースを持っていた。ぼくらはそいつの中味を見てないけど。あのアタッシュケースの中味って……

三人の幹部連はそわそわしていた。ジョンソンに六個のアタッシュケースをニョナニョナ手わたして、けりをつけたかったのさ。まるで小屋の裏手の便所にかけこむ下痢ピー野郎みたいに、そわそわしてたんだ。でもまあ、ジョンソンはアタッシュケースをばっちり受けとってさ。それから幹部連と、ほんとの仲間どうしみたいにおしゃべりをした。気さくな感じでビールを飲みあった。どでかいばか笑いをかましちゃあ、幹部連の肩をポンポンたたいてた。こうしてキャンプから出てきたときには、幹部連の数も五人になっていた。アタッシュケースをもってきた三人に、人質のふたりを足した五人だよ。肩を十個ならべたうえに、しっかり五つの頭が乗っかったまんまでキャンプを出てきたのさ。ファフォロ（おやじのちんぽ）！

ロイヤルティはこれできっかり月末に落ちてくる。毎月のおわりに、ロイヤルティがころがりこんでくることになったんだ。そうときまりゃあ、こいつは一発お祝いだ。そう考えたジョンソンは、どでかいお祭をキャンプでもよおした。おくれていた給料がみんなに支払われてね。子ども兵もハシシュが買えるようにって何ドルか銭をもらったんだぜ。どいつもこいつも、そりゃあ踊ったね。飲んだね。食ったね。ドラッグもきめたね。そうして宴もたけなわになったころ、ジョンソンがお祭騒ぎをさえぎった。いままでに亡くなった兵士のことを想いおこしてみるように言ってきたんだ。国境の街とダイアモンドの街で、ぼくらはおおぜいの死人をほったらかしにしてきたからね。お祭には聖女も大佐のご身分でまねかれてたけど、聖女は出席をことわってきた。修道院に身をよせるひとたちのめんどうを四六時中みているもんだから、お祭につきあってるひまなんてなかったんだ。聖女は祭に出るかわりに、その分だけドルがほしいと言ってきた。お祭よりも実のある使いみちが聖女にはあったからね。そこで聖女にはドルがわたされた。リベリアドルじゃないよ。米ドルがわたされたんだぜ。

これでなにもかもうまくいくはずだった。じゅうぶんな額じゃないにしても、きまったときに銭が入ってくるようになったからね。毎日いちどは、みんなが食いものにありつけるだけの実入りになったんだ。

ところが、リベリアには三分派のほかにもちんけな悪党どもがいて、そいつらもいっぱしの分派に見られたがっていた。ロイヤルティの一部に権利をもつ分派としてきっちりおこぼれにあずかるために、おもしろ半分でプランテーションに入りこんじゃあ、商会の幹部をかっさらって身代金をせびっていたのさ。プランテーションの幹部連はそのたんびに、米ドルのピン札でやつらに身代金を払うざまだった。(「ピン札」は「真新しい紙幣」。)

ちんけな悪党どもがこんな罪ぶかいやりくちに味をしめるのをながめていたら、ジョンソンにある考えがひらめいた。ちんけな悪党のやりくちにとどめを刺すぐらい、自分ならばできるはずだ。そうして商会の用心棒になってやりゃあ、さらにお手当がいただけることに気づいたのさ。ロイヤルティの三分の一をいただくのもけっこうなことだけど、プランテーションをまるごと小悪党どもから守ってやりゃあ、銭はそれだけたんまりころがりこんでくるって寸法よ。お昼どきにたっぷり時間をかけて悔いあらためをやりながら、やつはそんな計画に思いをめぐらせていた。

ある朝のこと、プランテーションの正門まえにジョンソンそのひとが車で乗りつけてきた。護衛の四駆をまえに二台、うしろに三台、あわせて五台もしたがえて、どの車にも完全武装の兵士がぎゅうぎゅうづめに乗っている。ジョンソンは、商会の支配人に面会したいと言ってきた。支配人の部屋に通されると、やつは気さくな感じでしゃべりはじめた。ちんけな悪党どものふるまいを話題にしてね。「ああした連中のふるまいこそ、リベリア全土の評判をがた落ちさせているのですぞ」とジョンソンは文句をたれた。「とどめを刺してやるべきですな。このわが輩、ジョンソンならば、連中の横暴もくいとめられましょう。わが輩がひと肌ぬいで、ちんけな悪党のふるまいに、けりをつけてみせましょう。」ジョンソンはそう持ちかけた。

支配人は、その手の申し出には乗れない事情を、ジョンソンに根気よく説いてきかせた。「かりにプランテーションの防衛をあなたにおまかせすれば、それはひとつの立場の表明となってしまいます。私どもが、あなたをリベリアで唯一の権威として認めたことになるのです。それは私どもの本意ではございません。だいいちほかの分派にしても、かような事態を看過したままではいないでしょうしね。」

「ならば、プランテーションの用心棒がわが輩であることを秘密にしておけばよい。とりきめそのものを密約にすれば、プランテーションがわが輩の保護下にあることは、何びとにも知られませんぞ。」ジョンソンがそう答えても、支配人は説得をやめなかった。「特定の分派と密約をかわした書類に署名する権限など、私にはございません。それに密約とはいえ、いずれみなさんに知られてしまいますからね。」

ジョンソンは納得したようにはみえなかった。ていうか、なんにも聞いちゃいない感じだった。やつはとりあえず、キャンプにもどって考えてみることにした。それから三日間というもの、お昼どきにお祈りと悔いあらためをやりながら、やつは物思いにふけってみた。(毎日お昼になると、石っころをしいたうえで膝にあざができるまでお祈りする習慣がジョンソンにあったことを思いだしてね。)商会と密約をむすんで、ちんけな悪党からプランテーションを守る権利をぜひとも手に入れるために、なにかほかのやりかたがないもんかさぐってみたんだ。やつには商会との密約がジョゴジョゴ必要だった。(「ジョゴジョゴ」は「なにがなんでも」。)お祈りに精をだすジョンソンの頭んなかじゃあ、「わが主イエス＝キリスト」のとなえ文句とおんなじくらい、「ジョゴジョゴ」のライトモチーフが三日つづけて鳴りひびいてたのさ。(「ライトモチーフ」は「たえず反復されることばや言いまわし」。)そうして三日めもすぎようとしていたとき、ジョンソンはにやりと笑って顔をかがやかせた。たったいま、ご名答を思いついたんだ。

二週間後、商会のプランテーションで三人の作業員がいなくなってることがわかった。商会ではあっちこっちをさがしたけれど、三人はみっからない。するとある朝、ジョンソンそのひとが、あわれな作業員三人をひき連れてプランテーションにやってくるのが見えるじゃないか。三人ともパンツ一丁だ。ジョンソンは笑顔で支配人とビールを飲みながら、こう説明した。自分の手下がいつもどおりの見まわりをしていたときに、小悪党どもからこの三人をとりかえしてきたんだとさ。そしていかにも仰々しく、三人の身柄を支配人にひきわたしした。(「仰々しさ」は「式典における豪華さの誇示」。) 支配人はジョンソンに心からお礼を述べて、ドルをたんまり進呈しようとした。でもやつはドルをはねつけた。支配人ときたら、事のしだいがちっともわかっちゃいなかったんだ。

一カ月後、商会のプランテーションで、こんどは作業員三人とアフリカ黒人のニグロの幹部ふたりがいなくなっていた。商会ではあっちこっちをさがしたけれど、五人はみっからない。するとある朝、ジョンソンそのひとがプランテーションにやってくるじゃないか。おつきの四駆には、ゆくえ不明の五人が乗っている。五人ともすっぱだかだ。ジョンソンが言うには、自分の手下が小悪党どもの拷問現場から、この五人を間一髪のところで救いだしてきたんだとさ。(「間一髪のところで」は「ぎりぎりのところで」。) ジョンソンは、あわれんだようすで五人の身柄を支配人にひきわたしした。あわれんでたっていうのは、作業員三人が五体満足じゃなかったからだよ。三人とも右手がぶった切られていた。アフリカ黒人の幹部ふたりも、両耳が切りおとされてたんだぜ。支配人はジョンソンにお礼をふたつ述べた。ひとつは、ジョンソンが示してくれたあわれみにたいして。もうひとつは、やつが小悪党から商会の幹部と作業員を救いだしてくれたことにたいしてだった。支配人はこんどこそ、ジョンソンにお礼を進呈しようとした。どうしてもお礼がしたかったんだ。ところがやつは、またもや米ドルのピン札をはねつけた。ジョンソンはもっと先を見すえて、もっと多くのことを望んでたのさ。なのに支配人ときたら、あいかわらずそこのところがわかっちゃいなかったんだ。

一カ月と二週間後、商会のプランテーションで、こんどは作業員四人とアフリカ黒人のニグロの幹部三人、それにアメリカ人の白人ひとりがいなくなっていた。ひとりは本物の白人だぜ。商会ではりベリアの森んなかまであっちこっちをさがしたけれど、八人はみっからない。するとある朝、ジョンソンそのひとがプランテーションにやってくるじゃないか。おつきの四駆には、アフリカ人の幹部ふたりが乗っている。ふたりともすっぽだかだけど、五体満足のはだかじゃない。両手と両耳がないんだ。すっぱり切り落とされちまってるんだぜ。もうひとり作業員がいたけど、そいつも五体満足じゃなかった。からだぜんぶが切り落とされて、頭だけが竿の先っぽに突き刺してあった。からだぜんぶがないんだぜ。もう驚愕やら、憤激やら、恐怖やらの気持が入りまじって、支配人はとてつもなくどでかいうめき声をあげたね。(「恐怖」は「ぞっとしておぞましいものを見たときにうける強烈な印象」。) するとジョンソンは、笑みをうかべてけろりとぬかしやがった。「まだ一件落着じゃありませんねえ。黒人四人と白人おひとりが小悪党に監禁されてらっしゃいますからねえ。私の手下が力ずくで介入して、もういちどおなじ骨折りをしてみないことには、手おくれになりましょうかねえ。でないと、頭だけということになりますか。五本の股鍬に刺さった五つの頭ってねえ。」そこまで言われりゃ、さすがにやつの言わんとしていることが、支配人の耳にも十二分にとどいたさ。(「十二分に耳までとどく」は「完全に理解する、分かる」。)

支配人は、ジョンソンの手をひっぱって事務所に入った。そこでえんえんと激論をかわしたあげく、ふたりはとうとう秘密の協定書にサインをした。とりきめにしたがって、ジョンソン一派は小悪党からプランテーションをまるごと守るかわりに、ドルをたんまりいただくことになったのさ。さあそうなると、ジョンソンはもうその晩のうちに、ゆくえ不明だった残り五人の従業員をプランテーションまで連れてきた。五人まとめてだぜ。おまけにすっぽだかだけど、五人とも無事なんだ。耳も手も、からだぜんぶがちゃんとついてるんだぜ。ジョンソンの手下は、さぞかしきちんと骨折りをくりかえしてくれたんだねえ。とにかくジョンソンは、こうして密約を、ジョゴジョゴ手に入れやがったのさ。ジョンソン軍のキャンプではお祭がひらかれた。みんな、そりゃあ踊ったね。ジョンソンも司祭のスータン姿にカラシュをぶらさげて、五回も踊りやがった。しまいにゃあ、とんぼがえりにおサルのダンスときたもんだ。ワラエ（アラーの御名にかけて）！　ファフォロ（情けねえおれのおやじのちんぽ）！

秘密が秘密のまんまでいてくれたのは、はじめの五日だけだった。ジョンソンがプランテーションの支配人と秘密の協定書にサインしたことは、もう六日めになると、首都モンロヴィアからどんづまりのど田舎にいたるまで、リベリアの国じゅうに伝わっていた。

ほかの分派は、ジョンソンのやりかたをそのまんまほっとかなかったね。そりゃそうさ、ほっとくわけがないだろ。それぞれの分派の首領がすかさずプランテーションにやってきて、書式にかなった最後通牒を支配人に直接突きつけたのさ。（「書式にかなう」は「法に合致して作成され、必要な手続をすべてそなえた」。）支配人はその場をなんとかきりぬけたいばっかりに、ついこんなことをきめちまった。プランテーションのまわりの見張りを三つか四つの区域に分けて、それぞれの分派に割りふるようにしちゃったのさ。さあそうなると、こんどは分担区域の境界画定にまつわる問題がもちあがる。（「境界画定」は「印付け、境界決定」。）支配人が自分なりに筋のとおった提案をあれこれだしてみても、満場一致はなにひとつ得られない。そこで支配人は、「みなさんで話をつけてください」なんてぬかしやがった。そんなまねでもしてみろよ。それこそ食いものが待ちきれなくて足をばたばたさせているモロッセ犬が三匹も四匹もいるなかに、骨を一本投げこむようなもんじゃないか。(「モロッセ犬」は「大型の番犬」。) けっきょく、プランテーションの敷地全体に戦争がひろがっちまったのさ。

さあそうなると、ECOMOG調停軍がやってくる。やたらと爆弾を落っことしちゃあ、だれかれかまわずひねりつぶすもんだから、戦場ではどいつもこいつもちりぢりばらばらになっちまった。ぼくらふたり(というのは、ムスリムの呪物師で足をひきずる悪党ヤクバと、通りの子でおそれもとがめも知らない子ども兵のぼく)も、受け入れられた供犠(つまり運)に見放されて、プランテーションのはずれにある廃村でようやっとめぐりあえるしまつだった。なにしろアラーの神さまだってこの世のことすべてに公平でいらっしゃるいわれはないからね。

さて、この廃村でのことだ。ありゃりゃ! こりゃあぶったまげたね! ぼくらは友だちのセクーに出くわしたんだ。ヤクバの仲間で、ヤクバとおんなじ札びら殖やしのセクーだぜ。おまけにセクーは、ぼくらにマーンおばさんの消息をおしえてくれてね。なんでもおばさんは、シエラレオネのおじさんのところへ行こうとして、シエラレオネの方に道の足をとったんだとさ。そんな話を聞かされたら、もうジョンソンのキャンプにもどる気なんてさらさらなくなっちまったね。のこのこもどってなんかいられっかよ。こいつはひとつ、なんとしてでもシエラレオネへ行ってみなくちゃ。

V

シエラレオネなんてくそったれよ。ああそうさ。マジでくそったれの二乗だぜ。そこいくと、追いはぎどもがお国を山分けしているリベリアなんて、まだくそったれの一乗だね。悪党のほかにも、いろんな結社や民主主義のやつらまで一枚かんでくると、もうくそったれの一乗じゃすまなくなるからね。なにしろシエラレオネのたこ踊りときた日には、踊りの輪のなかに狩人結社のカマジョーがいるだろ。民主主義者のカバーがいるだろ。悪党だって、フォデイ・サンコーやジョニー・コロマのほかにも、ちんけな連中が何人かまじってるだろ。だからこういわれるんだ。シエラレオネの国じゅうにはびこってるのは、もうただのくそったれじゃすまされない。そいつはくそったれの二乗だってね。そもそもピジン語でカマジョーっていやあ、「伝統的かつ職業的な狩人による尊敬すべき結社」の意味だってんだから、恐れ入っちゃうぜ。ファフォロ（おれのおやじのちんぽ）！　情けぶかく慈悲ぶかいアラーの御名にかけて（ワラエ）！　事のなりゆきをもういちど、はじめっから話してみるね。

シエラレオネっていうのは、いかれてだめになったアフリカのちっぽけな国でね。ちょうどギニアとリベリアのあいだにある国なんだ。一八〇八年にイギリスの植民地化がはじまってから、一九六一年四月二十七日に独立するまで、そこはかれこれ一世紀半以上も、安らぎやら安定やら安全やらが得られる場所だった。(「安らぎの場」は「平和の隠れ家、避難所」。)それほど長いあいだ、この国では事がすんなり運んでたのさ。この国の人間には、行政上ふたつの区分けがあってね。ひとつは「イギリス臣民」ってやつでさ。これはイギリス人で植民地主義者で植民者のトゥバブたちと、「クレオール」とか「クレオ」とか呼ばれるやつらのことをさしてるんだ。もうひとつは「保護領民」ってやつで、ブッシュにいる野蛮人の土人のニグロの黒人のことなんだよ。ちなみに「クレオ」とか「クレオール」とかっていうのは、アメリカからきた解放奴隷の子孫なんだぜ。ワラエ！こんな区分けのせいで、土人のニグロの黒人どもはブッシュの獣みたいな重労働をやらされていた。クレオのやつらは、お役所や商会の幹部職についていた。そしてイギリス人の植民地主義者の植民者どもと、盗人《ぬすっと》で買収者のレバノン人どもが、そっからの上がりをてめえのふところに入れてたのさ。レバノン人がこの国にやってきたのは、イギリス人よりもずいぶんあと、両大戦間のことだね。それからクレオールは、土人で野蛮人のニグロの黒人よりも上等なやつらだったんだぜ。おんなじ黒人のニグロなのに、頭がよくて裕福だったからね。クレオには法学士さまがおおぜいいたし、ほかにも医学博士みたいに上等な学位を持ってるやつがいたぐらいなんだから。

シエラレオネが一九六一年四月二十七日に独立をはたすと、野蛮人の土人のニグロの黒人どもにも投票権があたえられた。それからというもの、この国じゃあ、クーデタとか暗殺とかつるし首とか処刑とか、ありとあらゆるすったもんだしか起きなくなっちまった。つまりはくそったれの二乗ってこと。だいいちシエラレオネは、ダイアモンドと金にめぐまれてるだろ。てことは、ありとあらゆる汚職の元手にもめぐまれてるってわけなのさ。ファフォロ（おれのおやじのちんぽ）！

土人のニグロの黒人どもが独立と投票権をかちとると、連中はさっそくひとりの男を政権に送りこんだ。アフリカ人のニグロの黒人としては、そのころお国でたったひとりの大学出、たったひとりの法学士さまだったミルトン・マルガイって男だよ。しかもマルガイの女房は、白人のイギリス女だった。土人で野蛮人の黒人のニグロにそなわる流儀や性格とは自分がひとつのこらずすっぱり縁を切ったことを、そうやってみんなに見せてるような男だったのさ。

政権をまかされたころのミルトン・マルガイはもう年寄りで、ちょっとした賢者になっていた。やつがイギリス女王陛下のシエラレオネ内閣首班をつとめていたあいだ、この国ではかなり部族主義がはびこっちまった。そのころの汚職なんて、まだかわいいもんだったけどね。マルガイとおんなじメンデ族のやつらがえこひいきされてたってこと。よくあることだろ。ほら、「ゾウのうしろを歩いていれば、ブッシュの朝露に濡れたりしない」（大物のちかくにいればわが身は安泰）ってやつだね。

ミルトン・マルガイは、一九六四年四月二十八日に亡くなった。そのあとを継いで首相になったのは、弟のアルバート・マルガイ、ひと呼んでビッグ・アルバートってやつだった。

部族主義も汚職も、ビッグ・アルバートの時代にひどくなった。いくとこまでいって、とうとう一九六七年三月二十六日にクーデタがもちあがった。アルバートにかわって、こんどはメンデの出身じゃないジャクストン・スミス大佐が政権についた。

ジャクストン大佐のご時世も、この国ではあいかわらず汚職がまかりとおっていた。だから政権も長つづきはしなかった。一九六八年四月十九日に下士官たちが国家反逆をやらかして、ジャクストンの政権はひっくりかえされてね。反逆をやりとげた下士官どもが、「汚職撲滅革命運動（ACRM）」ってやつを旗あげしたのさ。なんとも恐れ入っちゃうじゃないの。汚職撲滅の革命だとよ！（革命なんてぬかすくせに、目標ときたらたったそれだけ。ワラエ！）でも、それぐらいのことじゃあ、汚職はすたれやしなかった。

一九六八年四月二十六日、こんどはティンバ族出身のシアカ・スティーヴンズが首相になった。スティーヴンズも汚職をなくそうとしたけど、けっきょくできずじまいだった。一九七一年五月にクーデタがおきて、スティーヴンズもいったん首都の官邸から追っぱらわれてさ。ところがやつは、ギニア国軍の空挺部隊をうしろだてに帰国して、政権に返り咲きやがったんだ。ギニアの空挺部隊がうしろにいてくれるもんだから、やつはすっかりお気楽な身分になったのさ。

そのあとスティーヴンズは、単独政党をこしらえたり、ずぼずぼに汚職にまみれたりしながら、独裁制をうちたてた。てめえにさからうやつがいたりすると、やれつるし首だ、処刑だ、拷問だってなぐあいでね。そのかいあって、じっさいは汚職がはびこってるのにうわべだけ落ちついてるような雰囲気ができあがった。もうかなりの年寄りだったスティーヴンズは、そんなうわべの安定をいいことに、政権をべつのやつにゆずることにした。党主席兼国家主席のポストを、国軍参謀総長のサイドゥ・ジョゼフ・モモ将軍にくれてやったんだ。ところがスティーヴンズが引退したもんだから、ギニアの派遣部隊もシエラレオネ大統領の防衛業務を打ち切ってね。おかげでモモ将軍も、一九八五年八月にはてめえの口から「ダイアモンドの闇取引を阻止する手だてがない」ことをみとめるはめになっちまった。つまりは汚職を断ちきれないってこと。

さて、汚職がこんなふうにはびこって、クーデタが数珠つなぎにくりかえされてるあいだにも、人目をしのんで自分の出番を準備してるやつがいたんだぜ。ワラエ！　マジで人目をしのんでね。(「人目をしのんで」は「こっそり」。) くさりきって罪ぶかいシエラレオネの体制に刃向かうために、歯もないくせに嚙みつくようなやつがこっそり出番を準備してたのさ。(アフリカ人のニグロことばで「歯もないくせに嚙みつくもの」とは「不快な突発事」。) 歯もないくせにシエラレオネに嚙みつこうとしていた男の名前は、フォデイ・サンコー。フォデイ・サンコー上等兵っていうんだ。シエラレオネのたこ踊りに三人めのお相手をまねき入れたのは、ほかでもないこいつだった。それまでのたこ踊りは、まだしもすっきりしてたのに。踊りのお相手をつとめる淫売女がふたりしかいなかったから、じつにすっきりしてたんだ。たったふたり、つまり政権と軍隊よ。ようするにこういうこと。まず、政権をにぎる独裁者がめちゃくちゃくさったり銭をためこんだりすると、だれか軍人がクーデタをやらかして、そいつのあとがまにつくだろ。そうすっと、あとがまについた軍人もけっきょく暗殺されるか、政権からひきずりおろされて、こそ泥みたいに銭をつかむと、ちゃっちゃかずらかるだろ。そうすっとそのまたあとがまについた軍人も、こんどはてめえがくさりきってめちゃくちゃ銭をためこむもんだから、またべつのクーデタでべつの軍人にひきずりおろされてね。やっぱり暗殺されるか、リリキをつかんで逃げだすか、どっちかになるんだ。(「リリキ」は「銭」。) フォデイ・サンコーが出てくるまで、シエラレオネじゃあ、そんなことのくりかえしだった。サンコーが三人めの淫売女をまねき入れてぶっこわしたものこそ、そんなふたりっきり差し向かいのたこ踊りだったのさ。やつが連れてきた三人めの淫売女、それは人民ってやつ、庶民ってやつだった。ようするに、シエラレオネのブッシュにくらす野蛮人のニグロの黒人の土人どもだったんだ。

じゃあそもそも、このフォデイ・サンコーって男は、いったい何者なのかって？　フォデイ・サンコー上等兵とは、いったいどんなやつなのかって？　ニャモゴデン（おれのおふくろ淫売女）！

フォデイ・サンコーはテムネ族の生まれで、一九五六年にシエラレオネ国軍に入隊した。六二年に上等兵の肩章をはずしたあと（そのあとの長くなみはずれた経歴をつうじて、やつはそれ以外の肩章をつけることがなかった）、六二年にはコンゴの平和維持にあたるシエラレオネ派遣部隊にくわわっている。このときやつは、パトリス・ルムンバ（初代コンゴ大統領）がなんとも恥知らずなやりくちでぶっ殺されるのを目のあたりにした。その光景に吐き気をもよおしながらじっくり考えて、やつはこんな結論にたどりついたんだ。ばかでかい国連の組織は、植民者で植民地主義者のヨーロッパ人のトゥバブのためにしか動きやしない。野蛮人で土人の黒人のあわれなニグロのためになんか、こんりんざい動いちゃくれないいんだってね。

お国に帰ったサンコーは、シエラレオネの庶民が貧乏のどん底で苦しんでることや、恥知らずな汚職がまかりとおってることに目をむけるようになった。それで政治活動に飛びこむ決心をするんだ。

一九六五年、やつはジョン・バングラ大佐のマルガイ転覆計画につるんだ疑いでいったんとっつかまってから、釈放されている。七一年には、シアカ・スティーヴンズに刃向かうモモのクーデタ計画につるんだかどでとっつかまって、牢屋に六年もぶちこまれた。牢屋のなかの六年で、やつは毛沢東やら人民戦争の理論家やらの本を読みあさっては、思いにふけった。どっぷり思いにふけって、ある結論にたどりついたんだ。ごみためみたいにくさりきったシエラレオネの体制にとどめを刺せるのは、お国のてっぺんで軍事クーデタをやらかすことじゃない。それ以上のことが必要だ。人民革命をやらかすことが必要だって思ったのさ。そこでやつは、人民革命に身をささげはじめた。

サンコーは、シエラレオネの東部で活動をはじめて、けっきょくボに身をおちつけた。ボっていうのは、シエラレオネで二番めにでっかい街の名前だよ。おもてむきは写真家の肩書で、やつは一九九〇年までにてめえの思想をひろめてまわった。そのかいあって、九一年のはじめには三百人の軍隊を組織するまでになったんだ。軍隊には「自由の戦士」って名がついてさ。そいつがいまの「革命統一戦線」（ピジン語の略号ではＲＵＦ）になったんだぜ。部下たちはサンコーの訓練をうけて、本物の戦士になっていった。まちぶせ作戦を何度もくりかえして、近代的な装備も手に入れた。それまで持っていた山刀を捨てて、近代的な装備にきりかえたんだ。そして一九九一年三月二十三日、ＲＵＦはリベリア国境ぞいで悪党のテイラーとつるんで、ついにシエラレオネ内戦をおっぱじめたってわけなのさ。

時の大統領ジョゼフ・モモは、不意を突かれたもんでまごまごしちまった。モモはテイラーを非難したうえで、ＣＤＥＡＯの加盟国に自国の支援をもとめてね。同時に国境へ何千人も兵隊を送りこんで、ＲＵＦの反乱軍を押しやろうとしたんだ。てめえが言うところの「侵略分子」を追っぱらおうとしたわけよ。ところが、モモの兵士はつぎつぎにとんずらきめて、ＲＵＦの自由の戦士に寝がえっちまう。もうそうなりゃ、どんづまりよ。シエラレオネがぶっこわれるかどうかのせとぎわになって、ジョゼフ・モモにはもう行き場がない。なもんで、モモは銭をつかむと、ニョナニョナずらかりやがった。モモのあとがまについたのは、ヴァランタイン・ストラッサーっていう大尉だった。

ストラッサー大尉は、はじめにふたつの計画をたててみた。ひとつは、汚職という名の怪物ヒドラとたたかうこと。（「怪物ヒドラ」は「常時逼迫した危険」。）もうひとつは、フォデイ・サンコーとその組織RUFとたたかうことだった。サンコーとわたりあうために、ストラッサーは一万四千人の若者を徴兵した。ところが徴兵されたやつらは、ふだんからろくな食いものにありついちゃいないもんだから、「らんぺい」になっちまった。昼間は兵士《へいし》、夜は反乱者《はんらんしゃ》（つまり盗賊）に様変わりするやつらだから、ふたつあわせて「らんぺい」よ。おまけに、こいつらまでがRUFに寝がえるしまつでさ。こうして一九九五年四月十五日の朝、フォデイ・サンコーはついに首都フリータウンをめざす西部進撃をおっぱじめるんだな。RUFをひきいるサンコーは、まず戦略拠点の街マイル＝サーティー＝エイトを乗っとった。ダイアモンドや金の産地も乗っとった。コーヒーやカカオやアブラヤシの産地も乗っとった。ひとつのこらずあっさり乗っとっちまったんだ。さあそうなると、これからなにが起きようが、サンコーには知ったこっちゃない。なにしろてめえは、シエラレオネで銭になる場所をおさえてるんだから。

ワラエ！　対するストラッサーは、これでもう一文なしだ。からっぽだ。すっからかんのかあよ。困って困って困りはてたストラッサーは、民主主義の賭に打って出た。複数の政党を認可したうえで、国民集会ってやつをひらいたんだ。（「国民集会」とは、一九九四年ごろにアフリカ諸国がこぞってもよおした政治の大見本市のこと。出席者ひとりひとりが、そんとき思いついたことをほざきあう場所になった。）ストラッサーは国連とつるんで、自由で公正な選挙の実施まできめたんだぜ。でもね、フォデイ・サンコーが民主主義なんかにお熱をあげるはずがないだろ。そんなこと死んでもないね。あんのじょう、やつはストラッサーの提案をまるごとはねつけやがった。国民集会なんていらねえよ。自由で民主的な選挙なんていらねえよ。なんにもいらねえよときたもんだ。なにしろサンコーは、この国でダイアモンドが採れる土地をおさえてるだろ。てことは、シエラレオネで銭になる場所をおさえてるわけだ。ストラッサーの提案なんてどうでもよかったのさ。かわりにサンコーが要求として突きつけてきたのは、コンゴでのできごと以来てめえがいつだって目の敵《かたき》にしてきた国連の代表を追っぱらうことだった。（「目の敵」は「自分が最もきらう人間」。）「国連の代表がシエラレオネに居すわるかぎり、おれさまがおさえてるダイアモンドと金の鉱床は手放すもんか」って言ってやったのさ。

返事をきいたヴァランタイン・ストラッサーはとほうにくれたね。もうどうすりゃいいのかわかんなくなっちまった。ストラッサーがなにより心配してたのは、首都と自分の力がまだおよんでいる国土の切れっぱしを、この先サンコーから守りぬけるかどうかだった。そこでストラッサーは、ネパールのグルカ兵に助けをもとめた。南アフリカの傭兵にも助けをもとめた。傭兵っていうのは、南アフリカでボーア人が経営している傭兵会社、エグゼクティヴ・アウトカムズのことだよ。でも、それ以上の手を打つゆとりがなかったから、けっきょくストラッサーの政権はジュリアス・マナダ・ビオにひっくりかえされちまった。ビオは政府暫定評議会の副議長で、ストラッサーの補佐役だった男だよ。で、ストラッサー大尉は隠し金をつかむと、こそ泥みたいにニョナニョナずらかったのさ。

そんなわけで一九九六年一月十六日には、マナダ・ビオがランベイ・ビーチの御殿（シエラレオネ歴代の大統領や支配者がつかってきた官邸）に居すわっていた。国連とCDEAO加盟国の元首はビオに圧力をかけて、ストラッサーがまえに約束していた二月二十六日の選挙期日をなんとしてでも守らせようとした。なもんでビオは、一月二十八日にサンコーの代表団と停戦にむけた話しあいをはじめている。でも、民主的な選挙なんてサンコーには興味なかった。これっぽっちもね。（やつにはそんなことどうだっていいんだ。なにしろシエラレオネで銭になる場所はおさえてるんだから。）

大統領選挙の第一次投票は、それでもサンコーの反対を押しきっておこなわれたんだぜ。なもんで、サンコーのやつときたら、もう怒り心頭よ。（「怒り心頭に発する」は「強烈な怒りの爆発がおもむくまま身をゆだねる」、「罵りや脅迫の言葉がこぼれるまま身をゆだねる」。）交渉結果がどうなろうが、とにかくサンコーは、自由選挙なんてのも第二次投票なんてのもまっぴらだった。いったいどうやって自由選挙をじゃましてやろう？　どうやって第二次投票をじゃましてやろう？　サンコーはそのことに思いをめぐらせた。マジで考えごとをするときのフォデイは、タバコも酒も女も、すっぱり断ちきるんだぜ。ワラエ（アラーの御名にかけて）！　いっさいがっさいをすぱっと断ちきって、ひとりっきりで何日も何日もひきこもるんだ。

徹底したひきこもりのくらしをはじめて五日めもすぎようとしていたとき（「徹底した」は「厳格さをもった、過度の厳しさをもった」）、ひとつの答えが碑文のようなことばになってサンコーの口からこぼれ出てきた。（「碑文のような」は「単純で簡潔な」。）いわく「腕なくして選挙なし」だとよ。あったりまえじゃんか。両腕がないやつに、投票なんてできっこないだろ。（「あたりまえ」は「たやすく得られる確信、明白で歴然とした」。）さあ、そうときまりゃあ、なるたけおおぜいの人間、シエラレオネ市民の手をぶった切らなくちゃ。こっちの捕虜になったシエラレォネ人を政府軍の制圧地域に送りかえすまえに、その手を一本のこらず切りおとしておかなくちゃ。フォデイは、捕虜の手の切断命令とその段どりを部下につたえた。やつがくだした命令と段どりは、さっそく実行にうつされた。手の切りかたには「半袖」と「長袖」のふたつがあってね。両腕の肘から先をぶった切るのが「半袖」で、両腕の手首だけをぶった切るのが「長袖」だなんてぬかしやがるんだぜ。

捕虜の手をぶった切る作業は、かたっぱしから実行にうつされた。例外はいっさいなし、情け容赦もいっさいなしでね。わが子を背中におぶった女がいても、手をばっさり切られるのはおっかさんだけじゃない。まだおっぱい飲んでるような赤ん坊だろうがなんだろうが、子どもの両手もばっさり切りやがるんだ。赤ちゃん市民の手までばっさり切るのは、その子も未来の有権者だからなんだとさ。

半袖だったり長袖だったり、とにかく腕のないやつらがこっちにどっと押しよせてくる。(「押しよせる」は「群れをなして向かう、おおぜいで到着する」。)そいつを目のあたりにして、NGOの連中はすっかりパニックになっちまった。(『プチ・ロベール』によると「パニックにおちいる」は「恐怖、不安におそわれる」。)それでマナダ・ビオに抗議の圧力をかけたんだ。NGOの圧力にまごついたビオは、サンコーとの交渉の場をさぐろうとした。交渉をほんとにやるからには、フォデイ・サンコーでさえ耳を貸す気になるような人物がどうしたって必要だ。だれもがみとめる精神的権威ってやつをそなえたお方でなくちゃ、つとまらない役まわりだ。そこでビオは、ヤムスクロにいらっしゃるブラックアフリカの賢者のとびらをたたいたね。

賢者の名前はウフエ＝ボワニ。独裁者だよ。第一には汚職のおかげで、第二には年をかさねて知恵をたっぷりたくわえたおかげで、髪の毛は白くなるわきなくささで赤茶けるわ、そりゃありっぱなご老体よ。ビオの相談をうけたウフエ＝ボワニは、事態を重くうけとめたね。急を要する話だと思ったんだ。(「急を要する」は「さしせまっている」。)で、てめんとこの外務大臣アマラをニョナニョナ送りこんで、てめえのマキがある場所までフォデイ・サンコーを連れてこさせた。(「マキ」は「ちかづきにくい場所をえらんでレジスタンス活動家があつまるアジト」。)ウフエ＝ボワニのアジトは、ひとの足じゃあとても踏みこめないような、奥ぶかい熱帯林のなかにあったんだぜ。

アマラ外相は、フォデイ・サンコーそのひとをヤムスクロの老練な独裁者んとこまで指一本ふれずに送りとどけた。すると老練な独裁者は、サンコーに抱きついてキスしてやってね。これみよがしのぜいたくをならべて、迎え入れたんだ。(「これみよがしの」は「なみはずれた特質のゆえに平凡な条件への挑戦にみえる」。)なんでもかんでもサンコーの好きなようにやらせて、銭もたんまりくれてやった。老練で本物の独裁者にしか用意できないような、これみよがしのぜいたくをならべて歓迎したのさ。そこいくと、てめえの人生でそれまでいちどだって豪華ホテルの敷居をまたいだことのないフォデイだぜ。ずっとおかたいくらしをつづけてきたフォデイだぜ。なもんで、やっこさんときたら、もう天にも昇る心もち、大満足よ。(「天にも昇る心もちになる」は「はげしいよろこびをいだく」。)サンコーはなんでもかんでもふんだんにあたえられた。なんでもかんでもふんだんに味わった。(「ふんだんに」は「大量に」。)タバコだろ。酒だろ。携帯電話だろ。なによりやつは女をさいげんなく味わったね。(「さいげんのない」は「度をこした」。)そんなすてきなくらしにどっぷり浸かって、けっきょくフォデイのやつは停戦を受け入れやがったのさ。

大統領選の第二次投票は、そんななりゆきのなかでおこなわれた。おおぜいのシエラレオネ市民が両手を切られていたけど、庶民はそれでも夢中になって投票したね。投票すれば受難の道も閉ざされるって信じてたからさ。(「受難」は「たえがたい苦しみ、心身の大きな苦痛」。)そんなのはけっきょく絵空事だったのに。とにかく、どいつもこいつも投票所に行ったのさ。両手を切られたひとたちだって、ちゃんと投票所に行ったんだぜ。いや、逆だね。両手をぶった切られたからこそ、投票所に行く気になったんだ。手がなくたって、ちゃんと投票したんだぜ。友だちや兄弟のつきそいで投票ボックスに入って、きっちり自分のつとめをはたしたんだ。

一九九六年三月十七日、アフマド・テジャン・カバーが六十パーセントの得票率で大統領にえらばれた。民主的にえらばれたカバー大統領は、ランベイ・ビーチの官邸におちつくと、停戦の話しあいに入るためにさっそくヤムスクロへ代表団を送りこんだ。

でも、フォデイ・サンコーはカバー大統領なんてみとめるつもりはなかったね。やつによれば、選挙なんてもともとなかったんだから、大統領もいないんだとさ。(やつにはそんなことどうだっていいんだ。なにしろシエラレオネで銭になる場所はおさえてるんだから。)

停戦の話しあいをえんえんと一カ月もつづけたあげく、一同はようやくサンコーに道理ってやつを飲みこませた。句読点をどこにつけるかまできっちり話しあったあとで、最終コミュニケが出された。サンコーもコミュニケをすべて受け入れた。それで一同は、やつを豪華ホテルに送りかえして、酒にタバコに女に携帯電話、これみよがしのぜいたくにどっぷり浸からせておいたのさ。

ところがその一カ月後、サンコーが嵐を呼ぶような声明をぶちあげた。(「嵐を呼ぶ」は「センセーションを生む、スキャンダルを生む」。）てめえがいったん受け入れたことをまるごとはねつける中味なんだぜ。「わが輩フォデイは、なにひとつ受け入れたおぼえがない。選挙をみとめたおぼえなどまったくない。アフマド・テジャン・カバーをみとめたおぼえもまったくない。だから停戦なんか、やめにする。」

なもんで、二度めの停戦交渉がはじまった。微に入り細をうがつ（「正確かつ厳密にすすめられた」）話しあいのすえに、ようやっと折りあいがついてね。最終コミュニケだって、えんえんと議論されたんだぜ。ひとつひとつの文や句をどこで区切るかまで話しあったすえに、サンコーも大歓迎でコミュニケを受け入れた。出席者もみんなでフォデイ・サンコーをたたえてやった。老練な独裁者ウフエ＝ボワニも、サンコーに抱きついてキスしてやった。で、サンコーをホテルに送りつけて、これみよがしのぜいたくに浸からせといたんだ。サンコーはまたぞろホテルで、悪習やら放蕩やら倒錯ざんまいやらのときをすごしやがった。（「倒錯」は「道徳から逸脱した性生活上の放埒」。）ところがその一カ月後だ。どっかーん！　またもやサンコーは、いっさいがっさいをやり玉にあげちまった。「わが輩フォデイは、選挙をみとめたおぼえなどまったくない。ゆえに、選挙結果にもとづく権威などみとめたおぼえもまったくない。だんじてない！　アフマド・テジャン・カバーが大統領であるなど、こんりんざいみとめない。」（やつにはそんなことどうだっていいんだ。なにしろシエラレオネで銭になる場所はおさえてるんだから！）

サンコーがこんな声明をぶちあげると、まえの話しあいにいたやつらがすっ飛んできた。（「飛んでくる」は「走ってくる、急いでくる」。）しんどい停戦交渉がまたはじまった。停戦協定をあらゆる面からひとつひとつきっちり議論したすえに、ようやく最終コミュニケができあがった。それまでの交渉にも輪をかけて、微に入り細をうがつ話しあいになったんだぜ。みんなマジだったし、どれだけちっぽけな規定でも、とにかくぜんぶ話をつけとく必要があったんだ。一同は交渉結果に満足した。なまやさしい交渉じゃなかったけど、とにかく最終結果までたどりついたんだ。

ファフォロ(おれのおやじのちんぽ)! ところがその二カ月後だ。停戦についても交渉プロセスについても、すべてが決定ずみとされていたところに、フォデイのやつが稲妻のとどろくような声明をぶちあげて、表舞台にのぼってきた。(「表舞台にのぼる」は「出現する」。)「わが輩フォデイは、なにひとつ同意していない。署名もいっさいしていなければ、選挙も大統領もいっさいみとめていない。わが軍の戦士は戦闘を再開するだろう。」(やつにはそんなことどうだっていいんだ。なにしろシエラレオネで銭になる場所はおさえてるんだから!)

さあ、交渉にいたやつらがまたまたすっ飛んできた。フォデイ・サンコーが好きほうだいに倒錯をやらかしながら寝泊まりしている豪華ホテル、オテル・イヴォワールまでみんなで押しかけたんだぜ。ところがありゃりゃ、フォデイのやつがいなくなってるじゃないか! こりゃあたいへんだっていうんで、連中はやつのゆくえを追って、それこそいたるところをさがしまわった。あのトレイシュヴィル(コートディヴォワールの首都アビジャンにある売春街)でも、いちばんいかがわしくてくさりきったあたりまでさがしてみたんだぜ。なのにフォデイは、やっぱりみっからない。さあそうなると、こいつは誘拐だってことになる。警察もぴりぴりしはじめる。やつの命をみんなが心配する。さすがの独裁者ウフエ＝ボワニも、こいつには大弱りだ。なんせ、サンコーを寝泊まりさせてたのはてめえだろ。こんどのゆくえ不明も、てめえの不行届《ふゆきとど》きってことになるからね。独裁者からかんしゃく玉をくらった警察は、もうサンコーのゆくえをさがすわさがすわ。でもやっぱり、フォデイはいないのよ！

ところがその三週間後だ。まだ捜索がつづいてるところに報せが入ってね。フォデイ・サンコーが銃の密売容疑で、ナイジェリアのラゴスにいたところを逮捕されたんだと。やっこさん、いったいまたなにをさがしにナイジェリアくんだりまで行ったんだ？　ワラエ！　だいいちナイジェリアの独裁者サニ・アバチャといやあ、サンコーにとっちゃ宿敵のはずだぜ。なのになんでまた、やつはカイマンの口んなかにわざわざ飛びこむようなまねをしたんだろう？　よりによって独裁者サニ・アバチャみたいなカイマンの口んなかにだぜ。

そのわけはふたりの独裁者、つまり独裁者ウフエ＝ボワニと、独裁者サニ・アバチャの妬みあいにあったんだ。そもそもシエラレオネまで出向いて戦争をしてやってるのは、サニ・アバチャの軍隊だろ。なのに、和平交渉はウフエ＝ボワニの国でひらかれてるだろ。てことは、サニ・アバチャの兵隊がシエラレオネで命を落としてるっていうのに、いろんな国の新聞で話題になってるのはウフエ＝ボワニってわけだ。ブラックアフリカの賢者として知られているのは、なんたってウフエ＝ボワニの方だからね。ようするに土人のニグロの黒人のことわざでいえば、「サニ・アバチャは雨んなか、ウフエ＝ボワニは川でお魚捕っている」ことになるわけだ。フランス語でいえば、「火中の栗をひろう」のがウフエ＝ボワニになるわけだ。サニ・アバチャはそんななりゆきに歯どめをかけたくて、フォデイ・サンコーをほんとの罠にはめたのさ。アバチャはアビジャンに密使を送りこんで、フォデイを担《かつ》がれ者(「だまされた者」)にするような取引をこっそりしかけてみた。アバチャの密使が、フォデイにこう持ちかけてね。「これからこっそりラゴスにいらっしゃいませんか。サニ・アバチャが貴殿をおむかえして、ECOMOGナイジェリア軍をシエラレオネから撤退させる最良の条件について密談をする意向なんですよ。」そいつを聞いたサンコーは、まんまと落とし穴にはまりやがった。そいでラゴスについたとたんに、銃の密売人としてつかまって、二重まわしの錠前でガッチャン! そのまんま牢屋にぶちこまれたのさ。フォデイ・サンコーが牢屋に入って交渉の場からはじかれたもんだから、シエラレオネではフォデイの副官相手に交渉がはじまった。副官だったら親玉よりは御しやすかろうと思われたのさ。(「御しやすい」は「従順な」。)ところが、副官たちは交渉にくわわろうとしなかった。リーダーがいないうちは、どんなにちっぽけな話しあいにもくわわってきやしない。ちょうどそのころサンコーは、牢屋んなかで大太鼓みたいなわめき声をぼっこんぼっこんあげていた。耳ざわりにひびく声で、「いやだ」ってさけんでた。いつまでたっても「いやだ、いやだ」の連発だった。

ところが独裁者サニ・アバチャの方も困っちゃった。お荷物野郎のフォデイ・サンコーをどうすりゃいいのかわかんないもんだから、けっきょくアバチャはやつの身柄をシエラレオネ当局、つまり選挙でえらばれたシエラレオネ大統領、アフマド・テジャン・カバーにひきわたすことにしたんだぜ。(『プチ・ロベール』によると「お荷物の」は「やっかいな」。)サンコーの身柄をひきとったカバーは、やつをこっぴどいめにあわせたね。二重まわしの錠前で閉じこめて、女もタバコも酒も面会も、やつからいっさいがっさいをとりあげた。それでもフォデイは、あいかわらず「いやだ、いやだ」を連発して、ひとの言うことなんかちっとも聞きやしない。てめえの言い分を一歩もゆずろうとしないんだ。そこでここはひとつ、アフリカのあらたな賢者におすがりしようってことになった。アフリカの独裁者のあいだで近ごろあたらしく長老におさまった独裁者、エヤデマのことだよ。あの老練な独裁者ウフエ＝ボワニは、てめえのおつとめをすっかりはたして、もうずいぶんまえにパイプをくだいてたからね。（「パイプをくだく」は「くたばる」。）ちなみに、ウフエ＝ボワニが遺産相続人にのこした財産は、ブラックアフリカで最高にとてつもない額のひとつになるはずだよ。なにしろ三兆五千億CFAをこえるっていうんだから！

いまは一九九四年だけど、ここですこし時を先送りしてみようかな。（「時を先送りする」は「期日に先がけた話をする」。）

アフリカのあらたな賢者におさまった独裁者エヤデマは、そのあとフォデイ・サンコーをトーゴの首都、ロメに呼びよせるんだ。で、またぞろありとあらゆる特権やら倒錯やらのなかにサンコーを浸からせとく。女だってタバコだって携帯電話だって大立ちまわりだって、やりたいことならなんだってやらせとくんだ。場所の移動もご自由ですってね。そうしたうえで、話しあいをゼロからはじめさせたのさ。悪党フォデイ・サンコーは、あいかわらず「いやだ」を口にする。なんでもかんでも「いやだ」の連発よ。選挙でえらばれた権威をみとめるなんていやだ。停戦なんていやだ。何もかもいやだときたもんだ。（やつにはそんなことどうだっていいんだ。なにしろシエラレオネで銭になる場所はおさえてるんだから。）

と、独裁者エヤデマにある名案がうかんでね。なんともごりっぱな思いつきだから、アメリカもフランスもイギリスも国連も、みんなエヤデマの案をさかんに支持するんだ。エヤデマが持ちかけたのは、現状をなんにも変えないまま、変化のなかに変化を折りこむってやつだった。そいつをやりとげるために、エヤデマはまず国際社会の同意をとりつけて、悪党フォデイ・サンコーをシエラレオネ共和国の副大統領のポストに指名した。サンコーが武力でせしめたすべての鉱床、つまりシエラレオネで銭になる場所としてやつがおさえている土地への権限も、副大統領のポストといっしょにそのまんまみやげにつけてやった。それこそがエヤデマのいう「変化なき変化のなかの大変化」ってやつだったのさ。なぜって、まず悪党サンコーの身分に変化はないだろ。サンコーはなんの訴訟にもかけられないんだから。おまけにやつの財産も変化なしだろ。その一方、てめえの罪が帳消しになるって条件つきで、フォデイの答えは「はい」に変化したのさ。もうとたんに「はい、はい」よ。もうだれからもとやかく言われたり、ねちねち難くせをふっかけられなくなると、やつの答えは「はい」に変わったのさ。選挙でえらばれた権威もみとめます。停戦も受け入れます。自由の戦士の武装解除も受け入れますときたもんだ。なんともお気の毒さまなこったねえ、「半袖」や「長袖」のみなさんよ。なんともお気の毒さまなこったねえ、あわれな落伍者のみなさんよ。

悪党フォデイ・サンコーはこうして、こんな条件とひきかえでフリータウンにもどってくるんだ。肩書をふたつもせしめやがってさ。シエラレオネ民主統一共和国の副大統領の肩書と、シエラレオネの鉱床支配人の肩書だぜ。シエラレオネの部族戦争が、こんな政治のかけひきでけりがつくとはね。ファフォロ（おれのおやじのちんぽ）！　ニャモゴデン（ててなし）！　ただし、いまのぼくらは、まだこの時点までたどりついていないんだよ。

いま話したことは、みんなずっとあとになってから起きたできごとなんだ。まだまだ先のこと。フォデイ・サンコーと自由の戦士の占領地帯で、ぼくらが波瀾万丈の人生をおくったあとのできごとなんだ。（『ラルース』によると「波瀾万丈の人生をおくる」は「冒険にみちた人生をすごす」。）ぼくらというのは、このぼくらふたりだよ（つまり足を引きずる悪党で札びら殖やしでムスリムの呪物師をしているヤクバと、おそれもとがめも知らない通りの子でスモール・ソルジャーのぼく、ビライマ。）

ぼくらふたりは、マーンおばさんのゆくえをさがしてた。おばさんはもうリベリアをおん出て、シエラレオネにいるおじさんのところへ行こうとしてるんだ。ワラエ！

ぼくらがサンコーの占領地区で波瀾万丈の人生をおくりはじめたのは、一九九五年の四月十五日からちょうど二週間たった日のことでね。その二週間まえの四月十五日、フォデイ・サンコーは電撃作戦をしかけていた。シエラレオネ当局はこいつにノックアウトをくらって、サンコーはシエラレオネで銭になる場所をまんまとせしめたのさ。そのちょうど二週間後、ぼくらはフリータウンからおよそ三十八マイルはなれた街、マイル＝サーティー＝エイトで、RUFの自由の戦士にとっつかまった。フリータウンっていうのは、このいかれて呪われた国、シエラレオネの首都のことだよ。

マイル＝サーティー＝エイトには、チエフィっていう将軍がいた。この街の土地もひとも牛耳ってる絶対君主で、ぼくらもこいつにつかまったんだ。チエフィ将軍の外見は、フォデイ・サンコーと瓜ふたつだった。白髪まじりのあごひげをはやしてるのも、狩人みたいな縁なし帽をかぶってるのもおんなじなら、てめえがきょうもしっかり生きてることに浮かれてみたり、ぎくっとするような薄ら笑いやばか笑いをかますとこまでそっくりときていやがる。(「ぎくっとするような」は「衝撃をうけるほどなみはずれた」。)

チエフィ将軍は、ぼくらをすぐに屠殺場送りにしようとした。選挙で投票させないようにシエラレオネ市民の手や腕をぶった切っている場所にだぜ。でも、さいわいヤクバのやつがなにかをぴーんと感じとって、とっさにてめえのことを将軍さまに売りこんでね。「この私は銃弾よけの呪物作りを得意とするグリグリマンでございます」なんてほざきながら、コートディヴォワール市民のいんちき身分証明書を将軍さまに見せたのさ。チエフィのやつ、ぼくらがイヴォワール人だと聞くとよろこんだね。コートディヴォワール大統領のウフエ＝ボワニをひいきにしている男だったからさ。ウフエは金持ちで、賢者で、バジリック大聖堂を建てたお方だから、お慕い申しあげてるんだとよ。チエフィは言った。「おまえら運がよいぞ。ギニア人だったら、シエラレオネに住んでいようがなんだろうが、両手を切り落とされているところだからな。だいたいギニアは、シエラレオネの内政にやたらと首をつっこみおるからな。」将軍が話してるあいだ、ヤクバはあらかじめふたり分用意しといたギニアのいんちき身分証明書の方を、てめえのからだにがっちり引きよせていた。なんかの勘がはたらいて、ヤクバはそっちの方を将軍には見せなかったんだ。(「勘」は「本能的な予見能力」。)

ぼくらふたりのうち、ヤクバはグリグリマンの居住区にのんびり連れていかれた。そこでくらしていりゃあ、食いものにはたっぷりありつけるんだ。ヤクバはさっそく仕事にとりかかった。これまで見たこともないいくらいすごい呪物を、チエフィ将軍にこさえてやったんだぜ。

一方、おそれもとがめも知らない通りの子のぼくは、たちまち子ども兵の分隊に組みこまれた。カラシュからなにから、すべておそろいの子ども兵よ。

ぼく、ほんとは革命子どもリカオンになりたかったんだ。革命子どもリカオンっていうのは、血も涙もないような任務につく子ども兵のことでね。土人で野蛮人の黒人のニグロのことわざでいえば、ひとさまの目ん玉にハチを突っこむのとおんなじくらいむごい仕事をこなすんだぜ。ぼくが「革命子どもリカオンになりたいです」って言うと、チエフィ将軍は、そいつがおかしくてしょうがないって感じで、やたらとにたつきながらこう聞いてきた。

——おまえ、リカオンというのがなんだか知っとるのか？

ぼくは、知りませんって答えた。

——おやおや、このぼうずときたら。リカオンというのは、群れで獲物を狩る野生のイヌのことだ。なんでも食いつくしてしまうイヌどもでな。自分の父さんだろうが母さんだろうが、なんだって餌食にするイヌなのだぞ。獲物の肉をよってたかって食いつくすと、リカオンはめいめいひきあげて毛づくろいをする。なぜかというと、獲物の血がこびりついたまま群れにもどれば、血がたった一滴残ってるだけでも、そいつは傷ものあつかいにされて、群れの仲間にたちまちその場で食いつくされてしまうからだ。さあどうする。これがリカオンという獣だぞ。わかったか？　リカオンには同情もへったくれもないのだぞ。ときに、おまえには母さんがいるか？

——いません。

——じゃあ父さんはいるか？

ぼくはもういちど、いませんって言った。

チエフィはばか笑いをかました。

——運のないぼうずだ。なあ、かわいいビライマちゃんよ。いっぱしの革命子どもリカオンになるなど、おまえにはどだい無理な話だ。聞けば、父さんも母さんもとっくに死んで、埋葬までしっかりすんでるというじゃないか。いっぱしの革命子どもリカオンになるには、まずおまえ自身の手で（ねえ聞いたかい？「おまえ自身の手で」だぜ）、おまえ自身の親（父親か母親）を殺めるのだ。親を殺めてからでないと、リカオンの加入儀礼はうけられんのだぞ。

——ぼくだって、子どもリカオンのみんなみたいに加入儀礼をうけられるもん。

チエフィは、またばか笑いをかましながら言った。

——だめだめ。おまえはメンデの生まれじゃないだろうが。メンデのことばもわからんのだろ。マリンケなんだろ。リカオンの加入儀礼は、ダンスも歌もメンデのことばでやるのだぞ。しかも儀礼をうける子どもは、さいごにひとかたまりの肉を食ろうてな。妖術つかいが用意した肉だから、なかにはいろんなものが入っとる。きっとひとの肉も入っとる。そんなかたまりをごくりと飲みこむなど、マリンケの者にはぞっとする話だろ。メンデの者ならばきちんとやってのけるがな。（「ぞっとする」は「嫌悪、不快をいだく」。）部族戦争をするには、ひとの肉がすこしばかり必要なのだ。ひとの肉を食らえば、とことん冷酷な心になって、銃弾にもあたらなくなる。びゅーっと飛んでくる銃弾から身を守るうえで最善の品こそ、わずかばかりのひとの肉といってよいのかもしれん。たとえばこの私、チエフィを見ろ。ヒョウタン一杯（お椀一杯）のひとの血を飲みほさないことには、私もけっして前線でたたかったりはしない。ヒョウタン一杯の血をぐいっとやれば、力をとりもどせるからな。そいつを飲めば、情け容赦など消えうせて、残忍になれるからな。びゅーっと飛んでくる銃弾にもあたらなくなるからな。

将軍が話してくれた革命子どもリカオンの加入儀礼ってやつは、森でひらかれるんだ。ラフィアヤシの腰簑をつけて、歌ったり踊ったり、シエラレオネ市民の手や腕をめちゃくちゃ切らされたりしてね。それからひとかたまりの肉を食わされる。そのかたまりは、きっとひとの肉なんだ。儀礼をとじるお祭で、ひとの肉のかたまりが手のこんだうまい料理に化けて、子どもたちにふるまわれるんだ。ニャモゴデン（おれのおふくろ淫売女）！

そんなこと、ぼくにはとてもじゃないけどできないよ。てことは、よりすぐりの子ども兵といっしょに子どもリカオンの部隊に入ることもできないんだ。やつらみたいに、ふつうの倍の食糧を配給されたり、ドラッグをしこたまもらったり、三倍のお手当をもらう権利もないんだ。どうせぼくは落ちこぼれなんだ。ろくでなしなんだ。

けっきょくぼくが入ったのは、鉱床の保安にあたる小隊だった。鉱床ではたらくやつらときたら、半分奴隷みたいなあつかいをうけていた。お手当はもらえるけど、自由に移動もできないような連中だったね。

ここでまた、シエラレオネ政府の話にもどろうかな。呪われた連中やらカカバ（きちがい）野郎やらがひしめく、このいかれた国の政治全般について話してみるね。

一九九六年三月十七日、アフマド・テジャン・カバーが六十パーセントの得票率で大統領にえらばれた。民主的にえらばれたカバー大統領は、四月十五日にランベイ・ビーチの官邸入りをはたしている。官邸入りしたカバーは、これからひとりっきりでてめえの運命とむきあうことになった。民主的にえらばれたシエラレオネの歴代大統領とおんなじように、カバーもこれからひとりっきりで国軍とむきあうはめになったわけだ。そのうえ官邸には、むかしここからとんずらしたりその場で暗殺されたりした歴代大統領の幽霊がほっつき歩いてるしまつだった。なもんで、カバーはおちおち眠れやしなかった。眠れても、そいつはせいぜいカイマンの眠りだった。目ん玉が半分しか閉じてないのさ。シエラレオネ国軍のむらっ気な軍人どもと胸くそ悪くしてにらみあってる状況から、いったいどうすりゃぬけだせるのか。カバーはそのことをしきりに考えこんでいた。(「胸くそを悪くさせる」は「ある行為のせいで不快にさせる」。)

ちなみに、西アフリカの国はどこでもそうだけど、シエラレオネにも十世紀のむかしから狩人のフリーメーソンってやつがあってね。(「フリーメーソン」は「秘儀加入結社」。)結社のメンバーは、みんな大物で力のある呪術師や占い師ばかりで、カマジョーっていうんだ。ランベイ・ビーチの官邸でひとり物思いにふけっていたカバー大統領は、伝統的で職業的な狩人結社のカマジョーがいたことを思いだした。そこで官邸にカマジョーを呼び入れて、メンバーの狩人たちとマジで話しあってね。けっきょくカマジョーの狩人が官邸の守りをひきうけてくれることになったんだ。やつらの古くさい鉄砲も、近代的なカラシュにとっかえられたんだぜ。選挙でえらばれたカバー大統領は、おかげでこの日からふたつの目ん玉をぱっちり閉じて眠れるようになった。赤ちゃんウシのすやすや眠りってやつだね。(乳牛の赤ちゃんは、なにがおきようとお乳をもらえることがわかっているから、安心して眠る。)大統領がぐっすり眠れるようになったこの日から、シエラレオネにはふたつのチームと五人のプレーヤーがいることになった。第一チームのプレーヤーは四人。民主的にえらばれたカバー政権だろ。ジョニー・コロマ参謀総長ひきいるシエラレオネ国軍だろ。それからECOMOG軍(調停をしない調停軍)だろ。伝統的狩人のカマジョーだろ。対する第二チームのプレーヤーは、フォデイ・サンコーのRUFただひとりよ。いいかえりゃあ、フォデイ・サンコーは残りすべてにとっての敵だったのさ。こうしてみると、たしかに五人のプレーヤーがふたつのチームに分かれていたことになるだろ。でもじっさいは、このだだっぴろいシエラレオネを五人のプレーヤーがめいめい好き勝手に行ったり来たりしているだけだった。で、どいつもこいつもシエラレオネ国民を骨の髄までしゃぶっていやがったんだ。(「しゃぶる」は「搾取する」。)

話をもどすと、ぼくらはいま、マイル＝サーティー＝エイトにいる。(ぼくらというのは、足をひきずる悪党と、このぼく、おそれもとがめも知らない通りの子だよ。)RUFの領地、フォデイ・サンコーの領地にいるんだぜ。

そんなある晩、月が沈んでまもなくのことだった。まわりの森や仮兵舎のあたりから、なにやらひそひそ声やシューシューいう物音がきこえだした。そこで歩哨たちが何発か銃をぶっぱなしてみた。でもまあ、それぐらいでがばっと飛びおきるやつなんて、この街にはいなかったね。みんなぐっすり眠りこけてたよ。まるでおんなじ年ごろの兄ちゃんたちをひとりのこらず負かしたセネガル相撲の横綱みたいに、どっかり眠りこんでいた。こそ泥が鉱床のあたりをうろつかない夜なんて、この街にはひと晩だってなかったからね。歩哨の銃声なんて、まいどおなじみのことだったわけよ。でもその晩にかぎっては、銃声がさっきからぽつぽつきこえてくるのに、ひそひそ声はやまなかった。(「ぽつぽつ」は「時々つづく」。)

と、空が白みはじめたとたんに、村のぐるりからカラシュをぶっぱなす音がいっせいにきこえてきた。それといっしょに狩人の歌声もひびいてきた。見当もつかないくらいおおぜいの声が、歌のせりふをいっせいにひきついでいる。ぼくらはカマジョーの襲撃をうけて村をとりかこまれてたのさ。やつらはおなじみの手ぐちで、夜のうちに移動してきた。そして村をきっちりとりかこんでから、日の出を合図に襲撃をしかけてきやがったんだ。ぼくらは不意打ちをくらった。しかも狩人のからだが銃弾を通さないことぐらい、ぼくらだって心得ていた。なもんで、分隊の子ども兵がわれをうしなって、あっちこっちでわめきたてる。「やつらは弾を通さないぞ！ 弾なんかへいちゃらなんだ！」みんな四方八方に逃げまわる。「逃げろ！ 逃げろ！」のどなり声が、ばかでっかいかたまりになって、あたり一帯めちゃくちゃにひびきわたる。そんなこんなで、お昼になんないうちに、道路はすべてカマジョーにふさがれていた。施設もすべて乗っとられていた。ぼくらの上官の姿も、すっかりどこかに消えちまっていた。

街を乗っとるると、カマジョーの狩人たちはお祭をひらいた。いくさに勝つたんびにやつらがひらくお祭でね。やつらはカラシュをもっていたけど、近代的な持ちものといやあ、それだけだった。みんな、むかしながらのチュニックを着て、やれお守りだ、グリグリだ、獣の爪だ、革だ、そんなのが服のうえからかぞえきれないくらいぶらさがっている。どの狩人も、むかしながらの縁なし帽をかぶってる。そんなやつらが、声をはりあげて歌ったり、銃を空にむけてぶっぱなしながら踊るんだぜ。祭がおわると、やつらは土地も仮兵舎も鉱床もぜんぶ押さえたうえで、ぼくらをかりあつめた。もうぼくらはやつらの捕虜なんだ。ぼくも捕虜。ぼくの保護者のヤクバも捕虜。カマジョーの捕虜になっちまったよ。

伝統的で職業的な狩人の襲撃で、六人の子ども兵が死んじまった。そのうちひとりの子については、このぼくがどうしたって追悼の辞を述べなければいけないな。だって友だちだったから。夜の仮兵舎でひまができると、やつはてめえの道のりについて何度かぼくに話を聞かせてくれたしね。(『プチ・ロベール』によると「道のり」は「ある者がたどってきた道すじ」。)でも、追悼の辞はやつの分だけにさせてもらうぜ。全員の分をいちいち述べるいわれなんて、ぼくにはないからね。アラーの神さまだってすべてのことに公平でいらっしゃるいわれはないんだろ。だったら、このぼくだっておんなじよ。

死んだ子ども兵のなかには、雷ジョニーの亡骸があったんだ。

マジだぜ！　いやほんとマジで！　あいつ、雷ジョニーをだめにしちまって、子ども兵の道にまねき入れた張本人っていうのは、女教師のニュスニュスだった。(『語彙特性目録』によると「ニュスニュス」は「おまんこ」、「女性器」。)ああそうとも。やつが子ども兵になっちまったのは、女教師のニュスニュスのせいなんだ。そのいきさつを話してみるね。

雷ジョニーのほんとの名前は、ジャン・バゾン。まだ子ども兵じゃなかったころ、マンの学校にかよってたころのやつの名前は、ジャン・バゾンだった。やつがかよってた初級クラス二年の教室には、教壇があった。教壇のうえには、あの女教師の机があった。で、教室は暑かった。あんまりくそ暑いもんだから、女教師はしょっちゅうてめえの股ぐらに風を入れていた。両足をおっぴろげてね。これがまた、めちゃくちゃガバッとおっぴろげるんだ。それでクラスのみんながおもしろがって、長椅子つきの机の下にもぐっちゃあ、先生がご開帳くださるありがたいながめをとっくりおがませてもらってた。机の下にもぐるきっかけなんて、なんでもよかったね。それで休み時間になると、みんなで喉をがばがばひろげて、大笑いしてたんだ。(「喉をひろげて笑う」は「やかましく無遠慮に笑う」。)

そんなある朝のこと。授業のまっ最中にジャンの鉛筆が机からころげおちた。ジャンは、なんの気なしになんの悪気もなく(悪気なんてぜったいなかったね)、鉛筆をひろおうとして身をかがめた。でも、その日のジャンはついてなかった。ちょうど女教師がぶちきれるきっかけを待ってるときだったのさ。だれかが告げ口したのか、それともてめえで生徒の悪だくみに気づいたばっかりだったのか、とにかく女教師はかんしゃく玉をぶちまけた。(「かんしゃく玉」は「錯乱にまでいたる激しい興奮」。)とちくるいやがって、「変態！ くそガキ！ 変態！」なんてわめきながら、なんでもかんでもおみまいしてくるんだ。定規でぶつわ、ひっぱたくわ、蹴りをくらわすわ。まるでけだものみたいになって、女教師はバゾンをぼこぼこにしやがった。ジャン・バゾンが教室から逃げだすと、女教師はトゥーレっていうひょろ長い生徒に命じて、ジャンのあとを追っかけさせた。トゥーレに追っかけられて何百メートルか逃げたあたりで、ジャン・バゾンはたちどまった。で、石っころをひとつひろってぶん投げると、ばっこーん！ トゥーレの顔に大あたりよ。トゥーレはぶったおれてさ。熟れたくだものみたいに、ぽっとん地べたにころがった。そしたら死んでた。ジャンはそのまんま夢中で走りつづけた。おばさんの家にたどりついて、「ぼく、友だちを殺しちゃった。ぼく、ひとを殺したんだ」って言うと、びっくりしたおばさんは近所の家にたのんでジャンをかくまってもらった。あとになって警察が不良少年をさがしにやってきたとき、おばさんはこう言った。「うちではきのうからあの子を見てませんけどねえ。」

ジャンは夜のうちにマンの街をずらかって、ちかくの村に逃げこんだ。そこはギニアにつづく街道ぞいの村だった。村につくと、やつは素性を隠して一台の乗合いバスに乗りこんだ。ギニアのンゼレコレにいるおじさんの家まで行こうとしたのさ。(「素性を隠して」は「自分がだれかを知られずに」。) でもギニアへの旅は、おだやかにいかなかったね。ジャンの乗った車は、リベリアとギニアの国境でカラシュをもって道をふさいでるやつらにとめられて、いっさいがっさいをまきあげられちまったのさ。バスの部品までふんだくられるざまだった。ところがちょうどそのときゲリラ兵が何人か通りかかったもんだから、道路ふさぎのやつらはずらかった。乗合いバスの乗客は、こんどはゲリラ兵の手にわたったって、連中のキャンプに連れていかれた。キャンプにつくと、ゲリラ兵はここからマンまで歩いて帰りたい者がいるかどうかを乗客たちにたずねてきた。でもいまさらそんなこと言われたって、そっからマンの街までは、歩いて二日もかかる距離なんだぜ。それでバゾンは思ったね。「マンに帰るだって。そんなのぜったいだめだめ。ぼく、子ども兵になりたいんだ。」ジャン・バゾンはこうして子ども兵の仲間に入って、それから雷ジョニーになったのさ。

ジャン・バゾンがどうして「雷ジョニー」になったかは、またべつの話、長い話よ。その話はしたくないね。わざわざ話すいわれなんか、ぼくにはないからね。雷ジョニーの亡骸がここにこうしてころがってるんだぜ。ぼくつらいんだ。つらすぎるよ。ジョニーのやつがこんなふうにぶったおれて死んじゃってるのを見ると、涙がぼろぼろこぼれてきちまうんだ。それもこれもみんな、狩人のからだが銃弾を通さないせいなんだ。襲撃してきたのが狩人だったことに、ジョニーがもっと早く気づかなかったせいなんだ。ワラエ！　ワラエ！　ビシ・ミライ・ラミライ（情ぶかく慈悲ぶかいアラーの御名にかけて）！

マイル＝サーティー＝エイトの街には、子どもの女もおとなの女もくらしてた。おとなの女はごはんをこしらえるのが仕事で、女の子はぼくらとおんなじ子ども兵だった。女の子だけの特別分隊ってやつがあってね。速射機関銃をかかえて分隊をたばねていたのは、いけすかない土手っ腹のばくれんばばあだった。（「土手っ腹のばくれん」は「柄の悪い太った女」。）シスター・ハジャ・ガブリエル・アミナタって女だよ。

シスター・ハジャ・ガブリエル・アミナタは、ムスリムとカトリックと呪物おがみを足して三で割ったような女だった。この二十年間で、かれこれ千人ちかい女の子に割礼をしてきたっていうたいへんな経歴のもちぬしで、そいつが買われていまは大佐の位についていた。（「女子割礼をする」は「成人儀礼の期間中に少女たちのクリトリスを切除する」。）

シスターがひきいる女の子たちは、マイル＝サーティー＝エイト女子中学校の校舎と寄宿舎だった建物でいっしょにくらしてた。中学校の長方形の敷地には、ぜんぶで十棟ぐらいの建物があって

(『語彙特性目録』によると「敷地」は「かこいつきの、もしくはかこいのない居住用地」)、敷地の四隅には戦闘拠点がおかれていた。どの拠点にも砂嚢がつんであって、おんな子ども兵が昼も夜も詰めてるんだ。しかも敷地がぐるっと杭でかこまれて、どの杭にもひとのしゃれこうべが乗っかってた。それが部族戦争ってやつの望むところだからね。とにかくそこは、シスター・アミナタが鉄の規律をはりめぐらせた寄宿学校みたいなところだった。

女の子たちは朝四時に目をさます。そしてまず、みんなで沐浴(「宗教的な浄めのために体を洗うこと」)をする。それから、からだをまえのめりに突っ伏したイスラームのお祈りがはじまる。ムスリムだろうがなんだろうが、沐浴とお祈りはみんなでするることになっている。シスターによれば、小娘にとって早起きは力のみなもとになるからだとさ。それに黒人で土人のニグロ娘はいつだってしょんべんくさいから、朝のうちに沐浴をすませて、いやなにおいを消しとく必要があるんだと。朝のお祈りをみんなですませると、女の子は建物のそうじにとりかかる。骨のおれる仕事だぜ。それから体操をして、武器のとりあつかいをならうんだ。シスター・アミナタはそのあいだ、しじゅう金切り声でわめいちゃあ、武器をちんたら操作している女の子に雷を落っことす。(「操作する」は「作動させるようにとりあつかう」。)そのあと女の子は、全員整列する。足なみそろえてシエラレオネの愛国歌をうたいながら、川に行くんだ。川につくと、みんなで水をかけあって遊びながら水浴びをする。で、やってきたときとおんなじように、足なみそろえて愛国歌をうたいながら、塹壕キャンプにひきかえすのさ。キャンプでお昼をすませると、女の子たちはふだんの日課にとりかかる。書き方をならって、お裁縫をならって、料理をならうんだ。シスター・アミナタは、そのあいだもカラシュを手放さずに、ずっと生徒全員の監督にあたるんだぜ。

シスター・ガブリエル・アミナタは、これまでいろんな経験をつんできた割礼女だけど、処女をなくした女の子の割礼だけはいっさいことわってきた。きっぱりおことわりだった。そんな考えかたのひとだから、このいかがわしい部族戦争の時代がつづくかぎりは、なにがおきようと娘たちの処女を守んなくちゃって心にきめていた。娘たちの処女を守りながら、最愛の祖国シエラレオネに平和がもどってくる日を待っていようときめてたのさ。シスターは、娘たちの処女をカラシュで守りぬいていた。処女守りの使命をカラシュでまっとうするためなら、シスターもそりゃあきびしくなったんだぜ。情け容赦なんかこれっぽっちもなくなったね。分隊所属の女の子たちにとって、ようするにシスターは自分の姉さんや母さんみたいなひとだったんだ。シスターはやきもち焼きで、チエフィみたいな上官だろうがなんだろうが、自分の娘にすりよってくる手合いをいっさいはねつけてきた。どっかの男とねんごろになった娘には、機銃掃射をおみまいした。娘をむりやり犯した男にも、情け容赦なく機銃掃射をおみまいしていた。

さて、そんなある日のこと。鉱夫どもの仮小屋がある三つの村のあたりで、女の子が乱暴されたあげくに首を斬られてるのがみつかった。調べてみると、気の毒な女の子はシタって名前で、まだ八歳の子だった。とても人目にさらしちゃおけないような、おぞましいやりかたでぶっ殺されてたんだぜ。割礼の血にまみれて生きてきたシスター・ハジャ・ガブリエル・アミナタみたいな女でも、あの子の亡骸を見たときには、さすがに涙をぼろぼろこぼしてたね。

事件がおきてから一週間というもの、みんな矢も盾もたまらない気持で、こんなひどい罪をしでかした野郎がいったいどこのどいつかを突きとめようとした。なのに、まる一週間たっても犯人はあがらない。捜査線上からは、なんにも浮かびあがっちゃこなかった。(「捜査」は「入念で継続的な探索」。)

翌週のはじめになると、事件の雲行きはいっそうあやしくなってきた。三つの村にくらす鉱夫が何人か、夜になって用足しに村の外へ出てったきり、帰ってこなかったのさ。ぷっつり姿を消しちまったんだ。消えた鉱夫たちは朝になってみつかった。ひとりのこらずぶっ殺されて、男なのか女なのか見分けがつかなくなっていた。(つまりちんぽがなくなっていた。)気の毒なシタとおんなじように首も斬られていた。で、死体のそばには、こんなメモが残されていた。「復讐するシタの魂、ジャによって。」仮小屋ぐらしの鉱夫どもは、おもわずぞっとしたね。鉱夫の安全を守るために、あわてて子ども兵が送りこまれてきた。なのに、むごい人殺しはどうにもやまない。覆面をしたやつらが毎晩村人をかっさらいにきて、子ども兵をいいようにだしぬくと、朝にはきまって誘拐されたひとたちが死体になってみつかるざまだった。ちんぽがちょん切られて、あのちっちゃなシタみたいに首が斬られて、おまけに「シタのジャによって」のメモが残されてるんだ。

鉱夫たちはストライキをおっぱじめた。なかにはちかくの村に逃げだすやつらも出はじめた。でも、逃げるだけじゃだめだね。逃げてみたって、はじまらねえな。どこに行っても追っかけてくるのが死霊ってやつなんだから。

ちなみにこの事件がおきたのは、街が狩人におそわれるまえ、まだチエフィ将軍のご時世のことだよ。マイル＝サーティー＝エイトの土地もひとも牛耳る絶対君主のチエフィ将軍は、さっそく調査にのりだした。犯人のめぼしがようやくついたところで、将軍は仮住まいの鉱夫たちを集会に呼びあつめた。シスター・ガブリエル・アミナタも、おつきの修道女たちも集会にまねかれたんだぜ。シスターの一団は、みんなカラシニコフをぶらさげて集会にやってきた。アミナタ大佐はハジャの装束、つまりメッカ帰りのムスリム女が身につける装束で、集会の場にやってきた。もちろんパーニュの衣《きぬ》擦《ず》れの下には、ちゃんとカラシュをぶらさげていたけどね。

集会は、午後をまるまるかけて、がんがんの話しあいになった。日ぐれどきになって、仮小屋住まいの鉱夫どもが、とうとうひとりのあわれな落伍者を自分たちのなかから突きだしてきた。あのちっちゃなシタをぶっ殺したのは、この野郎なんだ。ほかのだれでもない、こいつなんだ。野郎の身柄はシスター・ガブリエル・アミナタにひきわたされた。それからシスターがこのあわれな落伍者になにをしてやったかなんて、いちいち言う必要もないだろ。このとんちき話でなにもかもぶちまけなきゃならないいわれなんて、ぼくにはないからね。ファフォロ（おやじのバンガラ）！

さて、マイル＝サーティー＝エイトにカマジョーがやってきたときの話にもどろうかな。街にやってきた狩人のなかには、こんなにおおぜいの女の子がひとっ所にかたまってくらしてんのを見ると、そいつをなんとかしたくておもわずよだれをたらしたり、大よろこびで飛びはねてる連中がいた。なにしろお嫁にいく年ごろの娘がわんさかいるんだぜ。なもんで、シスター・ガブリエル・アミナタもすぐにうごいたね。狩人の連隊をたばねる狩人頭の将軍に会いにいって、こう説明したんだ。「私どもであずかっておりますのは、まだお嫁にいけるような娘たちではございませんの。善き道を踏みはずさないようにしている子たちですのよ。」平和がやってくるまでは寄宿生すべての処女を守りぬくこと、そいつがシスターの望みだった。平和がもどってきたあかつきには女の子に割礼をしてやって、家族のもとへ送りかえそうと思ってたんだ。女の子の方も、それではじめて良識にかなった結婚にのぞめるってわけなのさ。(『プチ・ロベール』によると「良識にかなった」は「礼儀にかなった、きちんとした」。) シスターはカマジョーに警告した。「娘をひとりでも堕落にみちびいた狩人がいれば、だれであれ予告も容赦もいっさいなしで殺してしまいますからね。」でもそうはいってもだよ。シスターがそんなふうにすごんでみせたところで、リビドーをかかえた狩人どもはひいひいばか笑いをかましてるだけだったね。(「リビドーをかかえる」は「性の快楽をなりふりかまわずつねに探し求める」。)

そんなある日のこと。ひとりの女の子が、あぶないまねをしでかした。寄宿学校のかこいのそとに飛びだしちゃったんだ。面会にきてくれたお母さんを敷地のそとまで見送りにいっただけなんだけどね。なのにリビドーをかかえた狩人どもが、その子のあとを追っかけてひっつかまえると、カカオ林に連れこんでさ。林のなかで、その子をみんなで寄ってたかって暴行しやがったんだ。その子が血まみれになって捨てられてるところを、シスター・アミナタが発見した。ミルタっていう十二歳の子だった。シスターは、シエラレオネの国じゅうの狩人をたばねる狩人頭の最高司令官にすぐさま会いにいった。司令官は事件の調査を約束してくれたけど、調査はいっこうにすすまない。でもシスターはじきに気づいたね。狩人がひとり、昼となく夜となく女の子の兵舎のまわりをうろついていやがったのさ。(「うろつく」は「明確な目的もなく歩きまわる」。) シスターは、こいつが犯人のひとりにちがいないと踏んで、餌を投げてみることにした。(「餌を投げる」は「おびきよせる、誘惑する」。) 女の子をひとり敷地のそとに出して、建物のまわりをぶらつかせてみたんだ。するとあんのじょう、例の狩人がその子をカラシュでおどしてカカオ林に連れてくじゃないか。リビドー野郎がカカオ林で娘に飛びかかろうとしたまさにそのとき、がっちり武装した娘たちが森からずらっと出てきて、そいつをふんづかまえた。それから拷問してやつに吐かせた。そいつはやっぱり一枚かんでいた。ミルタの集団暴行にしっかりつるんでた野郎だった。シスター・アミナタ・ガブリエルは、銃弾を一連射おみまいしてそいつをだまらせてやった。永久にだまらせてやったのさ。で、かこいの壁のうえから、野郎の死体をちかくの通りに放りなげた。「こいつはミルタの暴行にくわわった!」って聞こえよがしにさけびながら、投げすててやったんだ。(「聞こえよがしにさけぶ」は「特定の個人に対してではなく叫ぶ」。) 仲間の死体を目のあたりにした狩人どもは、もう非難ごうごうよ。(「非難ごうごう」は「あることがらをとんでもないこと、耐えがたいこととして非難する」。) やつらはぶちきれてたちあがると、シスター・ガブリエルの塹壕キャンプを襲撃した。キャンプは、昼も夜も包囲されたんだぜ。ところがシスター・ガブリエルときたら、包囲された塹壕キャンプからひと晩に三回は堂々と姿を見せちゃあ、そのたんびに狩人どもを震えあがらせていた。なんせシスターがキャンプから出てくるたんびに、狩人が三人はぶっ殺されていくんだぜ。怒った狩人たちは、とうとう機関銃装備の装甲車に乗っかって進撃してきた。するとシスターは、ハジャの装束でカラシュをにぎりしめると、装甲車んとこまで這いつくばってすすんでくじゃないか。で、うまいこと装甲車のうえに乗っかると、銃の装塡をしていたやつをその場でぶっ殺そうとしたんだぜ。ところがそのときだった。それまで身をひそめていたひとりの狩人が銃をぶっぱなすと、シスターのからだが装甲車のうえからころげおちた。シスターは死んじまった。なんとも勇者にふさわしい死にざまだったね。

そのあとシエラレオネの狩人結社は、シスター・アミナタ・ガブリエルの亡骸をどうしたらいいもんか、ほとほと困りはてることになったんだぜ。たしかにシスターは女だけど、いくさの勇者として亡くなった女だったからさ。つまりこういうこと。狩人のあいだでだれかの栄誉をたたえるときの決まりによれば、いくさの勇者として亡くなった者は、狩人頭としてあつかわなければならない。狩人頭にふさわしいやりかたで、手あつく埋葬しなくちゃいけないんだ。ところがふつうは、女を狩人頭として埋葬できない決まりにもなっていたのさ。はて、どうしたもんか。その答えが狩人の最高司令官にもとめられた。でも司令官の答えはきっぱりしてたね。(「きっぱり」は「あいまいさのない、不明瞭さのない」。)「なるほどこのたびの死者は女人《にょにん》だが、しかし狩人の二箇連隊をむこうにまわし二週間におよぶ攻囲戦を耐えぬいた女人ではないか。夜間に出没しては九人の狩人を殺め、ついには機関銃装備の装甲車のうえで落命した女だぞ。勇者たる狩人頭の葬儀には、まことにふさわしい者ではないか。かかる勇者をまえに、男も女もあったものではないぞ。」

そのことばにしたがって、シスター・アミナタは狩人頭として弔われた。それもただの狩人頭じゃないよ。偉大な狩人頭として弔われたのさ。

シスター・アミナタが狩人頭としてみとめられたとたんから、狩人たちはシスターをたいへんなニャマのもちぬしとみなしはじめた。(「ニャマ」は「殺害された人間や動物の復讐魂」。)となれば、シスターのニャマをとりあつめなければいけなくなる。狩人たちは、シスターのニャマをちっちゃなヒョウタンのなかにあつめることにした。まず狩人のグリオをつとめるソラの男が出てきて、おおげさな口っぷりでシスターの追悼の辞を述べるだろ。そうすっと、狩人たちが古株順に一列にならんで、亡骸のまわりを廻りはじめるんだ。ソラの男が追悼の歌をうたう。カマジョーの狩人でなけりゃ、聴いてもわかんないせりふでうたうんだぜ。歌のあいだも、狩人たちは一列になって亡骸のまわりを廻りつづける。狩人ひとりひとりが、胸のまえで鉄砲をななめにかざして、左に一回、右に一回、胸を交互に揺らして歌の拍子をとりながら、亡骸のまわりを廻るんだ。

狩人の踊りがおわると、シスターの亡骸はただちに墓穴のまえまで運ばれた。それから三人の狩人頭が出てきて、シスター・アミナタの墓穴のうえに身をかがめる。三人はシスターの亡骸から心臓をえぐり出して器に受けると、弔いの場から離れたところまでその心臓をもっていった。三人はそこでシスターの心臓を揚げるんだ。(「揚げる」は「油に入れて火にかける」。)揚がった心臓は、油のなかにひたしたまんまカナリのなかに入れる。(「カナリ」は「土壺」。)そしてカナリの口をぴったりふさいで、地べたに埋めるんだよ。

三人の狩人頭が弔いの場からいなくなると、のこりの狩人はいそいでシスターに別れを告げた。あのハジャに。あのガブリエルに。あのアミナタに。あの割礼女に。そしてあの勇者に。狩人頭にふさわしいやりかたで手あつく埋葬された勇者に別れを告げたのさ。別れのせりふをとなえながら、墓穴のとなりに掘ったもうひとつの穴めがけて、すべての狩人が鉄砲をぶっぱなした。とてつもない煙のかたまりが、雲になってもくもく昇っていく。煙が墓穴にたちこめて、おたがいの姿もまだ煙のなかに隠れてるうちに、シスター・アミナタ・ガブリエルの亡骸に土がかけられた。

シスター・アミナタ・ガブリエルがくらしていた場所で、夕方からお通夜がいとなまれた。狩人たちはお通夜のあいだじゅう、まだ生きてるひとみたいにシスターの話をしていたね。シスターが亡くなってから四十日めには、死者の魂をお浄めして鎮める儀式もいとなまれたよ。シスターのニャマをあつめたヒョウタンも、このとき焼かれたんだ。

毎年三月のはじめから五月のおわりにかけて、狩人の結社ではドンクン・スラがもよおされる。「四つ辻の儀式」って意味で、結社にとっていちばんだいじなお祭なんだ。結社のメンバーは、このときみんなで食事をする。そして食事のさいごにダガ・コノンが掘りだされる。ダガ・コノンっていうのは、勇敢な狩人たちの心臓を揚げたものが入ってる、例のカナリのことだよ。狩人は、みんなでこっそりこいつを食うんだ。そうすると、狩人に力と勇気がそなわるんだって。

だからみんながこういうんだ。シエラレオネ国軍大佐、シスター・アミナタ・ガブリエルの心臓は、ただでさえたっぷりうるおった祭をちゃんとしめくくってくれた。手のこんだおいしいデザートになってくれたってね。(「たっぷりうるおった食事」は「モロコシ酒をたくさん飲みながらの食事」。)

ファフォロ！　ニャモゴデン！

伝統的で職業的な狩人がマイル＝サーティー＝エイト一帯に手をかけたとたん、ぼくらと運はおんなじ村にいるのをやめちまった。（黒人のニグロの土人ことばでは、「ぼくらは運に見放された」のかわりにこんなふうにいう。）ぼくらというのは、足をひきずる悪党でグリグリマンで札びら殖やしのヤクバと、おそれもとがめも知らない通りの子でみなさんのお相手をつとめるこのぼくさ。ぼくらは、狩人のやつらにパンツのなかまで調べられて、いっさいがっさいをむしりとられちまったんだぜ。やつらがヤクバのパンツをずりさげると、でっかいちんぽこがぽろっとお出ましするかわりに、ダイアモンドや金の入ったちっちゃな巾着がざくざく出てきやがった。足をひきずる悪党のヤクバは、ブーブーの下とズボンのもっこりしたあそこに、てめえのたくわえをしまいこんでたわけよ。ぼくだってそうさ。やつらにパンツのなかまで調べられて、金とダイアモンドをみっけられちまったんだぜ。でもヤクバにくらべりゃ、ぼくのなんて、あってないようなもんだったね。やつなんかしまいには、どでかいヘルニアのきんたまぶらさげたようにして歩いてたからね。まったくあれじゃあ、たぽたぽにふくれたヘルニア持ちと変わんなかったよ。(「ヘルニア」は「身体器官の部分的もしくは全体的な脱出現象により形成される腫張」。)腰まわりとズボンのもっこりしたあそこに、ヤクバはほんとにほんとにずっしりと巾着をためこんでやがったんだ。そいつがのこらず狩人にふんだくられたんだぜ。ヤクバだけじゃないよ。ぼくらはふたりとも、あり金をそっくりまきあげられちまったのさ。

それからぼくらは、かこいのなかに閉じこめられた。そこにはおおぜいのひとがいた。おとな兵に子ども兵、女たちだってまじってる。たしかにおおぜいだったけど、ようするにぼくらはみんな、食うや食わずの貧乏人の群れだった。マニオクの切れっぱしを手に入れてかじりつきたいばっかりに、部族戦争の軍隊のあとを追っかけてきた貧乏人の群れだった。閉じこめられたかこいのなかで、ぼくらは食いものをもらえなかった。だから腹ぺこだって、わめきちらした。ヤクバは、てめえのグリグリマンの稼業を売りこんでみたけど、こんどばっかりはそれで釈放にはならなかったね。そうは問屋がおろさなかったのさ。腹ぺこがひどくなるにつれて、ぼくらのわめき声もどんどんやかましくなっていく。狩人のやつらにしても、だからってぼくらにくれてやるような食いものがみっかるわけじゃない。それでとうとう、ぼくらはかこいから出されたんだ。ちょっとした取調べをうけたあとで、かこいから出されたのさ。でもね、自由になったはいいけれど、ぼくらはすっからかんだった。そこいらの村人からなにかまきあげるための武器さえ持ってなかったんだ。

伝統的な狩人たちは、そもそもヤクバみたいなグリグリマンなんかいらなかった。なんせ、やつらはみんなグリグリマンなんだから。このぼくだっておなじこと。ぼくがかこいから出されたのも、伝統的で職業的な狩人のカマジョーには、子ども兵なんかいらないからなんだ。狩人の掟では、いくさに子どもをつかうのが禁じられてる。狩人のいくさにくわわるには、狩人の加入儀礼をすませとかなくちゃならないからね。そんなわけで、ぼくらふたり（ヤクバとぼく）は、こんどのことではじめて現実ってやつ、部族戦争の不確実性ってやつにぶちあたったのさ。

それにもめげずどうにかこうにか不確実性から身を守っていくヤクバの生きざまには、さすがにぼくも感心しちゃった。ぼくらはマイル＝サーティー＝エイトをおさらばして、フリータウンに行ったんだ。フリータウンにつくと、ヤクバのやつは、さっそく木の幹を三本に藁を少々取ってきて、そいつで藁掛けの寝ぐらをこさえちまった。（『語彙特性目録』によると「藁掛けの寝ぐら」は「簡素な建物」。）できあがった寝ぐらにさっそく身をおちつけちまうあたりは、まるでぴゅーっと飛んでくる銃弾をほんとに水に変えるくらい力のある呪物師かグリグリマンを見てるようだったぜ。そりゃあ、たしかにはじめはたいへんだったよ。ぼくも、ヤクバの司教補佐になってたぐらいだからね。（「司教補佐」は「呪物師の補佐」。）でもけっきょく、マニオクの切れっぱしを手に入れて食えるぐらいにはなったんだ。そりゃあ、たしかに四つ星のホテルには泊まらなかったよ。でもけっきょく、マニオクのかけらに毎日かじりつけるぐらいにはなったんだ。なにもかもがうまくいくようになったのは、ちょうどそのころだった。ぼくらはこんども思い知らされたのさ。アラーの神さまは片時だって目をつむってお休みになったりしないんだ。この世のすべてをご覧になってるんだ。ぼくらみたいにあわれな人間のことまで、ちゃんとご覧になってらっしゃるんだ。

そのころシエラレオネでは、民主主義者のテジャン・カバーの軍団と、国じゅうを荒らしまくる四人の追いはぎ軍団とのあいだで、ようやく力のつりあいがとれつつあった。四人の追いはぎっていうのは、まずナイジェリアの将軍でECOMOG総司令官の追いはぎ野郎だろ。それからシエラレオネ国軍をひきいる追いはぎ野郎のフォデイ・サンコーだろ。それから追いはぎ野郎のヒガン・ノーマンだろ。ほんと、各軍各派のあいだでちょうど力のつりあいがとれてたんだぜ。なのにIMFのやつが、そんなせっかくのつりあいに鼻をつっこんできやがった。ちなみに、力のつりあいをささえていた各軍の兵力は、伝統的な狩人が八百だろ。シエラレオネ国軍兵士が一万五千だろ。フォデイ・サンコーのゲリラ兵が二万だろ。それから数は非公開だったけどECOMOGの兵力もあっただろ。このうちシエラレオネ正規軍の兵士は、月に四万袋の米を支給されていた。そいつが兵士の給料の一部にあてられて、兵卒ひとりあたり月に一ドル分の支給になってたんだ。(「兵卒」は「軍人」。)それにくらべて、伝統的な狩人に支給されてた米は、ぜんぶで月に二十袋ぽっちだった。そこでIMFは考えた。(ワラエ！ 銀行家には血も涙もなけりゃ、ひとの心もかよってねえんだ！)シエラレオネの国軍兵士は米の食いすぎだ。これでは国際社会にも高くつきすぎるってね。そこでIMFは、国軍兵士の数を一万五千から七千に、毎月の米の配給も四万袋から三万袋にへらそうとしやがった。これには兵士たちも猛反対だった。自分たちが米の食いすぎじゃないことを、ありとあらゆる神さまにかけて誓ってみたりしてさ。でもまあけっきょくは、とぼしい米の配給にもがまんしはじめたんだ。ところがだ。兵士の家族や知りあいの連中にしてみれば、自分たちがいつだって飯の食える立場にいることがあたりまえみたいになっちゃっていた。むかしっからアフリカにある連帯のきずなってやつで、かぞえきれないくらいおおぜいの人間が国軍の配給米を分けあって、食いつぶしてたのさ。シエラレオネみたいないかれた国でも、アフリカ流の連帯のきずなはちゃんとはたらいてるんだぜ。ＩＭＦはそこんところを考えちゃいなかったわけよ。軍人どもは、ぎりぎりゆずれる線をＩＭＦに伝えてきた。兵力をへらすのに反対して、米の配給についても月に三万四千袋以下となることをきっぱりことわったんだ。

あわれなテジャン・カバーひきいるあわれな民主政府は、米四千袋の上乗せ分（三万四千袋から三万袋をさし引いた分）をどうにかするために、ガソリンを国じゅうで値上げするはめになった。でも、ガソリンの値上げぐらいじゃたいした解決にはならなくてね。値上げをきめた月には、政府も米三千袋を支給できたけど、その翌月には二千袋だけになり、その翌月、つまり一九九七年五月には五百袋の支給しかできなくなった。たったの五百袋だぜ。それっぽっちの米で配給がいきわたるのは、将校クラスの連中だけだろ。ふつうの兵士、一兵卒まで流れる分なんてなかったのさ。あんのじょう、五百袋の報いはたちどころにやってきた。おなじ五月の二十五日に、軍事クーデタがもちあがったのさ。（「軍事クーデタ」は「武装グループの蜂起、急襲」。）もともとカバーの政策には民族のかたよりがあったから、五月二十五日の軍事クーデタもそれだけすんなりといったんだぜ。（「かたより」とは、カバー政府がメンデ族をえこひいきしたってこと。）

クーデタがおっぱじまったのは、五月二十五日のあけがただった。ＥＣＯＭＯＧ軍とシエラレオネ正規軍の一部兵士とのあいだで、殺しあいの衝突がおっぱじまったんだ。まもなく戦争の炎がフリータウンにくまなくひろがったもんだから、テジャン・カバー大統領はＥＣＯＭＯＧ軍のヘリにジョナジョナ飛びのった。ＥＣＯＭＯＧのヘリに乗っかって、ギニアの首都コナクリにいる独裁者ラサナ・

コンテのとこまで行ったのさ。フリータウンにくらべりゃあ、コナクリはまだのんびりとしたもんだったからね。コナクリでほっとひと息ついたカバーは、CDEAOの加盟国にてめえの政権復帰をうったえた。それにしてもやっこさん、うまいことずらかったもんだぜ。(「ずらかる」は「逃げだす」。)なにしろカバーがいなくなったあとのフリータウンときたら、だれもかれもがだれかれかまわず銃をむけるような修羅場になっちまったんだから。ただでさえしっちゃかめっちゃかな首都にむかって、おまけにECOMOGナイジェリア軍の戦艦まで海から砲撃をあびせてくるしまつよ。砲撃を二日もつづけてくれたおかげで、最高にすんばらしいクーデタになっちまってさ。このいかれた国シエラレオネじゃあ、むかしっから山ほどクーデタがあったけど、このときほどおおぜいのひとがぶっ殺されたことは、まずいちどもなかったね。だって百人ちかいひとが死んじまったんだぜ。みな殺しの二日間がおわると、その後の段どりがきめられた。あたらしい軍事政権(革命軍事評議会)が国会を解散して、憲法を停止して、政党活動を禁止して、夜間外出禁止令をしいたんだ。で、武力革命評議会(AFRIC)がたちあげられた。

反乱荷担者たち(「政権を簒奪した武装グループ」)は、ジョニー・コロマを自分たちの親玉にして、政権の首班にすえた。就任要請を受け入れたコロマは、さいしょにクーデタ未遂をやらかしてからずっと閉じこめられてきた牢屋をおん出てきた。副大統領にはフォデイ・サンコーが指名された。指名されたサンコーも、ブッシュや森にひそむRUFのゲリラ兵にむかって、あたらしい軍事政権の言うことにしたがうよう、ナイジェリアの牢屋のなかから指令を出した。

さあそうなると、副大統領がフォデイ・サンコーだっていうんで、国際社会もこんどのクーデタ勢力をこぞって非難してきた。ものすごい非難だった。不幸なことならなんでもござれのいかれたシエラレオネって国に、もうだれもかれもがいいかげんうんざりしてたんだ。

国連の安全保障理事会は、さっそく五月二十七日にシエラレオネ問題を話しあって、こんな声明を出している。「今次シエラレオネにおける国家転覆の企てはきわめて遺憾であり、同国法秩序の即時回復を要求する。」しかもこっからが肝心なとこなんだぜ。あわせて理事会は、「シエラレオネ新体制の承認、およびクーデタ挙行分子の体制支持については自粛するよう、全アフリカ諸国と国際社会に呼びかける」なんて言ってきたのさ。

OAU（アフリカ統一機構）も六月二日から四日にかけて、第三十三回加盟国・政府首脳会議をジンバブェのハラレでひらいている。このときの最終決議でも、五月二十五日のクーデタが非難されて、シエラレオネ危機をCDEAOの枠内で解決する要請がうちだされたんだ。

でもね。CDEAOといやあ、ずばりナイジェリアのことだろ。しかもナイジェリアといやあ、ずばりサニ・アバチャのことだろ。なにしろナイジェリアの独裁者で罪ぶかい悪党の、あのサニ・アバチャだぜ。くそったれなシエラレオネって国にこの世のだれよりうんざりしてきた、あのサニ・アバチャだぜ。オゴニ族の代表を何人もぶっ殺してからは、国家元首のあいだでのけ者にされてきた、あのサニ・アバチャだぜ。（「のけ者にする」は「ある者を失格者と宣告する、社会全体で無視する」。）のけ者にされたもんだから、なんとか名誉を挽回しなきゃと思ってる、あのサニ・アバチャだぜ。（「名誉を挽回する」は「うしなわれた潔白をとりもどし、善良な道のりにそって再出発する」。）西アフリカの盟主になりたがってるナイジェリアの、あの罪ぶかい独裁者サニ・アバチャだぜ。（「盟主」は「指導者」。）西アフリカの憲兵役になりたがってる、あのサニ・アバチャだぜ。それほどわけありのサニ・アバチャなもんだから、やっこさん、いかれたシエラレオネの領海に、戦艦をどっさりよこしてきやがった。で、その戦艦どもがフリータウンの街をこれでもかって砲撃しまくったわけなのさ。このいかれた国の、いびられほうだいの首都にむかってね。

ＥＣＯＭＯＧナイジェリア軍は、さいしょこの遠征をほんのお散歩ぐらいにしか考えていなかった。一週間か、せいぜい三週間もありゃあ、ＡＦＲＩＣも降参するだろうと高をくくっていた。でもそいつは大まちがいだった。なにしろジョニー・コロマとＲＵＦは、いまや統一軍になってるんだから。どれだけ被害が出ようが、どれだけＥＣＯＭＯＧが派手にぶっこわしてこようが、統一軍はそれでもたちむかってきたのさ。

六月十三日、ジョニー・コロマは伝統的な狩人カマジョーにも助けをもとめてみた。もう争いはやめにしましょう。祖国シエラレオネのもとでＡＦＲＩＣと手を組んで、ナイジェリア進駐軍とたたかいましょうって呼びかけたんだ。そしたら六月二十七日、狩人側からきっぱりした返事がかえってきた。フリータウンの南東二百キロにあるコリブンドゥの街で、カマジョー軍が国軍第三十八大隊の三つの拠点をロケットランチャーと手榴弾で攻撃しやがったのさ。あんまりこっぴどい攻撃だったもんだから、軍事政権の方も、ボとモヤンバの街からコリブンドゥに援軍をよこすはめになっちまった。コリブンドゥにつづいて、まもなくシエラレオネの東部と南部すべての地方が、殺しあいの衝突のうずに巻きこまれていった。うわべだけ手を組んだＡＦＲＩＣとＲＵＦの連合軍は、こうしてナイジェリア軍だけでなく、カマジョーまで敵にまわすことになっちまった。そんなこんなでシエラレオネのしっちゃかめっちゃかはいっそう手がつけられなくなっていく。しかも、これまでの停戦協定でいっさいの妥協をはねつけてきたRUFにとっちゃあ、AFRICとつるんだことで新たな足場もみつかったことになるだろ。そんなこんなでどんどんひどくなっていくシエラレオネの状況に、国際社会はふたつのやりかたで臨むことにした。ひとつは圧力、もうひとつは交渉にうったえるやりかただよ。

交渉についていては、国連安全保障理事会の決議にそってシエラレオネの未来をみちびいていくために、CDEAOの外相評議会が「四カ国閣僚委員会」ってやつをたちあげた。委員会のメンバーは、ナイジェリア、コートディヴォワール、ギニア、ガーナの各国代表で、これにOAUとCDEAOの代表もくわわった。四カ国委員会の任務は、シエラレオネの今後のなりゆきを横目でにらみながら軍事政権との話しあいをはじめて、ゆくゆくは憲法にもとづく合法性ってやつをシエラレオネにとりもどすことだった。

圧力についていては、輸出禁止措置をシエラレオネの領内で確立し強化することになった。そこでまず、ナイジェリア軍がルンギ空港をおさえたんだけど、おかげでそこはナイジェリア軍の精鋭砲兵部隊がフリータウンにやすみなく砲撃をぶちかます足場になっちまった。ナイジェリア軍はシエラレオネの領海にも戦艦を出してきびしく見張ることになったけど、おかげでそこも、しっちゃかめっちゃかのフリータウンにむかって戦艦が砲撃をぶちかます足場になっちまった。

そんなこんなで、もういまのシエラレオネには、食糧も薬も、なにもかもがなくなっていた。

圧力をかけて実をむすんださいしょの成果は、四カ国委員会と軍事政権代表団が話しあいをはじめたことだね。この話しあいは七月十七日から十八日にかけて、アビジャンのオテル・イヴォワール二十四階でひらかれている。会議のあとで発表されたコミュニケは、選挙でえらばれた大統領が、選挙で民主的にえらばれた国家元首の椅子に返り咲く可能性に望みをつなげるものだった。ジョニー・コロマ側の代表が停戦にえらく乗り気だったから、四カ国委員会も砲撃で圧力をかけるのをいったんやめにした。AFRICの代表に時間をやって、いったん帰らせてからあらためて停戦の具体案をもってこさせるようにしたんだ。

アビジャン停戦交渉の第二ラウンドは、一九九七年七月二十九日から三十日にかけて、まえとおんなじオテル・イヴォワールの二十四階でひらかれた。(「ラウンド」は「難航する交渉の段階」。)この交渉では、憲法にもとづく合法性をシエラレオネにうちたてるやりかたが話しあわれるはずだった。ところがなんと! 軍事政権側がつきつけてきた停戦案は、七月十七日の第一回会談でまとまった合意事項に一から十までたてつく中味だったのさ。憲法を停止させたまんま、二〇〇一年まで政権にとどまるつもりでいやがったんだ。四カ国委員会は、そんな停戦案にふかい失望をあらわした。ただし、軍事政権側のどんでんがえしにあわてたままでいるような交渉人でもなかったね。七月二十六日のコナクリ決議にしたがって交渉をうちきると、四カ国委員会は輸出禁止措置の強化をはたらきかけた。こうしてシエラレオネの軍事政権は、国際社会ののけ者として、とめどもない圧力をかけられるはめになっちまったのさ。

一九九七年も八月に入ると、さっそく戦闘がぶりかえした。ひっきりなしのたたかいで、シエラレオネはもうずたずたになっていた。ECOMOGのばかでかい派遣部隊があいかわらず砲撃をぶちかますわ、カマジョーもねちねち襲撃をくりかえすわで、その板ばさみになったシエラレオネは、もうずたずただ。おまけに、CDEAO加盟国の封じこめで孤立しちゃってるもんだから、シエラレオネの国じゅうがもうぐらぐらだ。そこでシエラレオネの軍事政権も、お国の内と外、両方からの圧力をやわらげるために、交渉相手への態度をゆるめようとした。七月二十九日にうちきられた交渉を再開してもらうために、ギニアへ助けをもとめたのさ。八月九日には、性懲りもないギニアの独裁者ラサナ・コンテが、シエラレオネ代表団をブルビネの大統領官邸に迎え入れている。(「性懲りもない」は「悪しきものと判断された習慣を捨てない」、「矯正できない」。)代表団長は、ジョニー・コロマ少佐の叔父貴にあたる元シエラレオネ大統領、ジョゼフ・サイドゥ・モモだった。この会談ではっきりしたのは、「CDEAO選出の四カ国委員会と交渉を継続する意志」がシエラレオネ側にあること、また二〇〇一年十一月の民政移管期日についても交渉の余地があるとシエラレオネ側がはっきり再確認していることだった。つまり民政移管の日程を修正してもいいいってことだね。

ちょうどそのころ、一九九七年八月二十七日から二十八日にかけて、第二十回CDEAO諸国首脳会議がアブジャ(ナイジェリア)でひらかれている。議題は、「シエラレオネ危機の解決にむけたECOMOGの役割」についてだった。なのに、このときうったえられたことはただひとつ、輸出禁止措置の強化だけでやんの。あいもかわらず輸出禁止の強化なんだぜ。

一九九七年も九月に入ると、シエラレオネでは食糧もガソリンもたちまち底がついてきた。そのせいで、お国の経済がぬきさしならない落ちこみをみせてきた。あらゆる経済活動がストップしたっていうんだから、そりゃあたいへんな落ちこみっぷりよ。こっちじゃ輸出禁止措置のせいで、お国の経済ぼろぼろだ。あっちじゃ戦争のせいで、お国が満身へろへろだ。おまけにナイジェリア軍が乗っとったルンギ空港からは、のべつまくなし砲弾がぶっ飛んでくる。首都の戦略拠点が何カ所も砲撃をあびてるもんだから、建物や施設におびただしい損害がでる。領海だってきびしく見張られてるから、貨物船もトロールも、丸木舟の行き来さえ、ぱったりとだえちまったんだ。

こんなひどいなりゆきに反発する動きも生まれてきた。いろんな職業階層のひとたち、お役人やら、学校の先生やら、お医者やら、学生やらが市民的不服従の運動ってやつをおっぱじめたんだな。でもそいつがまた、経済危機にどっぷりはまった国家行政の機能不全をひきおこすしまつだった。(「機能不全」は「機能の低下や障害」。)もう、なにもかもが足りなくなっていた。薬が足りなくなっていった。そしてなによりガソリンが足りなくなってたんだ。

シエラレオネのいたるところが、もう目もあてられないざまになっていた。これよりひどくなりようがないってくらいだ。ワラエ! でもぼくらにとっちゃあ、その分だけつごうがよかったんだぜ。ファフォロ! ぼくらというのは、足をひきずる悪党で札びら殖やしの呪物師ヤクバと、おそれもとがめも知らない通りの子で子ども兵のぼく、ビライマのことさ。ニャモゴデン! そのぼくらに、お呼びがかかってね。ぼくらは、たちまち仕事にありついたんだぜ。

足をひきずる悪党のヤクバは、片足で飛びあがって、おもわず「ワラエ!」なんてさけんだね。アラーの神さまは、やっぱりぼくらの味方なんだ。ぼくらはまた仕事につけるんだ。ヤクバはグリグリマンの仕事におさまって、ぼくはまた子ども兵の仲間に入るんだ。

子ども兵たちが今回とりかかったのは、あのおきまりの任務、スパイ活動ってやつだった。でも、スパイの任務についてるあいだに、三人の子ども兵が狩人にぶっ殺されちまってね。死んだ子ども兵のなかには、クサリヘビのシポニの亡骸があったんだぜ。ぼく、シポニの追悼の辞を述べてみなくちゃいけないな。だってぼく、述べてみたいんだ。あいつ、シポニをそもそもだめにしちまったのは、学校さぼりが原因だった。そのころやつは、トゥレプルーの学校にかよう初級クラスの二年生でね。しょっちょう授業をさぼってたから、やつにとっちゃあ、これで三度めの二年生だった。学校をさぼりにさぼったあげく、ある日やつはうんざりしちゃった。それでなにもかも投げだして、なにもかも売りとばしちまったのさ。鉛筆も、ノートも、石盤も、それこそなにからなにまで、通学かばんまで売りとばしてね。そうして手に入れた銭で、バナナなんか買いやがった。はいそれまでよときたもんだ。朝のうちにそんなことをやらかしたもんだから、夜になるといったいどのつらさげておうちに帰りましょうってことになった。通学かばんもないくせに、シポニのやつはどうやっておうちに帰れるんだ？　おうちに帰りゃあ、どうせ母さんと義理の父さんからこっぴどいめにあわされるんだ。（「ひどいめにあわせる」は「虐待する」。）どうせこっぴどいめにあって、食いものまでとりあげられちまうんだ。やっぱりだめだ。おうちになんて帰れやしないよ。じゃあどこへ行く？　うろうろ歩きはじめたシポニは、とあるホテルのあたりまでやってきた。すると、ふとったレバノン人の男がちょうどホテルから出てくるのが目にとまった。やつはレバノン人に自分を売りこんでみることにした。「ぼくは父さんも母さんもいないチビ助です。使用人の小僧の口をさがしてます」ってね。「父親も母親もいないとなると、こいつは銭を払わずにやとえそうなガキんちょだぞ。」レバノン人はこんなひとりごとをつぶやいて、やつをその場でやといあげることにした。

あくる日、シポニはトゥレプルーを離れて、あたらしいご主人さまといっしょにマンの街へむかった。ご主人さまはフェラスってやつでね。おつかえして何週間かたつと、シポニはフェラスが銭をたんまり運んできちゃあ、衣装だんすのなかにためこんで、たんすの鍵を肌身はなさず持ってることに目をつけた。ところがある晩、フェラスはシャワーをあびようとして、ポケットに鍵を入れたまんまズボンを掛けるじゃねえか。シポニはズボンのポケットから鍵をぬきとって、たんすをあけたね。そして札びらがぎっしりつまったアタッシュケースをひっつかんだね。で、いったん庭まで行って、アタッシュケースを置いてきてから、あらためてご主人さまにお別れのあいさつを告げたんだ。札びらのぎっしりつまったアタッシュケースを持ち歩くシポニの姿は、でもその晩のうちに、さっそくひとりの男に目をつけられちまった。チェジャン・トゥーレってじじいでね。チェジャン・トゥーレは、シポニの母さんのアフリカ式キョウダイのふりをして、やつにちかづいた。だからシポニにとっては、アフリカ式のおじさんになるわけだ。例のアタッシュケースはチェジャンがあずかることになって、ふたりは翌朝はやく、ダナネ行きの乗合いバスに乗っかった。ダナネにつくと、シポニはチェジャンの仲間の家に身をよせた。さあ、それから何カ月かすぎたある日のことだ。あのチェジャン・トゥーレが、顔をひきつらせながらやってくるじゃねえか。まわりくどい能書きをたらたらぬかしたあとで、チェジャンはようやっと肝心な話に入ってね。なんと、あのアタッシュケースを盗まれちまったんだと。ああそうさ、「盗まれた」なんてぬかしやがるんだ。くそまじめな顔つきでチェジャンがどれだけ能書きをたれたところで、シポニの疑いは晴れやしない。シポニがいくつかたずねるとトゥーレもいちいち答えちゃくれるんだけど、どれもこれも冗談みたいな中味なんだぜ。やつの言うことなんか信じられっかよ。このままにさせちゃおかねえぞってシポニはきめた。で、いちばんちかくにあった警察署にさっさと乗りこむと、てめえの自首とひきかえに盗品の隠匿者としてチェジャンを告発したのさ。チェジャンは手配されて、警察にしょっぴかれた。で、拷問されて、てめえの罪を吐かされた。こうしてふたりとも（シポニもチェジャンも）、牢屋にぶちこまれた。チェジャンは中央刑務所、シポニは少年院送りになったんだ。

少年院で、シポニはジャックってやつと知りあいになった。ジャックは、リベリアやシエラレオネにいる子ども兵のうわさ話を耳にしてから、子ども兵になることばかり夢みてるようなやつだった。それでてめえの熱狂ぶりを、シポニにも話して聞かせたんだ。（「熱狂」は「熱烈な讃美」。）ふたりは、リベリアへいっしょに行って子ども兵になることにした。少年院でリベリア行きのチャンスをうかがってると、はたしてふたりにチャンスがめぐってきた。少年院のサッカーチームが、マンの街から何キロか離れた村で教会の小教区チームと試合をすることになったのさ。シポニとジャックは、このチャンスをまんまとつかんで、とんずらをきめた。それから森の奥まで入ってしばらくあっちこっち歩きまわってると、ふたりはゲリラ兵にでくわした。ゲリラ兵から武器をわたされて、カラシュの操作法もおそわった。さあ、これで子ども兵の一丁あがりよ。こうしてシポニは子ども兵になったのさ。

どうしてやつに「クサリヘビ」のあだ名がついたのかって？　それにはいくつかわけがあるけど、なかでもやつがソブレッソ村の住民にしかけた策略があってね。ほかの子ども兵は、このときソブレッソ村を正面から攻めてみた。なのにシポニのやつときたら、あんときいったいどんなふうに動いたんだろう？　どうやって村人のうしろにまわりこめたんだろう？　とにかくやつは、村人の逃げ道を断ちきった。それで村人の方も降参よ。（「降参する」は「あらゆる抵抗をやめてみずからの敗北をみとめる」。）シポニはまるでヘビみたいにスルッとすべりこんで、村のやつらを不意打ちにして裏をかいたのさ。まるでほんとのクサリヘビみたいにね。

ぼくらはいま、ジョニー・コロマの軍隊にばっちり組みこまれている。ジョニーは、子ども兵をめったやたらにかきあつめている。（「めったやたらに」は「大量に」。）それはやっこさんの雲行きがみるみるあやしくなってきたからなんだ。なにをやってもうまくいかないときは、子ども兵をあつめるにかぎるってことさ。なにしろ子ども兵になったガキんちょは、どんどん残忍になっていくだろ。子ども兵の仲間に入るには、そのまえにてめえの父さん母さんをぶっ殺していなくちゃいけないからね。自分はもうこれでなにもかも捨てちまった。この世ではほかに身よりがなくなった。ジョニー・コロマ一家のほかに帰るおうちがなくなった。そんなこんなを親殺しで証しだてするわけよ。ジョニー軍で隊長になったやつらも、しだいに残忍でベレベレになってくね。（「ベレベレ」は「強面《こわもて》の」。）ベレベレになった自分をみせつけるために、ぶっ殺した相手の心臓を食っちまうんだぜ。ぶっ殺される瞬間まで勇ましくたたかった敵さんの心臓を食っちまうのさ。そうして自分を指さしながら、「おれさまは人喰いよ」なんてほざきやがる。ほんとは人喰いが怖いくせしてよ。人非人のふるまいならばなんでもござれの冷酷なやつと思われるのを、なにより誇りにしてるような連中なんだ。（「人非人のふるまい」は「野蛮なふるまい、残忍なふるまい」。）

ぼくらはいま、スルグ一派に属している。(「一派」は「おなじ頭目のもとでおなじ幟をかかげながら団結して戦闘をおこなう集団」。)スルグは、ジョニー・コロマ軍の上官さまなんだ。そのぼくらが西にむかって行進してると、(こりゃまたびっくり!)ばったりセクーに出くわすじゃないか。縁起でもない仲間に出くわしたもんだぜ。やつは東にむかって歩いてるところだった。バカリっていう聞き分けのよさそうなチビ助を、てめえの司教補佐にして連れている。ぼくらは隊列から離れて、セクーとバカリを脇に呼んだ。いかれた悪党でヤクバの友だちのセクーについて、ここでみなさんに思いだしてもらわなくちゃ。こんなカサヤカサヤの国シエラレオネで、いったいセクーはなにをやらかしてるのかって?(「カサヤカサヤ」は「いかれた」。)セクーはマラブーをやってるのさ。ほら、むかしアビジャンで呪物師と札びら殖やしの秘伝をヤクバに吹きこんだあのセクーだよ。くわっくわっ鳴きまくる白いニワトリをブーブーの袖からいきなり出してみせた、あのセクーだよ。(「いきなり」は「突然」。)

ヤクバは、セクーになんか二度と会いたくなかった。なによりやつはてめえの商売がたきだろ。それにやつと出くわすたんびに、縁起でもないことばっかり聞かされてきたからね。それにしてもセクーのやつ、なんだかヘルニア持ちみたいに歩いてやがるよ。(「ヘルニア持ち」は「ちんぽにでっかいヘルニアができた者」。)ダイアモンドと金の入った巾着をほんとにほんとにずっしりと、ズボンのもっこりしたあそこに隠していやがるんだ。ちょうど狩人から身体検査をされるまえのヤクバにそっくり。あのころのヤクバみたいに、てめえの全財産を腰まわりとズボンのもっこりに肌身はなさずつけてやがるんだ。ファフォロ!　それを目にしたらぼく、もうがまんできなくなって、おもわず笑いころげちゃった。セクーはむっとして、ろくすっぽあいさつも寄こしゃあしない。ジュラや（ピジン語でいう）マンディンゴがばったり出会ったときに何キロメートルもずらずらならべる、あのあいさつことばが返ってこないんだ。かわりにやつは、ぼくらが西に行くのを見てぶったまげたことから話をきりだした。「ジュラやらマリンケやらマンディンゴやらが、リベリアとシエラレオネのいたるところからこぞって東をめざしてるこのご時世だぜ。なのにあんたがたときたら、いまから西に行って、いったいどうなさるおつもりかい？」

セクーはぼくらの返事なんか待ってないで、リベリアとシエラレオネでちかごろ起きたとんでもないできごとをおしえてくれた。リベリアとシエラレオネにいるアフリカ土人の野蛮な黒人やら、リベリアにいる人種差別ごりごりのアメリカ黒人やら、シエラレオネにいるクレオの黒人やらが、みんなで寄ってたかってマリンケやマンディンゴを目のかたきにしてるんだって。リベリアとシエラレオネからマリンケを追っぱらおうとしてるんだって。リベリアとシエラレオネに移り住むまえにもともとマリンケがくらしていた土地のむこうまで、追っぱらおうとしてるんだって。ギニアとかコートディヴォワールとか、リベリアの外側にまで追っぱらおうっていうんだぜ。人種差別のせいでマリンケは追っぱらわれるか、みな殺しにされようとしてるんだ。そこでリベリアじゃあ、エル・ハジ・コロマっていう戦争の首領がてめえとおんなじマリンケの仲間を救うためにたちあがってね。（シエラレオネのジョニー・コロマとは別人だよ。）マリンケのひとたちを東の村々に呼びあつめてるんだって。マリンケがひとりのこらず東をめざして移動してるのは、そういうわけなんだって。

するとヤクバが答えた。「おれさまはジョニー・コロマの軍隊にいるけど、そんなうわさをいちどだってこのシエラレオネで聞いたおぼえはねえな。おれさまはうまくやってるよ。この軍隊でもムスリムのグリグリマンの親玉におさまってるしな。しごく順調よ。みんなから怖がられて、一目置かれているおれさまだぜ。おどしなんてこれっぽっちもされたおぼえはねえな。べつにこれまでどおり、スルグ一派といっしょに西へ進軍するまでのことよ。」ヤクバのやつは、信じちゃいなかった。セクーの言うことなんか、まるで信じちゃいなかったんだ。

するとセクーは言った。「べつに信じる信じないはおまえさんの勝手だよ。もっとも、マーンおばさんはそいつを信じてたけどな。リベリアとシエラレオネのいたるところで、野蛮人の土人のアフリカ黒人どもがおどしてくるってな。それでマリンケの仲間とつるんで、エル・ハジ・コロマの東の飛び地にむかったけどな。(「飛び地」は「他者にとりかこまれた土地または領土」。) かくいうこのおれさまも、マリンケのやつらに東で落ちあうことになってるしな。」

そのせりふを聞いて、ぼくらは卒倒しそうになった(とても驚いた)。てことはつまり、つまりだよ。おばさんはいま、東にあるコロマの飛び地、エル・ハジ・コロマの飛び地にいるってことじゃないか。ぼくらはどうしたって、おばさんを助けださなきゃいけないだろ。だからこの軍隊、ジョニー・コロマ一派ともこっそり縁を切らなきゃいけなくなっちまったのさ。セクーとバカリが東にむかってばちあたりの旅路をつづけるのを、ぼくらはそのまんま見送った。(「ばちあたり」は「地獄の責苦をうける者」。) このふたりには、またあとで会うことになるだろう。ともかく、いまのぼくらは、ジョニーの軍隊をうまいことすりぬけるタイミングがほしかった。(「すりぬける」は「たくみにまぎれ出る」。)

隊列が小休止をとった合間をぬって、ぼくらはうまいことずらかった。(「ずらかる」は「こっそり逃げだす」。) その二日後には、ぼくらも道の足を東にとっていた。コートディヴォワールの国境にむかったんだ。ぼくらはブーブーの下にカラシュを隠していた。なにしろそれが部族戦争ってやつの望むところだからね。ヤクバのやつは、自分が呪物師でムスリムの大物グリグリマンであることをはっきりみせつけるために、グリグリをじゃらじゃら首にかけたり、護符をわさわさ両腕につけたりしている。そうしときゃあ、両足のふくらはぎに力がつくんだとさ。ぼくもぼくで、からだじゅうをお守りだらけにして、半開きのコーランを片手にかかえてる。道すがらリベリア土人の野蛮人の黒人どもに出くわしたって、そうしときゃあやつらは怖がって、道をジョナジョナあけるからね。路肩に立ちすくんで、ぼくらを先に通してくれるからね。

ぼくらはそんなふうにして三日のあいだ歩きつづけた。すると四日めのことだ。道をまがったところで、こんどはいとこのサイドゥ・トゥーレとばったり出くわすじゃないか。おまけにいとこのサイドゥときたら、なんともごりっぱに武装していやがるんだぜ。(「りっぱに」は「すばらしく」。) だってカラシュを六挺は身につけてるだろ。首から二挺をぶらさげて、両肩にもそれぞれ二挺ずつ掛かってるんだぜ。それから弾帯をからだにぐるぐる巻きにしてるだろ。腰まわりには銃弾をならべてるだろ。首かざりには呪物がついてるだろ。おまけにあごひげをはやすわ、髪の毛はもじゃらもじゃらときたもんだ。(「もじゃらもじゃら」は「乱雑な」。) いやになるようなかっこうだけど、それでもぼく、サイドゥの首に飛びついちゃった。だって、サイドゥに会えたのがうれしかったんだ。

抱きあったあとで、ぼくはいとこの姿を上から下へ、下から上へ、穴のあくほどながめまわした。

やっこさんもぼくをじいっと見つめると、ばか笑いをどでかくかまして、こうぬかしたね。「おまえさんもなあ、リベリアみてえなカサヤカサヤの国にいるんだったらよ、敵さんに二の足を踏ませるためにも、せめてカラシュを六挺はかかえてるようでなくちゃあいけねえなあ！」（「二の足を踏ませる」は「ある人の決定を断念させる」。）

ぼくのいとこのサイドゥ・トゥーレは、コートディヴォワールの北側じゃあ、だれにも負けない荒くれ野郎で、だれにも負けないほらふき野郎で、だれにも負けない飲んだくれなんだぜ。あんまり酒をかっくらって、あんまりけんかばっかりやらかしてるもんだから、年がら年じゅう裁判にかけられてるか牢屋にぶちこまれてるかのどっちかなんだ。半年のうちひと月以上牢屋のそとにいたことなんていちどもないぐらいだから、釈放中のやっこさんにはめったにお目にかかれない。そんなめったにないチャンスをつかまえて、ぼくのもうひとりのいとこ、ドクター・ママドゥ・ドゥンビアが、今回サイドゥにたのみごとをしてきたんだって。危険なおつとめだよ。ママドゥが万策つきたあげくサイドゥにたのんだのは、このいかれた国リベリアで自分の母さんをみつけてきてほしいってことだった。（「万策つきて」は「最終的に」。）で、このママドゥの母さんっていうのが、ずばりマーンおばさんのことなんだぜ。マーンをみつけてくれたら百万ＣＦＡを進呈するって持ちかけられたもんだから、サイドゥはふたつ返事でおつとめをひきうけたね。このぼくたちもさがしてる、あの気の毒なマーンおばさんだぜ。部族戦争にはまりこんだリベリアで、かれこれ三年以上もかけてぼくらがさがしてきた、あのマーンおばさんだぜ。いとこのサイドゥに出くわしたのがうれしくて、ぼくらは三人で旅をつづけることにしたんだ。

いとこのサイドゥ・トゥーレには、虚言癖があるんだぜ（「虚言癖のある者」は「体験した事実を想像上の冒険にかえてしまう者」。）おかしなやつでさ。それにサイドゥは、ドクター・ママドゥ・ドゥンビアのことが好きなんだな。牢屋にいるサイドゥに、ママドゥはしょっちゅう送金してあげてたからね。サイドゥはとっても思いやりのある口っぷりで、なにかっていうとぼくらにママドゥの話をしてくれたんだ。（「思いやり」は「友愛の情」。）

まだ七歳のチビ助のころ、ママドゥ・ドゥンビアは解放奴隷のおばあさんと若い娘に連れられて、百八十キロの道のりを歩いたことがあるんだって。野蛮人の土人の黒人のアフリカ人も、そのころはまだまだおばかさんでね。なにひとつわかっちゃいなかったんだ。村によそ者がやってくると、どんなやつにでも食いものと寝ぐらをあてがってやってたんだから。おかげでママドゥ少年とお供のふたりも、まるまる十日の旅のあいだは、寝ぐらも食いものもずっとちょうだいもので（ただで）すませられたんだって。

ある晩、三人はブンディアリについた。すると、これまでお供をしてきた女ふたりが腰かけて、こんどの旅のわけをママドゥにこんなふうにおしえてくれたんだ。アラーの神さまはうちの村にもたっぷりおさずけものをくだされた。あの狼藉者の狩人にだって、やんちゃ坊主のわちゃわちゃをたっぷりおさずけくだされた。（「やんちゃ坊主のわちゃわちゃ」は「騒々しい多数の子どものあつまり」。）狼藉者の狩人には、ブンディアリに兄さんがひとりいる。トゥーレっていう長老だ。そこで狼藉者の狩人は、やんちゃ坊主のわちゃわちゃの一部を、トゥーレ兄さんにさしだすことにしたんだとさ。つまり狩人の子どものうちに長老の取り分があって、そこにママドゥ少年がふくまれていたわけよ。ふたりの女は、じつのところママドゥのひきわたしをするために、長老トゥーレがくらすブンディアリまでいっしょにきてたんだ。だからこれからは、自分のおじさんにあたる長老トゥーレが、ママドゥ少年を生かすも殺すも自由にできる権利をもっていることになるね。これからはトゥーレおじさんが「寝ろ」って言えば、ママドゥ少年はどんな場所でもつべこべ言わずに寝なきゃいけないわけだ。長老のトゥーレおじさんはふたりの女に礼を言うと、ママドゥ少年の腕をとった。そして第一夫人を呼びつけて（遠くから呼んで）、ママドゥをひきわたした。ママドゥ少年はこの夫人の子どもになったわけだ。夫人の名前はタニアで、そのタニアのじつの息子がサイドゥだったのさ。

そのころ学校では、もう新学期がはじまっていた。長老は甥っ子のママドゥを、植民地主義者で植民者でトゥババブの白人の地区司令官のところに連れていった。そしてママドゥ少年をブンディアリの学校に登録させるおゆるしをいただいた。

サイドゥとママドゥ少年は、それから学校へいっしょにかようことになった。でもサイドゥは、自分とおない年のママドゥにやきもちをやいていた。タニア母さんが、自分とおんなじくらいやさしくママドゥ少年のめんどうをみてるのが、気にくわなかったんだ。ふたりはなんどもとっくみあいのけんかをしてね。そのたんびにサイドゥの母さんがけんかをとめにやってくるだろ。でも、母さんからお目玉をくらうのは、いつだってサイドゥの方だったのさ。

そのころサイドゥとママドゥ少年は、タニア母さんのベッドの足もとにしいてあるゴザで、いっしょに寝ていた。ママドゥ少年は、しょっちょうおねしょをした。だからきれいじゃなかった。ていうか、すげえきたなかった。ゴザをめくると、でっかいウジ虫がそこいらじゅうにうじゃうじゃ這いまわってた。（「ウジ虫」は「ハエの幼虫」。）そこでサイドゥは、不潔なママドゥをやっかいばらいする作戦を思いついた。ある晩サイドゥは、母さんのベッドの足もとのゴザのうえでうんこをたれた。でっかいうんこを一発ひり出してさ。で、翌朝、うんこたれは自分じゃなくてママドゥ少年だって頑固に（「かたくなに、執拗に、後には引かずに」）言いはった。ママドゥは弱虫で臆病なチビ助だったから、サイドゥに言いかえすこともできない。それで地べたにへたりこむと泣いちまった。さあそうなると、泣くからにはその涙こそ、犯行の証拠にされちまった。うんこたれはママドゥだっていう証拠にされたんだ。タニア母さんは怒ったね。うんこたれの罰として、ママドゥ少年は使用人の小屋で、使用人どもといっしょに寝ることになっちまった。（「使用人」は「下僕」。）おまけに使用人どもはママドゥを小屋の奥に押しやって、自分たちから離して寝かせるしまつよ。ママドゥはそこでもあいかわらずおねしょをしちゃあ、ウジ虫のうじゃうじゃにかこまれてくらしてた。からだをきれいにしてない子のゴザの下には、いつだってウジ虫のうじゃうじゃがわくものなのさ。

サイドゥとママドゥ少年は、それからもいっしょに学校へかよった。やがて学校では、ママドゥが頭のいい子だってことがわかってきた。ていうか、すっごく頭がよかったんだ。それにくらべてサイドゥは劣等生で、どの科目にも問題があった。フランス語の発音はへたくそだし、書き方もハエっころの足みたいにのたくった字しか書けなかった。サイドゥがもし先進国の子どもだったら、きっとカウンセラーのごやっかいになってたはずだね。そんなわけでサイドゥが十歳になったころには、もう村の小学校をやめてもらうほかに、先生の方でも手の打ちようがなくなったんだ。

なもんで、第二次大戦の四年間は、ママドゥ少年がひとりで学校にかようことになった。でも学校には先生がいなかった。だから戦争がおわってみると、ママドゥも初級クラスの二年にしちゃあでかすぎる生徒になっていた。年をくいすぎてたんだ。それでママドゥも学校をやめさせられた。

でも、村の先生がママドゥのために小学校の修了証書を書いてくれて、ママドゥは修了証書を手に入れた。なんせそのころときたら、土人のアフリカ黒人がてめえの才能をてめえで伸ばしていこうなんて、まず思いつきもしない時代だぜ。だからママドゥの修了証書は、たいへんなお手柄になってね。白人のセルクル司令官と地区長官も、そんなお手柄少年の力添えをしてやることにきめて、ママドゥの出生証書の補追審査ってやつに手心をくわえてくれたんだぜ。おかげでママドゥ少年は、いきなり五歳年下の子どもになった。バンジェルヴィル上級初等学校（ＥＰＳ）への入学条件をすべてみたせるようになったのさ。それでママドゥはＥＰＳに入学した。それからゴレ師範学校にすすんだ。それからダカール医学校にすすんだ。

ママドゥがそんな輝かしい学歴をつみかさねていたころ、サイドゥはいまいましい人生に足をつっこみかけていた。けんかのおつぎはまたけんか、牢屋のおつぎはまた牢屋、牢ぬけのおつぎはまた牢ぬけときたもんだ。牢屋をぬけだしたサイドゥは、コートディヴォワールを突っきった。仏領西アフリカも突っきった。そのむこうがわのサハラ砂漠で、でたとこ勝負の放浪よ。やれニジェールだ、ティベスティだ、リビアだって、それこそサハラのあっちこっちをさまよってさ。ようやく村にもどっても、けっきょく牢屋のおつぎはまた牢屋のくらしに逆もどりするざまだった。で、さいごに牢屋から出てきたとき、やつはママドゥからたのみごとをされたのさ。リベリアの森に行って、母さんを連れもどしてきてくれないかってね。

部族戦争にはまったリベリアの道をいっしょに歩きながら、サイドゥはてめえのいまいましい人生とママドゥ・ドゥンビアの人生について、こんな感じでずっと話してくれたんだ。三日三晩ぶっとおしで話してくれたんだぜ。すると四日め、ぼくらはコートディヴォワールの国境にほどちかい、ウォロッソ村にたどりついていた。ぼくらというのは、札びら殖やしでムスリムの呪物師をしているヤクバと、ドクター・ママドゥから母親さがしをたのまれた悪党のサイドゥ、そしておそれもとがめも知らない通りの子で子ども兵をやってるこのぼくだよ。ウォロッソ村には、エル・ハジ・コロマのキャンプがあった。部族戦争のキャンプはリベリアでもシエラレオネでもどこでもそうだけど、エル・ハジ・コロマのキャンプも敷地がぐるっと杭でかこまれて、どの杭にもひとのしゃれこうべが乗っかってたんだぜ。ワラエ（全能なる神の御名にかけて）！　なにしろそれが部族戦争ってやつの望むところだからね。キャンプについたぼくらは、正門といえそうな場所にむかった。しゃれこうべがふたつ乗っかった杭が両脇に立っていて、正面に武装した子ども兵がふたり立ってる場所があったんだ。ぼくらがそのふたりにむかってマリンケ語であいさつしようとすると、十人くらいの完全武装したゲリラ兵がいきなりぼくらをとりかこんできた。ちかくの森で地べたに伏せてたやつらがすっと起きあがって、ぼくらをかこんだのさ。（「すっと」は「すばやく」。）ぼくらはそれでもあいさつをつづけようとした。なのにやつらはそんなの聞きもしないで、大声で命令してきやがった。「手をあげろ！」ぼくらはぐずぐずしないで両手をあげた。やつらはぼくらのからだから武器をはずしていく。パンツのなかまで調べやがった。まあそんなお出迎えこそ、部族戦争ってやつの望むところだからね。やつらはあいかわらず、ぼくらのあいさつにうんでもすんでもない。かわりに「おまえらひとりずつ、素性をあかせ」と言ってきた。

で、まずはサイドゥが口火をきった。これまでにてめえがやりとげたお手柄話をおっぱじめたんだ。これがまた、いんちきくさい話でね。そもそもわが輩はＵＬＩＭＯ（United Liberian Movement）の大佐なんだとさ。うそこけ。あんたブンディアリの牢屋からまっすぐここまできたんだろうが。おまけに、わが輩は大佐であるからして、カラシュを六挺も所持してるんだとさ。またまたうそこけ。母さんさがしをたのまれたときにあんたが銃をほしがってドクター・ママドゥに駄々こねたんだろ。ドクターがわざわざマンの街まであんたのお供をしてさ。リベリアの国境ちかくならカラシュもご奉仕価格で買えるから、あんたにカラシュを一挺買おうとした。なのにあんたは六挺もほしがった。まあそれだけ数がありゃあ、なにか品物と交換するにも旅費を工面するにも、それが元手になるかと考えて、ドクターはカラシュを六挺も買ってくれたんだろ。（「旅費」は「旅の助け」。）おかげであんたはその六挺で武装して、部族戦争にはまったリベリアの森に踏みこんできたんじゃなかったのかい。なのにサイドゥのやつときたら、まだ作り話をやめないんだぜ。エル・ハジがマリンケの庇護に身をささげようとマリンケ人を全員ひきつれて撤退した。その報せをうけたときには、わが輩もしごく満足したなんて言ってのけやがる。（「庇護」は「権威があたえてくる保護」。）そこでわが輩もＵＬＩＭＯ離脱を決意した。さりとてわが輩は大佐の位にある勇敢な軍人であるからして、ＵＬＩＭＯ軍もわが輩の離脱をすんなり受け入れはしなかった。上官からは慰留されたが、わが輩は応じなかった。逆にきさまらも多数のマリンケ人を殺したはずだと公然と告発してやった。それがおもしろくない上官どもに自分は罠をかけられ、逮捕され、武器を奪われ、鎖につながれ、牢屋にぶちこまれたんだとさ。

これみんな、サイドゥがしゃべってる冒険談だぜ。だがこのわが輩、サイドゥを牢獄に留置しておける者など、この世にひとりとて存在しない。ULIMOの上官はそこのところがわからなかった。わが輩は牢獄の壁に亀裂を入れてやった。鎖がぬけおちてだらんとたれた両腕も見せてやった。するとULIMOの上官や一般兵が、わが輩をいっせいに銃撃してきた。が、それも成功しなかった。銃弾がとちゅうで水に変じて、わが輩のからだを流れおちたからだ。ゆえにULIMOでは、上官も一般兵も子どもも兵もパニックにおちいり、ひとりのこらず逃げ去った。(「逃げ去る」は「急いでずらかる」。) 武器も持たずに逃げ去ったゆえ、わが輩はカラシュを六挺ひろいあつめ、エル・ハジ・コロマのキャンプまでこうして届けに参ったんだとさ。

サイドゥのおつぎは、ヤクバが素性をあかす番だ。ヤクバも作り話をおっぱじめたよ。わが輩は、シエラレオネのジョニー・コロマ軍で中佐の位にある、グリグリマンの中佐なんだとさ。うそこけ。そんなの、でたらめのこんこんちきよ。なんでも、わが輩が中佐の位にあるのは、数々のめざましい戦果をあげたからなんだと。わが輩は、戦艦と戦闘機を介したECOMOG軍の砲撃を徒労におわらせた。戦闘機、沖合に停泊するさまざまな戦艦、空港に設置された数々の大砲がシエラレオネにむけていっせいにあびせかけた砲弾を、わが輩はひとつのこらず水に変じてみせた。ECOMOGの軍人がシエラレオネ国民にむけた砲弾は、ゆえにすべて無駄となった。砲弾は一発たりとも炸裂しなかったからだ。かくしてわが輩は、敵の全兵力、すなわち軍隊と軍備のすべてに妖術をかけおおせた。のみならずわが輩は、ジョニー軍のゲリラ兵と子ども兵全員の姿を、ECOMOG侵略者の目には見えないようにしてやった。かくしてECOMOGの侵略者は、虚空にむけて発砲するしかなかったんだと。

ゲリラ兵は、呪物師ヤクバを押しのけた。こんどはぼくがしゃべくる番だぞ。

ぼくより年上のサイドゥとヤクバが、そろいもそろってこそ泥じみたちんけなほらをふくのを聴いてたもんだから、ぼくもふたりにならって、てめえのお値段をつりあげようとした。ぼくだって、ジョニー・コロマ軍では子ども兵の少佐をつとめてたって言ってやったんだ。スパイ工作をやらせたら、ぼくの右にでる子ども兵はいないんだぞ。ぼくはECOMOG参謀本部にだってしのびこんで、やつらの戦略地図を一枚のこらずくすねてきたんだ。おかげでECOMOGは、あたり一帯をやみくもに爆撃するはめになったんだぞ。（「やみくもに」は「でたらめに」。）ぼくは参謀総長のウィスキーにも下剤を入れてやった。それで参謀総長はピーピーになって（「ピーピー」は「下痢」）、じっとしてられなくなったんだぞ。ほかにも、シエラレオネの領海から砲撃してくる敵の戦艦に、丸木舟で乗りこんだことだってあるんだぞ。戦艦の端っちょから乗りこんで水夫の食糧に毒を盛ると、やつらはハエっころみたいにあっさり死んじまった。こいつは流行り病いにちがいないと踏んだ残りの水夫どもは、みんな船から逃げだした。それで爆撃はおさまったんだぞ。ぼくは、そんなほら話をふきまくってやったんだ。

ぼくら三人の作り話がおわると、ゲリラ兵からようやっとマリンケ語であいさつが返ってきた。「ようこそいらっしゃいました。」いまの話しっぷりを聞いて、こいつらはぼくら三人が正真正銘のマリンケ人で、スパイをしにきたギオやクラーンのやつらじゃないことがわかったんだ。てことは、このウォロッソ村、エル・ハジ・コロマのキャンプで、ぼくらはいま歓迎されてるってわけだ。ぼくらは愛国者ってわけなんだ。これからエル・ハジ・コロマ軍に入って、さっきのほら話で「まえの軍

隊ではこうだった」とほざいたとおりの軍階をいただくことになるんだ。なんせ、エル・ハジ・コロ
マ最高司令官さまの大いなる愛国軍には、ぼくたちみたいに有能な将校が必要ときてるのさ。
こうしてぼくら三人は、エル・ハジ・コロマ軍の上級将校にまんまとおさまった。どいつもこいつ
も、いまとなっちゃあ、のほほんとしたもんよ。三人そろって、あらゆる軍規命令を出す権限を手に
入れたんだから。（「軍規命令を発する者」は「副官」。）なによりふたり分の配給食糧を食えるように
なったんだから。
ただしエル・ハジ・コロマ軍では、ろくな食いものにありつけなかった。ぼくらの食事も、皿の
端っこにちょこんとつまんだ飯粒が乗っかってるだけのしろものでね。小屋の奥で昼も夜もへたばっ
てるよれよれの病気のばばあなら、すぐにでもくたばっちまうくらい飯がすくないんだぜ。だいいち
米がじゅうぶんじゃないよ。ていうか、ぜんぜん足りねえよ。
エル・ハジ・コロマのやりかたは、難民どもからものをしぼりとることでなりたっていた。いいか
えりゃあ、NGO（非政府組織）からものをだましとることでなりたっていた。NGOが食糧供与の
必要ありとみなしたマリンケの難民どもを、わが軍が力ずくでキャンプにひきとめておくだろ。その
うえでNGOにむかって、難民あての物資はかならずわが軍を窓口にしろって言うだろ。そうしてあ
とは受取人の難民どものことなんかけろっと忘れて、わが軍がまっさきに物資をがっぽりいただいち
まうって寸法よ。NGOのみなさまが、米やら薬やらをかかえてキャンプの正門にいらっしゃるたん
びに、わが軍がばっちりしこんでおいたあわれな難民どもがぞろぞろ出てきて、いっつもこんな申し

たてをするようにさせとくのさ。

「みなさんは、なぜ私どもの兄弟を信じようとされないのです？　私どもの命を救ってくれたエル・ハジ・コロマ軍の兄弟のことですよ。みなさんが兄弟に託された物資を、私どもはすべて受けとっております。なにしろ兄弟ですからね。兄弟に物資をわたすのは、それをすべて私どもに直接手わたしているのとおなじこと。みなさんからの贈りものをいただこうにも、私どもはこの門からそとには出られませんし、みなさんにしてもこの門からなかには入れません。ですから私どもウォロッソキャンプの難民は、兄弟の手をわたっていない贈りものについては、いっさいなかったものとしてあきらめます。そんな贈りものはいただけませんから。」

みじめで窮乏にまみれた難民どもにそれほどの決意でせまられりゃあ、そりゃあNGOだって折れるわな。（「窮乏」は「極度の貧困」。）そんでもって難民のことなんか考えるまえに、このぼくらが当の物資をいただいちまうってわけなのよ。

ぼくらは三カ月のあいだ、くる日もくる日もこんな軽わざをこなしつづけた。でもだからって、おばさんのことを忘れてたわけじゃないよ。なわけあるかよ。ぼくらはおばさんのゆくえをがんばってさがしてたんだ。ただしこっそりとね。ぼくらというのは、虚言癖のあるサイドゥ大佐と、足をひきずる悪党でグリグリマンのヤクバ中佐と、そしてこのぼく、とがめを知らない通りの子のビライマ少佐だよ。ぼくらはおばさんをこっそりさがしてた。そいつが目あてでここにいるなんてことがもしばれたら、せっかくの肩章をとりあげられちまうからね。

そんなある日のこと。サイドゥがぼくらのところに信じられない報せをもってきた。はじめはヤクバもぼくも、どうせそんなのはやっこさんがこさえた数ある作り話のひとつだろうときめこんでいた。でもサイドゥは、ぼくの腕をつかむとエル・ハジ・コロマ最高司令官の家までひっぱってくじゃないか。てことは、ほんとなんだ。ほんとにほんとのことなんだ。エル・ハジ・コロマのウォロッソキャンプに、あのドクター・ママドゥ・ドゥンビアが、いまきてるんだ。ドクターはほんとにこの村にいたんだぜ。ドクターはこの村までやってきて、エル・ハジ・コロマそのひとにじかに悩みをうちあけてたのさ。そして最高司令官の命令でマーンおばさんの捜索がはじまって、おばさんの足どりはもうつきとめられていた。なんでも、おばさんはこの村の病人収容キャンプまでたどりついてたんだって。どうやらマラリアにやられて、おばさん専用のゴザ（つまりベッド）を用意しなくちゃならないほどの高熱にやられてたんだって。ところがちょうどそのころ、キャンプにくらすマリンケ人は一致団結してNGOをボイコットしている最中だった。（「ボイコットする」は「組織とのあらゆる関係を自発的に断つ」。）自分たちの救いの神になってくれたエル・ハジ・コロマとは協力しないってNGOのやつらが言うもんだから、難民側もNGOに協力するのをやめようとしてたんだ。NGOがキャンプに担架をもちこんで保健センターの病人をかつぎだそうとしても、マーンおばさんはだからそいつをことわった。キャンプにいる難民すべての結束をくずすまいとして、きっぱりことわったのさ。それから三日間、おばさんは寝たきりだった。そして四日め、まるでイヌっころみたいに亡くなっちまったんだって。アラーの神さま、どうかおばさんのことをお憐れみになってください。

ぼくらは最高司令官の副官の案内で、おばさんがくらしてたっていう掘っ建て小屋に入ってみた。おばさんは最期に、ぼくのことを話してたんだって。ぼくの身のうえを、とっても心配してたんだって。トゴバラ村の生まれで、いまは難民になってる男のひとから聞いた話だよ。このひとがおばさんの最期をみとどけてくれたんだ。ぼく、もう涙があとからあとから流れてくる。サイドゥ大佐も地べたに突っ伏しちゃった。ヤクバはお祈りをして、それからぼくにこう言った。アラーの神さまは、ぼくがおばさんにふたたび会うことをお望みにはならなかったんだって。そんなアラーの御心は、この世だろうが天上だろうが、かならずそのとおりになっちゃうんだって。サイドゥはあいかわらず地べたに突っ伏して、両手で地べたをばんばんたたいてる。でも、やつのそんな姿を見てたら、ぼく、おもわずゲロが出そうになって涙をぬぐったんだ。だってサイドゥの野郎、泣きながらこんなことをほざいてたんだぜ。「おばさんが死んだなんてつらいぜ。すげえつらいぜ。もうドクターに会わすこともできなくなっちまったじゃねえか。ドクターがおれっちに百万ＣＦＡを払ういわれも、これでなくなっちまったじゃねえか。」サイドゥが悔やんでたのは、おばさんにたいしてじゃなかった。百万ＣＦＡにたいしてだったのさ。

おばさんの最期をみとってくれたトゴバラ生まれの難民は、シディキってひとだった。シディキは、おばさんの形見の品として、ずたずたに裂けたパーニュと半袖のシャツをドクター・ママドゥに手わたした。そうすっと、またドクターがそいつをぎゅうっと抱きしめるんだぜ。ファフォロ（おれのおやじのちんぽ）！　かわいそうだったなあ。

シディキは、トゴバラ村生まれのべつの難民が着ていた服も持っていた。そのひともボイコットの指令を守ったせいで亡くなっていた。通訳だったひとで、名前はヴァラスバ・ジャバテっていうんだ。マリンケの男だよ。マリンケでジャバテの姓をもつひとは、グリオのカーストでね。（「カースト」は

「閉鎖的社会階層」。つまりそこに属する者は、父から息子へとグリオの職能を継承し、グリオでない女性と結婚する権利がない。）グリオ・カーストのひとはみんなそうだけど、ヴァラスバ・ジャバテも頭のいいひとだった。よそのことばをいくつも聞いたり話したりできたんだって。フランス語だろ。英語だろ。ピジン語だろ。クラーン語だろ。ギオ語だろ。ほかにも、このいかれたリベリアで野蛮人の土人のニグロの黒人が話すことばなら、いくつかつかいこなせたんだ。ヴァラスバはＨＣＲ（難民高等弁務官事務所）の通訳にやとわれたんだって。そんなわけで、ヴァラスバは辞書を何冊も持っててね。『ハラップス』だろ。『ラルース』だろ。『プチ・ロベール』だろ。『ブラックアフリカにおけるフランス語の語彙特性目録』だろ。ほかにも、リベリアのニグロで野蛮人の黒人が話すことばの辞書を、何冊か持ってたんだって。なもんで、ＨＣＲの大物がリベリアを訪問するたんびに、ヴァラスバ・ジャバテがお供をするようになったんだ。そんなある日のこと、ヴァラスバ・ジャバテは、ある大物のお供で金産地のサニクリーまで出かけた。ジャバテは行った先で、砂金採りの元親たちに会った。元親が銭をたんまりもうけていることを知ると、お供をまかされた相手をほっぽって、そのまんまサニクリーに住みついた。自分も砂金採りの元親におさまったんだ。ところが、サニクリーの元親稼業でようやっと銭をたんまりかせぎはじめたところに、クラーン族のやつらがやってきた。やつらはマリンケの元親なんておことわりだったから、ヴァラスバもさっさとジョナジョナ（ただちに）ずらかった。辞書を何冊もかかえて、マリンケの逃げ場、つまりエル・ハジ・コロマのキャンプにたどりついたんだ。ヴァラスバは、そっからアビジャンに帰るつもりだった。実入りのある通訳の仕事をアビジャンでつづけようと思ったのさ。でも不幸なことに、キャンプについたころのヴァラスバは、重病におかされていた。しかもボイコットのせいで、病気の手当もしてもらえなかった。で、死んじまった。亡骸は共同墓穴に放りこまれた。遺品の辞書をどうしたものか、その後シディキは困っていた。それでシディキは、そいつをぜんぶぼくにくれたんだぜ。ぼくがうけとって保管することになったのは、フランス語辞典の『ラルース』と『プチ・ロベール』。それに『ブラックアフリカにおけるフランス語の語彙特性目録』と、ピジン語辞典の『ハラップス』だよ。こんな辞書たちがいるおかげで、ぼくもこうしてとんちき話をしてられるってわけなのさ。

おなじく副官の案内で、ぼくらはおばさんの亡骸が埋められた共同墓穴のところまで行ってみた。墓穴のまわりにしゃがんで、お祈りがしたかったんだ。お祈りはヤクバのみちびきではじまった。ところが、さいしょの「アラー・クバル、アラー・クバル」をヤクバがとなえおわったかどうかってときに、あっちからセクーがやってくるのが見えるじゃないか。やつがどっからきたかなんて知るかよ。とにかくセクーも、墓穴のところで信心ぶかげにしゃがみこんだ。ほら、ヤクバの友だちで、まえに白いニワトリをいきなり出してみせたあいつだよ。ヤクバとおんなじ札びら殖やしでグリグリマンのあいつだよ。ヤクバがとってもはっきり澄みきった声で、お祈りをとなえはじめた。お祈りのことばは天にむかってまっすぐそのまま昇っていく。でもたぶん、天の方ではそいつをうけとっちゃくれないね。おばさんが眠る共同墓穴のまわりには、七人の男がしゃがんでるけど、こんなかには悪党が三人もまじってるんだから。ここにしゃがんでる七人というのは、ドクターと、最高司令官の副官と、ヤクバと、セクーと、サイドゥと、セクーの司教補佐と、そしておそれもとがめも知らない通りの子のぼく、ビライマだよ。このうちどんな卑劣なことでもやりかねない追いはぎ野郎の三人といやあ、それはサイドゥとヤクバとセクーだね。この三人がまじってたから、アラーの神さまはぼくらのお祈りを受け入れてくださらなかったにちがいない。だから、だれかべつのイマームのおみちびきで、ぼくらはこれからお祈りをやりなおすつもりでいるんだよ。マーンおばさんの御魂《みたま》が安らかに眠るよう、もっとたくさんお祈りをささげようと思ってるんだ。

いまぼくたちの目のまえには、マン経由でアビジャンに行く道がまっすぐのびている。（「経由」は「マンを通過して」。）ドクター・ママドゥの四駆、パセロに乗ってるのは五人。ドクターと、ドクターの運転手と、ヤクバと、セクーと、そしてぼくだよ。サイドゥはここにはいない。やつはぼくらといっしょにこようとしなかったからね。サイドゥの野郎、出発まぎわにありったけの勇気をぶるぶるふりしぼって、ドクターにこうたずねてきやがったんだ。

――マーンと言やあ、おれっちにとっても叔母にあたる間柄よ。だからよ、ほんといって、おれっちだって、お手当なんか抜きでゆくえさがしをすべきところだわな。でもおまえさん、約束したじゃねえか。百万ＣＦＡくれるってよ。なもんで、おれっちもひとつ百万ＣＦＡもらうんだって頭に慣れちまってよ。てめえが百万長者になったところをしじゅう絵に描いてたわけだ。百万ＣＦＡってやつで、食料品の店でも一発おっ建てようかなんて思うじゃねえかよ。ところがだ。いまとなっちゃあ、どうだい。マーン叔母も死んじまったじゃねえか。なあおい。だからひとつおしえとけよ。百万ＣＦＡのうち、たとえいくらかでもおれっちにくれてやるような頭が、いまのおまえさんにあるのかどうか。そこんとこをひとつ、ぶっちゃけ聞かせとけよ。

――そんな気はまるでないね。ないといったらない。ぼくはこれから、母さんの葬式だって出さなければならないんだぜ。

ドクターがそう答えると、サイドゥはこっちに背中をむけてから、こう言った。

――ならひとつ、おれっちはこのウォロッソに残って、大佐のご身分でも味わうことにすっかな。


四駆のうしろの席で、ぼくはヤクバとセクーにぎゅうぎゅうはさまれている。でも、道はまっすぐのびている。ふたりのどえらい追いはぎ野郎は、うしろの席ですっかりご満悦だ。ズボンのもっこりしたあそこには、金とダイアモンドのつまった巾着がずっしりしているしね。それにドクターが、ふたりに約束してたんだ。ブンディアリについたらふたりの出生証書の補追審査に手をくわえてもらえるよう、ドクターがかけあってくれるんだって。あたらしい身分証明書が手に入りゃあ、この先やつらもアビジャンで大手をふって札びら殖やしの悪党稼業に精がだせるってなもんよ。ワラエ（全能なる神の御名にかけて）！

ぼくが相続したばかりの四冊の辞書。（「相続する」は「継承により譲渡された財をうけとる」。）ぼくは、そんな辞書たちのページをぱらぱらとめくっていた。四冊の辞書っていうのは、『ラルース』と『プチ・ロベール』と『ブラックアフリカにおけるフランス語の語彙特性目録』、それに『ハラップス辞典』だよ。四つの辞書をぱらぱらやってたら、すてきな考えがぼくのてっぺん（ぼくのあたま）にうかんできた。ぼくがこれまで運まかせにやらかしてきたことを、一から十まで話してみたらどうだろう。それもいろんな単語をおりまぜて、話してみたらどうだろう。フランス人でトゥバブで植民者で植民地主義者で人種差別にまみれたやつらがつかうような、学のあるフランス語の単語とかね。アフリカ黒人でニグロで野蛮人のやつらがつかうような、でっかい単語とかね。ピジンのげす野郎のニグロどもがつかう単語とかね。そんなのをおりまぜて話をしてみたらすてきだな。ちょうどそんなことを思ってると、ぼくのいとこのドクター・ママドゥがぼくに話しかけてきた。ドクターは、ぼくにこのことを言う頃あいを見計らっていたんだね。

――かわいいビライマや。私にすべてを話しておくれ。おまえが見てきたこと、してきたことのすべてを私に話しておくれ。いままでおまえの身におきたことのなりゆきを、のこらず私に話しておくれ。

だからぼく、ゆっくりと腰をおろして、きちんとすわってみたんだ。そしてこんなふうに話をはじめたんだよ。「これにしよっと。ぼくのとんちき話の完全決定版タイトルは、こんなだよ。『アラーの、神さまだってこの世のことすべてに公平でいらっしゃるいわれはない』。」それからぼくは何日もかけて、てめえのほら話をふきつづけたんだ。

「そいで、まずはと……。で、一……。ぼくはビライマ。ちびニグロ。でも、ブラックでガキんちょだからじゃないよ。ちがうって！……。」その他もっろもろ。

「……そいで、二……。ぼく、学校はあんまり上までいかなかった。初級クラスの二年でやめちゃった。教室の長椅子とおさらばしたのは、みんなが……。」その他もっろもろ。

ファフォロ（おれのおやじのちんぽのバンガラ）！　ニャモゴデン（おれのおふくろ淫売女）！

日本語版への著者あとがき

これまでの私の作品のうち、本書は初めて日本語に訳された作品です。この場をかりて日本の方々に敬意を表するとともに、とりわけ本書を読まれたみなさんには友愛の情をささげたく思います。なにゆえ友愛の情かといえば、私のような著者にとり読者はすでにひとりの友にもひとしいからです。一冊の書を何時間もかけて読みつぐ道すがら、ずっと差し向かいでいてくれた人は、著者にとり真の友となったも同然だからです。

本書を読みおえたばかりのみなさんはすでにご存じのとおり、本書では、リベリアとシエラレオネの部族戦争を生きたビライマ少年の冒険が描かれています。なるほど本書はフィクションですから、ビライマ少年なる人物がけっして実在しなかったことはいうまでもありません。しかしながら、この少年が目にしたことは現実であり、彼の行いはどれをとってみても、現実に少年兵が行ったことかもしれないのです。

本書を一読されたいま、みなさんにはこう問いかけるだけの権利があります。かくも残虐なふるまいがなぜ現実に起きてしまったのかと。考えられる説明のひとつをみなさんに示してみましょう。

一八八四年、西洋世界はアフリカを分割しました。リベリアはアメリカ合州国の、シエラレオネは英国の所有地となりました。リベリアとシエラレオネは、アメリカ由来の黒人解放奴隷に植民地化され、アフリカでは他に類例をみない二つの国です。リベリアはその全土が解放奴隷に植民地化されました。シエラレオネも国土の一部がおなじく解放奴隷の手で植民地化されました。そして一九九四年、冷戦の終結をまって、白人入植者はアフリカのすべての国家からついに立ち去りました。しかし、リベリアとシエラレオネでは、黒人入植者が居座りをつづけたのです。過去一世紀にわたり、彼らは入植者としてふるまうことによって、植民地化を被った土着の人々と向きあってきました。そのため後者に属する人々のあいだには、復讐によって解消すべき欲求不満が息づいていたのです。リベリアとシエラレオネで生じた憎悪と残虐行為の、それがひとつの原因なのです。

いまいちど感謝をこめて

クルマ、アマドゥ

訳註

▼五頁

ビライマ（Birahima）

イスラーム世界の人名「イブラーヒーム Ibrāhīm」にならった西アフリカ・イスラーム系社会の男性個人名。ビライマ、ブライマ、ブライマン、イブライームなど、個人や地域によりさまざまな音のヴァリエーションをもつ。

ちびニグロを話す（parler petit nègre）

「（植民地のアフリカ人のごとく）不明瞭な片言のフランス語を話す」の意味でフランス語に定着した侮蔑的な俗語表現。

初級クラスの二年（cours élémentaire deux）

仏語圏西アフリカ諸国の学制は、おおむねフランスのそれに準じているが、ＣＰと略称される小学校低学年の「準備級 cycle préparatoire」には二カ年を設定してある。したがって、ここでいう「初級クラスの二年」すなわち「初級第二学年 cycle élémentaire 2ᵉ année」とは、日本の初等教育における小学校四年生に相当する。

▼六頁

フランス語圏アフリカ（Afrique francophone）

かつてフランスの海外領土を構成していた、今日の仏語圏アフリカ諸国のこと。とりわけ本書では、かつての仏領西アフリカ l'Afrique Occidentale Française、今日の仏語圏西アフリカ諸国が物語の副次的な舞台となる。

仏領西アフリカとは、第三共和政下の一八九五年に創設されたアフリカ大陸最大のフランス海外領土（本国の約九倍の領土面積）である。複数の植民地から構成された連合植民地体制をとり、仏領西アフリカ全土を統轄する連合総督府がダカールに置かれていた。旧仏領西アフリカの構成植民地がそれぞれ一九六〇年前後に独立をはたし、現在の仏語圏西アフリカ八カ国（モーリタニア、セネガル、ギニア、コートディヴォワール、マリ、ブルキナファソ、ベナン、ニジェール）となった。

バナナ共和国（république bananière）
狭義には、バナナ産業をめぐって歴史的に形成されたような、アメリカ合州国資本に高度に依存した中央アメリカ諸国の脆弱な政治経済状況を指して用いられる表現。

表も裏も黒こげのガレット（une galette aux deux faces braisées）
ガレットは、ふつう片面のみが焼けているものなのに、それが両面とも熾火で黒く焦げてしまっている。すなわち「進むも引くも行き止まり」、または「八方ふさがり」、「どん詰まり」、「出口なし」の意。

リベリア（Liberia）

アメリカ黒人（Américains noirs）
リベリアは、西アフリカ大西洋沿岸に位置するアフリカ最古の黒人共和国（地図参照）。人種隔離思想をもつ複数の白人系団体により、アメリカ合州国南部や西インド諸島から送還されたアフリカ系解放奴隷、およびアメリカ海軍が洋上の奴隷密貿易船から解放した「奪還奴隷」が沿岸に入植したのち、一八四七年に共和国として独立した。以後、アメリカの政治制度や生活様式を忠実に模した沿岸コミュニティが形成され、「アメリコ＝ライベリアン」と呼ばれる黒人入植者の子孫が国家権力を独占する都市エリートとして、内陸先住民に対する少数支配体制を確立した。ビライマ少年のいう「アメリカ黒人」とは、正確な英語の運用能力を自らの文化的ステイタスの拠り所としてきた、これらアメリコ＝ライベリアンを指している。

開化黒人（noirs civilisés）
フランス式の教育と生活様式になじみ、とりわけフランス語を流暢に話せる「文明化された」アフリカ人のこと。同化主義にもとづくフランス植民地期の「開化民 lettrés」、すなわちフランス語の読み書きができるフランス植民地臣民 sujets の概念と密接な歴史的関係をもつ表現である。

トゥバブ（toubab）

「白人」、「ヨーロッパ人」、「フランス人」、「フランス化したアフリカ人」などを意味する名詞。古典アラビア語の「医者 ṭabīb」を語源とし、仏語圏西アフリカの日常会話で広く用いられる単語である。

ギニア（Guinée）

コートディヴォワール（Côte d'Ivoire）

ギニアもコートディヴォワールも、仏領西アフリカの構成植民地から第二次大戦後に独立した、仏語圏西アフリカの共和国（地図参照）。本書の著者アマドゥ・クルマの半生のみならず（訳者解題参照）、ビライマ少年の物語においても、この二カ国は重要な意味をもつことになる。

▼七頁

ファフォロ（faforo）

ニャモゴデン（gnamokodé）

それぞれ「父の陰茎（▽父 fă + 陰茎 fɔrɔ）」、「尻軽女の産んだ私生児（▽愛人 ɲàmɔ̀gɔ̀ + 子 den）」を意味するマンデ語表現。日常の脈絡で発話すれば、対人関係に甚だ深刻な結果をもたらしかねぬ罵倒語である。

なおビライマ少年は、「ファフォロ」の仏語訳を、本書でときおり「おやじのケツ cul de père」と記している。仏語圏西アフリカの「尻 cul」は、フランス語本来の俗義と同じく「性器」の隠語としても用いられ、またマンデ語の「ファフォロ」を「父親の尻」と訳すのはどうみても正確でないため、これもひとしく「おやじのちんぽ」と訳出した。

また「ファフォロ」と「ニャモゴデン」のいずれについても、ビライマ少年はときおりこれを「ア・ファフォロ A faforo」や「ア・ニャモゴデン A gnamokodé」のように表記している。この場合の単語「ア a」は、マンデ語の人称代名詞所有格とも解しうるが、本書では感嘆詞のごとく用いられている。

ワラエ（Walahé）

同義のアラビア語句「ワッラーヒ wa-Allāh」の転音語。西アフリカのイスラーム系社会では、ラの音節に強勢をおく「ワライ」の語音がより一般的であり、「ワラエ」では通じにくい。ただし、本書の著者クルマの故郷に近いコートディヴォワール・オジェンネ地方のマンデ語方言では「ワラエ」のごとく発音される(cf. Braconnier, C. & S. Diaby 1982 *Dioula d'Odienné (parler de Samatiguila) : matériel lexical.* Abidjan : ILA)。

マリンケ (Malinké)

種族 (race)

西アフリカのセネガル、ガンビアから、ギニアビサウ、ギニア、シエラレオネ、リベリア、マリ、コートディヴォワールにかけての広汎な地域には、言語学上、北西マンデ語系北グループ(以下の訳註では、北マンデ系と略称)に分類され、英語の通称でマンディンゴ Mandingo、フランス語の通称でマンデング Mandingue と呼ばれる諸民族が多数居住している(「マンディンゴ/マンデング」の通称は「マンデンカン màndenkan(マンデ語を話す者)」という北マンデ系話者の自称表現に由来する)。このうち、十二―十五世紀に繁栄したマリ帝国の末裔としての記憶に支えられ、マリ帝国の祖地のひとつとされるギニアをはじめ、コートディヴォワールやマリに数多く居住する人々が「マニンカ màninka(マリの者)」、すなわち「マリンケ」を自称してきた(「マリンケ Malinké」はフルベ語による他称が一般化した通称である)。マリ帝国では王族層が早くからイスラーム化したため、イスラームはマリンケ社会において最も意義深い伝統のひとつとされてきた(後述「ジュラ」の項参照)。

なお、ビライマ少年がマリンケを「種族 race」と表現するのは、仏領西アフリカの植民地行政において、今日私たちのいう「民族」が「部族 tribu」と「人種/種族 race」の二語により半ば混同されながら用いられてきたことの名残りである。仏語圏西アフリカの日常会話では、現在でもこの「種族」という言葉が「民族」の意味で用いられることがめずらしくない。

ガンビア (Gambie)

セネガル (Sénégal)

シエラレオネ (Sierra Leone)

ガンビアは、英領ガンビア植民地から一九六五年に独立した英語圏西アフリカの共和国で、セネガル共和国に囲まれたその国土は、ガンビア川流域に相当する。

セネガルは、先述のギニア、コートディヴォワールと同様、仏領西アフリカの構成植民地から一九六〇年に独立した仏語圏西アフリカの共和国である。同国の首都ダカールには、かつて仏領西アフリカの連合総督府が置かれていた。

シエラレオネは、一九六一年にイギリスから独立した英語圏西アフリカの共和国である。一七八七年にイギリスの黒人解放奴隷が沿岸入植を開始し、ベルリン会議後の一八九六年には、内陸領土がイギリスの保護領となるなど、沿岸入植者と内陸住民の弁別にもとづくリベリア同様の権力構造が、独立時点まで存続した（いずれも地図参照）。

ケンペイドリ（oiseau gendarme）

スズメ目ハタオリドリ科の鳥（*Ploceus cucullatus*）。フランス語では「ケンペイハタオリドリ tisserin gendarme」と呼ばれるが、仏語圏西アフリカでは「ケンペイドリ／憲兵鳥 oiseau gendarme」またはより簡単に「憲兵 gendarme」の通称で知られている。村落近く、時には村落内のアブラヤシやフロマジェの葉叢に営巣して群生し、たいへんに騒々しい鳴き声を発する。集団で畑の穀物を荒らす害鳥でもある。西アフリカの修辞表現において、その鳴き声はしばしば騒音の喩に引かれる。

カラシニコフ（kalachnikov）

ロシア人発明者ミハイル・カラシニコフの名を冠した旧ソ連軍製造の自動小銃（装弾数三十発）。とくにリベリア、シエラレオネ両内戦では、七・六二ミリ弾のＡＫ47型（全長八十七センチメートル、重量四・三キログラム）が大量に流通したため、「ＡＫ47」の通称で知られてきた。リベリア内戦で少年兵の存在が深刻な問題として注目されるようになったのは、このＡＫ47をかかえた少年兵たちの衝撃的な現地映像が、国際プレスを介して世界に配信されたことを契機としていた。

▼八頁

でっかい単語（gros mot）

日常あまり使われないような「高尚な」、「学のある人間が使う」、「大仰な」単語のこと。フランス語で"gros mot"といえば、通常は「野卑な言葉」の意味だが、仏語圏西アフリカでこの語義は稀である。

ブラックアフリカにおけるフランス語の語彙特性目録（L'Inventaire des particularités lexicales du français en Afrique noire）

西アフリカを中心とする仏語圏アフリカ地域に固有のフランス語彙を網羅した辞典のタイトル。アフリカ言語学の専門家約二十名が組織した多国籍調査団ＩＦＡの研究成果として実在する書物だが（Equipe IFA 1988 *Inventaire des particularités lexicales du français en Afrique noire*. Paris：EDICEF / AUPELF. xxxvi＋442 p.）、他の『ラルース』、『プチ・ロベール』、『ハラップス』と同様、本書でビライマ少年が辞書から引き写してくる説明文の大半は、著者クルマが豊かな想像力をもとに創作した文章である。

ピジン語（pidgin）

ヨーロッパ諸語と現地語の接触により生じ、いまだ話者の第一言語と化していない――すなわちクレオール化していない――言語が、狭義のピジン語である（後述「クレオール」の項参照）。ただし、ビライマ少年の語用はこの定義からやや逸脱し、英語圏西アフリカ諸国で話されている英語全般について、侮蔑的な含みをこめてこれを「ピジン」と呼んでいる。

▼九頁

ニャマ（gnama）

マンデ語およびその周辺諸語で、「霊魂」にちかい意味をもつ名詞。とくに溺死、落雷死、自殺、他殺など、不慮の死や不幸な死をとげた諸個人の「不吉な魂」を指す場合が多い。ビライマ少年がこれを「影」と説明するのは、西アフリカの伝統的な思考において、人体の影がしばしばその人体に宿る霊魂とむすびつけて表象されるためである。

部族戦争（guerre tribale）

子ども兵（enfant-soldat）

一九九〇年代のリベリア、シエラレオネ両国で勃発した戦争は、いずれも内戦 civil war である。これを「部族戦争」や「部族紛争」と形容することの複雑な問題性については、「子ども兵」の問題とあわせて訳者解題を参照されたい。

▼一〇頁

トゴバラ村（Togobala）

ギニア共和国南東部、コートディヴォワール国境近くに位置するマリンケの村（地図参照）。本書の主人公ビライマ少年だけでなく、著者クルマの処女作『独立の太陽』の主人公ファマが出生した村でもあり、そしてなによりクルマ自身の出生村である。なお、クルマの出生時点における同村は、仏領象牙海岸植民地（現在のコートディヴォワール共和国）管内にあったが、共和国独立前後にギニア共和国領内へ移管した（訳者解題参照）。

▼一一頁

パーニュ（pagne）

パーニュは従来の辞書的な説明で、「女性が腰布として着用する、華やかな模様の入った伝統的綿布の総称」などとされてきた（語源はスペイン語の「織布の端切れ paño」）。ただし西アフリカで今日流通しているのは、大半が多色プリント模様の施された工業製パーニュであり、そうしたパーニュが男性用のシャツや女性用のワンピースの素材にも使われるため、かつてこの語が含意した「アフリカの伝統技術にもとづく綿織物」や「アフリカ人女性の腰布」のイメージに、現実は必ずしもむすびついていない。

▼一三頁

カナリ（canari）

本文中の説明にあるとおり、西アフリカの村落で伝統的に製作されてきたテラコッタの容器の総称。とくに飲料水など液体の運搬や保存、および調理に使用されてきた。仏語圏西アフリカのほぼ全域で通用する言葉だが、大半のフランス語辞典にその記載はない。

呪物師（féticheur）

狩人（chasseur）

治療師（guérisseur）

超常的な力をもつとされる呪物 fétiche——動物の身体部位、何らかの人工的な製作物、植物、鉱物など、その種類は多種多様である——ないしは不可視の精霊の力をかりて、通常の人間には不可能な効果をひきだす専門家が呪物師 féticheur と呼ばれる。呪物の専門的な知識をもとに村人の病いや傷を治す治療師

guérisseur も、呪物師のひとつのあり方である。特定の呪物崇拝にもとづいて活動を営むこれらの伝統的職能者は、本書でビライマ少年も強調するように、西アフリカのイスラーム系社会では偶像を崇拝する異教徒の典型として処遇される傾向にあった。その傾向が高じると「呪物師」は「いかさま師」のニュアンスへと近づいていく。

西アフリカの村落社会における狩人 chasseur は、雄々しくも猛々しい男性原理の体現者であるとともに、人間界（村）と異界（獣や精霊の住まう森・サヴァンナ）をつなぐ超常的な媒介者とみなされてきた。それゆえ狩人は、前者のイメージにおいては「戦士」と、後者のイメージにおいては「呪物師」と重なった姿で表象される傾向がある。なお、マンデ語で「ヤマアラシ」を意味する呪物師＝狩人のバラ Balla は、クルマの処女作『独立の太陽』でも「オロドゥグで最も偉大な狩人」として登場している。

ドンソ・バ（donson ba）
狩人頭《かりゅうどがしら》（maître chasseur）
ドンソ・バは、「偉大な狩人（▽狩人 dònso ＋たいへんな／多くの ba）」を意味するマンデ語表現。北マンデ系社会では、秘儀性をおびた狩人結社が組織されてきたが、「ドンソ・バ＝狩人頭」はこれら狩人結社のリーダーを示す役職名というより、むしろ特定の狩人を「狩の達人」として賞讃する際に用いる表現といった方が適切である。

カフル（cafre）
アラビア語の「不信心者 kāfir」を語源とし、「非ムスリム」、「異教徒」の意味で西アフリカ内陸のイスラーム系社会で用いられる名詞。

▼一四頁
供犠《くぎ》（sacrifice）
祈願、感謝、謝罪、誓約などの意図をこめて、ニワトリやヒツジやウシなどの家畜・家禽を儀礼的に屠殺し、不可視の精霊や祖霊に——ムスリムならば神にも——ささげる行為。供犠にささげた獣の肉は、参加者のあいだで共食される。

バンバラ（Bambara）

マリ共和国南西部に居住する北マンデ系の民族。ただし本書でビライマ少年も説明するように、「バンバラ」の語源が「拒んだ者 bamàna/bamanan（＜拒む ban mà ＋動作主を示す接尾辞 na）」であることから、この語には狭義と広義がある。狭義には一民族としてのバンバラ、すなわち十七―十九世紀にかけてニジェール川中流域に存在したセグー王国とカールタ王国の末裔として、イスラーム化に抵抗した記憶を共有する民族の名称として用いられる。他方、広義には、早くからイスラーム化した他の北マンデ系社会、たとえばマリンケ社会からみた「イスラームに改宗しようとしない野蛮な異教徒、呪物崇拝者」のごとき侮蔑的な表現として、狭義のバンバラ族にかぎらず周辺の非北マンデ系・非イスラーム系諸民族を漠然と指す言葉として用いられる。

グリグリ（grigri）

特定の個人や集団に幸運もしくは不運をもたらす目的で、携帯用に製作される呪術的な物品の総称。とくに、携帯者自身の身の安全を守る護符のたぐいを示す場合が多い。フランスの西アフリカ航海記には十六世紀から記載があるが、語源は不明。

呪術（magie）

妖術（sorcellerie）

呪物や精霊など、超常的な存在の力に支えられて、通常の人間には実現しがたい成果をもたらすとされる技術の総体を呪術 magie と呼ぶ。そうした呪術に精通する者が呪術師 magicien となる。

また、何らかの深刻な災厄が特定の個人や集団をおそった場合、特殊な霊力を悪用してその災厄をひそかにもたらしたと臆測される個人が妖術つかい sorcier の嫌疑をかけられ、社会的に制裁されることがある。この場合、妖術つかいとして告発された者が人目を盗んで行使したとされる技術または霊力の総体が妖術 sorcellerie である。西アフリカでは、生まれつき妖術の霊力をもつ村人が、夜間ひそかに野獣や鳥に変身して隣人の霊魂を盗み取り、目に見えないしかたで犠牲者の肉体をむさぼるという表象が広くみられる。

カリテの樹（karité）

「シアーバターノキ」の別名をもつ西アフリカ・サ

ヴァンナ原産のアカテツ科常緑高木（*Butyrospermum parkii*）。樹高は十二―十五メートルにも達し、種子からはバターに似た脂肪が採取される。西アフリカ内陸サヴァンナの食生活における植物性油脂の重要な採取源となる。"karité" の通称は、セネガルのウォロフ語起源。

屋敷（concession）
中庭（cour）
かこい（enclos）

北マンデ系の社会には、中央の中庭とそれをとりまく数軒の小屋からなる拡大家族（一夫多妻型）の居住空間として、「屋敷 concession」がみられる。屋敷の敷地全体は、しばしば垣根や土壁、日乾し煉瓦などの「かこい enclos」で囲まれている。それぞれの小屋に暮らす女性たちが調理をしたり、住人どうしの交流の場となる「中庭 cour」は、発話の脈絡によっては「屋敷の敷地」全体を意味することもある。

▼一五頁
アラー・クバル（Allah koubarou）

同義のアラビア語句「アッラー・アクバル Allah akbar」の西アフリカにおける転音語。

▼一七頁
グロ族（Gouro）

コートディヴォワール共和国中部から中西部にかけての森林地帯に居住する南東マンデ語系の民族。ザンブレ zamblé、ジェ djè、プロ plo などのグロ語呼称をもつ木彫の仮面様式がみられ、なかでも女性をかたどった面長の木彫面は、その優美さで名高い。

▼一八頁
バフィティニ（Bafitini）

「小さな母さん（＜母 ba＋小さな fitinin）」を意味するマンデ語表現。同じ屋敷に暮らす拡大家族のなかで、娘や孫娘にあたる年少の女性が、母や祖母など年長の女性と同じ個人名をもつ場合、両者を区別するために、また微笑ましい愛情表現として、この語を用いて年少者に呼びかけることがある。

なお、ビライマ少年が「ぼくのおなかにうかんだ母さんの呼び名」と語る「マ」は、マンデ語を解する読者ならば、児童が母親に呼びかける際の単語「母さんma」として理解するかもしれない。

シギリ（Siguiri）
ギニア北東部ニジェール川上流域に位置する地方都市（地図参照）。同国シギリ県の県庁所在地で、住民の多くはマリンケ人。金鉱床の開発で知られる。

ブーブー（boubou）
西アフリカで、主として男性が着用する綿製の大型貫頭衣。しばしば胸の部分に刺繍が施される。北マンデ系社会にかぎらず、西アフリカ一帯で広く――時には女性にも――愛用されている。語源については、マリンケ語説やウォロフ語説など諸説があり、定かではない。

▼二〇頁
ハルマタン（harmattan）
毎年十二月から一月ごろにかけて、西アフリカのサヘル地帯から南西もしくは西方面に向かって吹く、乾燥した大陸貿易風の通称。ハルマタンに運ばれてきたサハラ砂漠の風成砂塵により気温が低下し、明け方には肌寒さすら体感する。語源については、かつてガーナのファンティ語説が出されたが、定かではない。

女の割礼（excision）
成人儀礼（initiation）
西アフリカ地域の女子割礼では、多くの場合、陰核および小陰唇の一部切除がなされる。後述の男子割礼と同様、割礼執刀に際しては、過出血や破傷風による事故がしばしば生じた。その場合、ブッシュの精霊が受礼者の一人または数名を選んでその命を取りあげてしまったとする考え方が、かつては多くの社会に存在した。なお、男子も女子も割礼を受けるまではその社会で未成年とみなされることから、割礼が同時に成人儀礼を意味する点については、西アフリカも世界の他地域における多くの事例と同様である。

▼二一頁
オロドゥグ（Horodougou）
十五世紀ごろに発祥したと推定されるマリンケ系首長国「ウォロドゥグ Worodougou（コーラ wòro ＋国

dùgu)」のこと。その名が示すとおり、ウォロドゥグとは、マリンケをはじめとする北マンデ系の交易者が南方の金産地を求め、あるいはコーラの実など熱帯林地域の産品を入手すべく移住・形成した、サヴァンナ＝森林辺縁域の交易拠点のひとつだった。「オロドゥグ」の名をもつ北マンデ系首長国は歴史上二つ存在し、なかでもコートディヴォワール共和国北西部、現在のセゲラ県を中心に十六世紀ごろ成立したウォロドゥグ王国は有名である。しかし、本書でトゴバラ村出身のビライマ少年が語る「オロドゥグ」とは、ギニア共和国南東部、現在のベイラ県内を中心に存在した別個の同名首長国である。

クルマ（Kourouma）
シソコ（Cissoko）
ジャラ（Diarra）
コナテ（Konaté）
父系出自原理にもとづく北マンデ系の社会には、ジャム jàmu と総称される血縁集団の固有名が存在する（ただしジャムをめぐる血縁の記憶は神話＝伝承レベルのものである）。日本の姓氏に近いが、同一のジャムをもつ人間の数はしばしばひじょうに多く、異なる民族間で歴史的な対応関係をもつジャムも存在する。ビライマ少年があげるクルマ、シソコ、ジャラ、コナテなどの名前も、北マンデ系社会に広くみられる代表的なジャムである。

たとえば、本書の著者クルマのジャムでもある「クルマ Kuruma／コロマ Koroma」は、本来マリンケ系のジャムで、歴史的にはバンバラ系の「シソコ」と対応関係をもち、「クルマ」から派生したジャムとして、これも代表的なジャムのひとつである「ドゥンブヤ Doumbouya／ドゥンビヤ Doumbiya」が存在するなど、北マンデ系社会のジャムをめぐる歴史的関係はきわめて複雑である。

▼二一二頁

ジュラ（Dioula）
北マンデ系の諸民族は、マリ帝国時代から長距離交易にたずさわる商業民としての一面をもってきた。元来の居住域であるニジェール川中流域から分散したマンデ商人は、やがてそれぞれの地方で独自の呼び名を与えられた。ニジェールのハウサ人による呼称ワンガラ wangara、ブルキナファソのモシ人による呼称ヤルシ yarusi などと同じく、コートディヴォワールなどの沿岸熱帯林地域では、マンデ語で「商人」を意味するジュラ jula が、北マンデ系交易商人――あるいはそこから転じてサヴァンナ出身のイスラーム系商人全般――への呼び名となった。

ニジェール川（le Niger）
ナイル川、コンゴ川に次ぐアフリカ大陸第三の長流（地図参照）。ニジェール川大湾曲部と呼ばれるマリ共和国内の中流域では、十三―十四世紀にかけて北マンデ系諸民族を核とするマリ帝国が繁栄した。ビライマ少年が「マリンケはこの土地のよそ者で、むかしむかしニジェール川のあたりからやってきた」と語るのは、第一には現在のマリンケがかつてのマリ帝国の末裔であるという民族意識、第二には先述「オロドゥグ」の項でふれたようなマンデ系交易者の南下移住プロセスにまつわる記憶に支えられたものである。

ヤシ酒（vin de palme）
西アフリカ原産のアブラヤシ（*Elaeis guineensis*）や、ラフィアヤシ（*Raphia gigantea/ Raphia hookeri/ Raphia sudanica*）の樹液を自然発酵させた非蒸留の白濁酒。アルコール度は低いが滋味豊富である。一本のヤシから二百リットルのヤシ酒が採取されることもある。英語圏では「パームワイン」とも呼ばれるが、仏語圏西アフリカではマンデ語に由来する「バンギ bangui（▽ヤシ bàn ＋ 水 ji）」の通称で知られている。

ロビ（Lobi）
セヌフォ（Sénoufo）
カビエ（Kabiè）
いずれも西アフリカの内陸サヴァンナ地帯に居住するヴォルタ語系民族の名称。ロビはブルキナファソ南西部からコートディヴォワール北東部およびガーナ北部にかけて、セヌフォはマリ南部からコートディヴォワール北部にかけて、カビエ（またはカブレ Kabré）はトーゴ北部に居住する。三民族とも非イスラーム系社会であったため、ビライマ少年はこれをすべて「バンバラ＝異教徒」の範疇に括っている。ただしロビやセヌフォは、近隣の北マンデ系社会との長い交渉過程を通じて、今日ではかなりの程度までイスラーム化がおよんでいる。「フランスの植民地になるまえなんかすっぱだかでいた」というビライマ少年の発言は、マリ帝国の末裔とイスラーム教徒としての文化的自負をいだく北マンデ系社会で、近隣の非イスラーム系民族に対してしばしば表明される自文化中心主義的なイメージを反映している（後述「ブッシュマン」の項参照）。

土地の主《ぬし》（propriétaire de la terre）

西アフリカ内陸部の社会では、個々の居住地の先住民とみなされる民族集団のうち、最古参の血縁集団に属する最年長の男性が「土地の主」として大地祭祀を司る場合がある。「土地の主」が存在する社会には、しばしば外来の移入者や征服者の子孫とみなされる民族による、軍事的首長組織が共存してきた。この場合、地域の政治的な実権は外来民族の首長組織が握り、儀礼的な権威は先住民族の「土地の主」が握るという二重構造のようなものが発生する。ビライマ少年が、先住民の「バンバラ」こそ「正真正銘の土着民」で「土地の主」だと形容しているのは、それゆえ植民地化以前のウォロドゥグ首長国における政治的な実権が移入民族のマリンケ側にあったことの暗示になっている。

他方、ウォロドゥグにおける儀礼上の権威は「土地の主」の側にあるのだから、「このとき母さんたちに割礼をさずけたのもバンバラ女だった」という彼なりの解釈がつづくことになる。

ムソコロニ（Moussokoroni）

ムソコロニという呼び名は、原語のマンデ語を直訳すれば「ちっちゃな老女（＜女 mùso ＋年老いた kɔ̀rɔ ＋減少を示す接尾辞 nin）」を意味する。一夫多妻の家族内部では「第一夫人」への愛称となることもあるが、口頭伝承の語りにおいて、この語はつねに「妖術使いの老婆」のイメージと連合する。

▼二一三頁

コーラ（cola）

西アフリカ沿岸部の熱帯林地域に自生し、栽培もされるアオギリ科の常緑高木（コーラには二種が存在するが、西アフリカで多くみられるのは二子葉性の *Cola nitida*）。袋果中の種子がコラチン（カフェインの一種）とテオブロミンを含有することから、嗜好品として消費される。ビライマ少年による本書三一頁の註記にもあるように、コーラの実は内陸サヴァンナ社会における儀礼的な贈答品として珍重されるだけでなく、誓約や感謝や謝罪の意思表示として、また種々の儀礼や卜占における材料・道具としても使用される。

トウジンビエ（mil）

イネ科の栽培植物（*Pennisetum americanum*）。モロコシとともに、西アフリカ内陸サヴァンナの基幹穀物にあたる。

タカラガイ（cauris）

西アフリカでかつて通貨の一種として流通したタカラガイは、ビライマ少年の註記にあるインド洋原産のタカラガイ（*Cypraea moneta*）のほかに、東アフリカ沿岸を原産とするもの（*C. annulus*）の二種がある。交換財としての用途以外にも、装身具や木彫面の飾り、呪物や卜占の道具、児童の遊び道具などに用いられてきた。

なにしろ父さんは母さんのいとこだし……

北マンデ系の社会では、男性にとって自分の母親の兄弟の娘——文化人類学でいう母方交叉イトコ——との婚姻が社会的に推奨される傾向にある。

イマーム（imam）

地域のイスラーム指導者または導師を意味するアラビア語“imām”のこと。特定のモスクの責任者として、地域住民の集団礼拝や種々の儀式を指導する存在。

コロテ（koroté）

ジボ（djibo）

前者は、同義のマンデ語の名詞「コロティ kɔ̀rɔ́ti」を指す。後者は、ベテ Bété 語——コートディヴォワール南西部に居住するベテ族の言語（クルー語系）——起源の名詞で、正しくは二重調音子音の“gb”とともに「ジボ djigbô」。このうち「ジボ」はコートディヴォワールの日常会話で話者の民族的出自を問わず流通しているが、他の西アフリカ諸国では通用しない。

▼二四頁

マラブー（marabout）

見者（voyant）
「マラブー」は、アラビア語の“murābiṭ”に由来する名詞だが、西アフリカでは「スーフィーの修道士／聖者」の原義で使われることがほとんどない。イスラームの教えにしたがう聖者というより、むしろ卜占や病いの治癒に関してすぐれた呪力を発揮するムスリムの呪術師といった方が適切である。また「見者」とは、特別な道具を何も用いずに卜占を行うことのできる専門家を指す。

セルクル（cercle）
植民地総督（gouverneur de la colonie）
セルクルは、仏領西アフリカの地方行政単位。仏領西アフリカに属する各植民地の領土は、複数のセルクルに区分されていた。一植民地の領土全体は植民地総督の管轄下にあり、その下位区分にあたるセルクルは、フランス本国から派遣された植民地行政官「セルクル司令官 commandant de cercle」の管轄下に置かれていた。ビライマ少年がここでいう「セルクルの病院」とは、植民地衛生政策の拠点として、セルクル司令官の公邸と行政施設のある街に設置されていた植民地診療所のことである。

軍医長（médecin capitaine）
仏領西アフリカでは、十九世紀末から二十世紀初頭にかけての軍事「平定」作戦が終了した後も、植民地官吏のさまざまな職名に植民地軍管区時代の名残りがみられた。

▼二五頁
セルクルの衛兵（garde cercle）
「セルクル衛兵 garde cercle/garde-cercle/garde-de-cercle」は、植民地期にセルクル司令官の命令下で地域の治安活動に従事した、植民地雇い上げのアフリカ人武装警察隊。一般村民に対する鞭打ちなど、過度の暴力行為にまつわる記憶が、今日でも村落地域の人々のあいだには根づよく残っている。

▼二七頁
魂喰《たまく》い（mangeurs d'âmes）
先述「妖術」の項参照。

▼三〇頁

ガーナ（Ghana）

英領黄金海岸植民地から一九五七年に独立し、六〇年に共和政体へ移行したギニア湾の沿岸国。コートディヴォワールの隣国にあたる（地図参照）。なお、ビライマ少年も後ほど言及するように、西アフリカにおける英語圏諸国と仏語圏諸国の競合関係は、庶民のレヴェルではナショナルサッカーチームの国際試合に表出しやすい。ガーナはナイジェリアとならび、英語圏西アフリカ・サッカー界の強豪である。

▼三一頁

コーラのきずな（attachement de cola）

仏語圏西アフリカでは、動詞“attacher”に「呪いをかける」という特殊な意味があり、本書原文の“attachement de cola”という語句も、それゆえ直訳すれば「コーラの呪い」となる。ただし、結婚の誓いにまつわる「コーラの呪い」とは、誓約の違反者には呪いがふりかかるという意味での、厳粛な儀礼的誓約（マンデ語でいう“danga”）を暗示している。コーラの実を介して婚姻のきずなをむすんだからには、婚姻の誓いを当事者双方がけっして裏切ってはならないということである（仏語圏西アフリカには「プロポーズをする」という意味の「コーラを与える donner la/le cola」という表現もある）。

▼三二頁

パラーブル（palabre）

仏語圏アフリカに固有の単語で——ただし語源はスペイン語の「言葉 palabra」——、おおむね次の三種類の意味がある。「村のみんなは何度かパラーブルをひらいた」というのはこのうち第一の意味にあたるが、本書六四頁では第三の意味で「パラーブル」が用いられている。

⑴特定の問題を協議し解決するために村落内でひらかれる伝統的な集会。転じて、討論、議論。
⑵殴りあいや乱闘にまで発展しかねない激しい口論、いさかい。
⑶商人と客とのあいだでなされる価格交渉。

ビシミライ（bissimilaï）

アラビア語句“bismillah”の西アフリカにおける転

音語。相手の幸運を祈るとき、旅人に別れを告げるとき、あるいは客人を会食に招いたときに、「アラーのご加護があらんことを」、「アラーの御名において」の意味で用いられる西アフリカ・イスラーム系社会の定型表現。

▼三五頁

マーンおばさん（ma tante Mahan）

マーン Mahan は、北マンデ系社会でしばしば見受けられる女性個人名。マハン、マカンなど、個人や地域により音のヴァリエーションをもつ。なお、ビライマ少年がここでいくぶん唐突に紹介している「いとこのママドゥ」は、本書の最終部分で物語の重要な鍵をにぎることになる人物である。

▼三六頁

女の権利（droits de la femme）

ビライマ少年がここで当時の植民地行政官のふるまいと絡めながら「女の権利」という言葉をなかば誤った意味で用いているその仕方は、近代共和政体の核となる「人権 droits de l'homme」――「男の権利」とも訳せそうな概念――の歴史的発明者を自称する植民地宗主国フランスへの、ひとつの痛烈なアイロニーとなりえている。

地区司令官（commandant de la subdivision）

「地区 subdivision」は、仏領西アフリカでセルクル（先述「セルクル」の項参照）の下位に設けられた地方行政単位である。通常ひとつのセルクルは複数の地区に区分され、各地区は、フランス本国から派遣された植民地行政官「地区長官 chef de subdivision」の管轄となっていた。ビライマ少年がここでいう「地区司令官」とは、この地区長官を指している。

▼三九頁

ヤシ油のソース（sauce graine）

仏語圏西アフリカでいう「ソース」とは、肉や魚や草の葉を調味料とともに煮込んだ汁で、これを米やマニオクにかけて食す。「ヤシ油のソース sauce graine」とは、アブラヤシの果実 graine を臼で搗いて中果皮を分離したうえで、これを火にかけて抽出した油脂――ヤシ油――をベースに仕上げたソースである。独特の強烈な匂いを放つどろっとした赤褐色のソースはたいへんに美味であり、とくに熱帯林地域の村落では、ニワトリなどの肉が入ったヤシ油のソースと白飯の食事が、客人歓待用の定番料理となる。

ブッシュマン（bushmen）

同じ蔑称ではあれ、西アフリカでいうブッシュマンとは、日本のメディアが時代錯誤のイメージをもとに流通させてきた南部アフリカ、カラハリ砂漠のあの「ブッシュマン」のことではない。「ロビ」、「セヌフォ」、「カビエ」の項でもふれたように、西アフリカ内陸サヴァンナのイスラーム系社会の人々が、南方の熱帯林に暮らす非イスラーム系諸民族の「野蛮さ」をあげつらう際に用いる蔑称である。仏語圏でも、しばしばこの英語表現「ブッシュメン」が日常会話で用いられる。なお、リベリアの熱帯林に居住する諸民族――ウェストアトランティック語系、クルー語系、南東マンデ語系、南西マンデ語系諸民族――には、割礼も成人儀礼の習俗も実在する。ビライマ少年が「森のやつらは割礼も成人儀礼も知らないから」と述べるのは、それゆえマリンケの流儀に沿わない割礼や成人儀礼など、まともなものではないとみなす発想にもとづいている。

男の割礼（circoncision）

鉄鍛冶のカースト（caste forgeron）

男子割礼では、男子の陰茎包皮が切除される。先の女子割礼の場面でも、呪術の知識豊かな「バンバラ女」が執刀を担当していたように、少年たちに割礼をほどこす男子割礼の執刀師も、北マンデ系社会で呪術的な権威を認められた年輩男性、たとえばこの場合のように鉄鍛冶師が選ばれることになる。

なお、北マンデ系社会には、伝統的に「ホロン hɔrɔn（自由民）」、「ニャマカラ nyàmàkala（特殊職能民）」、「ジョン jɔn（奴隷）」という社会階層の三区分が存在してきた。ニャマカラの家系に生まれた男子は自由民との婚姻を禁じられ、父子間で既定の職能を継承することから、この階層システムはしばしば「カースト」とも形容されてきた。ニャマカラに伝わる特殊な職能とは、鉄鍛冶、革細工、木工、土器作り、音楽／歴史語りなどであり、なかでも楽士・語り部のニャマカラ「グリオ griot」の存在は広く知られている。

▼四一頁

その日で四度めのお祈りをしているころに……

アマドゥ・クルマの作品世界には、独特の時間表現がみられる。一日の刻限を示す際に、イスラームの祈りの時刻を指標とする表現、あるいは数年間の経過を示す際に、「〜度（め）の雨季をすごす」のように西アフリカに毎年訪れる大雨季の数を指標とする表現などは、その一例にあたる。

アビジャン（Abidjan）
ダカール（Dakar）
バマコ（Bamako）
コナクリ（Conakry）

それぞれ順に、コートディヴォワール、セネガル、マリ、ギニアの首都ないし主都名（地図参照）。この四カ国はいずれも旧仏領西アフリカ、現在の仏語圏西アフリカ諸国にあたる。

ハジ（hadji）

メッカ巡礼をすませたムスリム男性に対するアラビア語の称号"hājj"のこと。西アフリカでは、「ライ」や「ラギ」のような語音に転化することもある。とくに商人層のあいだでは、この称号が自らの富を周囲に誇示する指標のひとつとなる。なお、本書二三三頁以降で記される「ハジャ hadja」は、ハジの女性形である。

エル＝ケビール（el-kabeir）

アブラハムの供犠を記念してラマダン明けの五十日後に催されるイスラームの「犠牲祭」を意味する語句。各家庭で、家長がヒツジを供犠して祝うことから、仏語圏アフリカでは「ヒツジの祭 fête de mouton」とも呼ばれる。

ヤクバ（Yacouba）
チェクラ（Tiécoura）

ヤクバは、アブラハムの息子ヤコブ Ya'qūb にならった西アフリカ・イスラーム系社会の男性個人名。チェクラは、「新たな男（▽男 cē ＋ 新たな kura）」を意味するマンデ語の男性個人名。

▼四二頁

ＣＦＡ

旧仏領西アフリカおよび旧仏領赤道アフリカで植民地期の一九四五年に創設され、現在も仏語圏西アフリカ・中部アフリカ諸国の大半で流通する通貨単位。アフリカ財政金融共同体 Communauté Financière Africaine の略称で、「セーファ」と読む。西アフリカでは、セネガル、コートディヴォワール、マリ、ブルキナファソ、トーゴ、ベナン、ニジェールの七カ国で使用されている。旧フランス・フランとの一対一〇〇の為替レートにもとづき、現在はユーロと固定リンクしている。

▼四三頁

戦争の首領（chef de guerre）

ビライマ少年がいう「戦争の首領」とは、リベリア、シエラレオネの各内戦における武装勢力――政府軍、多国籍治安維持軍も含めて――の指導者を意味する。二十世紀末にアフリカ大陸で頻発した紛争のうち、とくにリベリア内戦は、各武装勢力を率いる数名の軍事エリートによって紛争の展開が大きく左右された「武領 warlord 型紛争」の典型とされてきた。

ヨプゴン（Yopougon）

ポール＝ブエ（Port-Bouët）

ダロア（Daloa）

バッサム（Bassam）

ブアケ（Bouaké）

ブンディアリ（Boundiali）

ダロア、バッサム（グラン＝バッサム）、ブアケ、ブンディアリは、いずれもコートディヴォワール国内の地方都市名（地図参照）。ブアケとダロアは、それぞれ国内第二、第四の人口規模をもつ。

また、ヨプゴンとポール＝ブエは、コートディヴォワール・アビジャン市内の街区名。

▼四四頁

アボヴィル（Agboville）

ガニョア（Gagnoa）

アニャマ（Anyama）

いずれもコートディヴォワール共和国南部（熱帯林地域）の地方都市名（地図参照）。

アボボ（Abobo）

コートディヴォワール・アビジャン市の最北に位置する街区名。「アビジャンの人殺しどもがうようよしているどんづまりの界隈」というビライマ少年の表現はいささか誇張ぎみのものであり、現実のアボボは、活気にあふれた美しい下町である。

▼四五頁

アパタム（appatam）

パポー（papot）

いずれも仏語圏西アフリカに固有の単語で、“apatam”“papo”とも綴られる。このうちパポーとは、アブラヤシ、ラフィアヤシ、またはココヤシの葉を編んで作ったパネル型の簡素な屋根材。アパタムとは、パポー――またはイネ科植物、アフリカ・カモジグサ（*Imperata cylindrica*）の茎で編んだ屋根材――を杭で支えた簡素な建造物。日本の町内会のテントのように、何らかの行事や会合の際に、直射日光を避けて村内に仮設される。

▼四六頁

乗合いバス（car rapide）

“car rapide”とは、乗合い式で大都市の街区間、または地方都市間を連絡する民間経営・低料金のマイクロバス――車上に積み荷台が設置され、乗客が車両後部の扉から乗降するバス――に対して仏語圏西アフリカ諸国で流通する通称のひとつである。車両の進行方向に向いた座席が合計二十二席設置されていることから「二十二席 vingt-deux places」とも呼ばれる。また、本書六一頁で記されているように、マンデ語で「編籠」を意味する「バカ gbaka」の通称でも知られる。

▼五〇頁

グリグリマン（grigriman）

「グリグリを製作する呪術師」を意味する英語表現。仏語圏西アフリカでは、“grigriseur”“grigritier”などとも呼ばれる（先述「グリグリ」の項参照）。

▼五一頁

マリ（Mali）

仏領西アフリカ・スーダン植民地から一九六〇年に独立した、仏語圏西アフリカ内陸部の共和国（地図参照）。

道の足をとる（prendre pied la route）

「徒歩で行く」の意で、コートディヴォワールのみで通用する俗語表現。

▼五二頁

エボシドリ（touraco）

エボシドリ科に属する、羽毛の美しい果食性の大型鳥類（体長四十五―七十五センチメートル）。アフリカの固有種で、西アフリカには、ハイイロエボシドリ（*Crinifer piscator*）、ムラサキエボシドリ（*Musophaga violacea*）、オオエボシドリ（*Corythеola cristata*）の三種がみられる。肉は食用にもなる。

▼五三頁

ヤマウズラ（perdrix）

仏語圏西アフリカで「ヤマウズラ」として知られる鳥は、正しくはキジ科シャコ属の鳥類である。

▼五四頁

ホロホロチョウ（pintade）

ホロホロチョウ科に属する鳥（*Numida meleagris*）。ポルトガル語の「彩色された pintada」を語源とするように、羽に細かな白い斑点の模様がある。西アフリカの村落ではニワトリ同様に家禽化されており、肉が食される。

フロマジェの樹（fromager）

パンヤ科に属する大型樹木（*Ceiba pentandra*）。樹高五十メートル、幹の直径二メートル超にも達する。白色の軟材を供し、西アフリカでは丸木舟や家具、あるいは仮面をはじめとする木彫工芸品の原材に利用されるほか、商業用木材としても伐採される。種子からは羽毛に似た繊維が採れることから、しばしば「パンヤノキ kapokier」と誤認される。西アフリカの村では、フロマジェの大樹が地域の聖木とみなされることも少なくない。

▼五九頁

ドー（Doe）

サミュエル・ドー（Samuel Kanyon Doe：一九五二―九〇）。リベリア共和国第二十一代大統領。一九五二年、リベリア東部グランド・ゲデ州で、クラーン族の両親より出生。高校在学中の六九年に陸軍入隊。七九年に曹長昇進。八〇年四月、国軍下士官十六名と軍事クーデタを決行し、指導者として政権を掌握。クィウォンパによる八五年のクーデタ未遂事件に際し、ギオ族・マノ族の一般住民を報復虐殺する。八六年の民政移管で、自らリベリア共和国大統領に就任。NPFLが国内東部ニンバ州に侵攻した八九年末、同州へ国軍を投入してギオ族・マノ族の一般住民を虐殺。当初はNPFLに強硬路線で臨んでいたが、首都モンロヴィアに戦火が及んだ九〇年七月以後は、クラーン族出身の特別護衛兵とともに大統領官邸内に籠城しつつ、ナイジェリア政府にECOWASのリベリア介入を要請。同年九月九日、大統領官邸からECOMOG参謀本部に向かっていたところをINPFL軍兵士に拉致される。翌十日、モンロヴィア市内の病院の中庭で、惨殺死体として発見される。

テイラー（Taylor）

チャールズ・テイラー（Charles McArthur Ghankay Taylor：一九四八―）。元NPFL指導者。現リベリア共和国大統領。一九四八年、モンロヴィア市内でアメリコ＝ライベリアンの父、ゴラ族出身の母より出生。七〇年代に渡米。経済学士号を取得後、プラスチック工場で機械工として働きながら勉学と政治活動に従事。帰国後の八〇年、公共調達庁長官に就任。ドー政権下の八三年、九十万ドルの公金横領容疑で通産相補に降格、政府が汚職を追及する直前にアメリカへ逃亡。逃亡先のボストンで拘留されるが、本国送還処分を待つ収監中に脱獄。メキシコ、スペイン、フランスを経由し、八五年ごろガーナのアクラに滞在。八七年、アクラ駐在ブルキナファソ大使を通じてリビア政府と接触。アビジャンで、リベリア人亡命者グループと接触。ニンバ州出身の避難民や元兵士をリビアとブルキナファソに送り、軍事訓練をほどこす。八九年末、ゲリラ組織NPFLを率いて、コートディヴォワール国境からリベリア東部ニンバ州に侵入。九〇年七月までに国土の大半を掌握し、モンロヴィアに進撃する反政府ゲリラ勢力の首領となる。ドー政権のクラーン族偏重主義に強烈な敵意を抱き、ドー政権と親しいナイジェリア政府およびECOMOGにも対立。たび重なるECOWAS和平交渉を通じ、武装解除の協定書調印直後に前言をひるがえすという戦略をとりつづける。しかし「暫定政府のメンバーに選出された者も、大統領選における被選挙権を失わない」との条項が和平合意に付加された九五年以後は、交渉に対する態度も一変し、九七年に大統領選出馬。結果はテイラーの圧勝に終わり、同年八月、リベリア共和国第二十二代大統領に就任、現在にいたる。

ジョンソン（Johnson）

プリンス・ジョンソン（Prince Yormie Johnson：一九五九—）。元INPFL指導者。一九五九年、リベリア東部ニンバ州でギオ族の両親より出生。七一年に陸軍入隊。憲兵隊長まで昇格するが、七七年の自動車事故の負傷により除隊。陸軍在籍中はドーの上官だった。八五年のクーデタ未遂事件では、首謀者クィウォンパの腹心として行動。クーデタ失敗後はコートディヴォワールに亡命。八七年にテイラーの反政府組織に参画し、リビアでゲリラ訓練を受ける。八九年末、NPFL司令官としてテイラーとともにニンバ州へ侵入。その直後からテイラーと政治理念をめぐる対立が生じ、九〇年二月に同胞のギオ族兵士とともにNPFLを離脱。新ゲリラ勢力INPFL（リベリア独立国民愛国戦線）を結成。同年九月、モンロヴィア市内でドーを拉致し殺害する。九二年十月にINPFLを解散し、ナイジェリアへ亡命。以後はリベリアの国内情勢から孤立し、九七年にはラゴスでキリスト教聖職者となる意向を明らかにした。

エルハジ・コロマ（El Hadji Koroma）

エルハジ・クロマー（Alhaji G. V. Kromah：一九五三—）。元ULIMO-K指導者。一九五三年、リベリア西部ロファ州でマンディンゴの両親より出生。アメリカで通信学修士号を取得後、ドー政権期にラジオリベリア放送局長、情報相を歴任。ドーによるマンディンゴ優遇政策の最大の享受者として、国内の北マンデ系民族リーダーとなる。内戦勃発後はギニアに亡命。ギニア閣僚との親密な関係をもとにコナクリを拠点とし、九〇年二月にマンディンゴ系亡命者の団体「リベリア・ムスリム救済運動」の指導者となる。九一年五月に同組織の代表としてULIMO結成に参画、同軍の司令官に就任。九二年のＵＬＩＭＯ分裂では、イスラーム系「軍事派」の指導者となる。九四年の「軍事派」再分裂で、ＵＬＩＭＯ－Ｋ（ＵＬＩＭＯ＝クロマー派）の指導者となる。イスラーム湾岸諸国から武器調達・資金提供などの支援を受け、内戦終結の時点では、テイラーと並ぶ武装勢力のリーダーとなっていた。九七年の総選挙では、ＵＬＩＭＯ－Ｋの後身政党ＡＬＣＯＰ党首として大統領選に出馬した。

▼六〇頁

ご奉仕価格（prix cadeau）

仏語圏西アフリカの名詞"cadeau"は、単なる「贈り物」以上の意味をもつ。受け手への友愛を示す「金銭の心付け」、「おみやげ」から、商品の価格交渉に際して商人から提示される金銭ないしは現物の「おまけ」、さらにこの一語のみで副詞的に用いられる「ただで」など、脈絡に応じ語用はさまざまである。「ただであげる」を意味する動詞"cadeauter"もしばしば用いられる。

▼六一頁

ンゼレコレ（N'Zérékoré）

ギニア共和国南東部に位置する地方都市（同国ンゼレコレ県の県庁所在地）。ギニア＝リベリア＝コートディヴォワール三国間の国境近くに位置する（地図参照）。

バカ（gbaka）

先述「乗合いバス」の項参照。

▼六二頁

ファロをやらかす（faire le faro）

コートディヴォワールでのみ通用する表現で、「目立つことをする」、「空威張りする」、「格好をつける」の意。ビライマ少年も『プチ・ロベール』には載っていないと言うように、この句を西アフリカ独自の表現とみなすイヴォワール人話者は少なくない。しかし"faire le faro"は、フランス語辞典にも記載のあるプロヴァンス語の同義の表現"faire le faraud"の変形綴りである。

▼六四頁

マニオク（manioc）

フォニオ（fonio）

マニオクは、南アメリカ原産のトウダイグサ科に属する根菜植物（*Manihot esculenta/ M. utilissima*）。キャッサバ、タピオカノキとも呼ばれる。十七世紀にポルトガルの奴隷商人が食料としてギニア湾岸に導入したのが、アフリカ大陸におけるマニオク消費の端緒といわれる。西アフリカでは、ゆでたマニオクを――民族によりヤムイモやバナナやタロイモと混ぜながら――臼で搗き、餅状になったもの――フトゥ foutou と呼ばれる――をソースにつけて食す。熱帯林地域では、米にならぶ基幹食物である。

フォニオは、西アフリカ内陸サヴァンナ原産のイネ科の穀類（*Digitaria exilis*）。粥状、もしくはクスクスとして食す。語源はこの穀類に対するマンデ語呼称“fini”。

NPFL

リベリア内戦における最大の反政府武装勢力、リベリア国民愛国戦線 National Patriotic Front of Liberia の略号。組織の前身は、一九八〇年のドーによる軍事クーデタで国外に脱出したアメリコ＝ライベリアンの一部エリート層と、八五年のクィウォンパによるクーデタ未遂事件で同じく亡命したギオ族・マノ族出身者が、亡命先のコートディヴォワールで別個に結成していた複数の小グループ。その後テイラーが彼らに合流し、ドー政権とクラーン族偏重主義の打倒をかかげるゲリラ集団に組織化された。メンバーは八〇年代後半にリビアとブルキナファソでゲリラ訓練を受け、両国政府およびコートディヴォワール政府から武器と活動資金を提供されていたといわれる。八九年初頭時点で、すでにアビジャンにはNPFLの中核グループ約百六十名が形成されていた。同年末にリベリア東部ニンバ州へ侵攻すると、NPFLは地元のギオ族・マノ族住民から絶大な支持を得て兵力を急増させ、ほぼ半年で国土の大半を掌握、首都モンロヴィアに進撃する一大勢力となった。九〇年のECOMOG介入により、モンロヴィアの政権掌握に目前で失敗したNPFLは、以後、内陸のバーンガ市に本拠を置き、最盛期の九一年には「テイラー政府」のもとで国土のほぼ九割（国内十三州中の十二州）を掌握していた。NPFLの主たる資金源は、国内の豊富な天然資源（鉄鉱石、ダイアモンド、ゴム、木材）の非合法輸出であり、武器はコートディヴォワール・ダナネ市経由でブルキナファソから調達された。ＮＰＦＬは、二度目のモンロヴィア侵攻に挫折した九二年末ごろからしだいに勢力を弱めたが、内戦終結時点でも国土の約四十パーセントを掌握する最大の武装勢力として、内戦後半期における暫定政府の組閣人事や、その後の総選挙における集票活動を終始有利に進め、九七年八月にはテイラー新政権が誕生した。リベリア国民議会現与党のＮＰＰは、ＮＰＦＬの後身政党組織である。

▼六六頁

バンガラ（bangala）

ニュスニュス（gnoussou-gnoussou）

バンガラは、仏語圏西アフリカにみられる「ペニス」の俗語表現。一説には旧ザイールのリンガラ語起源とも。ニュスニュスについては、訳者もある程度まで情報収集を試みたが、不明である。

▼六七頁

マクン（makou）

「黙る mākùn」を意味するマンデ語の動詞。

ニアンボ（Niangbo）

リベリア国内の架空の地方都市名と思われる。

▼六九頁

スータン（soutane）

カトリック教会の聖職者が着用する法衣。首からかかとまで、全身を覆う。

ミトラ（mitre）

カトリック教会の司教冠。全体が山型で頭頂から左右に深い溝が走り、後頭部には垂れ飾りが付く。

▼七〇頁

セネガル相撲（lutte sénégalaise）

農閑期にあたる乾季の西アフリカ村落地帯では、さまざまな民族が伝統的な娯楽として男子レスリングを催してきた。その最も有名なものがセネガル相撲――

ウォロフ語で「ランブ lamb」や「ムババット mba-pattes」と呼ばれ、首都のスタジアムでの試合がテレビ中継もされる——である。筋骨隆々とした力士が腰を落として組み合い、相手力士をたくみに転倒させた者が勝者となる。青年層中心の、男としての名誉を賭けたレスリングであり、連戦連勝の戦歴を残した力士が、伝説的な存在として時代を超え、記憶されつづけることもめずらしくない。

▼七二頁

ギオ族（Gyo）

コートディヴォワール西部からリベリア東部にかけての内陸熱帯林地域に居住する南東マンデ語系の民族、ダン Dan の別称。「ギオ Gyo/Gio」とは、リベリア側におけるダン族の通称——および行政呼称——である。一九八五年のクィウォンパによるクーデタ未遂事件以後、ダン族は同じ南東マンデ語系のマノ Mano 族とともに、ドー政権期後半から内戦初期にかけてのリベリア政治史で鍵をにぎる民族集団となった（後述「ヤクー」の項参照）。

差別する（raciste）

先述「種族」の項参照。

▼七六頁

ジョコジョコ（djoko-djoko）

コートディヴォワールで話者の民族的出自をとわず頻繁に用いられるマンデ語の副詞。訳者の経験では、むしろ「チョコチョコ tioko-tioko」や「チョゴチョゴ tiogo-tiogo」の語音で耳にすることが多い。なお、本書一九八頁にある「ジョゴジョゴ djogo-djogo」は、この「ジョコジョコ」と同一の単語である。

タムタム（tam-tam）

太鼓 tambours もしくは太鼓のリズムに合わせたダンスや祭礼を意味する。仏語圏全域を通じて広く流通する単語だが、西アフリカでは地元の人々より、むしろ日本人をふくめた観光客に頻用される。

サヨナキドリ（rossignol）

英語でナイチンゲールと呼ばれるツグミ科の鳥（*Luscinia megarhynchos*）。繁殖期の雄が夜間に美しい声で鳴くことで知られる。

▼七七頁

カイマン（caïman）

カイマンは中南米地域にしか存在しない。仏語圏西アフリカで「カイマン」と呼ばれるワニは、正しくはクロコダイルにあたる。

▼七八頁

試罪（épreuve/ordalie）

超常的な力の助けをかりて、有罪者と無罪者の識別を可能にするとみなされる伝統的な審判法。本書の記述にもあるように、灼熱の鉄を舌に押し当てるなど、当の審判法がすでに多少なりとも容疑者に対する制裁の色彩を帯びる。人類学では「神判」とも呼ばれる。

▼七九頁

ゾーゾー（Zorzor）

リベリア北西部、ギニア国境沿いに位置する地方都市（地図参照）。ただし、本書でビライマ少年が語るゾーゾー市は、現実のゾーゾー市とはかけ離れた地点、すなわちリベリア東部国境沿いのサニクリー市付近に位置する架空の街として描かれていることに注意されたい（後述「ヤクー」の項および訳者解題参照）。

▼八〇頁

リビア（Libye）

ブルキナファソ（Burkina Faso）

リビアは、二十世紀前半のイタリア植民地期、第二次大戦中の英仏軍政期を経て、一九五一年に独立した北アフリカ・アラブ圏の国（地図参照）。

ブルキナファソは、旧仏領西アフリカのオートヴォルタ植民地から一九六〇年に独立した仏語圏西アフリカ内陸部の国。八三年の軍事クーデタにより、翌八四年に従来の国名「オートヴォルタ」を現在のブルキナファソに改めた（地図参照）。

カダフィ（Kadhafi）

コンパオレ（Compaoré）

ウフエ＝ボワニ（Houphouët-Boigny）

カダフィ（Muammar Al-Gaddafi：一九四二―）。リビアの現国家元首。トリポリ南方の砂漠でベドゥインの両親より出生。一九六四年にリビア国軍入隊、士官候補生となる。六九年、青年士官とともに軍事クーデタを決行し、革命司令評議会RCCの議長に就任。アラブ民族主義と「イスラーム社会主義」を国是とし、七一年以後は国内の一党支配体制を確立。対イスラエル強硬路線で八〇年代以後はアメリカと対立し、リビアを「テロ支援のならず者国家」と規定するアメリカにより、八六年四月に首都トリポリが空爆される。八〇年代末、NPFLの母体組織に国内のテロリスト要請キャンプで軍事訓練をほどこしたカダフィは、とりわけ八六年のトリポリ空爆に対する報復行為の一環として、親米路線をとるリベリア・ドー政権の転覆を謀ったものと臆測されてきた。

ブレーズ・コンパオレ（Blaise Compaoré：一九五一―）。現ブルキナファソ大統領。一九五一年、仏領オートヴォルタ（現ブルキナファソ）領内で出生。国軍入隊後、八三年のサンカラによる軍事クーデタに参画。サンカラ政権期には、側近として大統領官房付国務相、法相を歴任。八七年に軍事クーデタを挙行し、国家最高機関FP（人民戦線）の議長に就任。九一年、国民投票で大統領に選出。コートディヴォワールのウフエ＝ボワニ政権と緊張関係にあったサンカラを打倒して国家元首となったコンパオレは、親コートディヴォワール路線をとり、九〇年代のリベリア内戦におけるNPFL支援疑惑でも、コートディヴォワールとともにNPFL支援国家としての臆測を呼んだ。

フェリクス・ウフエ＝ボワニ（Félix Houphouët-Boigny：一九〇五―九四）。コートディヴォワール初代大統領。一九〇五年、仏領象牙海岸（現コートディヴォワール）ヤムスクロ村にてバウレ族の植民地行政首長家に出生。ウィリアム・ポンティ師範学校、ダカール医学校を卒業後、植民地領内で医師として活動。四〇年、植民地行政首長職を継承。四四年、アフリカ農業組合を創設しその指導者となる。四五年、第一次フランス制憲議会の代議員に選出。四六年、強制労働廃止法（通称「ウフエ＝ボワニ法」）の成立に尽力。同年、アフリカ民主連合RDAを創設しその指導者となる。六〇年のコートディヴォワール独立とともに、同国の初代大統領に就任。以後、コートディヴォワール民主党PDCIの一党体制下で、コートディヴォワールの高度経済成長を推進。九四年の死去まで大統領職にとどまり、仏語圏西アフリカを代表する指導者となる。リベリア内戦でNPFL支援を疑われていたウフエ＝ボワニは、八〇年の軍事クーデタで殺害されたトルバート元大統領と姻戚関係にあった――トルバート元大統領の長男の義父であった――ため、トルバート家を殺害して国家元首となったサミュエル・ドーに特別な感情を抱いていたといわれている。

▼八一頁

バーンガ（Gbarnga）

リベリア中北部ボン州の州都にあたる国内第三の地方都市（地図参照）。リベリア内戦期には、NPFL参謀本部および「テイラー政府」の行政施設が置かれていた。対立するゲリラ勢力との戦闘がしばしば発生し、内戦中期の一九九三年から九四年にかけては他のゲリラ勢力に市内が一時包囲、占拠された。

マンション・ハウス（Mansion House）

リベリアの大統領官邸は、アメリカのホワイトハウスにならって"Executive Mansion"と呼ばれてきた。

▼八二頁

モンロヴィア（Monrovia）

リベリア共和国の首都で同国最大の都市（地図参照）。一八二一年に初の入植が行われた場所で、入植に尽力した当時のアメリカ大統領ジェイムズ・モンローにちなみその名がついた。一九九〇年代のリベリア内戦期には、リベリア暫定政府とECOMOGの管轄下で同市内は中立地帯におかれていた。

▼八四頁

ネイティヴ（native）

フランス語の"indigène"に相当する英語表現。"native"も"indigène"も、今日では「現地の人」のごとく中立を装った言葉で訳されるが、植民地期の語義は「土人」そのものであり、今日でもその種のニュアンスが二つの単語にはたえず潜在している。

HCR

国連難民高等弁務官事務所 United Nations High Commissioner for Refugees の略号。国連で一九五〇年に設立された国際難民保護機関。リベリア内戦末期にあたる九七年三月の同機関報告では、国外に逃れたリベリア難民は六十五万人あまりに達していた。

▼八六頁

ロバート・シーキエ（Robert Sikié）
実在の人物名はロリー・シーキエ（Raleigh Seekie）。ドー政権期のリベリア蔵相。旧ULIMO指導者。一九九一年のULIMO台頭時にはその指導者と目されていたが、九二年五月にクロマーにより更迭され、翌六月のULIMO分裂後は、弱小のULIMO「政治派」指導者としてフリータウンに滞在、組織の中枢から外れた。内戦後期の九五―九六年にリベリア中央銀行総裁に就任。内戦後のテイラー内閣では、政党無所属で運輸相に就任した。

ULIMO
LPC
ULIMO＝コロマ派
ULIMO（リベリア民主統一解放運動 United Liberation Movement for Democracy in Liberia）。内戦勃発後にシエラレオネ、ギニア、コートディヴォワール、アメリカなどへ亡命していたドー政権期の官僚・軍人・大統領親衛隊員などが別個に結成していた三団体が、一九九一年五月に連合し成立したゲリラ勢力。同年六月にシエラレオネ＝リベリア国境地帯でNPFLと交戦状態に入ってから、武装勢力としての存在が知られるようになった。シエラレオネ国軍との共闘で九月にはリベリア国内に侵攻。翌九二年、NPFL、ECOMOG両軍と三つ巴のモンロヴィア戦争をひきおこした。九三年には、国内北西部をNPFLから完全に奪取。ULIMOは結成当初から、ドー政権期に優遇された非ムスリム系のクラーン出身者とムスリム系のマンディンゴ出身者との危うい連合関係の上に成り立っていた。とくに前者の多くが組織の知的ブレーンを形成していたのに対し、後者は実戦部隊の主力であり、この組織上の歪みが九二年以降に激しい内部対立として顕在化。九三年には、シーキエが率いる「政治派」と、クロマーが率いる「軍事派」に分裂、さらに九四年以降は「軍事派」の内部でマンディンゴ系のULIMO-Kとクラーン系のULIMO-Jの分裂が生じ、両分派とも独立の武装勢力に発展した。
LPC（リベリア平和評議会 Liberian Peace Council）。

内戦勃発後にコートディヴォワールへ亡命していたドー政権期の軍人層が、一九九〇年に結成したゲリラ勢力。九一年にULIMO結成に参画、九三年にULIMOを離脱し、国内南東部のグランド・ゲデ州で独自の武装勢力として台頭。九四年には国内南東部のほぼ全域を掌握。同時にULIMO-Jなどと反NPFLの連合を組み、バーンガのNPFL本部を一時占拠。九六年のモンロヴィア騒乱では、クラーン系の他組織と連合。LPCは内戦末期の時点で、NPFLとULIMO-Kに次ぐ国内第三の武装勢力に成長し、九七年総選挙では政党NDPLを結成した。

ULIMO-K（ULIMO＝クロマー派 ULIMO-Kromah faction）。一九九四年のULIMO「軍事派」分裂により発生したゲリラ勢力。幹部の大半がマンディンゴ出身者であるため、プレス記事によってはマンディンゴの頭文字をとり「ULIMO-M」と表記されることもあった。マンディンゴの祖地、ギニア国内に強力な基盤を有し、ギニア政府からはいわゆる「マンデ連帯」にもとづく支援を受け、同国から武器を調達。イスラーム湾岸諸国からも多額の財政支援を得ていたといわれる。九五年後半からNPFLとULIMO-Jに猛攻をしかけ、国内西部のダイアモンド産出地域をULIMO-Jから奪取。NPFLと並ぶ国内の二大武装勢力へと成長した。九六年以後、指導者クロマーはテイラーと巨頭同盟を結び、LPCをはじめとするクラーン連合に対抗した。九七年にはULIMO-Kを母体とする政党ALCOPが結成され、テイラー政権下の野党第三党となった。

▼八七頁
ヤクー（Yacou）
ゲレ（Guéré）
クラーン（Krahn）

文脈から判断するかぎり、ビライマ少年のいう「ヤクー」とは、ダン族（先述「ギオ族」の項参照）のコートディヴォワール側における通称——および行政呼称——「ヤクバ Yacouba」にあたる。

またダン族と同じく、コートディヴォワール西部からリベリア東部にかけての内陸熱帯林地域には、ウェWè と呼ばれるクルー語系の民族が居住している。ウェ族のリベリア側における呼称が「クラーン」であり、コートディヴォワール側における呼称が「ゲレ」

である。

地理的には隣人ともいえるダン族とウェ族は、言語系統もまったく異なることから、フランスの植民地化以前から土地所有をめぐる紛争をしばしば起こしてきたとされている。しかし口頭伝承で表明されるような過去の緊張関係とはまったく異質な対立関係が、一九八〇年代以後のリベリア政治史で生じてしまった（先述「ドー」および後述「クィウォンパ」の項参照）。

▼九〇頁

モシ族（Mossi）

モロ＝ナバ（moro-naba）

モシは、ブルキナファソで最大の人口をもつヴォルタ語系の民族。伝統的に王国を形成してきた。モロ＝ナバとは、モシ王国の王の称号である。

グリオ（griot）

先述「鉄鍛冶のカースト」の項参照。

アルマミィ（almamy）

「イスラーム信徒の指導者」を意味するアラビア語の称号。西アフリカ近代史で「アルマミィ」を自称した有名な例は、ギニアのフータ・ジャロン地方で神聖王権を樹立したフルベ系の歴代宗教首長、および本書一一四頁にも言及のあるサモリ・トゥーレである。

▼九三頁

マンディンゴ（Mandingo）

マンデンカンの英語呼称（先述「マリンケ」の項参照）。

▼九七頁

ウヤウヤ（ouya-ouya）

コートディヴォワールの日常会話で、話者の民族的出自をとわず広く用いられるマンデ語由来の言葉。「厄介者」、「放蕩者」、「ひ弱な者」、「浮浪者」、「貧乏人」など、他者を侮蔑的に示す際に用いられる。あるいは「状態の悪い中古車」など、人間以外の事物についても用いられる。「ウヨウヨ ouyo-ouyo」ともいう。

▼一〇一頁

ドニドニ（doni-doni）

マンデ語の副詞「少しずつ、しずかに dɔɔnin-

dɔɔnin」が、都市部の日常表現として一般化した結果の転音語。

▼一〇九頁

サスライアリ（fourmi magnan）

アリ科サスライアリ亜科に属する黒色の大型アリの総称（西アフリカではとくに *Anomma nigricans* を指す。仏語圏における通称「マニャン magnan」は、マンデ語起源の単語）。働きアリは発達した顎をもち、性質はきわめて獰猛である。恒常的な巣は作らず、大群で隊列をなして行進しながら獲物を狩る。活動期には、昆虫や爬虫類、鳥類、小型哺乳類も犠牲となる。かつて訳者がコートディヴォワールの森でこのアリに脛を咬まれた際、咬みついたアリの胴体を力ずくでつまみ取ろうとしたら、切れたアリの頭部だけが、なおも訳者の出血した脛を咬みつづけていた。

▼一一四頁

サモリ（Samory）

ソファ（sofa）

サモリ・トゥーレ（Samory Touré：一八三〇頃—一九〇〇）。十九世紀末、西アフリカ内陸に帝国を建設し、フランスの植民地化に抵抗した近代西アフリカ史の英雄。ソファは、「軍事首長の衛兵 sòfa」を指すマンデ語。

▼一一七頁

……双児のニャマは恐いからね

双生児には先天的に特別な呪力がそなわる、あるいは常人以上の霊力があるという信念は、西アフリカの各地にみられる。

ニョナニョナ（gnona-gnona）

先述「ジョナジョナ」の項参照。

▼一二一頁

一八六〇年の独立以来……

現実のリベリア共和国は、一八四七年の独立である。

コンゴ（Congo）

アフロ＝アメリカン（Afro-Américains）

リベリア建国前後の黒人入植者のうちには、奴隷密貿易期のギニア湾上でアメリカの監視船に解放されてモンロヴィア入植地へ送致された「船上奪還奴隷」もふくまれていた。狭義の「コンゴ」とは、これら船上奪還奴隷に対する当時の通称である。他方、リベリアの現地住民は、いくぶん侮蔑のニュアンスをこめて、外来の新参者にあたるアメリコ＝ライベリアン――ビライマ少年のいう「アフロ＝アメリカン」――の全体を「コンゴ」と呼ぶこともあった。いずれにせよ、サミュエル・ドーによる一九八〇年の軍事クーデタは、リベリアの現地住民を「アボリジン aborigines／土人 natives／部族民 tribesmen」などと呼びながら一世紀以上にわたり少数支配体制を確立してきたアメリコ＝ライベリアンの権力システムを破壊する結果を生んだ。

▼一二二頁

トマス・クィウォンパ（Thomas Quionkpa）

トマス・クィウォンパ（Thomas Gunkama Quiwonkpa：一九五五―八五）。ドー政権前半期のリベリア陸軍総司令官。一九五五年に国内東部ニンバ州にてギオ族の両親より出生。七一年に陸軍入隊。八〇年の軍事クーデタではすぐれた統率力を発揮し、クーデタを成功に導く。ドーによる軍事政権の樹立後は、豪奢な生活を嫌い、陸軍総司令官として兵舎生活をつづける。クーデタ参画者のうち、早期の民政移管を唯一主張していたため、まもなくグループ内部で孤立し、八三年に更迭。同年十一月にはドー政権の転覆容疑もかけられ、コートディヴォワールとアメリカで二年間の亡命生活。亡命中にドー政権の打倒を決意し、八五年十一月にギオ族主力の兵を引き連れてシエラレオネからリベリア国内に侵入。クーデタを試みるが政権奪取を目前にして失敗し処刑される。ドーはこの報復として、クラーン族主力の国軍部隊をニンバ州に投入し、クィウォンパの同胞にあたるギオ族・マノ族の一般村民六百―千五百名を大量虐殺した（クィウォンパ事件）。NPFLの創設に加わったギオ族出身者のあいだには、クィウォンパを「NPFL革命の先駆者」とみなす者が多かった。

▼一二三頁

CDEAO

ECOWAS（西アフリカ諸国経済共同体 Economic Community of West African States）のフランス語略号。

正しくはＣＥＤＥＡＯ（Communauté Économique Des États d'Afrique Occidentale）。英語圏西アフリカの大国ナイジェリア・ガーナ主導のもと、一九七五年に結成された西アフリカ諸国間の地域経済共同体。十六カ国が加盟（ガーナ、カボヴェルデ、ガンビア、ギニア、ギニアビサウ、コートディヴォワール、シエラレオネ、セネガル、トーゴ、ナイジェリア、ニジェール、ブルキナファソ、ベナン、マリ、モーリタニア、リベリア）。加盟国リベリアで勃発した内戦に対し、和平交渉の持続的開催、平和維持軍の投入、暫定政府組織の設立など、停戦プロセスをつねにリードした。西アフリカで生じた紛争の域内解決をめざすＥＣＯＷＡＳの手法は、引きつづきシエラレオネ内戦にも継承された。

ロメ（Lomé）
トーゴ共和国沿岸に位置する同国の首都（地図参照）。

▼一二五頁
カントン長（chef de canton）
仏領西アフリカの統治期に領内各地で任命されたアフリカ人行政首長の職名。したがって現実のリベリア共和国にカントン長は存在しない。アメリコ＝ライベリアンの内陸支配に際してリベリア国内の各地で任命された行政首長は「最高首長 Paramount Chief」や「クラン首長 Clan Chief」であり、これらの職名は今日も地方行政の枠内に存続している。

▼一二八頁
ブトロ（Boutoro）
リベリア東部ニンバ州のコートディヴォワール国境沿いに位置するギオ族――ダン族――の村。現実の村落名は「ブトゥオ Butuo」（地図参照）。一九八九年十二月二十四日にＮＰＦＬ軍が進撃を開始したリベリア内戦の勃発地点であり、急派された国軍部隊の報復虐殺によって数百名のギオ族村民が犠牲となった。

おとなりのコートディヴォワールで軍事クーデタがもちあがる……
一九九九年十二月二十四日未明、コートディヴォワール・アビジャン市内で国軍兵士の一部が反乱活動を起こし、同日のテレビ放送で、元国軍参謀総長ゲイ・ロベールが「青年反乱兵士のスポークスマン」としてコナン・ベディエ大統領（当時）の罷免などを発表、同国史上初の軍事クーデタが成立した。ちなみに、ちょうど十年前の同日にリベリア内戦が勃発した場所もダン族（リベリアでいうギオ族）の村落ならば、コートディヴォワールの軍政を主導したゲイ・ロベールもまた、ダン族（コートディヴォワールでいうヤクバ族）の出身者であったことはもうひとつの偶然である。

▼一三二頁
サニクリー（Sanniquellie）

リベリア北東部ニンバ州の州都にあたる地方都市（地図参照）。ダイアモンド鉱床が存在する。

▼一三四頁
バークレイの名前にすりゃあ……

アメリコ＝ライベリアンが築きあげた入植社会の内部には、国内各地で政治と経済の実権をにぎる名門の家系、「アメリコ＝ライベリアン名家 Americo-Liberian Dynasties」が発生した。過去に二人のリベリア共和国大統領を輩出したバークレイ家もそのひとつである。とりわけ二十世紀前半までは、これらの名家のあいだで、大統領ポストをはじめ、閣僚、国会議員、裁判所判事、各国駐在大使、中央銀行総裁などの要職ポストが配分されていた。

▼一三八頁
レバノン人（Libanais）

他の西アフリカ諸国と同じく、リベリアでも二十世紀初頭からレバノン・シリア系商人の移入現象が生じ、国内の私企業部門で少なからぬ影響力をもつようになった。レバノン・シリア系の企業家が中央権力とアフリカ住民の仲介役をはたす経済構造は、もともと両大戦間期西アフリカの英領植民地、仏領植民地の双方で積極的に確立がはかられたものだった。この構造は独立後の西アフリカ諸国にもそのまま継承されたのだが、国内経済の悪化と連動した排外主義的なナショナリズムが昂揚するたびに、彼らは中央権力からも一般の国民からも、「排斥すべきよそ者」の第一目標とみなされるケースが少なくなかった。

▼一四二頁
カオラン（kaolin）

高陵石を主成分とする白色粘土。儀礼的・呪術的な目的で、あるいは何らかの薬草を混ぜて病気や傷を治癒する目的で、顔や全身に塗る。語源は中国の山名「高陵」。

▼一四四頁
ドゥー・プラトー（Deux Plateaux）
コートディヴォワール・アビジャン市内の街区名。同市内では、ココディ Cocody やリヴィエラ Riviera と並ぶ高級住宅街である。

▼一四五頁
ワガドゥグ（Ouagadougou）
ブルキナファソ中部に位置する同国の首都（地図参照）。脱植民地期の一九五四年に、アビジャン＝ワガドゥグ間（一一八四キロメートル）をむすぶ鉄道が全線開通した。

▼一四七頁
マキ（maquis）
フランス語で「マキ」といえば、一般には第二次大戦中に森や山岳地帯に置かれた対独レジスタンスの拠点を意味する歴史用語だが、コートディヴォワールの日常表現における「マキ」とは、都市部の大衆的なレストランや酒場を意味する。ただし本書二一四頁では、前者に近い意味で「マキ」が使われている。

▼一四八頁
サララ（Salala）
リベリア中部ボン州の小都市（地図参照）。

▼一六四頁
ナイジェリア（Nigeria）
英領ナイジェリア植民地から一九六〇年に独立したギニア湾岸の共和国（地図参照）。アフリカ大陸で最大の国内総人口を有する（二〇〇〇年推計で約一億一千万人）。ＥＣＯＷＡＳで指導的な役割をはたす英語圏西アフリカ諸国の域内盟主として、リベリア内戦、シエラレオネ内戦では積極的な軍事介入を行った。

ECOMOG
ＥＣＯＷＡＳ停戦監視団 ECOWAS Monitoring

Group の略号。ＥＣＯＷＡＳがリベリアの停戦監視を目的として編成した多国籍軍。一九九〇年七月に創設され、同年八月下旬のモンロヴィア上陸直後にＮＰＦＬの政権掌握を目前でくいとめ、内戦終結までモンロヴィア自由港の作戦本部を拠点に首都を自軍管轄下においた。ナイジェリア国軍が組織の主力で、歴代のＥＣＯＭＯＧ総司令官（野戦司令官）ポストも、そのほとんどをナイジェリア軍上級将校が占めてきた。テイラーは、ＥＣＯＭＯＧの主力が英語圏諸国であり、とりわけドー政権に近いナイジェリアであることを再三にわたり非難し、モンロヴィアに発足した暫定政府の正当性も認めようとしなかった。内戦後半以後は、ＥＣＯＭＯＧ軍兵士による強盗・略奪・麻薬取引・少女売春の斡旋・反ＮＰＦＬ武装ゲリラへの武器の横流しなど、軍規の乱れが国際世論の非難を浴びる局面もあった。しかし九七年には内戦各派の武装・動員解除を成功に導き、リベリアにおけるほぼ唯一の停戦監視軍として功績をのこした。

▼一六七頁

管理する（administrer）

ビライマ少年によれば、フランス語の動詞“administrer”を「薬を飲ませる」の意味で用いるのはアフリカ独自の用法だというが、この動詞には「（薬物を）投与する」の意味がもともと存在する。

シ・アラー・ラ・オ（Chi Allah la ho）

「アラーの神が欲し給うならば」を意味するアラビア語の慣用句「イン・シャー・アッラー in shā' Allāh」の転音語。ビライマ少年のいう「シ・アラー・ラ・オ」よりも、現実の西アフリカではアラビア語本来の発音に近い「インシャッラー」や「インシャラオ」の語音で耳にする。

▼一七三頁

オオサマハゲワシ（vautour royal）

ここでいうオオサマハゲワシは、ハゲワシの特定種を指すものというより、威容をたたえたハゲワシの特定個体と解した方が適切である。ハゲワシが死骸の眼球をついばめば死霊の威力が消滅するというくだりは、北マンデ系社会に伝わる何らかの伝統的な信念を示唆している。

▼一八五頁
ラ・フォンテーヌの「オオカミと仔ヒツジ」のお話
「強者の理屈はいつでもまかり通る」という一文からはじまる寓話。川で水を飲んでいた仔ヒツジのところに、飢えたオオカミが近寄り、あらゆる難癖をつけて仔ヒツジの弁解をさえぎる。最後に「オオカミは、森の奥へ仔ヒツジをさらっていって、それから、食べてしまった、正規の裁判をしないで」の一文で終わる。(ラ・フォンテーヌ『寓話(上)』今野一雄訳、岩波文庫)。

▼一九一頁
グッド・ガヴァナンス(bonne gouvernance)
一九八〇年代に深刻化した「発展途上国」の累積債務問題を契機に、世界銀行とIMFは「途上国」側が国内経済の改革をめざすことを条件とする国際収支支援の融資、いわゆる構造調整融資を推進してきた。その過程で、各「途上国」への特別融資の続行もしくは中止の決定が「グッド・ガヴァナンス good governance/バッド・ガヴァナンス bad governance」の評価とともに、「途上国」側に通告された。国内経済に対する政府の介入を縮小し、自由市場原理を尊重し、民間活力を動員すべきであるというネオ・リベラルな開発論に沿ったガヴァナンスこそ、世界銀行とIMFの想定する「グッド・ガヴァナンス」であった。この点に照らせば、「すべての財を政府が運営するというのがグッド・ガヴァナンスですからね」というジョンソンの発言は、本来の「グッド・ガヴァナンス」から逆行したアイロニーとしての効果をはたしていることがわかる。

▼一九三頁
アメリカゴム商会
(La Compagnie américaine de caoutchouc)
アメリカのファイアーストーン・タイヤゴム会社US Firestone Tire and Rubber Company は、一九二六年以来リベリア中部グランド・バッサ州ハーベルに世界最大のパラゴムプランテーション(総面積は三万六千五百ヘクタール)を所有してきた。同社のゴム開発は、イエケパやボンの鉄鉱山とともに、リベリアの国家経済を支える柱として、アメリコ=ライベリアンの支配体制と密接に関わってきた。なお、プランテーションの経営権は、八八年に日本のブリヂストン社に買収された。内戦直前まではブリヂストン社所有のもと、現地管理をアメリカ人が行っていた。

▼一九六頁

リベリアドル（dollar libérien）

リベリア中央銀行発行の通貨。内戦期の一九九二年、リベリア暫定政府はNPFL経済封鎖政策の一環として首都モンロヴィアでリベリアドルの新紙幣を発行し、旧紙幣の使用を禁じた。一方、テイラーはその対抗策として、内陸の自軍掌握地における新紙幣の使用を禁止した。そのため国内では、ECOMOG管轄地のモンロヴィア市内でのみ新紙幣が通用し、内陸のNPFL支配地域では旧紙幣が流通するという異常な状況が続いた。

▼一九八頁

ジョゴジョゴ（djogo-djogo）

先述「ジョゴジョゴ」の項参照。

▼二〇三頁

狩人結社のカマジョー（association des chasseurs, Kamajor）

内戦期のシエラレオネでは、ゲリラ勢力間の戦闘が激化するにつれ、自衛を目的とする民間の武装組織CDF（Civilian Defence Forces）が結成された。その最大のグループが、一九九二年末より内戦に参入していたカマジョーである。メンデ語で「狩人 kamajɔ」を意味するこの組織は、メンデ（先述「メンデ族」の項参照）の秘儀的な狩人結社を母体とする武装集団で、国内の拠点もボやケネマなど、メンデ族の居住域である国内南東部に集中していた（ただしカマジョーは、国内北部の狩人結社カプラス Kapras とも連携していたとの説がある）。九六年以降はカバー政権の防衛組織に組み込まれ、国軍・ECOMOG陣営と連合関係をたもつ武装勢力となった。指導者はヒンガ・ノーマン（先述「ハイアン・ノーマン」の項参照）。

カバー（Kabbah）

テジャン・カバー（Alhaji Ahmad Tejan Kabbah：一九三二—）。現シエラレオネ共和国大統領。一九三二年、シエラレオネ領内でメンデ族の両親より出生。オックスフォード大学留学などを経て、五八—六三年にシエラレオネの地方長官、六四—六九年には通産省と教育省で事務次官を歴任。七一—七四年にかけてニューヨークの国連開発計画本部に勤務。七四年、国連開発計画レソト駐在代表に就任。内戦期九六年の大統領選挙に、SLPP（シエラレオネ人民党 Sierra Leone People's Party）党首として出馬、大統領に選ばれる。九七年五月の軍事クーデタでは一時失脚しギニアに亡命するが、ECOMOGの軍事介入で九八年三月に復権。ECOWASや国連の支持を背景に、RUFとの数回にわたるシエラレオネ和平交渉をすすめた。

フォデイ・サンコー（Foday Sankoh）

フォデイ・サンコー（Foday Saybana Sankoh：一九三五—）。元RUF首領（後述「RUF」の項参照）。シエラレオネ独立期に陸軍入隊、伍長の軍階で写真撮影係を担当する。一九七一年三月のクーデタ未遂事件に連座して数年間を獄中ですごす。七七年の釈放後、ガーナに亡命。西アフリカ諸国を転々と移動した後、リビア滞在中にチャールズ・テイラーと出会う。八九年末、NPFLの一員としてリベリア・ニンバ州に侵入。九一年三月、NPFLの支援により新組織RUFを率いてリベリア国境からシエラレオネ南東部へ侵攻、内戦の一大ゲリラ勢力に成長する。カバー政権下の九七年三月、ナイジェリアで逮捕・拘留。同年五月の軍事クーデタでは、獄中の身でAFRC（軍部革命評議会 Armed Forces Revolutionary Council）副議長に指名されるが（後述「AFRIC」の項参照）、カバー復帰後の翌九八年七月にはシエラレオネに身柄が送還され、十月にシエラレオネ高等法院の一審判決で死刑を宣告される。以後、シエラレオネ和平交渉でカバー政権とRUFの仲介役をつとめ、九九年七月のロメ和平協定では副大統領への就任を条件に停戦案に合意。同協定ではサンコーへの司法訴追の中止も決められたが、二〇〇二年一月には国連とシエラレオネ政府が一転してシエラレオネ戦犯裁判所の設置を決め、今後のサンコーの司法処分に注目が集まっている。

ジョニー・コロマ（Johnny Koroma）

ジョニー・コロマ（Johnny Paul Koroma：一九六〇—）。ほぼ無名の国軍少佐だったが、一九九六年九月のカバー政権転覆計画に連座したかどで逮捕される。九七年五月の軍事クーデタに際して獄中より釈放され、ナイジェリアで拘留中のサンコーと連合して国家最高機関AFRCを創設。同評議会議長として軍政下の国家元首に就任。しかし国際社会から民政転覆の責任を糾弾され、九八年二月のECOMOGによる武力介入で失脚。以後は内戦の展開から実質的に排除された。九九年八月には、AFRCの一部兵士が収監中のコロマ釈放を求め、現地の国連スタッフや報道関係者約四十名を拘束する事件も起きている。

▼二〇四頁

イギリス臣民（sujet britannique）

クレオール（créole）

クレオ（créo）

保護領民（sujet protégé）

ベルリン会議後の一八九六年、イギリスは直轄植民地フリータウン以外のシエラレオネの領土を保護領とした。フリータウンに入植していたのは、イギリス、ノヴァスコーシャ（カナダ）、西インド諸島などからの移入をうながされたアフリカ系解放奴隷、およびギニア湾上で解放されたいわゆる船上奪還奴隷であった。彼らに対し「クレオール Creole」または「クリオ Krio」の呼称が定着したのは一八七〇年代以降であり、二十世紀初頭のセンサスには「クレオール」の弁別がすでに公式に設定されていた。「大英帝国の臣民」に相当するこれら沿岸直轄植民地の出身者に対し、内陸保護領に暮らすアフリカ人は「保護領民」の名のもと、第二次大戦後まで十全な市民権が付与されなかった。

▼二〇五頁

ミルトン・マルガイ（Milton Margaï）

ミルトン・マルガイ（Sir Milton Augustus Strieby Margai：一八九六―一九六四）。初代シエラレオネ首相。一八九六年、モヤンバ地方バンバトケ村でメンデ族の両親より出生。英領西アフリカの名門校フーラ・ベイ・カレッジ（在フリータウン）卒業後、イギリスに留学。シエラレオネ保護領出身者として初の医学士号を取得して一九二八年に帰国。以後五〇年まで医療活動に従事。領内各地で名医としての評判を得つつ、助産活動に関わるネットワークを組織化。四六年に保護領民の地位向上をめざすSOS（シエラレオネ組織化協会）を結成。五一年には後身組織のSLPPを結成、同年の第一回普通選挙では、メンデ系の支持基盤を背景に同党を領土議会の与党に押し上げた。五七年選挙で首相に就任して独立をむかえ、在任中の六四年に死去。

イギリス女王陛下のシエラレオネ内閣首班（Premier ministre de Sa Majesté）

一九六一年に、エリザベス二世統治下のイギリスから英連邦の一国として独立したシエラレオネは、七一年まで共和制に移行しなかった。

メンデ族（Mendé）

シエラレオネ南東部からリベリア北西部にかけての内陸地帯に居住する南西マンデ語系の民族。テムネ族と並ぶシエラレオネの主要民族として、国内総人口の約三割を占める。一九六一年に、対立政党ＡＰＣの主張をおさえてシエラレオネの独立を主導したＳＬＰＰの支持基盤として、シエラレオネ現代政治史で鍵をにぎる民族となった。ポロ結社、サンデ結社をはじめ、秘儀性をおびた複数の伝統的な結社組織がみられる。先述の狩人結社カマジョーもそのひとつである。

アルバート・マルガイ（Albert Margaï）

アルバート・マルガイ（Sir Albert Michael Margai：一九一〇—八〇）。第二代シエラレオネ首相。ミルトン・マルガイの異母弟として一九一〇年に出生。シエラレオネ保護領出身者として初の法学士号を取得後、植民地の看護士として十二年間勤務。四四年に渡英し、四七年にロンドンで弁護士を開業。翌四八年に帰国し、英領シエラレオネ最高裁に事務弁護士として勤務。五一年に兄ミルトンとともにＳＬＰＰ結党時の指導者となり、五二年に内務・教育担当相。五八年に一時ＳＬＰＰを離党するが、その後独立をはさんでミルトン・マルガイ内閣で天然資源相、蔵相を歴任。六四年のミルトン死去にともない、シエラレオネ第二代首相に就任。だが首相就任の手続きに疑義が生じたうえ、共和政への早期移行を主張するその強引な政治手法が対立を生み、六七年三月の総選挙におけるＳＬＰＰ敗北をうながす。同月には傀儡の将校を介して自ら軍事クーデタを発生させ、選挙結果の攪乱をねらうが、国軍将校・警察幹部の一部に新たな軍事クーデタを決行され、新国家機関ＮＲＣ（国民改革評議会 National Reform Council）統治下のシエラレオネからイギリスに亡命した。

ジャクストン・スミス（Juxton Smith）

実在する人物は「ジャクストン・スミス」ではなく、ジャクソン＝スミス（Andrew Terence Juxon-Smith：一九三一―）。一九三一年、フリータウン市内にて出生。イギリスの士官学校を卒業後、シエラレオネ陸軍に入隊。五五年から通信隊に配属。六七年三月、総選挙で敗北したスティーヴンズ首相が国軍准将を介して軍事クーデタを発生させた数日後、国軍将校と警察幹部の数名とともに新たな軍事クーデタを決行。国家最高機関NRCの議長に就任。だが翌六八年四月、スティーヴンズの復権をめざしたバングラ准将の軍事クーデタにより逮捕される（後述「ACRM」の項参照）。六九年のスティーヴンズ政権下で、国家反逆罪による死刑判決を受けるが、七三年に釈放。八五年、ニューヨークで新政党の党首に就任。内戦期の動向は不明。

▼二〇六頁

ACRM

バングラ准将による一九六八年四月の軍事クーデタで成立した暫定国家機関、「汚職撲滅革命運動 Anti-Corruption Revolutionary Movement」の略号。NRCの軍政を打倒し、スティーヴンズの民政復帰をめざして同年四月十八日に組織され、同月二十七日のスティーヴンズ政権復帰にともない解散した。

シアカ・スティーヴンズ（Siaka Stevens）

ティンバ族（Timba）

シアカ・スティーヴンズ（Siaka Probyn Stevens：一九〇五―八八）。初代シエラレオネ大統領。一九〇五年、モヤンバ地方でリンバ族の父親とヴァイ族の母親より出生。高等教育を受けた後、二三年に植民地警察隊に入隊。三〇年より、港湾と鉄鉱床をむすぶ鉄道建設に従事。四六年、鉱山労働者統一組合の指導者として保護領議会議員に選出。五一年、SLPP結党に参画。五二年、国土・鉱山・労働担当相。その後、シエラレオネ独立に際しての権力闘争でミルトン・マルガイと対立し、六〇年に政党APC（全人民会議 All People's Party）の前身にあたるEBIM（独立以前の選挙実施運動）を結成。ミルトンにより獄中に拘禁されたまま翌六一年の独立をむかえる。六四年、メンデ系政党SLPPに批判的なテムネ系、クレオール系の支持基盤を背景に、フリータウン市長選挙で当選。六七年三月の総選挙でAPCを勝利に導き、いったんは首相に指名されるが、同日に発生したランサナ准将の軍事クーデタ、その二日後に生じたジャクソン＝スミスの軍事クーデタにより、コナクリへ亡命。翌六八年、親スティーヴンズ派のバングラ准将による軍事クーデタにより、帰国して首相職に復帰。七一年三月、スティーヴンズ暗殺未遂事件が発生したため、ギニアに急行して同国政府と相互防衛協定を締結し、約二百名のギニア国軍兵士を首相衛兵としてフリータウンに駐留させる。同年、共和制移行の憲法修正案が議会を通過し、シエラレオネ初代大統領に就任。以後、独裁色の強い政治手法で、七八年には憲法改正によりAPC一党支配体制を確立。八五年に大統領職を辞して、モモに禅譲した。

なお、本書でいう「ティンバ族」とは、シエラレオネ北部に居住するウェストアトランティック語系の民族リンバ Limba にあたる。

サイドゥ・ジョゼフ・モモ（Saïdou Joseph Momoh）

ジョゼフ・モモ（Joseph Saidu Momoh：一九三七―）。一九六二年、ナイジェリアの陸軍士官学校を主席で卒業、翌六三年にはイギリスの陸軍士官学校も海外出身の士官候補生として主席で卒業。同年、シエラレオネ国軍少尉。六九年、国軍第一大隊長。七〇年、国軍副司令官。七一年、国軍臨時総司令官。七二年、国軍総司令官。七五年、国軍准将としてスティーヴンズ政権の国務相に就任。八五年、スティーヴンズの後継者として大統領・APC党総裁に就任し、軍人のまま文民内閣を組織。内戦勃発後の九一年に複数政党制を導入するが、翌九二年四月、ストラッサーによる軍事クーデタが発生し、ギニアに亡命。カバー政権下の九八年十一月、前年に発生した軍事クーデタへの加担容疑で禁固十年の有罪判決を受けた。

▼二〇七頁

リリキ（liriki）

ブルキナファソのモシ語でタカラガイを意味する名詞「リギディ」が、西アフリカ都市部の日常表現として一般化した結果の転音語。

▼二〇八頁

テムネ族（Temné）

シエラレオネ西部の沿岸から内陸にかけて居住するウェストアトランティック語系の民族。メンデ族と並ぶシエラレオネの二大民族として、国内総人口の約三割を占める。一九六一年の独立から七〇年代のスティーヴンズ独裁化にいたるまでの時期に、APCやNRCなど、非メンデ系組織の主たる支持基盤として与党SLPPと競合してきた。

パトリス・ルムンバ（Patrice Lumumba）

パトリス・ルムンバ（Patrice Emery Lumumba：一九二五—六一）。ベルギー領コンゴ（現コンゴ民主共和国）の政治家・民族運動指導者。一九五八年のMNC（コンゴ民族運動）創設で指導的な役割をはたし、六〇年六月の独立とともに初代首相に就任。しかし翌七月のベルギー軍再侵攻による、いわゆるコンゴ動乱の渦中で六一年二月に虐殺された。本書で「サンコーが目のあたりにした」というのは、このコンゴ動乱でルムンバの要請により派遣された国連軍の不明瞭な行動を指している。

ジョン・バングラ（John Bangoura）

ジョン・バングラ（John Ahmadu Bangura：一九三〇—七一）。一九三〇年にテムネ族の両親より出生。イギリスの陸軍士官学校を卒業後、シエラレオネ国軍に入隊。アルバート・マルガイ政権下の六七年、クーデタ画策容疑で、他のテムネ系軍人らとともに逮捕される。同年釈放され、アメリカ駐在のシエラレオネ大使館勤務を命じられるが、NRC打倒をめざし、中途で職を辞してギニアに行く。六八年の軍事クーデタを成功させ、スティーヴンズが復権するまでの一週間、ACRM臨時政府の首班をつとめる。しかしスティーヴンズ政権下の七一年三月におきたクーデタ未遂事件では首謀者として逮捕され、フリータウン市内で処刑された。

▼二〇九頁

ボ（Bô）

シエラレオネ中南部ボ地方の中心都市（地図参照）。ダイアモンド鉱床と原石の研磨産業で知られる。

RUF

革命統一戦線 Revolutionary United Front の略号。一九九一年にリベリアから侵入してシエラレオネ内戦の火ぶたを切ったサンコー主導のゲリラ勢力。サンコーはＲＵＦの創設にあたり、ウガンダのムセベニによる「人民軍」組織や、カダフィの「緑の書」が称揚する大衆動員の手法に想を得たとされる。ＮＰＦＬの結成に参画したシエラレオネ人ゲリラ集団を組織の前身とし、九一年後半から、リベリア＝シエラレオネ国境地帯でＮＰＦＬと連合、国内の南部・東部を掌握してシエラレオネ内戦最大の反政府ゲリラ勢力に成長する。九四年には国内北部への拡大侵攻に転じ、ダイアモンド産出域のケネマ地方を掌握。リベリア内戦のＮＰＦＬと同様に、シエラレオネ政府、ＥＣＯＷＡＳ、ＯＡＵ、国連などの仲介で作成された停戦案への拒否をつづける。九五年に首都フリータウンへ侵攻。九七年に指導者サンコーがナイジェリアで逮捕されてからも独自に戦闘を継続。同年五月のコロマ少佐による軍事クーデタ以降は、ＡＦＲＣとともに反ＥＣＯＭＯＧの軍事連合をむすぶ。九九年にフリータウンを再侵攻し、同年のロメ和平協定で内戦終結後の有利な条件を獲得。他方で、リビアからの財政支援、およびテイラー・リベリア大統領とのダイアモンド＝武器取引疑惑など、ＲＵＦの関係国にも国際社会の非難が投じられてきた。

▼二一〇頁

ヴァランタイン・ストラッサー（Valentine Strasser）

ヴァランタイン・ストラッサー（Valentine Esegragbo Strasser：一九六五―）。シエラレオネ国軍大尉だった一九九二年四月、軍事クーデタによりモモ政権を転覆。ＮＰＲＣ（国民暫定統治評議会 National Provisional Ruling Council）議長として憲法の執行停止と議会の解散をふくむ非常事態宣言を発し、暫定国家元首に就任。同年七月にＮＰＲＣをＳＣＳ（国家最高評議会 Supreme Council of State）へ改組した後は、報道管制と郵便物の検閲制を導入。九五年半ば、ＳＣＳに内部対立が生じ、翌九六年一月には、民政移管の早期実現を訴える反ストラッサー派のビオ准将によるクーデタが発生、失脚した。

らんぺい（sobel）

ソベル sobel という造語は、兵士とも反徒とも呼びきれぬ存在となった国軍末端兵士の行状を指す呼び名として、シエラレオネ内戦で現実に流通していた。

フリータウン（Freetown）
シエラレオネの北西沿岸に位置する同国の首都（地図参照）。一七九二年に解放奴隷の入植地として建設され、十九世紀前半には、英領西アフリカ居留地（現ガンビア、ガーナ、シエラレオネ）の行政統轄地となった時期もあった。

マイル＝サーティー＝エイト（Mile-Thirty-Eight）
首都フリータウンとボ市をつなぐ高速道路の九十一マイル地点にあたるジャンクションに、「マイル＝ナインティーワン Mile 91」と呼ばれる場所が実在し、内戦期にはそこが首都攻防戦の戦略拠点のひとつとなった。

▼二一一頁
グルカ兵（Ghurka）
通常は“Gurkha”と綴る。十九世紀初頭のイギリス軍傭兵に起源をたどる、インド軍所属のネパール人傭兵部隊。シエラレオネ内戦では、ストラッサー政権下の一九九四年に政府がイギリスの民間企業「グルカ警備保障」と契約をむすんだのち、九九年末には国連安保理が国連平和維持軍のシエラレオネ派遣を決め、多数のインド国軍グルカ部隊が戦場に投入された。

ボーア人（Boers）
現在の南アフリカ共和国に十七世紀から入植した、主としてオランダ系からなる白人移民。同国でアパルトヘイト制度を確立した。今日では「アフリカーナー」の呼称が一般的である。

エグゼクティヴ・アウトカムズ（executive outcomes）
国際軍事コンサルタントを業務とする南アフリカの企業。同社と契約をむすんだストラッサー政権を一九九五年から支援した。「アンゴラやナミビアでの豊富な戦闘経験をもち、最新鋭の装備で武装した、旧南アフリカ政府軍将兵、数百名をかかえており、文字どおり戦争をビジネスにしている〔……〕高度の能力を備えた一個の軍隊であり、さらに訓練やコンサルタント業も営むという点で、従来の傭兵とはかけはなれた存在である」（栗本英世「シエラレオネ内戦とポスト冷戦期のアフリカの紛争」『アジ研　ワールド・トレンド』第四十三号、一九九九年）。

ジュリアス・マナダ・ビオ（Julius Manada Bio）

ジュリアス・ビオ（Julius Manada/Maada Bio：一九六四―）。シエラレオネ国軍准将だった一九九二年四月、ストラッサーとともに軍事クーデタを挙行してモモ政権を転覆。九三年七月、ストラッサー政権下でSCS副議長および首相に就任（―九五年三月）。その後、早期の民政移管を訴えてストラッサーと対立し、九六年一月に軍事クーデタを決行、ストラッサー政権を転覆。翌二月、公約どおりに大統領・国民議会選挙を実現させ、カバー文民政権を誕生させた。

▼二一三頁

ヤムスクロ（Yamoussoukro）

コートディヴォワール中部に位置する同国の現首都（地図参照）。初代大統領ウフエ゠ボワニの出身村として、一九六〇―七〇年代に地方都市予算の約三分の一を享受して急速に都市化した。八三年三月、ヤムスクロを同国の新たな行政首都とする法案を国民議会が可決。ウフエ゠ボワニが莫大な私産の一部を投じて建設した世界最大規模（二十万人収容）のカトリック大聖堂、「ノートルダム平和大聖堂 Basilique Notre-Dame-de-la-paix」があることで知られている。

▼二一四頁

アマラ（Amara）

エシィ・アマラ（Essy Amara：一九四四―）。前OAU事務局長（二〇〇二年九月よりアフリカ連合（AU）初代事務局長）。一九四四年、コートディヴォワール共和国ブアケ市にて出生。七五―九〇年、同国の国連大使。八八―八九年、国連総会副議長。九〇年、国連安保理議長、コートディヴォワール外相。九六年、国連事務総長候補。二〇〇一年、次期OAU事務局長に選出。

▼二一七頁

オテル・イヴォワール（l'hôtel Ivoire）

コートディヴォワール・アビジャン市内に実在する最高級ホテル。なお、ビライマ少年が後ほどふれる「オテル・イヴォワールの二十四階」とは、同ホテルの新館タワービル最上階にあたる。

トレイシュヴィル（Treichville）

コートディヴォワール・アビジャン市内の街区名。

植民地期の「アフリカ人街」として発足し、現在は商業地区と住宅地からなる。ビライマ少年がトレイシュヴィルをやや乱暴な口調で「アビジャンの売春街」と形容する箇所は、この街がもつもうひとつの顔、すなわち「夜のトレイシュヴィル」として知られる歓楽街の一角を示している。

▼二一八頁
ラゴス（Lagos）
ナイジェリア東部沿岸に位置する同国最大の都市（地図参照）。一九九一年まで同国の首都だった。

サニ・アバチャ（Sani Abacha）
サニ・アバチャ（Sani Abacha：一九四三―九八）。一九四三年、ナイジェリア北部カノ州にて出生。六二年に国軍入隊。陸軍参謀総長を経て、ババンギダ政権期の九〇年に国防相就任。九三年、軍政下の内閣首班ショネカンの辞任を受け、内閣首班を継承。国軍最高司令官を兼担する事実上の国家元首となる。以後、自らの特別衛兵隊を介して政治的対立者の国外追放・拘禁・拷問・粛正など、抑圧的な手法を用いた国家統治を現出させ、国際社会からの非難を浴びた。他方ではECOWASとECOMOG軍を先導する域内盟主ナイジェリアの国家元首として、リベリア、シエラレオネ両内戦の和平活動に積極的に関与した。九八年、民政移管プロセスの一方的な操作により自らを公認五政党の大統領候補に仕立てあげた直後に、急死した。

フランス語でいえば、「火中の栗をひろう」のが……
「火中の栗を拾う」の訳語で日本語にも定着したフランス語表現“tirer des marrons du feu”は、「危険を冒してまで求めた利益を他人に横取りされる」の意である。それゆえ、この脈絡で「火中の栗を拾う」のはアバチャになるはずだが、仏語圏西アフリカでは、この成句がビライマ少年のごとく本義とは逆の意味、すなわち「他人が受けるべき利益をたくみに我が物とする」の意味で用いられることが少なくない。

▼二二〇頁
エヤデマ（Eyadema）
エヤデマ（Etienne Gnassingbe Eyadéma：一九三七―）。現トーゴ大統領。一九三七年、同国北部でカブレ族の両親より出生。トーゴ独立直後の六三年に初代大統領オリンピオ転覆の軍事クーデタに主要メンバーとして参画。六五年、国軍参謀総長に就任。六七年、第二代大統領グルニツキーの政権を軍事クーデタで転覆し、権力を掌握。六九年に単独政党RPT（トーゴ人民連合）の総裁となり、七二年に共和国大統領に就任。エヤデマイスムと呼ばれる個人崇拝の強化や、国家権力を介した暴力行使の実態が国際社会の非難を呼ぶ一方、ECOWAS議長、OAU議長を歴任するなど、ウフエ＝ボワニ亡き後の西アフリカにおける政治的影響力を高めつつある。

トーゴ（Togo）

仏領トーゴ——第一次大戦後にフランスへ譲渡された旧ドイツ領トーゴの一部地域——から一九六〇年に独立した、仏語圏西アフリカの共和国（地図参照）。

▼二二三頁

バジリック大聖堂（basilique）

先述「ヤムスクロ」の項参照。

▼二二四頁

リカオン（lycaon）

サハラ以南アフリカに生息する食肉目イヌ科の哺乳類（*Lycaon pictus*）。ハイエナに似るが、黒、黄、白の不規則な模様が体にある。サヴァンナに六—二十頭ほどの単位で群れをなし、組織的な方法でガゼルやインパラなどの草食獣を狩る。強靱な顎で獲物を数分間で食べつくす（インパラ一頭で十分ほどといわれる）。

▼二二五頁

ヒョウタン一杯（une calebassée）

アフリカにおけるヒョウタン（*Lagenaria siceraria*）の実の用途にはさまざまなものがある。村落の日常生活で最も親しまれているのは、盥や椀や柄杓など、サイズの異なる容器としてのヒョウタンである。しばしば容器一杯分の単位としても「ヒョウタン」の表現が用いられる。

▼二二六頁

ラフィアヤシ（raphia）

主として熱帯林地域の湿地帯に群生するヤシ

（*Raphia gigantea/Raphia hookeri*）。葉からは繊維が採れ、葉軸は簡単な建材となり、樹液からはヤシ酒が採取される。ラフィアヤシの葉で作られた腰簑——仏語圏西アフリカでは「ラフィアのスカート jupe de raphia」とも呼ばれる——は、仮面着用者の装束をはじめ、儀礼的な用途で男性に着用される。

カカバ（cacaba）

元来は「虫、虫けら kakaba」を意味するバウレ Baoulé 語（コートディヴォワールのアカン語系言語）の名詞。コートディヴォワールでは話者の民族的出自をとわず「思いあがった人間」や「情けない人間」などの侮蔑的な意味で用いられる。

▼二二七頁

古くさい鉄砲（ancien fusil de traite）

"fusil de traite" の通称で知られる銃とは、長い銃身の先に小石を詰めて使用する、いわゆる先込め式の燧石銃で、西アフリカでは十六—十七世紀以来広く流通してきた。かつては戦争や狩で用いられたが、今日では主として儀礼用に用いられる。

▼二三〇頁

マン（Man）

コートディヴォワール西部内陸に位置する、同国第七の地方都市（マン県の県庁所在地、地図参照）。コートディヴォワール側のダン族居住域にあたる。

▼二三二頁

リベリアとギニアの国境で……

先述「ンゼレコレ」の項参照。

▼二三三頁

ビシ・ミライ・ラミライ（Bisi milaï ramilaï）

先述「ビシミライ」の項参照。仏語圏西アフリカでは、むしろ「ビシミラヒ・ラフマニ・ラヒミ」の語音で耳にする。

▼二三六頁

ジャ（dja）

「影、像 ja」を意味し、伝統的な霊魂観と密接に関わるマンデ語の名詞（先述「ニャマ」の項参照）。

▼二四一頁
ソラ（sora）
北マンデ系社会における狩人結社専属のグリオ。アマドゥ・クルマの前作『野獣の投票を待ちながら』では、物語の語り手のひとりにソラの男が登場していた（訳者解題参照）。

▼二四二頁
ドンクン・スラ（donkun cela）
「四つ辻の儀式」という意味のマンデ語表現ならば、「ドンクン・スィラ（▽道 sira）」となる。

ダガ・コノン（dagas conons）
直訳すれば「カナリの内部（▽カナリ dàga ＋内部 kɔnɔ）」となるマンデ語表現。

モロコシ酒（bière de mil）
発芽したモロコシ（*Sorghum sp.*）の種子を乾燥して破砕し、その煮汁を自然発酵させた酒。マンデ語では「ドロ dɔlɔ」、西アフリカの都市部ではヴォルタ語系呼称に起源をたどる「チャパロ tchapalo」の名でも親しまれている。

▼二四四頁
カマジョーには、子ども兵なんかいらないから……
現実のカマジョー軍には、他のゲリラ組織におとらぬ少年兵組織の存在が確認されていた（訳者解題参照）。

▼二四六頁
ヒガン・ノーマン（Highan Norman）
実在する人物は「ヒガン・ノーマン」ではなく、ヒンガ・ノーマン（Samuel Hinga Norman）。ボ地方のメンデ出身者。元シエラレオネ国軍大尉。内戦期に反RUF系の民兵組織カマジョーの指導者となる。九六年、カバー政権下で国防大臣補に就任。九七年のコロマ少佐による軍事クーデタに際して、亡命。九八年、カバーの政権復帰で国防大臣補に再任（国防相ポストはカバー自身が兼担）。CDFおよびカマジョー全国指導者の地位を保ちながら、シエラレオネ内戦の現況をめぐる政府スポークスマンの役割をはたしてきた（先述「カマジョー」の項参照）。

ＩＭＦ

国際通貨基金 International Monetary Fund の略号（先述「グッド・ガヴァナンス」の項参照）。

▼二四七頁

ジョナジョナ (djona-djona)

マンデ語の副詞「速く joona」の強調形。先述「ニョナニョナ」の項参照。

ラサナ・コンテ (Lassana Conté)

実在する人物は「ラサナ・コンテ」ではなく、ランサナ・コンテ (Lansana Conté：一九三四―)。ギニア共和国現大統領。一九五八年に国軍入隊。七五年、陸軍参謀総長。八四年、初代大統領トゥーレの死去一カ月後にクーデタを主導し、ＣＭＲＮ（国家再建軍事委員会 Comité Militaire de Redressement National）議長として国家元首に就任。

▼二四八頁

ＡＦＲＩＣ

実在の組織略号は「ＡＦＲＩＣ」ではなく、ＡＦＲＣ（軍部革命評議会 Armed Forces Revolutionary Council）。一九九七年五月の軍事クーデタに際し、コロマ少佐がＲＵＦとの連合で創設した国家最高機関（議長コロマ、副議長サンコー）。翌九八年二月、ＥＣＯＭＯＧ軍のフリータウン上陸により国家最高機関の地位から転落したが、以後もシエラレオネ内戦における独立のゲリラ勢力として存続した。

▼二四九頁

ジンバブェ (Zimbabwe)

ハラレ (Harare)

ジンバブェは南部アフリカの内陸に位置する共和国で、ハラレは同国の首都。ムガベ政権下のジンバブェは、この年ＯＡＵの議長国だった。

オゴニ族の代表を何人もぶっ殺してからは……

一九九五年十一月、アバチャ政権は、国内東部の少数民族オゴニ Ogoni（人口約五十万）出身の人権・環境活動家九名を軍事裁判にかけて絞首刑に処した。犠牲者のなかには、ＭＯＳＯＰ（オゴニ生存運動 Movement for the Survival of the Ogoni People）議長でノーベル平和賞候補の作家K・B・サロ＝ウィワもふくまれていたことから、アバチャ政権は国際社会から強い非難を浴び、ナイジェリアは英連邦加盟国の資格を一時停止された。

▼二五〇頁

コリブンドゥ（Koribundu）

モヤンバ（Moyamba）

コリブンドゥはシエラレオネ南東部ボ地方の中心都市で、ダイアモンドの産出地として知られる。モヤンバは同国中西部モヤンバ地方の中心都市で、シエラレオネ最大の鉱床（ボーキサイト）を有する（地図参照）。先にふれたとおり、シエラレオネ南東部はカマジョーの拠点となっていた。

▼二五一頁

ルンギ空港（l'aéroport de Lungi）

ルンギ空港の周辺には、シエラレオネ国軍駐屯地が存在する。

▼二五三頁

ブルビネ（Boulbinet）

ギニアの首都コナクリ中心部の街区名。

アブジャ（Abuja）

ナイジェリア中央部に位置する同国の首都（地図参照）。一九七八年憲法により、当時の首都ラゴスからアブジャへの首都移転計画が決定され、九一年に首都機能の移転が完了した。

▼二五四頁

市民的不服従（désobéissance civile）

アメリカの思想家デイヴィッド・ソローが一八四〇年代末に示した言葉（より正確には「市民政府への抵抗 Resistance to Civil Government」）。冷戦の終結、わけても東欧諸国における国家社会主義の崩壊という二十世紀末の時代潮流をうけて、サハラ以南アフリカ諸国でも「市民社会」や「公共圏」の議論とともに、強権的な国家支配に対する市民的不服従のあり方が近年新たな時代性のもとで注目されつつある。

▼二五五頁

トゥレプルー（Toulepleu）

コートディヴォワール西部内陸、リベリア国境沿いに位置する町 Touléplеu（地図参照）。ギグロ県トゥレプルー郡の郡庁所在地で、コートディヴォワール側におけるダン族とウェ族の居住域境界付近にあたる。

▼二五六頁

アフリカ式キョウダイ（frère à l'africaine）

サハラ以南アフリカの日常生活で「兄弟 frère」の言葉によって指し示される人間の範囲は、きわめて広い。両親または父母のいずれかが同じである狭義の「兄弟」から、自分のイトコ、あるいは自分と同じ村、同じ民族、同じ国、さらに同じ仏語圏アフリカ地域に生まれた——同年代のあるいは異なる年代の——黒人男性にいたるまで、「キョウダイ」の範囲は発話の脈絡によりさまざまに変化する。

ダナネ（Danané）

コートディヴォワール西部内陸、リベリア国境沿いに位置する地方都市（地図参照）。ダナネ県の県庁所在地で、リベリア内戦期にはダナネ経由でＮＰＦＬに軍事物資が流入したといわれている。

▼二五七頁

ソブレッソ村（Sobresso）

訳者にはこの村落の位置が確認できなかった。あるいはリベリア国内の架空の村落名か。

▼二五八頁

ベレベレ（bele-bele）

「大きな／体軀の立派な bèlèbele」を意味するマンデ語。

▼二五九頁

カサヤカサヤ（kasaya-kasaya）

コートディヴォワールの俗語「カサヤカサヤ kasaya-kasaya」または「カヤカヤ kaya-kaya」とは、臨時雇いの単純労働者を指す語源不明の名詞である。そこから転じて、「（たちの悪い儲け話を期待しながらぶらぶらしている）ろくでなし」も意味する。既出の「ウヤウヤ」に近いことばだが、日常会話に登場する頻度はさほど高くない。

▼二六七頁

出生証書の補追審査（jugement supplétif d'acte de naissance）

「民籍証書の補追審査を希望する者は、当該証書が作成された裁判所もしくは司法管轄区に請願書一通を提出しなければならない〔……〕補追審査を要求できるのは、民籍証書を有さぬ者もしくは当該証書をめぐるすべての関係者、ならびに検察官である。裁判所が必要と判断したならば、判決に先立ち証拠審理措置を命ずることもできる。当事者が病院内にて出生せず出産診断書を有さぬ場合、裁判所の調査により申請者の実年齢に沿うよう作成された生理学的年齢証書一通が必要となる。同じく裁判所は、当該証書をめぐるすべての関係者に訴訟参加請求を発することもできる」

（A.-M.H. Assi-Esso, 1997 *Précis de droit civil ivoirien.* Abidjan : Editions LDI, pp. 120-121）

バンジェルヴィル（Bingerville）

コートディヴォワール東部沿岸、アビジャン市の東方約二十キロに位置する地方都市（地図参照）。一九〇〇―三四年に仏領象牙海岸植民地の総督府が置かれていた古都。コートディヴォワールの日常会話では、「ベンジャヴィル」と発音される。

バンジェルヴィル上級初等学校（école primaire supérieure de Bingerville）

一九一四年の仏領西アフリカ学制再編成に際して、象牙海岸植民地の総督府所在地バンジェルヴィルに設立されたアフリカ人エリート養成校。三七年の女子ＥＰＳ創立にともない、バンジェルヴィル男子上級初等学校に改組。領内各地の初等学校 école primaire を卒業した児童のうち、審査を通過した者が入学した。第二次大戦後の四八年、コレージュ・モデルヌに改組した。

ゴレ師範学校（école normale de Gorée）

ダカール医学校（école de médecine de Dakar）

「ゴレ師範学校」の正式名称は、ウィリアム・ポンティ師範学校 Ecole normale William Ponty。一九一三年に仏領セネガル植民地サン＝ルイから同植民地ゴレ島（ダカール沖）に移転した仏領西アフリカ植民地官吏の養成校（創立一九〇三年、ウィリアム・ポンティへの名称変更一五年、ゴレ島からの再移転三八年）。仏語圏西アフリカ諸国独立期の名だたる政治家を多数輩出した名門校として知られる。同校に設置された三学科のうち、一学科がダカール医学校進学準備課程となっていた。

　ダカール医学校は、一九一八年に連合総督府所在地のダカールで設立された仏領西アフリカ初の医学校。領内各地の出身者からなる少数精鋭の教育体制（一学年十―十五名程度）で、植民地医局の原住民補助医師 médecins auxiliaires indigènes の養成を目的とした。戦後四六年に改組。

サハラ砂漠で……ニジェールだ、ティベスティだ、リビアだって……

アフリカ大陸の約三分の一の総面積を占めるサハラ砂漠には、各地に固有の砂漠呼称がみられる。ニジェール北東部にはビルマ Bilma 砂漠が、リビア西部にはリビア砂漠が、またリビア南部からチャド北部にかけてはティベスティ山地を擁するティベスティ砂漠が存在する（地図参照）。

▼二六八頁

ウォロッソ村（Worosso）

訳者にはこの村落の位置が確認できなかった。あるいはリベリア国内の架空の村落名か。

冷戦後の寓話、その闇——訳者解題

内戦勃発後、首都モンロヴィアで路上生活を余儀なくされている児童のうち、八十五パーセントが傷病や栄養不良に苦しみ、五十九パーセントが飢餓状態にある。七十五パーセントが放棄された建物や廃車のなかで生活し、うち七十パーセントがこうした場所での生活を一ヵ月以上続けている。五十パーセント弱が窃盗や略奪で生計を立て、二十パーセントが常時路上で争いをしている。六十パーセント以上が父親を失い、四十パーセントは最後に両親を見た記憶を失っている。

（リベリア内戦初期のユニセフ報告書より［拙稿 一九九八：一四六］）

「卑怯者め！ 腑抜けめ！ 独立の子どもめ！ ててなし子め！ 独立という諸君の母は、たしかに花開いた。だが、その腹からは人間など生まれてこなかったではないか！」

（Kourouma 1970：203）

本書は、Ahmadou Kourouma, *Allah n'est pas obligé*. Editions du Seuil, Paris, 2000 の全訳である。原文に散見された若干の誤植・誤記は、著者に確認をとり訂正のうえ訳出した。

著者アマドゥ・クルマについては、仏語圏アフリカ文学の記念碑的作品『独立の太陽』（Kourouma 1970）の作者といえば、いくぶん意外な印象とともにその名をあらためて思いおこされる読者もいるかもしれない。すでに七十代半ばの老作家にとり、数篇の戯曲や児童むけの読み物をのぞけば本書は漸う第四作にあたる小説である。寡作ながら過去に発表した作品がいずれも国際的な文学賞を複数受賞するなど、クルマは現代アフリカ文学史上もっとも神秘的な巨匠のひとりと目されてきた。激動する戦後西アフリカの政情に翻弄されたその半生について多くを語らぬ姿勢もまた、作家の神秘性をいっそう高める効果を生んできたといえるだろう。荘重な叙事詩的作風で知られるこのイヴォワール人作家が、しかしその作風を曲げてまでなぜいま、隣国の戦場を生きた一少年兵の「くそったれでいまいましい人生」を物語らねばならなかったのか。アフリカ独立の欺瞞を告発する前三作のモティーフとともにその理由もまた、なかばヴェールに包まれた作家の半生に、すでに打ち消しがたいしかたで刻みこまれていたのかもしれない。

*

アマドゥ・クルマは一九二七年、当時の仏領西アフリカでマリンケ人の両親から出生した。出生証書上の出生地はブンディアリ（現コートディヴォワール北部の地方都市）とされているが、真の出生地はそこから西方に約百八十キロ離れた、現ギニア国内のトゴバラ村だった（地図参照）。トゴバラは十五世紀に歴史をさかのぼるマリンケ系首長国ウォロドゥグ——本書でいう「ぼくらのふるさとオロドゥグ」——の一カ村であり、とりわけアマドゥが生をうけたクルマ家は、ウォロドゥグ首長家の正統な流れをくむ戦士＝狩人の一族として知られていた。

アマドゥ少年は七歳でトゴバラ村の親元を離れ、ブンディアリの伯父の家に引きとられた。ただし作家自身の数少ない証言によれば、この人物は彼にとり実の伯父ではなかったらしい。フランスの植民地化に抗した西アフリカの英雄サモリの軍勢が十九世紀末にトゴバラ村へ侵入した際、アマドゥの父方祖父は彼らに恭順の意を示さず、サモリ軍の一将校に妻を奪われてしまった。奪った女を己れの妻とした将校はその後ブンディアリに定着し、クルマ家との関係を修復すべく幼いアマドゥを晩年自らの「甥」として引きとったというのが真相のようである。異常な姻戚関係を接ぎ穂する政略の具とされた少年は、その後二十年ものあいだ、トゴバラ村にくらす実母との再会をはたせなかったという。

あらかじめ著者の生いたちにまでふれたのは、それが本書最終章に登場する「ドクター・ママドゥ」の生いたち――「まだ七歳のチビ助のころ、解放奴隷のおばあさんと若い娘に連れられて、百八十キロの道のりを歩いた」過去――と酷似しているためである。しかも「ドクター」の実母は、主人公のビライマ少年が異国の戦場に探しもとめた「マーンおばさん」その人という設定である。トゴバラ生まれの二人の登場人物のごとく、かつて著者クルマの幼い心も、異郷の地で実母の影をはげしく追いもとめていたのだろうか。

ブンディアリの「伯父」は、植民地期に看護士の資格で身を立てていた。当時でいう「原住民名士の子弟」となったクルマ少年は、同化主義に彩られたフランス式植民地教育の階梯をその後着実にのぼっていく。初等・中等教育を抜群の成績で修めたのち、戦後四六年には仏領スーダン（現マリ）のバマコ高等職業学校に入学をはたしていた。この点でも彼の足どりはドクター・ママドゥのそれを想起させずにはいない。だが、おりしもこの年のバマコは、ＲＤＡ（アフリカ民主連合）結成という西アフリカ独立運動史上最大の事件の舞台となった。クルマも青年知識人のひとりとしてＲＤＡに参画したため、フランス植民地当局の摘発を受け放校処分となってしまう。その後フランス軍に動員されて伍長の軍階を得るものの、ＲＤＡのデモ鎮圧指令を拒んだために懲戒措置として五一年から四年間、仏領インドシナの戦場に投入されてしまうのだった。

一九五五年に動員を解除されたクルマは、中途で断ち切られた高等教育の機会をもとめて単身渡仏する。グランゼコール入試にいどむかたわら、アフリカ人留学生の反植民地組織ＦＥＡＮＦ（在仏ブラックアフリカ学生同盟）に加わり、当時独立の賭金とみなされていた共産主義にも傾倒する。進学先はリヨンの保険経理学院に決まり、それが以後のクルマにとっての表の顔、保険・金融業界のスペシャリストとしての出発点となった。彼が初めて小説執筆の想を得たのも、このリヨン時代のことだったらしい。自らが目撃した同時代の「アフリカの現実」を文章に綴る欲求をおぼえた彼は、リヨン大学で社会学の講義を聴講しながら、まずアフリカに関する社会学や民族誌学の文献にふれてみた。しかしその内容に「深い失望をおぼえた」結果、自らのいう「生きた社会学 sociologie vivante」の実践を可能にするもうひとつの選択肢、小説の構想に向かったのだと後年述懐している。地元のフランス人女性――本書の献辞にもある現夫人――と結ばれた彼は、六〇年にパリの保険会社に就職した。

この年、祖国コートディヴォワールは独立し、初代大統領にはＲＤＡの盟主ウフエ＝ボワニが就任していた。翌六一年に帰国して銀行の管理職に就いたクルマの眼前には、それゆえ己れと祖国とに約束された輝かしい未来の姿が映じていたにちがいない。だがそこには思いもよらぬ災厄がまっていた。独立直後の同国政界を揺るがした「クーデタ未遂」事件――のちにイヴォワール政府が事実無根を追認した事件――の渦中で急進的反仏分子のリストに載った彼は、六三年にいわれなき国家転覆の共謀容疑で投獄されたのち、国外に追われてしまうのである。脱植民地化運動に一身を投じてきた青年にとり、親仏路線に舵をきりはじめたかつての同志によるこの仕打ちは、いかほどに強烈な裏切りの体験として胸にきざまれたことだろう。先にふれた五〇年代のインドシナ従軍にしても、そこにはつぎのような夜話があったほどなのだから。

私はあのとき、インドシナ行きを避けることだってできたのです。でも、独立運動の同志だった作家ベルナール・ダディエが、私の従軍を強くすすめてきました。ダディエら同志は、まもなく象牙海岸もアルジェリアのような解放闘争に突入するものと見こんでいたので、反植民地闘争の技術をインドシナで実地に習得してくるよう、私にすすめたのです。(Kourouma avec Ayad et Loret 2001 一部編集)

ウフエ＝ボワニの強権発動が「独立」という新時代の裂孔からたちまち噴出した第一の裏切りだったとすれば、新たな国境線が自らのふたつの故郷を唐突に分断したことは、近代共和政体の巨大な影が無力な個に突きつけてくる第二の裏切りとしてクルマに痛感されたにちがいない。過去数十年にわたり曖昧な統合と再編をくりかえしてきた仏領西アフリカの領土区分は、それまでブンディアリとトゴバラ村をおおむね象牙海岸植民地の北西部に位置づけてきた。だが新生独立国の国境線は、前者をコートディヴォワール領内にとどめおく一方、トゴバラを国境線のわずか西側、つまり隣国ギニアの一村落としてしまったからである。セク・トゥーレのギニアとウフエ＝ボワニのコートディヴォワール——新たな国家元首が統治する共和国の境界は、ふたつの故郷をむすぶサヴァンナの未舗装道ばかりか、クルマの生の来歴をも引き裂く壁として現出したのだった。

流嫡の地アルジェリアで保険会社に職を得たクルマは、アフリカ独立国家の暴力を告発する小説を書きはじめた。処女作『独立の太陽』は六五年に完成し、原稿はフランス国内の複数の出版社に持ちこまれたが、その反応は一様に冷たかった。だがこのとき彼は、カナダ・モントリオール大学で文学賞が新設されたことを聞き知る。「フランシテ賞 prix de la francité」の名が示すように、それは「第三世界のフランス語圏諸国で目下生じつつある言語と文学形式の刷新」に対し贈られる賞だった。六七年にアルジェリアから無名の作家が送付した『独立の太陽』は、こうして翌年みごと同賞に輝き、大学出版局で刊行された。作品の評判はまもなくフランスにおよび、初版品切れとなった七〇年にスイユ社が版権を買いとると、同作品はアカデミー・フランセーズ小説賞、ベルギー王立アカデミー賞を連続受賞した。フランスでは以後十五年間で六万部が出版され、英語、ドイツ語、スペイン語、ポルトガル語にも翻訳されたほか、仏語圏アフリカ諸国では高校や大学の教材に用いられるなど、『独立の太陽』は現代アフリカ文学の古典としてその後ゆるぎない位置を獲得していくだろう。

『独立の太陽』刊行時には祖国コートディヴォワールの政情もひとまず安定し、六三年事件の「政治犯」釈放もはじまっていた。クルマもパリで銀行経営の専門研修をうけ、七〇年にはソシエテ・ジェネラル系の地元銀行副頭取として念願の帰国をはたしている。しかし災厄はふたたび彼をおそった。新作の戯曲『トゥニャンティギ、あるいは真実の語り手』(Kourouma 1998b) が七二年にアビジャンで上演されると、その「反体制的な内容」が国家元首の逆鱗にふれ、またもや彼は国外左遷の身となってしまうのである。ヤウンデに十数年。ロメに十数年。望まざる異国での生活は、その後二十有余年の長きにおよんだ。

幼き日の故郷との別離が作家に到来する運命をあらかじめ告げていたのだろうか。帰郷と望郷をくりかえす波瀾の人生に向きあいながら、クルマは一九九〇年、前作から二十二年の沈黙をやぶり第二作『モネ、侮辱、挑戦』(Kourouma 1990) を発表した。これも二度めの国外追放直後から書き継がれ、いちど原稿が紛失したのちに再執筆を経て完成したという労作である。つづく第三作は九八年、第四作の本書は一昨年に発表されるなど、国際保険業の幹部職を定年で辞した作家の筆力は、近年ますます旺盛となりつつある。

国際的な文学賞を各々トリプル受賞した前三作にもまして、現代フランコフォニー文学に深い衝撃をもたらした本書への評価は、ことのほか華々しい。フランスの主要文学賞のうち、本書はメディシス賞をのぞく五賞（ゴンクール、ルノドー、フェミナ、アンテラリエ、高校生のゴンクール）すべての最終選考に勝ち残り、わずか一票差でゴンクール受賞を逃しながらも最終的にルノドー賞、高校生のゴンクール賞に輝いている。これまでの筆業をたたえ、おなじ二〇〇〇年にはジャン・ジオノ大賞もクルマに贈呈されることになった。マリ人作家ヤンボ・ウォロゲムがあの問題作『暴力の義務』でルノドー賞を獲得したのはその三十二年前、ちょうどクルマが『独立の太陽』で文壇に登場した年のことである。

祖国コートディヴォワールを九九年に見舞った史上初の軍事クーデタ以後は、事態収拾にむけた「国民和解フォーラム」の議長候補に一時指名されるなど、揺れ動く国内情勢にクルマの生活も少なからず影響されてきた。しかし年間の大半は妻の故郷リヨンで孫たちにかこまれ、講演で世界各地を旅するこの作家のいまは、しごく悠々自適のそれと映らなくもない。少なくともいまは。そして作家としてのその生をのぞけば。

＊

アマドゥ・クルマはこれまで「現代のグリオ」の異名で知られてきた。同時に彼は、ルイ＝フェルディナン・セリーヌの作品世界に寄せる自らの愛着をインタヴューの場でたびたび表明してもきた。西アフリカの伝統的な語り部グリオと、敗残のフランス人作家セリーヌとの意外な結びつき――それがクルマの作品批評でさほど抵抗もなく受け入れられてきたことには、いくつかの理由がある。ひとつには、西アフリカのパフォーマティヴな口承文芸に求められる鋭敏な言語感覚と、セリーヌのそれにちかい破格の文体とが、彼の作品世界をなによりも特徴づけてきたためである。

『独立の太陽』の持ち込み原稿にフランス国内の出版社——あのプレザンス・アフリケーヌさえも——が当初こぞって難色を示したのも、著者のフランス語表現がいわばあまりに「不純」とみなされたからだという逸話は有名である。それは単に言語の刷新というより、マリンケ語の語彙や表現にことごとく浸食されたフランス語の奇形とみなされた。とりわけこの作家は、西アフリカに特有のフランス語表現や、ときにはマリンケ語の単語さえ、文中で括弧に閉じずじかに用いるのをつねとしてきた。やがて九〇年代には、フランス語を「アフリカ化する africaniser」ないしは「マリンケ語化する malinkiser」ことが作家の口癖となり、「複数的なフランス語 francais pluriel」に確かな形象をあたえることがその信条にもなっていた。

アングロサクソンの世界にはアングロフォニーなどありませんから、そこではずっと大きな自由が認められています。ところが私たちの世界では、フランコフォニーという言葉でフランス語の純粋性に気が配られているありさまです。(Kourouma avec Armel 2000)

われわれアフリカ人も、フランコフォンであるからにはフランス語の敷地に自らの住処を築くべきです〔……〕われわれはフランス語のアフリカ化につとめています。つまりそれは、モリエールの用いた言語というかくも広大な邸宅の内に、これがわが家だといえるような一部屋をもうける努力なのです。

(Yves Chemla との対談より [Borgomano 1998 : 37])

言語帝国主義の素朴な逆転形としてのマリンケ至上主義などではなく、仏語圏アフリカの一作家として、フランス語をその内部から複数化していく試み。ベンヤミンの翻訳者なりドゥルーズのマイナー文学なりを彷彿とさせる言語観の持ち主にとっては、フランコフォニーや翻訳にまつわる西アフリカの歴史も、すでにそれ自体が自作のテーマとなりうる素材だった。たとえば第二作『モネ、侮辱、挑戦』のなかで、クルマは植民地化初期にフランス軍と現地首長のあいだで通訳をつとめたグリオの姿を通じ、翻訳にともなう相互の誤解、言語間の衝突と軋轢をめぐるプロセスを植民地期の数ある暴力の一形態として描く。かつては王家の叙事詩を詠々と吟じていたマンデの語り部が、「西アフリカの言葉の主《ぬし》」の資格を以て「トゥバブの言葉をあやつる通訳」へと化していく西アフリカの近代。あるいはまた、サモリ使節団の通訳として早くも十九世紀末には敵国の港町ボルドーに派遣され、二十世紀半ばには手持ちの楽器を電気化した姿がバマコのセイドゥ・ケイタ写真館で被写体に収められ、時をくだった世紀末リベリアの内戦ではUNHCRの通訳として働く姿が小説に描かれもするグリオの近代。ならば、ひとはあらためてこう問うこともできるはずだ。フランコフォニーを喧伝する文化政策のただなかでフランス語という大邸宅の一隅にマリンケの小部屋を得るべく奮闘してきた現代のグリオとは、それ自体、現代の闘う通訳の異名でもなかったかと。

「グリオ・カーストの人はみんなそうだけど、ヴァラスバ・ジャバテも頭のいいひとだった。よそのことばをいくつも聞いたり話したりできたんだって。フランス語だろ。英語だろ。ピジン語だろ。クラーン語だろ。ギオ語だろ」――病死したグリオの子孫から四冊の辞書を受け継ぐビライマ少年は、同時にグリオの伝統まで受け継ぐかのように内戦の歴史語りを語っていく。仮にビライマを物語内部の語り手と呼ぶならば、物語外部の語り手として背後にたたずむ著者クルマは、この俄か仕立ての幼いグリオを自らの分身としているかのようである。つねに複数的でしかありえぬ現代フランス語圏の「ありとあらゆるたぐい」

の読者にむけて、「ちびニグロを話す」元少年兵がテクストというもうひとつの戦場で著者になりかわり通訳の闘争を闘っているかのようである。自分の手元には『ラルース』や『プチロベール』があったからこの物語を書けたのだと、少年は冒頭から告白する。だがその一方で、「旧宗主国の『権威ある』辞典をまず持ちだすという皮肉にみちた韜晦」（崎山 二〇〇一：二〇）の効能を知ってか知らずか、少年はたびたび「フランスのフランス語」や「正しいフランス語」や「日常フランス語の掟っていうやつ」の尊大さをあげつらう。はたまた「アフリカ黒人の野蛮人の土人」であることの劣等感にひきずられた語彙説明のミスを犯したり（訳註「管理する」参照）、西アフリカでは意味が逆転するフランス語の慣用句をそのまま用いることで（訳註「火中の栗を拾う」参照）、逆に現代フランス語の宿命的な複数性を読者のまえで浮彫りにしてみせる。のみならず少年は、物語の円滑な進行をほとんど妨げるような勢いで、「でっかい単語」の註記をカラシニコフの無限連射さながら文中に次から次へと挿入していくのだ、まるであらゆるエクリチュールがそれ自体翻訳の実践であることを証すかのようにして。読書の愉悦をふつうに知る読者ならばそうした註記の連発におもわず不快感をいだくかもしれぬ、それほどのおびただしさである。とはいえ、そもそも読書の不快とは何であろう。物語における通訳の存在を語りの内側でたえず告げ知らされる不快とは、過去のいかなる読書体験に培われた不快なのか。ひとがそう自問するあいだにも、しかし少年はもう口走っているのだ。「おっと、正しいフランス語なら……。」

本書における註記の煩雑さは刊行当時から指摘され、書評によっては「翻訳と説明のたわむれ」といった形容さえ添えられてきた。こうした遠まわしの批判にも、クルマは例によって「フランス語がいかほどまでに複数的であるかを私は示したかったのです」と答えるばかりだった。そっけない回答ではあるが、それにしても単に複数的のひとことでは汲みつくせぬほどの複数性が、本書の語りにはなんとすさまじいしかたで氾濫していることだろう。

第一に、本書で用いられるマリンケ語やフランス語のなかには、古典アラビア語・アラビア語起源の単語、スペイン語起源の単語、さらにプロヴァンス語起源の単語が混じっている（訳註「カフル」、「トゥバブ」、「パーニュ」、「パラーブル」、「ファロをやる」、「ワラエ」参照）。第二に、ウォロフ語、ファンティ語、リンガラ語など、アフリカ系言語に語源をたどると思われる「フランス語」も登場する（訳註「カリテの樹」、「ハルマタン」参照）。くわえて作家の祖国コートディヴォワールでこの数年混迷の度をふかめる民族浄化の騒乱にあって、真の国民を自称する民族とよそ者と呼ばれる民族双方の言語、すなわちバウレ語、ベテ語、モシ語に由来する都市部の俗語さえもが、「ちんぴらみたいなマリンケ語」を話す少年の口からごく自然に、そして同等にこぼれ落ちていくのだ（訳註「カカバ」、「ジボ」、「リリキ」参照）。小説という制度が発生する言語空間で起源もなくこだまする国家の記憶――たとえば「西アフリカで異例の経済成長をとげた我が国コートディヴォワールの歴史」――とはまたなんと隔たりのある、それは言語の複数性であることか。アフリカ系諸言語にくわえアラビア語、スペイン語、ポルトガル語、フラマン語、プロヴァンス語、さらに英語とフランス語に由来する雑多な語彙や表現が西アフリカの言語生活のいまを構成する要素として解きがたく交錯しているとすれば、それは往古のサハラ縦断交易をふりだしに、大航海時代と奴隷交易、植民地化と労働力移動、世界大戦と徴兵、そして「多」民族国家の独立へといたる、西アフリカの歴史的変遷が幾重にも上書きされてできあがったいまであること、そのことが本書のもうひとつのメッセージとして伝わってくるかのようである。しかも第三に、本書では語り手の母語であるマリンケ語の内にさえ、口承言語に特有の音声学的な複数性が書きこまれているのだ。おしなべて口承言語には、同一語の発音が話者により、あるいは同一話者のそのつどの発話により微妙に流動する特質がある。そのためビライマ少年も、同じ単語をあるときは「ジョゴジョゴ」のごとく、あるときは「ジョコジョコ」のごとく自在に表記していく（訳註「ウヤウヤ」、「ジョナジョナ」、「ビライマ」、「クルマ」も参照）。旧宗主国の言語のみならずマリンケ語もまた、自らに複数性を内包させた、あくまでそのかぎりでの「一」言語にすぎないと言わんばかりに。

*

物語の語り手ビライマと著者クルマ――この二人のグリオが、西アフリカの複数的な言語世界のただなかで、同時代の西アフリカに生じた内戦のありようを読者にむけ物語り「通訳」していく。だがそもそも二十世紀末の戦争とは、グリオといえどもそれを他者にむかってやすやすと通訳し、何かしら筋書の通った物語に手ぎわよく加工できる程度の事件なのか。いいかえれば作家クルマは、今回いかなる作話形式に訴えることで、二十世紀末の戦争を読者に通訳しようとしたのだろう。

仏語圏西アフリカ文学をひとつの時系列としてかえりみた場合、サンゴールやダディエのごとくネグリチュード運動を経由して戦後『プレザンス・アフリケーヌ』誌の周囲に集った作家グループと、アフリカ独立期の五〇年代半ばから六〇年代にかけて台頭した新世代の作家とのあいだには、ある断層がみとめられる。崩れゆく「仏領」西アフリカを近しい過去として回顧するにせよ、独立直後の国家体制とまともに対峙するにせよ、後者の作家たちが作品にとりあげたのは、新旧の巨大な政治システム――植民地および独立後の共和政体――に翻弄される個人の生の矛盾、ないしは両者の相克をめぐる主題群であった。西アフリカの口承文芸をしるしづける伝統のひとつに祖先の系譜語りや英雄譚とむすびついた叙事詩の作話形式があげられるとすれば、西アフリカ諸国の独立前後に現れたこれら一連の作品群は、ひとが各人各様に生の重みを抱えながらも匿名のマスとしてしか認知されることのない凄惨な散文の時の到来、つまりは叙事詩の終焉を告げていたことになろう。

にもかかわらず、六〇年代末の文壇に現れた作家クルマは、これまで「現代のグリオ」の異名で知られてきた。スンジァータ大王にさかのぼるマリ帝国の大いなる叙事詩をコラやバラフォンの音色とともに詠い継いできたグリオの魂が時を越え、たとえある男の筆に乗り憑いたとしても、その男は叙事詩の終焉を告げる時代のいったい何を叙《の》べ、何を詩《うた》へと昇らせることができたのか。

クルマのデビュー作『独立の太陽』は、自伝的な色彩の濃い作品といわれる。主人公の男ファマは、トゴバラ村の王家の末裔でありながら、沿岸部の大都会で妻とみじめな生活をおくっている。植民地の終焉とともに幕をあげた「独立の時」――マリンケ語でいう「独立の太陽」――とは、彼にとり白人に代わる新たな抑圧者の体制が着々と敷かれつつある時代にほかならなかった。独立に利を得ようとする新興政治エリートとの軋轢。それにつづく不条理な投獄体験。新時代の国家元首と一党制の暴力。とりわけ新たな国境線により自らの眼前で突然閉ざされてしまう故郷トゴバラへの道。ファマはついに国境警備員の制止を振りきって国境の川に飛び込み、クロコダイルの餌食となってしまう。それはかつて祖先が享受していた叙事詩の楽園から永久に放逐された男の姿、専制国家のもとで受動的に流されていくしかない匿名者の姿、つまりは時に「国民」などと持ち上げられもする均質化され平準化された偽りの共和政体下における個のありようがもたらした悲劇を暗示していた。ひとつの逆説ではあるが、現代のグリオことアマドゥ・クルマは、叙事詩の終焉がもたらすこの悲劇を、あえてひとりの匿名者にまつわる壮大な叙事詩のうちに描こうとしたことになる。本来は祝福されてもよい、だがじつのところは叙事詩の終焉にほかならぬ独立の時を告げ、西アフリカ諸国のきたるべき強権政治――作家自身の生を翻弄したウフエ＝ボワニ体制もむろんそのひとつだ――を予告するという、その意味でのみ成り立つ叙事詩のかたち。あるいは叙事詩の終焉を告げる叙事詩。それは口承文芸における叙事詩的英雄 héros の死亡宣告とともに、小説の内でしか生きえぬ主人公 héros の生誕と、叙事詩の手法に訴えたその非＝救済劇——としか呼びえぬもの——の可能性とを告げていたことにもなろう。主人公は小説の住人である以上、もはや叙事詩の楽園に帰れはしない。しかしその帰れなさを叙事詩に織りあげることで、匿名者の群れに回収されたあれこれの個の重みだけは小説として伝わるかもしれない——「奴隷は主《あるじ》に属するものだ。しかし、奴隷の夢の主《あるじ》は、奴隷以外にありえない」（Kourouma 1970 : 173）。

九〇年代に発表された第二作、第三作でも、西アフリカの歴史を大河のごとく語り継ぐクルマの作風は、さらに力強く展開した。西アフリカの国家政治に対する風刺の色彩も、作品全体にいっそう色濃く表れるようになっていく。作家の新たな異名として「闘うグリオ」や「グリオの戦士」がつけ加わっていくのも、この時期のことである。

第二作『モネ、侮辱、挑戦』では、コートディヴォワール・コロゴ地方をモデルにした架空のマリンケ系首長国ソバをめぐる約百年の歴史（一八六〇年代―一九六〇年代末）が描かれた。フランスの植民地化で権威を失墜させたソバの首長は、栄えある王国の過去をたたえてグリオがいまだ叙事詩を詠じているその傍らで、しだいに植民地権力との危うい協力関係に引き込まれていく。権力との安易な妥協が社会に何をもたらしてしまうのか、その問いかけが歴史を超えたひとつのアイロニーとして現代西アフリカの国家政治へと送りとどけられる仕掛けが、この作品には秘められていた。

第三作『野獣の投票を待ちながら』（Kourouma 1998a）では、本書にも登場するトーゴの独裁者エヤデマをモデルに、西アフリカの架空の国家「湾岸共和国」を支配した独裁者コヤガの生涯がたどられる。インドシナ戦争とアルジェリア戦争にフランス兵として従軍し、きわだった軍功をあげた裸族出身の狩人コヤガは、その後妖術と暗殺をくりかえし国家元首の座にのぼりつめる。側近の呪力に守られて相次ぐクーデタ計画を頓挫させ、粛正の血にまみれた手で権力を維持する一方、彼は近隣諸国を訪れ、冷戦期のアフリカ政治を特徴づける暴力と不正にみちた統治技術を体得していくという筋書である。この作品では、狩人のグリオとその相方による対話形式でコヤガの物語が運んでいく。マリンケの狩人が勇者の偉業をたたえる際に朗唱してきた狩猟叙事詩、ドンソマーナ donso maana に範を得た構成である。ウフエ＝ボワニ、セク・トゥーレ、ボカサ、モブツなど、仮名ながらそれと明確にわかる実在の国家元首の姿を描いたこの第三作によって、叙事詩の手法を駆使するアマドゥ・クルマの歴史語りは、ついに西アフリカの現在へと達していた。

これに対し一昨年刊行された本書は、それまでクルマの作風に親しんできた読者層に少なからぬ驚きをもってむかえられた。なるほど、独立と冷戦の時を超えて増幅した西アフリカ国家政治の醜悪さは、本作でも存分に描かれている。しかし、この作家の持ち味とされてきた重厚な歴史語りのスタイルは、本作ですっかり影をひそめていた。現代のグリオにふさわしいあの叙事詩の輝きが失われてしまったと慨嘆する評者さえ現れた。ただしその程度のことは、作家自身も今回にかぎり十分に心得ていた。

「十一歳の児童の言葉づかいを採り入れたことが、あなたの書き方にまで影響をおよぼしています。これまでのあなたの作品に力を与えてきた詩法というものが、そのせいでいささか損なわれているのです。この点をめぐるご選択の正しさを、あなたはどのように説明なさいますか?」

「叙述から詩の密度が失われているとの印象をお持ちだとすれば、それは少年兵の生きる現実に、詩情をうながすものなど何ひとつ存在しないからですよ〔……〕」(Kourouma avec Libong 2000)

もとより「少年兵の生きる現実」とは作家自身が温めていたテーマでなく、数年前の彼におとずれたある出会いを契機としていたことをここで言い添えておかねばならない。本書の冒頭に「ジブチのこどもたちへ――きみたちの求めに応えてこの書物は記された」の献辞を付した理由について、訳者はクルマ本人から次の説明を受けとっている。

私は以前ジブチで、七歳から十歳の子どもたちを相手に講演をしたことがあります。それは移民の子どもたちでした。部族戦争にとりつかれた隣国ソマリアで父親も母親もいまだ戦闘にあけくれている、そんな境遇にある子たちだったのです。私の講演内容を、その子たちはちっとも理解していませんでした。ただ、私が「えらい作家である」ことだけは、ひとから聞かされていたのでしょう。そのうちのひとりふたりが、勇気をだしてこんなふうに私に声をかけてきたのです。「クルマさん。クルマさんって、えらい作家のひとなんでしょ。だったら部族戦争のお話もしてください。ぼくらの国では、部族戦争のせいでみんなすごくたいへんな目にあってるんだ。クルマさんがその話をしてくれたら、戦争だって減ってくし、ぼくたちみたいな子どもが父さん母さんとはなればなれになったり、自分の国から出ていく必要もなくなるんだから。」それで私は、部族戦争について話すことを子どもたちに約束したというわけなのです。（クルマによる訳者宛の私信より）

他のインタヴュー記事も参照するかぎり、問題の講演会は一九九四年、つまり第三作を脱稿する以前のクルマがエチオピア・ジブチを歴訪した際に、現地のフランス文化センターが企画した集いだったようである。講演のなかで、彼はこれまで折にふれ表明してきた作家としての信条、すなわち「自分がアフリカで目にしてきたことのすべてを、死ぬまで証言しつづける」ことについて語ったらしい。そうして会場の子どもたちと件の約束をすることになったのだが、「自分があまり知らない東アフリカの部族戦争については書けないので、そのころ隣国のリベリアとシエラレオネで起きていた部族戦争について書くことにしたのだという。だがそれでも、西アフリカの内戦を語るうえで彼が叙事詩の歴史語りをあえて放棄した理由は、なおも問いのまま残されていることにかわりはない。叙事詩に代えて作家が選びとった物語の手法、それはおそらく、「詩情をうながすものなど何ひとつ存在しない」少年兵の現実と深く関わっていたにちがいない。

*

冷戦後のアフリカに生じた紛争のうち、リベリア・シエラレオネ両国の内戦は、ルワンダ内戦、ソマリア内戦に次ぐ規模のものとなってしまった。「国家崩壊の危機」などというマスメディアの表現がもはや文学的な形容ではなくなる事態、すなわち国家が現実に崩壊するとはいかなる事態であるかを、リベリア内戦（一九八九—九七年）に関する若干の数値からまず想像していただきたい——内戦勃発直後の自称「国家元首」五名、武力侵攻による首都機能の麻痺三回、終結時点で国土を分割領有していた武装勢力七団体、戦闘に動員された兵士約六万人、うち少年兵一・五—二万人、国外難民約七十四万人、国内難民百二十—百五十万人、内戦による死者二十五万人超、うち児童の犠牲者約五万人（拙稿 一九九八）。法の認める「共和国大統領」も「首都」も弱々しく明滅するなか、分断された「国土」に無数の難民と死者が発生する空間。そこはもはやいかなる意味での「共和国」でもありえない。しかも国連推計による内戦直前のリベリア国内総人口は、約二百五十一万人だった。先にあげた国内難民、国外難民、および死者の数値を試みに合算すれば、「国民」国家が現実に崩壊する事態の内実は、いっそう明白な姿をとるだろう。とはいえ、それはしょせん数値にすぎない。冷徹な数値の後景へとおしやられた諸個人の生は、もとより合算の対象になどなりうべくもない存在である。たとえ戦争の「理解」を数値におしとどめたとしても、たとえばひとは何人分の死体までならば惨劇の具体的な映像としてそれを想い描けるだろうか。いや、目撃すらしていない惨劇の「具体的な」映像を心に描けたところで、それがはたして戦争の「理解」といえようか。そしてもしあなたが、異国の子どもたちにこの現実を描くことを約束してしまったひとりの作家だったとしたら。

十年余りの泥沼をへて先ごろひとまずの終結をみたシエラレオネ内戦（一九九一―二〇〇二年）では、武装各派による民間人への不条理な残虐行為、とくに組織的といってよい規模でなされた手足切断の「戦略」が国際社会のはげしい非難をよんできた。ただし、両国の内戦を通じておそらくそれ以上に国際社会の懸念を生んだ傷ましい現実こそ、本書が題材にとりあげるチャイルド・ソルジャーの問題である。アフリカ人の身体を標的とした植民地期以来の残虐行為とおなじく、未成年者を軍事動員する歴史もたしかに両国の内戦に始まったことではない。しかし動員規模の点でも高度な組織化の点でも、両国の内戦、とりわけ発端としてのリベリア内戦における少年兵の出現は、世界史上でも未曾有の悲劇をもたらしてしまった。

その歴史は、内戦初期のリベリア東部ニンバ州でチャールズ・テイラー（現リベリア大統領）率いるＮＰＦＬ軍が、村落部の戦争孤児にゲリラ訓練をほどこしたことにはじまる。十名前後で編成された少年兵――なかには少女の姿もあった――の小隊は、ＳＢＵ（Small Boys Unit）の通称でゲリラ組織の末端に組みこまれた。各小隊を率いる隊長も児童だった点に注目するなら、これを近代戦における史上初の少年兵組織とみなすこともできなくはない。やがてリベリアでは他の武装勢力も類似の少年兵部隊を競って組織していった結果、七年半あまりの内戦を通じてその数は数万人規模にまでふくれあがった。先ほどは少年兵の推計値として一・五—二万人の数をあげたが、じつのところ未成年者は正式な兵籍番号をもたない「非正規兵」の扱いで武装解除の際もしばしば統計上カウントされなかったため、この数字には信頼しがたいところがある（内戦中期の九四年時点で四—六万人の推計値もある）。くわえて国連が「児童 child」と規定する十八歳未満の青少年や、ジュネーヴ第四条約の追加議定書が武装を禁ずる十五歳未満の青少年はおろか、そこには十歳前後の児童もかなりの割合で含まれていた。そもそも少年兵の存在に国際社会がはじめて気づいたのは、荒廃した町の玩具店から片手にはカラシニコフを、片手にはテディベアの人形を抱えて走り去る児童の奇怪な映像が、内戦初期の現地報道を通じて世界中に配信されてからだったという逸話も知られている。

ゲリラ関係者や少年兵自身の証言を集めた資料によれば、児童が少年兵となる過程にはさまざまなケースがあった（Human Rights Watch 1994）。戦争孤児として身寄りを失くし、やむなくゲリラに加わった子。両親を目の前で惨殺したゲリラへの復讐を誓い、対立勢力に身を投じた子。戦乱のさなか行方不明となった両親を捜そうと武装旅団に加わった子。少年兵となった友人に感化され、あるいは服や自動車が簡単に手に入るという甘言につられて志願した子。成人兵士による脅迫や拷問の結果、むりやり少年兵にさせられた児童も少なくなかったが、多くの場合、子どもたちは戦場での生き残りを賭け、幼い心に浮かんだぎりぎりの選択として自らゲリラ組織に加わっていった事実が知られている。両親に代わる庇護者と、ただ安心して食べ眠れる場所をビライマ少年のように追い求めながら——「ＵＬＩＭＯはほんとにすてきなところで、のほほんとしてるんだって。どいつもこいつも食いものをばかすか食うのに、いっつも残飯が出るんだって。みんな一日じゅう眠ってんのに、月末にはお手当がでるんだって」。

リベリアの戦場では、従順で御しやすい児童の特性が、ゲリラ組織の手で存分に利用された。部隊に編成された子どもたちは、通常一週間から数カ月におよぶ軍事訓練をうけ、自動小銃などの小火器を支給された。その大半は、三十連射機能をそなえたAK－47型突撃銃、通称カラシニコフだったが、二十連射まで可能なNATO規格銃G－3も流通していた。軍事訓練に従わぬ児童には、殴打や鞭打ち、緊縛など、成人兵士による懲罰と拷問がまっていた。くわえて児童は、最前線に投入されても恐怖心を抱かぬよう、ドラッグ漬けにされた。頻繁に使用されたのはマリファナだが、そのほかコカインや、「バブル」の通称で知られるアンフェタミンの錠剤、またトルエン含有の弾薬を溶かし込んだ高アルコール度の密造蒸留酒などが、児童に無分別に与えられた――「ぼくら子ども兵は第一陣、最前線の斥候隊だ。もうたたかいがやりたくて、うずうずしてきちゃうぜ。ハシシュをばっちりきめたからにゃあ、ぼくらはみんな雄ウシみたいに強いんだぞ」。

少年兵の任務は、軍需品の運搬をはじめ、ゲリラ幹部のボディガード、斥候、敵軍捕虜の処刑、さらには捨て駒としての最前線での戦闘にいたるまで多岐におよんだ。幹線道の要所にはしばしば十歳前後の少年兵が検問に立ち、民間の通行者に対し略奪、レイプ、殺傷などの残虐行為をくりかえしていた事実は、種々の内戦報道によって知られている――「なにをやってもうまくいかないときは、子ども兵をあつめるにかぎるからね。なにしろ子ども兵になったガキんちょは、どんどん残忍になっていくだろ」。

アフリカ諸国の近年の紛争にみられる特質として「紛争の大衆化」（武内 二〇〇〇）、すなわち紛争の被害者であるとともに加害者にもなりうる民間人の深刻な増大現象が指摘されている。ここでいう「大衆」がとりわけ未成年者の場合、内戦終結後の国家にきわめて重大な社会問題が残されることはいうまでもない。戦場で他者から虐待され、かつ他者を虐待した異常な体験のゆえに、元少年兵の児童は不眠、夜尿、悪夢、フラッシュバック、鬱症状など、心的外傷に由来するさまざまな症状をカウンセラーに訴えている。児童を対象とした村落帰還や再教育などの社会復帰プログラムも、思いのほか進捗していない。小学校の第一学年を修了したリベリアの児童は内戦以前でさえ全体の三割強にすぎなかったとの報告もあるように、就学や就職の機会から疎外され社会的に周辺化された大量の青少年の存在は、内戦がひきおこした結果というより、むしろ内戦激化の要因として作用してきたからである——「大学のお免状があってもさ、フランス語圏アフリカのくさったバナナ共和国にいてごらんよ。どの国だろうが、看護士にも学校の先生にもなれやしないんだから」。

*

本書の主人公ビライマも、戦場に生きるそうした子ども兵のひとりだった。自分では「十歳か十二歳」だと言うが、むしろ異常な戦争体験のせいでむやみに大人びた感性と言葉づかいを身につけてしまった年齢不詳の少年と想ってみたほうがよいかもしれない。早くに父を亡くし、身体に障害をかかえる母のおぞましい風評に絶望した彼は、村を去るまえから「通りの子」に身を落としていた。やがてその母も失う彼は、新たな庇護者マーンおばさんのゆくえを追って「部族戦争のリベリア」に渡っていく。怪しげな男ヤクバを旅の友に、ビライマは行く先々の土地で少年兵組織に組みこまれていく。隣国シエラレオネに渡っても、彼には少年兵となる道しか残されていない。

少年は「いかれてくさった共和国」の国境をひとつ、またひとつ越えていく。それは文字どおり越境の旅ではあれ、冷戦後の今日ひとまとめにたたえられるあの幸福なる「越境」などではない。作家がジブチで出会った子どもたちのように、それは父母の愛から引き離され、自らの居場所を失った少年のたどる、他に選択の余地なき越境であった。だとすれば少年が国境のかなたに探しもとめたのは、はたしてマーンおばさんの姿だけだったのか。くそったれであったりくそったれの二乗であったりするこの世界をさまよう自分とは、いったいどの土地に落ちつけばよい何者か。戦場で少年がむなしく追いもとめたのは、じつはそうした謎を解く答えだったのではないだろうか。

やがて少年は、殺戮にあけくれる戦場の大人たちから、自分がだれかを教わるだろう――「ぼく、善人パパ大佐のキャンプについてから、自分がだれかをおそわったんだ。ぼくはマンディンゴでムスリムだから、ヤクー族やギオ族の味方なんだって〔……〕だからぼくは、ゲレ族でもクラーン族でもないんだ」。自分がだれかを知るうえで「部族」が大人たちの指標になっていることがわかると、ビライマとその幼い仲間たちは、自らの名前さえ変えてしまう――「ぼくら三十七人はめいめいべつの民族だけど、ULIMOではクラーン族かゲレ族じゃなければだめなことぐらいわかってた〔……〕そこでぼくらは、めいめい自分の名前をクラーン族の名前に変えて〔……〕」。

かくして少年は、世紀末の西アフリカに起きた内戦を「部族戦争」と呼びつづける。さりとて、現代アフリカの紛争が「部族対立」や「部族戦争」のひとことではけっして説明しきれぬ現実を、いくつかの根拠とともにここで確認しておきたい。本書のいう「部族戦争」がいかに微妙なニュアンスをおびた言葉であるかは、この現実との対比ではじめて鮮明となるからである。

第一に、今日アフリカで部族と呼ばれる集団は、しばしばイメージされがちな「古来からの共同体」というより、むしろその大半が植民地時代の恣意的な行政区分や行政呼称をもとに、今日のような名称と境界をそなえた集団として実体化された歴史をもつ。いいかえればそれは、植民地＝海外領土の等式化をもとに西欧の国民国家原理が歪んだしかたでアフリカ大陸に移植された時代の、創られた集団単位だった。

独立後のアフリカ諸国で激化した「部族対立」も、じっさいは植民地期以来の「部族区分」に沿った不均等な開発政策や、不平等な社会資本の配分に遠因をたどる場合が少なくない。

第二に、近代国民国家原理の移植にあわせて創造された過去からもうかがえるように、アフリカの「部族」とはあくまで「共和国」との関連でしか実質的な意味をもちえない、いわば「伝統」を装う使命をおびた近代政治史上の語彙であることを忘れてはならない。本書で「部族戦争」と語られる紛争が、じつは近代国民国家の枠内でしか成立しえない「内戦＝市民の戦争 civil war」のかたちをとってリベリア「共和国」とシエラレオネ「共和国」で発現していたことは、そのなによりの証左である。戦場にたたずむビライマ少年も「部族」のいまが意味するものを肌身で感じとっているからこそ、大人びたその口からは「部族戦争」と「共和国」の二語が、ある特別なニュアンスをもって同等にこぼれ落ちるのだ。「リベリア」の一語ですませてよい箇所でも、彼があえて「リベリア統一民主共和国」と書きつけるのは、単なる気まぐれといえようか。両手を切られた人々が登場する場面にかぎって、その不幸な人々を彼がわざわざ「シエラレオネ市民」と呼びなおすのも単なる偶然といえようか。「市民」の殺しあいの場と化した土地を「共和国」と呼ぶことの皮肉を、まるで少年は十分に心得ているかのようなのだ。「くそったれなぼくの人生」からわきあがる思いの丈の怨嗟を「共和国」の一語にぶつけるような口ぶりで、著者の幼い分身は「いかれてくさった共和国」と吐き捨てる。「いかれたバナナ共和国」、「リベリア統一民主共和国」とさえ吐き捨てる。

第三に、「アフリカ特有の部族対立」などと語られがちな紛争の底流には、この共和国のだれが、あるいはどの「部族」が真の意味での「国民」であり、完全な「市民」たりうるのかという、アフリカ特有というより近代国家にこそ特有の排除の契機がひそんでいる。このとき部族という言葉は、自己や他者につごうよく貼り付けるラベルとして利用される。それゆえ「部族対立」と呼ばれる紛争も、現実にはひと握りの政治指導者が自らの権力闘争を有利にはこぶ大衆動員の手段として「部族」の枠組を濫用し、それを「敵／味方」の単純なラベルに仕立てあげて喧伝したことの悲しむべき帰結である場合が少なくない。くわえてラベルとしての「部族」の利用は、戦火を必死の思いで生きぬく人々のあいだにもみとめられる現象だった。すでにふれたように、ビライマ少年とその仲間は、いかにも「部族戦争」にふさわしい露骨な民族選別の視線を大人たちから浴びせられて、あるときは出身部族をめぐる虚偽の申告をおこない、またあるときは自らの名を異民族風の人名にすりかえていた。だがまさにそのことによって、戦火を生きる子どもたちが「部族戦争」の通俗的なイメージを内側から裏切っていることに本書の読者は気づかれただろうか。あるゲリラ勢力がすべて同じ部族の出身者からなっていて、その敵対勢力がすべて同じ敵対部族の出身であるという「部族戦争」の単純化された構図は、現実にはありえない。「〜族のゲリラ」というラベルの裏側で、じっさいには「真の国民」に近づこうとする諸個人のさまざまな政治的・経済的・社会的思惑が交錯している以上、ひとつの武装勢力が雑多な「部族」出身者から構成されている状況こそ、これまで「部族対立」と呼ばれてきた事態のむしろ内実なのである。

*

少年は、世紀末の国境を越えていく。国境のかなたの「部族戦争」で、子ども兵に志願する。戦場で生き延びるためには、「部族」のラベルさえたくみに変えていく。リベリアやシエラレオネの戦場で行き場を失くした子どもたちが現実に会得していたこの処世術をはじめ（Human Rights Watch 1994 ; Peters & Richards 1998a）、ビライマのとる一連の行為は、どれもみな彼自身の「主体的な選択」のあらわれとみえなくもない。

だが一見そうみえるだけに、少年のふるまいには主体性どころか、逆に絶望的なまでの受動性こそが露わとなっていた。

だって、すごい話ばかりなんだぜ。〔……〕リベリアのスモール・ソルジャーは、なにからなにまで持っててね〔……〕銭だって、米ドルだって手に入れるだろう。靴だって、肩章だって、ラジオだって、軍帽だって、自動車とか四駆とかいうやつだって手に入れちまうんだって。だからぼく、おもわずさけんじゃった。ワラエ！　ワラエ！　ああ、リベリアに行きてえなあ。早く早く行きてえなあ。子ども兵とかスモール・ソルジャーとか、そんなのになってみてえなあ。

どうしても子ども兵になりたかった少年は、やがて国境の向こうの戦場で「部族戦争」の呪文をひたすら反復しはじめるだろう。ただし、この呪文の歴史は意外に古い。それはアフリカ支配に乗りだした十九世紀末の西欧が、「共同体の呪縛下でいまだ没我状態にあるアフリカ蛮人」の救いがたい受動性を説くために、種々のメディアで喧伝してやまない呪文だったからである。そしていま、二十世紀末の内戦を生きる仏語圏西アフリカの少年が、戦争という根源的な受動の場のありようを述べ伝えるために、おなじ「部族戦争」の一語を歴史のアイロニーとして物語に転用し、反復しているかのようである。

ビライマ少年の語りでは、「部族戦争」のほかにもさまざまな単語や語句や章句が、アイロニーの気味をおびた決まり文句として頻繁に反復される。西アフリカで現実に起きた内戦を舞台としながら、そこで描かれる戦争の風景にどこか現実ばなれした空気がただよっているのも、ことによれば少年が記憶のなかの事件や出来事を寓話的なプロットの反復に加工したうえで読者のまえに投げだしているせいかもしれない。

いやむしろ、学校にあまり行けなかったという少年の拙い口語体に託して著者クルマが本書で試みた物語のかたちとは、まさしく寓話そのものといってもよいのではないだろうか。

西アフリカの口承文芸では、叙事詩的な英雄譚や歴史伝承とともに、民話の世界につらなる寓話的な語りの様式も人々に愛されてきた。クルマの叙事詩的な作品世界でも、寓話を想わせる語りの様式がこれまでたびたび作品中に挿入され、それが口承文芸に特有の香気をいっそう昂める効果をもたらしてきた。ただし、クルマ自身が本書を「私の執筆計画の外側に位置づけられる」(Kourouma avec Fenoli 1999) 作品とみなしているように、過去の作品群とくらべて本書が異色の存在と映るのは、彼の小説に従来から共存してきた叙事詩と寓話のバランスが本書では逆転し、寓話の語りがかつてないしかたで作品全体の流れを支配しているためでもあるだろう。

なにより戦争という深刻なテーマからは想像しがたい笑いの要素が、本書には随所に散りばめられている。むやみとセンセーショナルでショッキングで悲惨なだけの暴力の映像に馴らされた私たちにとり、少年の語る物語にどこか現実ばなれした奇妙な光景がひろがっているのも、ひとつにはこの独特な黒いユーモアが介在しているせいかもしれない――「ひとつの答えが碑文のようなことばになってサンコーの口からこぼれ出てきた。〔……〕いわく『腕なくして選挙なし』だとよ。あったりまえじゃんか。両腕がないやつに、投票なんてできっこないだろ〔……〕さあ、そうときまりゃあ〔……〕」。

寓話やメルヘンの世界では暴力と笑いがつねに隣りあわせで描かれるものだとはいえ、これでは戦争という暴力の悲惨さが記述から損なわれはしまいかと案じられた読者もいるかもしれない。他者が現実に体験した悲惨や残酷を笑いとともに描くとは、なんとも不謹慎ではないかと困惑された読者もいるかもしれない。その点アマドゥ・クルマは、悲劇を過剰な演出でやみくもに盛りたててしまう軽率さとは対極の、きわめて抑制的な文体の使い手として知られてきた作家である。とりわけ過去のどの作品にもまして今回の彼には、悲劇のひとり歩きを押しとどめる中和剤として、寓話の語りから得られる笑いの力が欠かせなかったにちがいない。なにより本書は、戦争という極限の暴力を語らねばならぬ作品だったのだから。

> 小説としての寓話は、ある特定の現実を呈示できるようにするための手段です。私の小説が呈示する状況を小説ではなく何かの記事として書くとすれば、その内容たるや、読むに耐えがたいものとなるはずです。ひとは耐えがたい恐怖を、ユーモアによってやりすごすものなのです。（クルマによる訳者宛の私信より）

語らざるをえない、しかし語るには耐えがたい悲惨や暴力をいくらかでも耐えうるものとするためにユーモアの力を介在させるという発想。思いがけなくもその発想は、本書でたしかに語られている血なまぐさいユーモアのかなたに、言葉では語りえぬ何ごとかが存在するかもしれないことを想ってみるよう、読者をうながしていくだろう。したがってまた作家クルマの発想は、二重の意味で寓話のそれとなるだろう。ひとつには、演説や雄弁を「真理の語り」の対極とみなしたラ・フォンテーヌ流の寓話として。またひとつには、語りえぬことの存在について語るための場所を、現実と虚構の境界に設定し確保していく語り、すなわち寓話そのものとして。

ところで、寓話が寓話として読まれるためには、「寓話の真理」を見え隠れさせている表層の虚構部分が、あらかじめ読者に虚構として感知されている必要があるかもしれない。西アフリカで現実におきた内戦をあつかう本書の場合、どこか現実ばなれした戦場をさまよう主人公が架空の少年であることは直感できたとしても、読者はこの物語を大筋のところで現代西アフリカの実話と受けとってしまうおそれがある。現にフランスの読書界でも、本書をありきたりのルポルタージュ以上に真に迫るアフリカ内戦の記録として高く評価する傾向があったことは否定しがたい。

じっさい寓話としての本書には、かなり複雑なしかけが巧まれている。少年が一見単純な事実関係のように記すことがらがじつは虚構であり、逆におよそ現実ばなれした寓話のような事件こそが内戦の史実にもとづいているからである。たとえば、プリンス・ジョンソンがドーを陰惨な拷問にかけて暗殺する場面や、サンコーが国民選挙阻止の名案として「半袖」と「長袖」の大量生産を手がける場面では、ときに読者の苦笑をさそいつつ、いかにも寓話のそれに似つかわしい荒唐無稽と残酷が展開する。しかしこれらの場面は、かなりの程度まで史実にもとづいた記述なのだ。むしろ現実は寓話以上の残酷さえもおびていた。アルコール依存型の精神錯乱が噂されたジョンソンは、拷問の一部始終を撮影したビデオテープを西側の報道機関に送りつけたうえ、ホルマリン注射を打ったドーの惨殺体を公衆の面前にさらしていた。シエラレオネ内戦における手足切断も、国民選挙の実現をめざす政府側が「われらの手と手を取りあい新たな未来を創造しよう」のスローガンを叫んだ九六年以後に急増したといわれている。「半袖」や「長袖」の形容も著者クルマの創作ではなく、RUFの特殊部隊で流通していた隠語であり、切断の標的になった身体部位も、しばしば耳、唇、舌にまでおよんだといわれている。

一方、逆に内戦の単純な事実関係をめぐる箇所のうち、実在の国家元首やゲリラ指導者と並んであがるいくつかの人名（訳註「ジャクストン・スミス」、「ヒガン・ノーマン」参照）や、歴史上の年号（「リベリア共和国の独立」）、地名（「ゾーゾー」）、民族名（「ヤクー族」、「ティンバ族」）、機関・組織・役職名（「CDEAO」、「ULIMO」、「AFRIC」、「カントン長」）などが、現実とは微妙にずれたかたちで本書に記されている。なるほどこうした些細なずれなど、訳者のごとき西アフリカ研究者がもっぱら気に懸けていればよい、虚構の小片のようなものにすぎないのかもしれない。だがむしろここで問われているのは、単なる事実関係の羅列にしかみえぬこれらの小片こそが本書における虚構の磁場を構成している一方で、どこか現実ばなれした寓話の匂いが直感される箇所の多くが現実の残酷にもとづいている点なのだ。いわば本書の寓話性とは、いかにも寓話らしく思える語りに依拠してなどいなかったことになろう。のみならずまた、ひとは権利上こう問うこともできるはずだ。現実と虚構の輪郭が不鮮明となっていく物語の場所であるならば、そこで描かれる「子ども兵」もまた、そもそもどこかの土地でたしかに生き、死んでいった実在の児童たちなのかと。あるいはまた、虚構に見紛う現実と現実に見紛う虚構とが入り交じる本書の舞台「西アフリカ」にしても、いったいそれはこの世に実在するどこかの土地の名なのかと。ひとが「リアルな戦争小説」の軛から解かれ、当のリアルさを根源から宙づりにするこれらの問いかけに気づきうる特権的な場所、それこそ本書の幼い主人公が謙遜を装ってさりげなく「ほら話」や「とんちき話」と呼びもするあの場所、寓話の場所にほかならないのだ。

ビライマが愛用する四冊の辞書は、たしかに実在の書籍である。しかしそこから本書に抜き書きされる語彙説明のほとんどは、クルマの創作した虚構の説明文である。おなじくビライマが初めて子ども兵となった街ゾーゾーは、たしかにリベリアの実在の都市である。だが、訳者が推測するかぎり、物語上のゾーゾーは現実のゾーゾーよりも直線距離でおよそ百五十キロ東方の、ギニア国境沿いに移動すべき土地として描かれている（訳註「ヤクー」参照）。虚構と現実の界面が一枚の薄い皮膜にすぎず、しかもその皮膜が現実と虚構の往来を可能にする浸透膜でもあるような寓話の場所、仮にその場所が生みだす現実をゾーゾーの例にちなんで、百五十キロずれた現実と名づけてみよう。この百五十キロのずれをいくら補正したところで、むろん歴史の現実と寓話の現実とが像として重なりあうことなどけっしてない。なぜなら寓話の場所とは、私たちが理解したつもりでいる真実と虚構の境界を当の私たちが見つめなおすために、作家が物語の部屋にさりげなく立て掛けておく鏡の場所なのだから。

真実というものはニュアンスに富んでいるものです。ひとによっては、虚構が真実を述べるひとつの手段だと言うくらいですからね。（Kourouma avec Fenoli 1999）

純粋さを欠き百五十キロずれた現実の内側で、少年の旅路はつづく。虚言癖のある fabulateur 人物がそこにときおり顔をだすのも、それは少年の生きる現実が寓話 fable の場所であることのまさに寓話的な暗示としてなのかもしれない。寓話の場にたちこめる気配のなかで、少年の語る「いかれたバナナ共和国」も「部族戦争」も、さらに「子ども兵」さえもが、かつてどこかにあったかもしれない存在へとかぎりなく近づいていく。だがそうであるなら、いかにも荒唐無稽な寓話にみえる挿話がじつは事実に依拠し、逆に単純な事実の似姿をとる情報がじつは虚構であるような物語をそれと知らず受けいれていく私たち読者もまた、「アフリカの内戦」や「少年兵問題」をめぐる、いわばもうひとつの寓話の住人ではないだろうか。「翻訳を必要とする読者は未知の言語を知らないだけでなく、未知の言語の存在そのものも実は知らない」（酒井 一九九七：五六―五七）ごとく、地理のうえでも想像のうえでもあまりに遠い他者の土地でくりひろげられる他者の戦争について、どこかで起きているかもしれないその悲劇の寓話性をかき消そうとして正確な年表や、反政府ゲリラの動向や、指導者の来歴や、難民・死者の数を調べあげ、百五十キロ分のずれをどれほど補正し「通訳」してみせたところで、ひとはその戦争が、そしてその死がたしかに実在したことに迫りうるべくもない。ましてや、不条理な暴力の犠牲となったあれこれの個人の生とその「真実」など、そこからけっして浮かびあがってきはしない。アフリカ人以外の読者層を十分に意識しながらアマドゥ・クルマが本書で試みたのはだからこそ、寓話の力に託しつつ架空の元少年兵に戦争を語らせることだったのではないだろうか。これが現実かと見まごうほどの不条理にみちた戦争という場所について、おなじく現実と虚構の境界がかぎりなく不鮮明となっていく寓話の場所から、少年は訥々と何ごとかを語っていく。寓話の住人である少年が、まるで何かにとりつかれたかのように、ただひたすら反復の語りを反復する。

*

クーデタが反復する。破綻国家が反復する。戦争が反復する。殺戮が反復する。拷問が反復する。和平交渉が反復する。そしてなによりそのあいだにも死が反復する。独立以来の「たこ踊り」にあけくれる国家政治にせよ世紀末の内戦にせよ、西アフリカ諸国の歴史はさながらそれ自体がすでに寓話であるかのごとく、構図の似かよった傷ましい事件をとめどもなく反復させてきた。アイロニーに彩られた本書の寓話をつむぐうえで、それはまたなんとつごうのよい素材だったことだろう。

〔……〕政権をにぎる独裁者がめちゃくちゃくさったり銭をためこんだりすると、だれか軍人がクーデタをやらかして、そいつのあとがまにつくだろ。そうすっと、あとがまについた軍人もけっきょく暗殺されるか、政権からひきずりおろされて、こそ泥みたいに銭をつかむと、ちゃっちゃかずらかるだろ。そうすっとそのまたあとがまについた軍人も、こんどはてめえがくさりきって〔……〕。

二週間後、商会のプランテーションで三人の作業員がいなくなってることがわかった。〔……〕一カ月後、商会のプランテーションで、こんどは作業員三人とアフリカ黒人のニグロの幹部ふたりがいなくなっていた。〔……〕一カ月と二週間後、商会のプランテーションで、こんどは作業員四人とアフリカ黒人のニグロの幹部三人、それにアメリカ人の白人ひとりがいなくなって〔……〕。

内戦のゲリラ指導者が一攫千金をねらい国境監視所を襲う。鉱床を襲う。首都の修道院を襲う。そのたびに成人兵士も少年兵も犬死をかさね、「調停なんてしやしない」ECOMOG軍が出動しては、さらに累々と死体の山が積まれていく。死の反復などいっこうに頓着しないゲリラ指導者のふるまいに、少年もとうとう寓話の匂いをかぎつける――「そんな言いぐさって、理屈になってないよ。それじゃあまるで、まえに学校でならったラ・フォンテーヌの『オオカミと仔ヒツジ』のお話に出てくる、いちばん強いやつの言いぐさとおんなじだね」。あるいは別のゲリラ指導者がいくども和平交渉の内容を裏切るその厚顔ぶりに、少年は怒りをこめた一文を執拗なまでに反復する――「やつにはそんなことどうだっていいんだ。なにしろシエラレオネで銭になる場所はおさえてるんだから」。

少年のくりだす反復はそれだけではない。なにより彼は、マリンケの口汚い罵倒語、「ファフォロ」と「ニャモゴデン」をことあるごとに反復する。「くそったれ」も連発する。「くそったれの二乗」とさえ吐き捨てる。いったい彼はこれらの罵倒を、憎むべき何にむかって浴びせかけているのか。「くそったれでいまいましいぼくの人生」の舞台になった戦場の現実とは、いったい罵倒されるべきだれの意志が反映した現実だというのか。

罵倒の名宛人を名ざすかのように、だから少年はあの一文を反復するのだ――「それが部族戦争ってやつの望むところだからね」。戦場とは、どの人間の意志でもない戦争それ自体の意志が反映した受動の場所にほかならない。ゲリラ幹部が異様な風体で肩章を見せびらかすのも、肌身離さずカラシニコフを持っているのも、自分の寝場所をさとられないようにするのも、それは「部族戦争ってやつの望むところ」だからだ。駐屯地を囲む杭に人間の頭蓋が乗っているのも、異部族の者がその場で虐殺されるのも、それは「部族戦争ってやつの望むところ」だからだ。目の前でふいに逃げだす者がいれば追わねばならないのも、財産めあてに通行人のパンツの中まで調べるのも、それは「部族戦争ってやつの望むところ」だからだ。そして最後に、美しい女たちが全裸で監禁されるのも、くせ者キック大尉が哀れな死を死ぬのも、それはすべて「部族戦争ってやつの望むところ」だからなのだ。

あるいはまた、少年はあの一文をいくども反復する――「アラーの神さまだってこの世のことすべてに公平でいらっしゃるいわれはないからね」。たがいの喉を掻っ切りながらうごめく大人たちのだれもかれもが主体とは映りえぬ少年の眼に戦場の主体らしき存在として唯一映るものがあるとすれば、それは神をおいてほかにはない。だから少年は、本書のタイトルとなったあの一文を反復する。どれだけ戦場に分け入ろうがけっきょくおばさんに生きて会えなかったのはなぜだろう。その間にも子ども兵の仲間が次々と死んでいったのはなぜだろう。あの子たちの流した犠牲 sacrifice の血が「受け入れられた供犠 sacrifice」にならなかったのはなぜだろう。それはひとえに、「天にましますアラーの神はご自分のなさりたいことをなさるだけ」であり、「アラーの神のおさだめはこの世の人間に計り知れない」からだと少年はひとまず思ってみる。だが、イスラームの宿命論にかなう常套句をどれだけ虚ろに反復しようが、少年の怒りは鎮まりようもない。逆にその口調はしだいに瀆神の毒気を帯びていくだろう――「神はこの四人の子に命をおさずけになって、その命をふたたび召しあげられたんだとさ。神さまだっていつも公平でいらっしゃるいわれはないってか。そいつはありがてえや神さまさんよ」。

*

部族戦争の望むところですべてが決まり、ひとが神の定めに従うしかない戦場ならば、その場をたしかに生き、死んでいったはずのあれこれの子どもたちの姿もにわかにおぼろげな存在となり、私たちのもとからまたもや遠ざかっていきそうになる。かつてどこかでそれは起きたのかもしれない。数万人におよぶ児童の犠牲者数は、そう想像してみるほかに手だてがないほど途方もない値である。しかし、オオカミに食われるがままだった仔ヒツジたちは、たしかにあるときまで戦場を生きていた。「マニオクの切れっぱしを手に入れてかじりつきたいばっかりに部族戦争の軍隊のあとを追っかけてきた貧乏人の群れ」に、その子たちはたしかにあるときまで混じっていた。しかも自分のごく身近にいて、自分と似たり寄ったりの境遇をへてきた男の子や女の子ばかりだった。

反復する死の訪れとともに戦場から人知れず姿を消していく仲間たちの顔また顔——それをあらためて自らの、そして読者の記憶にも定着させようとして、少年の語りが寓話の場所からもうひとつの反復を深くこだまさせるのはこの時である。寓話と見まごうばかりの残酷が反復し、その反復に自らの死まで差し出さねばならなかった少年兵の生きざまを、少年は寓話の流儀にかなった言葉の反復で、丁重にたどりなおす。

荒くれセクー。雷ジョニー。ヒョウのソソ。クサリヘビのシポニ。きちがいママドゥ。高飛車ジョン。呪われっ子ブカリ。キッド大尉。めらめら頭の少佐。くせ者キック大尉。そしておんな子ども兵のサラ、ファティ。戦場での記憶をたぐる少年は、いまは亡き幼い戦友の通り名をひとつひとつ、しっかりと銘記していく。彼ら彼女らの生の重みを伝えるために、耐えがたい身近な死の反復を少年はまず、死者の名の反復でたどりなおす。

くわえて物語のなかばにいたり、『ラルース』をひもとく少年はふと「追悼の辞 oraison funèbre」という でっかい単語に目をとめる。

ぼくの『ラルース』によると、「追悼の辞」っていうのは「名のある故人をたたえる演説」のことなんだって。そこいくと、子ども兵はこの二十世紀の終わりじゃあ、だれにも負けないくらい名の知れた役まわりになるはずだね。だったら子ども兵のだれかが死んだときだって、だれかが追悼の辞を述べなきゃいけないことになるだろ。つまりこういうこと。このいかれたでっかい世の中で、そいつがどんないきさつで子ども兵になりおおせたかを話しとかなきゃいけないんだ。

死んでいった仲間ひとりひとりへの追悼の辞として、そのあまりに短すぎた生涯のあらましを少年はひたすら記録しはじめる。戦場で死が反復するごとに追悼の辞も反復され、ひとりの子の生涯がまた別の子の生涯へといったしかたで、たがいにたがいの生が折り重なっていく。そうした一連の生の堆積が、やがて本書の内に重苦しいこだまを響かせていくことだろう。そこには、ゲリラに家族全員を殺されてから少年兵となった子がいる。酒乱の父を思いあまって刺殺してから少年兵となった子がいる。学校をみかぎり少年院送りとなったのちに少年兵となった子がいる。教師にいわれなき暴力をふるわれて少年兵となった子がいる。父親が冤罪で投獄され、隣国の都会を放浪しているうちに少年兵となった子がいる。路上生活のさなかに強姦され、売春で日銭をかせぐうちに兵士となった少女がいる。けっきょくは戦場で命をおとすしかなかった児童たちの生涯がこうして綴られていくうちに、本書で描かれる暴力がひとり戦争の暴力だけではなかったことにやがて読者は気づくはずだ。

内戦の渦中で死んでいった西アフリカの児童にとり、家庭や学校はすでにそれ自体が小さな戦場だった。親や身内からも、学校からも見放されて「通りの子」となった少年少女には、都会の往来で、あるいは国境の向こう側で――いずれにしろ「このいかれたでっかい世の中」のどこか片隅で――さらにまた別の暴力が待ち受けていた。そうみるならば戦争とは、微細な社会的暴力が連鎖したはてに彼ら彼女らがたどりつくしかなかった暴力の極限型であったとさえ思えてくる。しかも本書には、一国の内戦をはるかに超える巨大な暴力、西アフリカという土地の過去と現在を丸ごと覆いつくしてきた暴力の影も、寓話なりの流儀で見え隠れしてはいないだろうか。あるときは和平交渉の結果を裏切るゲリラ指導者にルムンバ暗殺事件の過去を想起させることによって。またあるときは、略奪にいそしむゲリラ指導者に「グッド・ガヴァナンス」の意味を取り違えたまま語らせることによって。そしてまたあるときは、「人道的介入」を少年が説明する際に、アフリカでの大量殺戮をかつて「人道的見地」から正当化したあの言葉、「文明化の使命」のニュアンスがそっと忍びこむことによって。

死んだ戦友の生涯がみじめであるほど、少年は泣き笑いにも似たユーモアを織りこんで追悼の辞を述べていく。ところで、仲間に死が訪れるごとにこうして反復される追悼の辞には、その内部にさらにもうひとつの反復がこだまを響かせていそうである。単なる修辞というにはあまりにも奇妙なスタイルの統一が、いくつもの追悼の辞を横断しているからだ。

しゃれこうべの杭で囲まれた「塹壕キャンプ」には、いつでもおおぜいの子ども兵が群れている。どれもみな「将校のステッキぐらいの背丈」しかない子たちばかりだ。おまけにこの子もあの子も「でかすぎて長すぎる空挺部隊服」をあてがわれ、「肩帯のついたカラシニコフ」をさげている。すでに舞台設定からして、戦場の少年たちの姿にはかすかな不安をさそう反復の徴候が現れている。だがそれ以上に、たとえば追悼の辞を述べるビライマが「初級クラスの二年」というおなじせりふをしきりと反復するのは、またいったいどうしたことであろう。雷ジョニーが級友を死なせてしまったのは、初級クラス二年のことだった。クサリヘビのシポニがランドセルを売って家出したのも、初級クラス二年のことだった。かくいうビライマが教室の長椅子とおさらばしたのも、初級クラス二年のことだったというのだ。小説に一定の真実らしさを確保しようというのなら、別々の個人の生涯を描く際におなじ「初級クラスの二年」をくりかえすのは、いかにも不自然な技巧ではないだろうか。それだけではない。ビライマの記憶には、死にゆく戦友たちのあの声、あの姿がいつまでも反復して消えることがない。どの子もみな「仔ウシみたいなうめき声」をあげ、「喉を掻っ切られたブタみたいに、ひでえうめき声」をあげると「もう死んでいる」。「すっかり、かんぺきに死んじまっている」のだ。記憶の荒々しい侵入にとまどう少年は、さらにある時点までくると必ず話の腰を折り、あの決まり文句を反復して沈黙のうちに逃げこんでしまうだろう――「セクーがどんなふうに『荒くれ』の看板にふさわしいかは、また別の話、長い話よ。その話はしたくないね。わざわざ話すいわれなんか、ぼくにはないからね」。これらの言葉たち、せりふたちが、追悼の辞でなぜ執拗に反復されねばならないのだろう。もしそこに寓話の力が賭けられているのでないとすれば。

ビライマは「初級クラスの二年」で学校をやめた。おなじく初級クラス二年の幼さで人生の坂道を転げはじめた少年少女は、ほかにも数知れずいたかもしれない。ビライマは、子ども兵になった通りの子だった。おなじく通りの子から子ども兵に行きついてしまった少年少女は、ほかにも数知れずいたかもしれない。ビライマは、リベリアとシエラレオネの国境を越えて二つの戦場を体験した。おなじく二つの国境越えと二つの戦争体験を余儀なくされた少年少女も、雷ジョニーのように数知れずいたかもしれない。「おんな子ども兵はみんなそうだけど、ファティも情け容赦のないやつだった。」ならばファティのような少女は、ほかにも数知れずいたかもしれない。ようするに「どんな部族戦争でもリベリアでもそうだけど」、この物語に登場するような少年少女が、ほかにも数知れず「ブタみたいに、ひでえうめき声」をあげながら、いくつもの国の戦場で姿を消したかもしれない。

たしかにビライマだけは、戦火を生きのびた。だが、ゾーゾーで大尉に任命された彼の任務とは、射殺されたキッド大尉の任務――「道のどまんなかに立って、あっちからやってくる乗合いバスに停止を命じる」こと――だったはずである。それを喜ぶ彼のような少年がこれまでにも、そしてこれからも、おなじ場所でおなじ死にざまを数知れず再演し反復していくのかもしれない。「つまりこういうこと。ある日の午後、あるいかれた村で、ぼくらは死にかけてるキックを〔……〕見捨ててきたのさ」――こうしてキックの挿話が閉じられる。ならば、その午後にそのいかれた村で見捨てられる子ども兵は、キック以外のだれでもよかったのかもしれない。「どうだい、そんな女の子こそ、さっきぼくらが〔……〕置きざりにしてきた、あのサラって子なんだぜ」――このひとことでサラの挿話が閉じられる。ならば、この幼い少女の背後には、短い人生でおなじような辛酸をなめた西アフリカの少女たちの亡骸が、反復の闇にこだましながら累々と置き去りにされているのかもしれない。「部族戦争は朝の十時ごろやってきた。そんとき子どもたちは学校にいて、親たちは家にいた。キックも学校にいて、キックの親も家にいた。さいしょの銃連射がはじまると……」――不安をさそうこの反復表現でキックの不幸が幕をあける。村は翌日に消滅した。「自分に近い身内も遠い身内ものこらず喉を掻っ切られたり、犯されたあげく頭をぶち割られている」惨劇の場に立ちつくす子は、キックのほかにも数知れずいたかもしれない。ならばキックへの追悼の辞は、キックだけに献げられた追悼といえようか。

子ども兵の死と、その死を悼む言葉の背後には、家庭で、学校で、あるいは都会の往来で、不幸にも人生の初発からさまざまな社会的暴力の犠牲となり、最後は戦争の暴力でこの世から消えていった西アフリカの少年少女の死、名も知れぬ児童の死の影が、際限もなくこだましているかのようである。そのこだまに耳をふさごうとする戦場の大人たちには、少年の口調もことのほか手厳しくなるだろう――「でもまってくれよ。ここリベリアじゃあ、くる日もくる日も罪のないひとやら子どもやらが、ばたばたぶっ殺されてるんだぜ。なのにこいつらときたら、まるでそんなことなんかなかったみたいに、たったひとりの子ども兵が死んだ悲しみをよそおっていやがるんだ」。

寓話は、戦場での個々人の死をあえて事細かに残酷に、真実らしく描こうとはしない。代わりに寓話は、呪われた戦場で起きたかもしれない底知れぬ死の連鎖をただ想ってみるよう、反復のこだまにのせて読者にうながすばかりである。戦争をひとつの完結した、真実らしい物語に仕立てていく危険へと、それはけっして踏みこんでいかない。フィクションとしての危うさにさらされつつもその危険に抗するだけの力を、寓話は秘めているからだ。なぜだろうか。寓話に特有の反復、狭義の修辞学でいう冗長性の修辞を、仮に「可能な組み合わせがすべてばらばらにあると考えることの拒否」(グループμ 一九八一:六一)として考えてみよう。実詞と述部の結合によるその「可能な組み合せ」が、ある大規模な惨劇をめぐる諸々の言明であり、このうち「可能な」実詞の項が事件の犠牲になった大量の固有名によって次々と代置されていくとき、冗長性の修辞に訴えたこれら一連の言明が、語られた事件の凄まじさや途方もなさを、「史実の客観的な記録」以上の力で表象する可能性がひらけてくるからである。追悼の辞が反復するビライマの語りはまさしくだからこそ、戦争文学と呼ばれるジャンルで時にみられる追悼の作法、すなわち「われわれ国民」の立ち上げには向かっていかない。寓話の場にこだましてやまないのは、むしろ「可能な」実詞の項にいやおうなく、そして際限もなく投げこまれていく個々人の生の重みでこそあるのだから。

実在の少年兵たちの記憶に近づこうとする専門家の真摯なとりくみは、リベリアとシエラレオネですでに数年前から始まっている（Human Rights Watch 1994 : chap. 3 ; Peters & Richards 1998a, 1998b）。「この少年が目にしたことは現実であり、彼の行いはどれをとってみても、現実に少年兵が行ったことかもしれないのです」と「著者あとがき」で明言するクルマもまた、本書の執筆に際しては「過去数年間の報道記事を渉猟し、元少年兵による数多くの証言を集める」（Kourouma avec Kapriélian 2000）など、少年兵の実態にせまる入念な情報収集にあたったことを認めている。さりとて本書は、あくまで架空の元少年兵が架空の戦争体験を物語るという、メタフィクショナルな体裁をとった文学作品であることにかわりはない。だとすれば「初級クラスの二年」や「仔ウシみたいなうめき声」をひたすら反復させた語りの形式によって本書が伝えるのは、むしろ他者の真実、しかも戦場におけるその真実を、私たちがけっして想像しつくせないという自明すぎるほどのメッセージだったようにも思えてくる。戦場に追いやられた児童の生涯であれ、犠牲者数万をかぞえる彼ら彼女らの死であれ、戦争の真実なるものをその全体で「理解」することなど、私たちにはとうていできない。ただし寓話の力に導かれることで、少なくともそこから垣間見える途方もない闇の奥行、「死んだアフリカの子どもたち」のひとことでは断じてすまされないその葬列の長さだけは、かろうじて感知できるかもしれない。それはちょうど、シエラレオネの戦傷者キャンプで菅生うらが撮影した「ゲリラ兵に両手を切り落とされた少女」のポートレイトを見る者が、表情のいっさいを奪われたその少女の瞳の奥に、おなじくゲリラ兵に両手を切り落とされた無数の少女たちが連なっていく闇を想うよう、いざなわれていく瞬間と似ていなくもない（菅生 二〇〇〇）。辺境の地で名もなく消えていった無数の子どもたちに、彼ら彼女らがたしかに実在したことを証しだてる追悼の辞をささげ、そのことで虚実の隔たりを超えた「真実」の奥行を読者に伝えていく寓話の力、回を重ねるごとに張りつめていく反復の力に、だからこそアマドゥ・クルマは賭けてみたのではないだろうか。死せる民族学に代わる「生きた社会学」を実践してきたひとりの文学者として。そしてなにより、「西アフリカの真実」を証言しつづける現代のグリオとして。

＊

本書のラストシーンで、少年は自分がこの物語を書くきっかけになったというドクター・ママドゥの慈愛にみちたひとことを紹介する——「かわいいビライマや。私にすべてを話しておくれ。おまえが見てきたこと、してきたことのすべてを私に話しておくれ。いままでおまえの身におきたことのなりゆきを、のこらず私に話しておくれ」。このせりふをじかに受けとめたいくつかの書評記事が、「ビライマは西アフリカの内戦の悲惨をあますことなく語る」のように概略していたのも、それはそれで素直な読み方といえるだろう。ただ、おなじく素直な疑問としてここで浮かんでくるのは、少年兵だった児童が自らの戦場の記憶を「あますところなく」他者に語るなど、そもそもできるのかという点である。児童だからというのではない。ひとは「くそったれでいまいましい人生」の記憶、ましてや戦場での自らの記憶を、はたして他者に語りつくせるものだろうか。本書にさまざまな次元でみいだせる反復のうち最後にふれるべき反復が、この問いのゆくえをうらなうことになるだろう。

ビライマ少年の語り口には、どこか不安定なところがある。さしたる理由もなく彼はときに不機嫌となり、ふいに語りを打ち切ってしまう。その不機嫌は、似かよった箇所で似かよったせりふにより反復して表明される。しかも物語が進むにつれ、反復のトーンはしだいに荒々しくなっていく――「そいつは長い話よ。いまは話したくないね」、「しゃべりたくないときにしゃべるなんて、そんないわれもつとめも、ぼくにはないからね」、「もうんざりだぜ。きょうはもうおしまい」、「ぼくだって、てめえのみじめな人生についてしゃべったり語ったりするいわれも〔……〕ありゃしねえよ。もううんざりだぜ。〔……〕いいからほっといてくれよ！」。

語らない記憶というより語りえぬ記憶が、ふとしたはずみに少年の心を襲ってしまうからだろうか。たとえそうであれそれが語りえぬ記憶である以上、むろん本書の読者に記憶の内容が明かされることはない。ただ一点、戦場で数年間をすごした元少年兵をめぐる「戦争小説」だというのに、主人公が直接手をくだした殺人シーンが本書にまったく出てこないこと、いいかえれば自らの犯した殺人の記憶を主人公がいっさい言語化していないことは、いかにも奇妙である。これと対照的なのは、語り手が描くところの幼い戦友たちの行状であろう。父親を包丁で刺殺したあげく子ども兵となったヒョウのソソ。過って級友を死なせたのち子ども兵となった雷ジョニー。逃げ遅れた村の双児をカラシニコフで撃ち殺すおんな子ども兵ファティ。恋人サラの両足に銃連射を浴びせるめらめら頭。暴力の被害者であり加害者ともなりながら最後は戦場に消えていった少年少女の悲劇は、もっぱら仲間たちの生涯を通じて描かれるばかりである。ビライマは、まるで自分が彼ら彼女らのように戦場で殺されなかっただけでなく、罪のない人間をだれも殺さなかったかのように語りを進めていくのだ。

いや、戦場でのビライマはたしかに人殺しを重ねていた――「カラシュの使いかたなんて、ちょろいもんよ。ひきがねさえ引きゃあ、あとはトゥラララ……てなもんよ。そうすりゃ、もう殺すわ殺すわ。生きてるやつらが、まるでハエっころみたいにばたばたぶったおれていくんだぜ」。殺人の記憶が癒しがたい外傷として自らの心を蝕んでいることも、ビライマ本人がさりげなく告白していたはずである――「リベリアとシエラレオネで、ぼくは罪のないひとをおおぜいぶっ殺しちまった。〔……〕だからぼく、いまニャマに追っかけられてる。ぼくもぼくがすることも、この先みんなだめになっちまうんだ」。

人殺しにまつわる自らの記憶を、ビライマは言葉にしない。それは彼にとり、母の死にまつわる幼少期の記憶――ぼくが母さんを殺したんだ！――と並んで、いかにしても語りえぬ記憶、呪われた記憶だからなのか。人殺しを犯した戦友の姿に、呪われた自己の姿を投影するのもそのためなのか――「見ててみな。部族戦争でいかれちまったこのリベリアで、ファティはこの先ずっとニャマにつきまとわれるんだ。ちっちゃな双児のニャマにだぜ。ファティはもうお先真っ暗だね」。しかも自分が「悪魔の子」と呼ぶ子たちについては追悼の辞さえ語れなくなり、少年はまたもやあの不機嫌な沈黙に逃げこんでしまうのだ――「呪われっ子の追悼の辞を述べるなんてまっぴらだね。そこまでするいわれなんてぼくにはないね。そんないわれなんて、ぼくにはないんだ。追悼の辞なんてやるもんか」。少年にとって「悪魔の子」とは、じつのところだれを指していたのだろう。

数年前、リベリアの元少年兵たちの姿を真摯に追ったドキュメンタリー番組が日本で放映された。そのなかでモンロヴィア・コンゴタウン子ども救済センターのあるリベリア人カウンセラーが、取材カメラを前にこう語る。「ここには、初対面の人に自分の過去の体験を語る子はひとりもいないんです。」センターに通う児童の約半数は少年兵だが、語りえぬ記憶にいまなお苛まれる少女の姿もそこにある。

カウンセラー――戦争中、あなたにどんなことが起こったの？
少女――兵士たちが村にやって来て、「全員外に出ろ」って命じたの。それからみんな村の広場に座らせられたわ。私の隣りにいた女の子が何人かの兵士に連れていかれた。兵士たちは森の中に入っていったの。帰ってきた時、彼女は泣いていたわ。
カウンセラー——あなたはどうだったの？　連れていかれたのは、隣りにいた子なんでしょ？
少女——私はだいじょうぶだった……。兵士たちは彼女だけを連れていったの……。（ＮＨＫ　一九九八）

男たちに森へ連れ込まれたのは、私ではなく隣りにいた子だった——実在のリベリアの少女はそう語る。罪もない村人を殺したのはぼくじゃない、それはぼくのそばにいた「悪魔の子」のしわざだよ——寓話のなかの少年も、同じようにそう言いたかったのだろうか。「めらめら頭の少佐には虚言癖があった」とも少年は語るが、虚言癖をもつような子も「ぼくの隣りにいた子」にすぎなかったのだろうか。いやそうではない。ほかの子と同じくビライマもまた、多少なりとも他人の虚言に浸り自らの虚言にも浸らねば生きていけない、本書の舞台はそうした戦場だったはずである——「やつからマーンおばさんのことが聞けて、ぼく、ほっとしちゃった〔……〕そりゃあたしかに、虚言癖のあるチビ助がぬかしたことだよ。やつの言うことなんか、ほんとは信じちゃいけないんだけどさ」。虚言癖とは「自分が何でもしたことがあって何でも見たことがある」と語る病いであるならば、逆にそれは、自分が何もしなかったし何も見なかったと語る病いでもあるはずだ。そうした幼い病人のひとりが「見てきたこと、してきたことのすべて」を語るとすれば、はたしてそれはいかなる物語を生むことになるだろう。

リベリアやシエラレオネの戦場で児童が現実に受けた外傷体験は、被害者としてのそれにかぎらなかった。幼い心に闇をもたらし、やがては語りえぬ記憶へと膠着していく自己の暴力行使の体験も、殺人やレイプにとどまらなかった。「フィクションがいったん現実になると、その現実は残酷さの点で空想を凌駕する」（マレ 一九八九：一九八）。古今の警句家が口にしてきたこの真理のまえでは、本書もその例外にあたらない。西アフリカの内戦で児童が被害者として、加害者として体験した現実は、ビライマ少年が生きる百五十キロずれた寓話の現実よりもはるかに過酷だったからである。

一例をあげれば、シエラレオネ内戦の民兵組織カマジョーが本書では自軍に少年兵を組みこまなかったとされている。だが現実のカマジョー軍は、おそくとも一九九八年までに相当数の少年兵を自軍兵力に編成していたことが知られている。大人の命令に疑問をもたず行動する少年兵は、どの武装勢力にとってもつごうのよい戦争の道具、つねに補充のきく消耗品とされたからだ。ビライマは、「行儀のよい子は長老の言うことをよく聞くものだ」という村のしきたりなど、戦場での自分は「くそくらえだった」と告白するが、現実には「村のしきたり」どおりの従順さを徹底的に利用しつくす残酷こそが、身寄りのない児童を戦場で待ち受けていたという方が正確である。小さな消耗品たちが死んだからといって涙する善人パパ大佐のようなゲリラ指導者も、現実の戦場ではほとんど想像することさえむずかしかったはずである。

ビライマの心の闇とのかかわりでさらに重要なのは、殺人、傷害、レイプ、拷問、略奪など、さまざまな暴力行為の被害者となり加害者となる地獄が、現実の戦場で児童を待ち受けていたことの残酷である。ビライマはその残酷についても本書でほとんど語らない。寓話の闇へと読者をひきこむ、いくつかのごくさりげないほのめかしをのぞいては。

児童が被害者となる側面でいえば、ゲリラへの加入や軍事訓練に従わない児童には、ときに殴打、鞭打ち、緊縛など、成人兵士による容赦ない体刑が待っていた現実を、ビライマは本書で明らかにしない。だが、たとえばゲリラ指導者の命令に背いて「ＵＬＩＭＯのことをこの世の天国みたいにほめそやして」いた少年兵が、その直後に少女暴行殺人の容疑で拘禁される挿話は、少年兵の地獄にまつわる何らかの現実を暗示してはいないか。ビライマがこの挿話と前後して、当のゲリラ指導者を「どの男よりも盛りのついた雄鶏」と形容するとき、事件の真相をめぐる空恐ろしい暗示が読者に投げかけられてはいないだろうか。

児童が加害者になる側面で想起されるのは、ビライマが乗合いバスではじめて国境を越えた際に少年兵の襲撃をうけ、バスの乗客が全裸のまま森に追いやられる場面である。すでにふれたように、内戦期のリベリアでは、幹線道のチェックポイントで監視役にあたる少年兵が、しばしば民間人の通行者に対しレイプや殺傷行為などの蛮行をくりかえしていた。国際プレスでも一時期さかんに報じられたその事実を多少とも聞き知る読者ならば、このときバスの乗客たちは、ほんとうに全裸にされただけで少年兵から解放されたのかと訝るだろう。しかも同じ幹線道でやがて見張りにつくのが語り手自身であることまで思いめぐらせば、語り手の語りがそのまま真実であるという確証はなおのこと薄れていきそうになる。少年は一般論を装って「子ども兵になったガキんちょは、どんどん残忍になっていくからね」と語るのだが、どんどん残忍になっていくのは、やはりこの場合も「ぼくの隣りにいた悪魔の子」だけだったのか。本書の執筆に際して過去数年間の内戦報道を読みあさった著者クルマならば、リベリアの幹線道に立つ少年兵がしばしばいかなる行為に手を染めていたのか、その程度のことは聞き知っていたはずである。ではなぜ、作家はその現実をあえて少年に語らせようとしなかったのか。それはとりもなおさず、本書が内戦の現実とは百五十キロずれた寓話の場所を舞台とする作品だからではないだろうか。寓話の場所とは、個別の出来事をめぐる真偽の如何を詮索する場でもなければ、できごとの残酷をつとめて「リアル」に描写する場でもない。寓話にとり重要なのは、語り手が語ることだけでなく、彼が語らぬこと、語りえぬことからさえ聞き手にこだまとして届けられずにはいない、現実なるものの揺らぎを暗示することなのだから。

ありきたりのルポルタージュにもまさる作品として本書を高く評価した仏語圏の読書界や、フランスの高校生たちは、主人公による殺人シーンの不在と不機嫌の修辞的反復にしるしづけられた本書最終の闇、この物語全体を覆いつくしているかもしれない語り手自身の心の闇にまで、はたして気づいていただろうか。その闇は、ひとりの少年が戦場の数年間で受けてしまった、母親の傷ましい死にも匹敵する呪われた記憶、語りえぬ記憶のありかをおぼろげに示す心の闇、寓話としての本書にしかけられた闇のうちでもひときわ暗く深い、語り手自身の心の闇なのかもしれない。その闇に幽閉された少年は、暴力の記憶のみならず記憶の暴力にもさいなまれたまま、寓話の場所からこの物語を綴っていたのかもしれない。

＊

つまるところ本書が一篇の寓話ならば、それは語られたこと以上の何を暗示するべく西アフリカの内戦を語っていたのだろう。少年兵に死をもたらした戦争の暴力は、社会の弱者に日常から襲いかかる微細な暴力のアレゴリーとして描かれていただけなのだろうか。むしろそれ以上に、西アフリカの家庭には貧困を、初等教育には荒廃をもたらし、結果的に少年兵の悲劇を助長した暴力の源泉とは、本書で何度も反復される「いかれてくさった共和国」であり「バナナ共和国」であるところの、強権国家の暴力ではなかろうか。少年が皮肉をあびせる「統一民主共和国」の理想とは裏腹に、この土地に生きる人びとは共和国の市民に本来そなわるべき主体性を奪われた匿名者の群れ――「野蛮人の黒人の土人のニグロ」として、強権国家の支配下で日常のさまざまな暴力と貧困と残酷とに身をまかせ生きてきた。「アラーの神さまだってこの世のことすべてに公平でいらっしゃるいわれはない」の警句が、ことさら戦場に立つまでもなく西アフリカの都市や農村で日々の生活に追われる人びとの心にも何かしら響くものがあるとすれば、それは内戦を物語る本書が、いわば偽りの共和政体の寓話となりえているからだろう。人間の主体性が根源から消失する戦争の場所、とりわけ本書における内戦＝市民の戦争 guerre civile の場所とは、日常から多かれ少なかれ主体性を奪われた匿名者すなわち「国民」が囲い込まれる場所のアレゴリーではないだろうか。ひとり西アフリカのみならず世界各地に、とりわけ発祥地の西欧「先進」諸国にさえいまなお蔓延しているかもしれぬ、偽りの共和国のアレゴリーとして。

ファフォロ！　ニャモゴデン！　いかれてくさった共和国の部族戦争に、ビライマ少年は口汚い罵倒をとめどもなく浴びせかける。ただしこれらの罵倒語は、作家クルマがデビュー作『独立の太陽』以来、西アフリカの「独立」国家にたえまなく浴びせてきた単語でもあることをここで指摘しておきたい。そこには「冷戦」をめぐる作家独自の史観が、実人生に裏打ちされたしかたで反映しているからだ。

冒頭でふれたように、一九六三年の投獄体験は、当時のクルマに西アフリカ新興独立国への深い失意を植えつけた。同時に将来の作家は、この事件を「冷戦」下で達成されてしまったアフリカ「独立」の傷ましい帰結としてうけとめる。かつてはフランス共産党にも接近していたウフエ＝ボワニは、いまや西側の経済援助をあてこんだ親仏路線に転換し、直接的な社会改革を訴えるＲＤＡの一部同志を新たな一党体制下で排除しはじめていた。一方、故郷トゴバラを吸収した隣国ギニアでは、親ソ路線で社会主義化を推進していくセク・トゥーレの独裁も始まろうとしていた。そこにも東西冷戦の影を感じとったクルマは、国民をいわれもなく投獄し自由を奪うアフリカ新興諸国「独立」の欺瞞を、「冷戦」、「単独政党」、「独裁者」の三語で告発しうる小説の構想へと向かっていく。

〔……〕私は数名の友といっしょに投獄されました。〔……〕友人たちを弁護するために何か書こうと決めたのです。とはいえ、当時は論文など書ける状況にはありませんでしたよ。なにしろウフエ＝ボワニといえば、冷戦を中心から支えているような人物です。そんな人物を〔論文で〕直接攻撃するなど、当時は考えられなかったからです。〔……〕どの独裁者もしたい放題のことができたのは、冷戦のおかげだったのです。（Kourouma avec Armel 2000）

結果として完成した『独立の太陽』では、数十年後の本書に登場する「ニャモゴデン」を大胆にも直訳した「ててなし batardise」が、標準フランス語に用例のない罵倒語としてテクストに頻繁に顔をのぞかせていた。罵倒の矛先はむろん「独立」である。西アフリカで達成された「独立」とは、欺瞞と偽善にみちた「ててなし」の時代の産物であり、とりわけ「単独政党」の横暴は、「独立」が産み落とした数ある「ててなし」のうちでもその最たるものとして描かれていた。当時のクルマが周囲の同胞から、アフリカ諸国の独立を悪しざまに語るとは植民地主義者のフランス人と同じではないかと激しく糾弾されたという逸話も（Kourouma avec Ayad et Loret 2001）、それゆえありえぬ話ではなかっただろう。

しかし彼が「ててなし」と罵倒したのは、むろん独立それ自体ではない。罵倒に値する真の対象とは、アフリカ諸国の輝かしき独立に「単独政党」と「独裁者」の毒を盛ってしまった「冷戦」という時代の罪であり、冷戦の後ろ盾で植民地さながらの住民虐待に突き進んでいく偽りの共和政体の「独立」だったからである。

ならば、冷戦後の内戦を語る本書では、「冷戦」への罵倒が新時代の何かへの罵倒に切り替わっているだろうか。いかれてくさったバナナ共和国の戦争をめぐる物語、健全な共和政体の崩壊そのものを告げる内戦＝市民の戦争の物語に、読者はあいもかわらずアフリカ諸国の名だたる独裁者——ビライマの言う「アフリカの賢者」——の姿と、その暗躍ぶり——「アフリカの大いなる政治ってやつ」——を目撃するだろう。それだけではない。国有資源を「何でもかんでも山分け」にして女性や児童まで投獄するゲリラ指導者も、本書では「自由侵害の野蛮な独裁政治をやらかすいかさま野郎」の予備軍として描かれている。アフリカの国家元首を実名のまま描きだす手法は、わずかな例外をのぞけば過去のクルマの作品になかったことである。しかも彼らをめぐる本書中の挿話は、その大半が寓話と見まごうばかりの実話である。それだけにビライマの反復する「ニャモゴデン」の罵倒が、虚実を超えたこの寓話の場所でかつてない強度とともに、いかれた共和国への告発をこだまさせているかのようである。冷戦期さながらの独裁者にいまだ蹂躙された西アフリカの地は、アラーの神にさえ見捨てられようとしている。その象徴として『独立の太陽』で幾度となく登場していた呪いのモティーフ、天上の太陽が、本書でも呪われた寓話の場所、戦火の国土を睥睨しているだろう――「くそいまいましいお日さまのやつが、この呪われた部族戦争の国、リベリアの上にちょうど昇ろうとして〔……〕」。

冷戦の時はすぎさったというのに、ここ西アフリカでは「独立の太陽」がなおも呪われた戦場を照らしている。ならば、西アフリカの「冷戦」は、いったいいつ終わりを告げたというのだろう。本書の「著者あとがき」に次の一文があることを、その点で読者は不審に思われたかもしれない――「〔……〕そして一九九四年、冷戦の終結をまって、白人入植者はアフリカのすべての国家からついに立ち去りました。しかし、リベリアとシエラレオネでは、黒人入植者が居座りをつづけたのです」。いかにも奇妙な説明である。一般に冷戦と呼ばれる時代は、九四年以前から幕をおろしていたはずだ。白人入植者にいたっては、数十年前のアフリカ独立に際して植民地を立ち去っていたはずだ。にもかかわらず、作家クルマはなぜまた、冷戦の終結を一九九四年と見定め、ほかでもないその年に「白人が立ち去った」と言うのだろう。

常識的に受けとれば、一九九四年とは南アフリカ共和国でマンデラ政権が発足した年、すなわちアパルトヘイト体制がかの地で終焉にいたった瞬間と解することもできなくはない。その意味あいもたしかにこの一文には含まれていよう。しかしながら、冷戦の終結をそれ以上に確かなしかたで『独立の太陽』の著者に告げ知らせた事件とは、祖国に長らく君臨してきた「独裁者」の死にほかならなかった。クルマを流謫の身に貶めてきたウフエ＝ボワニは九三年末、八十八歳でついに他界し、早くもその翌年には作家も帰国をはたしているからである。独立以来の国家元首ウフエ＝ボワニこそ、彼にとっては西アフリカにおける「冷戦」の時の体現者であり、「白人」の代理人としてその中心に居座る「独裁者」そのものだった。八〇年代には南アのボタ政権とも浅からぬ関係にあったこの男の死は、それゆえ二重の意味で一九九四年における冷戦の死を告げていたことになるのかもしれない——「百年前の私たちは奴隷制を生きていました。五十年前は、最悪の強制労働の時でした。二十五年前の私たちは、単独政党の体制下にいました。そしていま、私たちはいくぶん自由なのです」(Kourouma avec Fenoli 1999)。

西アフリカの過去を暗く覆い閉ざしてきた植民地と冷戦の時は、しかしいまや跡形もなく消え去ったといえようか。人権宣言の生誕地フランスによる西アフリカの植民地化が「偽善の上に成り立っていた」(Kourouma avec Fenoli 1999) とすれば、偽りの共和政体という偽善がそのまま独立の時へと引き継がれたように、おなじ偽善が冷戦後の今日にまで存続してはいないか。しかも「冷戦後」の西アフリカにおける「冷戦」の存続を、ビライマが言うように「世界中がほったらかしにしている」とはいえまいか。そうした重苦しい問いの堆積をかかえて生きてきた作家だからこそ、現代のグリオはついに本書で「冷戦後」を描きはじめたのではないだろうか。

〔……〕わたしは〔西アフリカの〕過去に起きた出来事を証言するために物を書いています。怒りをおぼえるからなのです。冷戦のことも植民地化のことも、人々はもはや語ろうとはしません。でも、わたしはそれをぜひ人々に語ってもらいたいのです。(Kourouma avec Ayad et Loret 2001)

独裁者たちは、われわれを激しい渦に巻きこむ現状のただなかに国を放り置いたまま、この世を去りました。われわれは民主主義を望んでいる。が、それも達成できずにこうしていま、少年兵もくわわった部族戦争の混乱に直面しているのです。(Kourouma avec Armel 2000)

テイラーとは、ウフエ＝ボワニの創造物にほかなりません。〔……〕これらの国家元首たちが、テイラーの自己実現をたすけてきたのです。(Kourouma avec Séni 2001)

隣国の独裁者に支援されたゲリラ指導者が「冷戦」の時を忠実になぞった資源収奪にあけくれるように、「悪党のほかにも、いろんな結社や民主主義のやつらまで一枚かんでくる」シエラレオネの「くそったれの二乗」も、冷戦期の「くそったれの一乗」に培養された悲劇である。冷戦後の寓話とはいまだ冷戦の寓話そのものであり、冷戦後の闇はそのまま冷戦の闇の延長なのだ。

大小の闇をひそませたこの物語の場に、いずれにしろ叙事詩は成り立ちえない。匿名者の葬列がとどめもなく連なっていく闇の描写は、少なくとも叙事詩の担うべき領分にない。西アフリカにおける叙事詩の時が「独立」とともに永久にすぎ去ったように、「独立」の負の遺産が数万の人々を死に追いやった二十世紀末の内戦もまた、叙事詩の輝きとはおよそ無縁な、無力化された匿名の「国民」からなる空間である。偽りの共和政体という巨大なシステムと、そのシステムが崩壊をきざすさなかでさえ均質化された「犠牲者数」としてしか表象されない諸個人の生の厚みを伝えるうえで、またかつてなく寓話の反復は、「冷戦後＝冷戦」の不確かな時をさししめす比類なき修辞となるだろう。作家クルマは、共和政体の大がかりな欺瞞と寓話とをつなぎとめる修辞学上の親縁性を、本書の執筆に際してあるいは再発見していたとさえいえるのかもしれない。

アマドゥ・クルマは、これまで西欧の批評家から「口頭伝承の作家」として評価されるたびに強い苛だちを示してきた（Nicolas 1985：13）。無理もないことである。総じてアフリカ文学には、反復や対句の技法を生かした「伝統的」な口承文芸の手法が顕著にみられる点が従来から指摘されてきた。だがむしろそれは、個々の作家に「アフリカ人」のラベルが貼り付いているからこそ、作品中の反復や対句の修辞がどれもこれも「アフリカの伝統」と解釈されたことの結果である場合が少なくないからだ。その点本書はどうであろう。たしかに本書にも、マリンケの口承文芸に特有の表現や（訳註「ムソコロニ」、「その日で四度目のお祈りをしているころに……」参照）、民話から借用されたとおぼしきプロットの展開がみられぬわけではない（たとえば本書五一―五五頁）。だがくりかえせば、本書が全体としてかたちづくる寓話の場所は、冷戦後と呼ばれつつもいまだ冷戦の時を告げているかもしれぬ巨大な暴力を暗示するための、その意味ではあくまで近代の闇へと水路づけられている。クルマが本書の執筆を通じて鍛えあげた寓話の力を「アフリカの伝統」に沿って評価する姿勢は、それゆえ大きな誤りといわねばなるまい。「植民地」の欺瞞、「独立」の欺瞞、そして「冷戦後＝冷戦」の欺瞞をひとしく告発するこの作家は、これまで「伝統」の側に立って近代を告発してきたわけではないからだ。かけがえのない諸個人の生を大がかりな仕掛けで呑みこんでしまう欺瞞であれば、当の「伝統」にひそむ欺瞞さえ彼は見のがそうとしない。浩瀚なミシェル・レリス伝の著者アリエット・アルメルとの対談で、クルマは一昨年、つぎの言葉を残していた。

いいえ！ 呪物の力など、私は信じませんね。いたって簡単な理由からですよ。呪術の効力がもしほんとうなら、私たちの歴史もこれほどの悲劇に見舞われていなかったはずですよ！ もし人間がほんとうに鳥に変身できるのだったら〔……〕奴隷船の上であれほどおおぜいのアフリカ人が死ぬようなことはなかったはずですからね。(Kourouma avec Armel 2000)

*

本書の訳出にあたって最初の難関となったのは、原書タイトル“Allah n'est pas obligé”の日本語訳である。直訳すれば「アラーの神に義務はない／つとめはない」となるのだが、この一文は本来のフランス語表現に照らして破格とはいわないまでも、どこか謎めいた余白を宿している。形容詞“obligé”は後続の前置詞“de”を介し、個々の脈絡で「しなければならないことがら」を具体的に併記するのが、この単語の用法だからである。だとすればこの場合、アラーの神には何をする義務がないのだろう。なるほど、謎めいたタイトルに惹かれて本書を手にとる読者は、それがビライマ少年の発案による「完全決定版タイトル」の短縮表現であることをすぐさま知らされる仕掛けにはなっている。が、アイロニーと残酷がたえまなく反復する寓話の場所に身をおくうちに、アラーの神にも義務がないのは「この世のことすべてに公平でいらっしゃる」ことだけ、はたしてそれだけですまされるのかどうか、読者は深く考えさせられることになるだろう。意味の余白とその余白がひとつの効果として奏ではじめるアイロニーの余韻とに意を注ぐなら、それゆえいかに不自然と映ろうが、本書の日本語版タイトルは「アラーの神さまにだって義務はない」のままでよいのだ。ただし、そこにはもうひとつの問題がある。仏語圏西アフリカの日常口語では、“obligé”の一語のみを「絶対そうなる！／そうなるに決まってる！」の意で間投詞のごとく用いる場合があり、その特殊なニュアンスが原書のタイトルにも反映しているものと訳者には思われたからである。なによりこのせりふを口癖とするのは西アフリカのひとりの少年であり、「チンピラみたいなしゃべり方」の常習者である彼は、くそったれな人生を自分に歩ませる神にむかい、思いのたけの皮肉をこめてこの捨てぜりふを吐いている。その捨てぜりふに「義務はない」の訳語を当てるのはいかにも堅苦しく、訳の拙さは承知のうえで、他人に無理難題を命じられたときに日本語の話者がいくぶん粗暴につかう口答え――「そんなことをするいわれなんてないね」――に近づけて、問題の“obligé”を「いわれがない」と訳すことにした。

　訳出にあたって苦慮した第二の点は、この作品に対する訳者註記の位置づけである。これまで述べてきたように、一九九〇年代の西アフリカに勃発した内戦をあつかう本書では、ゲリラ指導者のみならずアフリカ諸国の国家元首さえ実名のまま登場し、物語の舞台となる都市や地域の多くも実在するうえ、語られる事件の多くもかなりの程度まで史実に依拠している。しかしながら、ビライマ少年の語る物語は、むしろ史実と虚構とが複雑に交錯した寓話の空間、訳者のいう百五十キロずれた現実を構成している以上、個々の人名や地名、また史実に関する訳註を本文に沿っていたずらに付していくふるまいは、このきわめて繊細な寓話の空間を翻訳者の手で破壊してしまう結果となりかねない。だが他方において、本書の日本での紹介のしかたに責任をもつ者として、訳者はなによりも二つの点を危惧していた。ひとつは、西アフリカから地理的にも心理的にもあまりに隔たったこのアジアの片隅では、本書をそもそも寓話として成り立たせ、寓話として味読することを可能にしているはずの、現代西アフリカおよびリベリア・シエラレオネ内戦にまつわる基本的な事実関係がほとんど知られていない点である。くわえてこの点と関わるもうひとつの危惧として、本書で語られる内容を読者が「西アフリカの内戦に関するすぐれた実録」と取り違えてしまうのではないかというおそれが訳者にはあった。そうしたディレンマのもとで残された唯一の選択肢とは、寓話を味読するうえで前提となるはずの知識や情報についてはこれを巻末に付す、ただし本書に息づく寓話の力を滅却させぬために、巻末に独立して配置された註記の情報を読者の視線にとってさらに本文から遠ざかったように見せようとする矛盾した試みだった。本文と註記との距離を最大限にする、すなわち本文から註記へのアクセスを最小限にとどめるために、個々の註記についてはある程度まで詳述を心がけながらも、当の註記の存在を示す記号なり通し番号なりを本文の該当箇所に添えることは自らに禁じた。翻訳の誠実という問題を訳者なりに熟考したすえの選択であるとはいえ、その点で不便を感じられる読者の方々には、この場をかりてお詫び申しあげたい。

＊

一九八九年十二月二十四日。訳者はその日もダナネ南部の村で暮らしていた。コートディヴォワール最西部、リベリア国境沿いのダナネ地方をテイラー軍が秘密裡に通過したその日の深夜、通過ルートから数十キロ南東にそれたダン族の村で、訳者は古老のひとりが問わず語りにはじめたトリックスターの艶笑譚に腹をかかえていた――少なくともその日の調査日誌にはそう書かれてある。二年間の長期住込み調査もあと数カ月で終わろうとしている、ほかの夜となんら変わることのない夜のひとつだった。

国境の向こうで生じた騒乱の報せは、かの地に姻族がくらす者も少なくないこの村まで、まもなく口づてで伝わってきた。自分の小屋で短波ラジオを点けると、どこかの国の現地特派員が英語で速報を流している周波数に行き当たった。薄暗い小屋の中で鈍く光るそのラジオから、ぎごちない発音であの村の名が聞こえてきたとき、訳者は耳を疑った――「……侵入……国境……ブトゥオ……ブトゥオ……」。

本書では「ブトロ」の名で出てくるこの村を、訳者はその半年前、一九八九年六月十六日に訪れていた。

自然国境のヌオン川をいかだで渡り、日帰りの条件つきでリベリア国境警備隊の許可を得たうえでの移動調査だった。ブトゥオは美しくも閑かな、リベリア・ニンバ州のダン族の村だった。通りすがりに招じ入れられた小屋のなかで、長老のひとりがリベリアドルの硬貨を一枚、訳者にそっと手渡した。「冷たい水」――炎天下を歩いてきた旅人に一杯の水をふるまう意味でそう名づけられた、ダン族の客人歓待のしるしである。ダン語で二言三言話しかけたあとはもう何も口にせず、ただひっそりほほえみながら奇妙な客人のようすを見守っていてくれる長老だった。川を渡ればもう使えはしないその硬貨一枚の重みが、訳者の心にきざまれたブトゥオ村の記憶だった。

内戦勃発後わずか一週間で、およそ二万人のリベリア難民がコートディヴォワールに押しよせてきた。そのうちの幾人かが訳者の滞在村までたどりついたのは、翌一月七日のことである。二月にはアビジャン駐在日本大使館の要請で、東京から急派されたリベリア難民緊急医療団に、訳者も現地通訳として数日間同行した。それから最終的に村を去る九〇年五月下旬までのあいだにダナネ県内で目にした光景、体験したできごとのいくつかを、訳者は内戦の当事者ですらないのに、いまだに言語化できずにいる。

日本に帰国したあとも、リベリア内戦は悪夢のごとく続いていた。ルワンダ内戦と時期が重なっていたこともあり、西アフリカの小国でおきた紛争はメディアの関心外におかれ、日本語で得られる内戦情報は極端にとぼしかった。まったくの門外漢でありながら訳者がリベリア内戦史の研究に手を染めたのは、しかし情報の貧困に対するささやかな道義心というより、あの硬貨の贈り主さえこの世から葬り去ったかもしれない暴力への、私的な怨みに動機づけられていた。研究者は自らの憎悪を論文に叩きつけるべきではないし、あの硬貨の記憶にしろ、訳者のごとき迂愚の人類学徒が甘やかに境界づけてみせたナルシシズムの投影にすぎないのかもしれない。にもかかわらず訳者は、あの硬貨を粉々に破砕した事件への怨みを心からぬぐえずにいた。リベリア内戦の論文を「研究業績」のひとつに加えてしまう自分も怨んでいた。何もかも怨んでいた。研究者のあいだでリベリア内戦が話題となる場でも、そのころ訳者の対応は度を超して敏感になっていた。率直にいって、心が病んでいたのだと思う。

本書の存在を訳者が遅ればせながら知ったのは、二〇〇〇年末のことだ。勤務先からの帰路、都電線に乗り合わせた同僚の小川了教授から、アマドゥ・クルマがリベリア内戦を舞台とする実名入りの小説を発表したとのご教示をいただいた。そこで年明けの西アフリカ出張で往路パリに立ち寄った際、書店に平積みになっていた本書を一部買いもとめた。仏語圏三カ国をめぐる旅の伴侶にビライマの物語を目で追っていると、ある時はワガドゥグ行きのサハラ便の機内で、またある時はバマコ市内の安宿で、すでに本書を読んだ何人もの男女、ことに女性から声をかけられ、そのたびに真顔で感想を求められた。西アフリカとはたかだか十数年のつきあいだが、訳者にとりそれはかつてない経験だった。と同時に、乞われるがまま素直な感想を口にしはじめている自分が、硬貨の記憶に端を発し十年来心の奥に巣くっていたあの神経過敏から解かれはじめていることに、なにか不思議な感慨をおぼえていた。いまにして思えばその感覚こそ、本書にひそむ寓話の力をひとりの病んだ読み手がたしかに感知していたことの証だったのかもしれない。

本書の刊行は、東京駐在フランス大使館文化部による「日本におけるフランス語書籍の翻訳出版に対する出版助成」の資金協力を得て実現した。昨夏より着手した翻訳作業を通じて多くの方々のお世話にもなった。なにより本書の著者アマドゥ・クルマ氏は、数度におよぶ訳者からの質問状に、そのつど丁寧な回答をウィットにくるめた温かい書面に寄せて送り届けてくださった。特殊なフランス語表現やマリンケ語表現の訳語を最終確認するための短期西アフリカ渡航（二〇〇二年二月）では、アビジャンを拠点に文化

NGO、CARASを主宰する十年来の友人、かずこ夫妻から数々の協力を賜った。「現実以上に衝撃的なシネマもテアトルも存在しない」ことを当のシネマで証してみせた『車に轢かれた犬』の監督モリ・トラオレは、今回もいたずらっ子のように訳者を待ち受け、いくつもの出会いをみちびいてくれた。なかでもモリを慕い集うイヴォワール人の少年少女が彼のアトリエに車座で居ならび、本書のフランス語原文を一段落ずつ、ときにはたどたどしく読み継いでいったあの輪読会の夕暮れを、訳者は忘れない。朗読するひとりひとりの子が薄暗がりのなかビライマの幻とおぼろげに重なっていったとき、いかなる声をたよりに本書と向きあうべきかを、訳者はかすかに知りえたような気がした。訳語の確認作業に協力してくれたCARASの青年スタッフ、ジエン・ジェレミィ、ババ・アリ両氏をはじめ、アフリカ人女性に関する表現ではレイモンド・コフィ氏に、都市部の青年が用いる隠語表現ではシィ・サヴァネ・アブバカル氏にご教示を賜った。著者クルマの盟友である哲学者ヤクバ・コナテ氏にも、この場をかりて謝意を表したい。

ビライマ流に言えばはじめはニョナニョナ終わるはずだった翻訳作業が、やがてジョゴジョゴの泥沼へはまっていったにもかかわらず、訳者が毎度のごとく演ずる右往左往を今回も忍耐強く見守ってくださった人文書院編集部の松井純氏に、衷心より感謝したい。最後に、訳稿の下読みをしてくれた妻美貴と母善緒には、平素からの愛で報いたい。

二〇〇二年九月　コートディヴォワール内戦勃発の凶報にふれて

真島一郎

文献

グループμ　一九八一　『一般修辞学』佐々木健一・樋口桂子訳、大修館書店。
酒井直樹　一九九七　『日本思想という問題――翻訳と主体』岩波書店。
崎山政毅　二〇〇一　『サバルタンと歴史』青土社。
菅生うらら　二〇〇〇　「シエラレオネ内戦とダイヤモンド」『月刊アフリカ』十月号。
武内進一　二〇〇〇　「アフリカの紛争――その今日的特質についての考察」、武内進一編『現代アフリカの紛争――歴史と主体』アジア経済研究所。
真島一郎　一九九三　「リベリア内戦の展開」『アフリカ研究』43。
――　一九九五　「リベリア」「リベリア内戦」『世界民族問題事典』平凡社。
――　一九九八　「リベリア内戦史資料（一九八九―一九九七）――国際プレス記事読解のために」、武内進一編『現代アフリカの紛争を理解するために』アジア経済研究所。
――　一九九九　「シエラレオネ」「リベリア」『新訂増補アフリカを知る事典』平凡社。
マレ、カール＝ハインツ　一九八九　『首をはねろ！――メルヘンの中の暴力』小川真一訳、みすず書房。
Borgomano, Madeleine 1998 *Ahmadou Kourouma : Le "guerrier" griot.* Paris : L'Harmattan.
Human Rights Watch 1994 *Easy Prey : Child Soldiers in Liberia.* New York : Human Rights Watch.
Kourouma, Ahmadou 1970 *Les Soleils des indépendances.* Paris : Editions du Seuil.
―― 1990 *Monné, outrages et défis.* Paris : Editions du Seuil.
―― 1998a *En attendant le vote des bêtes sauvages.* Paris : Editions du Seuil.
―― 1998b *Le Diseur de vérité.* Châtenay-Malabry : Editions Acoria.

Nicolas, Jean-Claude 1985 *Comprendre Les Soleils des Indépendances d'Ahmadou Kourouma.* Issy les Moulineaux : Les classiques africains.

Peters, K. & P. Richards 1998a "Jeunes combattants parlant de la guerre et de la paix en Sierra Leone", *Cahiers d'Etudes africaines*, 150-152 (xxxviii-2-4) : 581-617.

——— 1998b "'Why we fight' : voices of youth combatants in Sierra Leone", *Africa*, 68 (2) : 183-210.

対談記録

Kourouma avec Aliette Armel 2000 "Je suis toujours un opposant", *Magazine littéraire*, septembre.

Kourouma avec Christophe Ayad et Eric Loret 2001 "En Afrique, si on met en avant l'ethnie, c'est le massacre", *Libération*, 20-21. janvier.

Kourouma avec Marc Fenoli 1999 "Kourouma le colossal", http://www.culture-developpement.asso.fr/0home/kourouma.htm.

Kourouma avec Nelly Kaprièlian 2000 "Tous les mots de l'Afrique", *Les Inrockuptibles*, 12. septembre.

Kourouma avec Héric Libong 2000 "Dans l'ombre des guerres tribales", *L'Humanité*, 14. septembre.

Kourouma avec D. Al Séni 2001 "*Ahamadou Kourouma : Je dénonce les chefs d'Etat qui recrutent les enfants-soldats*", *Le Patriote*, 7. Mars.

映像資料

ＮＨＫ（日本放送協会） 一九九八 「チャイルドソルジャー 戦場から帰還した少年兵」、ＢＳ１、一九九八年五月四日放映、六〇分。

著者略歴

Ahmadou Kourouma（アマドゥ・クルマ）

1927年生。2003年逝去。コートディヴォワールの作家。寡作ながら，「現代のグリオ」の異名で称される巨匠。いずれも複数の文学賞に輝く四つの小説，『独立の太陽』（1965），『モネ，侮辱，挑戦』（1990），『野獣の投票を待ちながら』（1998），『アラーの神にもいわれはない』（2000）のほか，戯曲『トゥニャンティギ，あるいは真実の語り手』（1998）など。フランス語を「アフリカ化する」破格の文体と西アフリカの口承文芸に求められる鋭敏な言語感覚とが特徴。

訳者略歴

真島一郎（まじま・いちろう）

1962年生。東京大学大学院博士課程単位取得退学（文化人類学）。東京外国語大学大学院総合国際学研究院教授，国立コートディヴォワール大学民族＝社会学研究所客員研究員。『植民地経験』（共著，1999），『現代アフリカの紛争』（共著，2000），『文化解体の想像力』（共編著，2000）など。

アラーの神にもいわれはない
ある西アフリカ少年兵の物語

2003年7月20日　初版第1刷発行
2018年9月30日　初版第2刷発行

著　者　アマドゥ・クルマ
訳　者　真島一郎
発行者　渡辺博史
発行所　人文書院
〒612-8447　京都市伏見区竹田西内畑町9
電話 075-603-1344　振替 01000-8-1103
装幀者　間村俊一
印刷・製本所　㈱冨山房インターナショナル

落丁・乱丁本は小社送料負担にてお取替えいたします

ISBN 978-4-409-13026-1 C0097